PROYECTO
SABER
HACER

Cultura Científica

SERIE **EXPLORA**

El libro **Cultura científica**, para 1.er curso de Bachillerato, es una obra colectiva concebida, diseñada y creada en el Departamento de Ediciones Educativas de Santillana Educación, S. L., dirigido por **Teresa Grence Ruiz**.

En su elaboración ha participado el siguiente equipo:

TEXTO
Francisco Anguita Virella
Mariano Carrión Vázquez
José Manuel Cerezo Gallego
Luis Fernández García
Ana Isabel Hence Ruiz
Antonio José Hidalgo Moreno
David Sánchez Gómez

EDICIÓN EJECUTIVA
David Sánchez Gómez

DIRECCIÓN DEL PROYECTO
Antonio Brandi Fernández

Las actividades de este libro no deben ser realizadas en ningún caso en el propio libro. Las tablas, esquemas y otros recursos que se incluyen son modelos para que el alumno los traslade a su cuaderno.

SANTILLANA

BACHILLERATO 1

Índice

1
Nuestro planeta: la Tierra

2
El origen de la vida
y el origen del ser humano

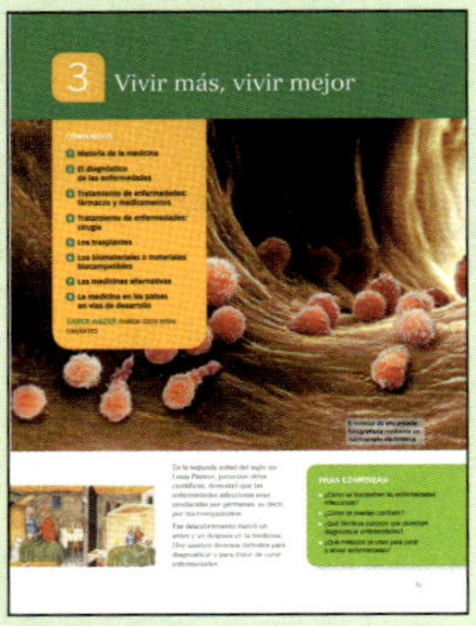
3
Vivir más, vivir mejor

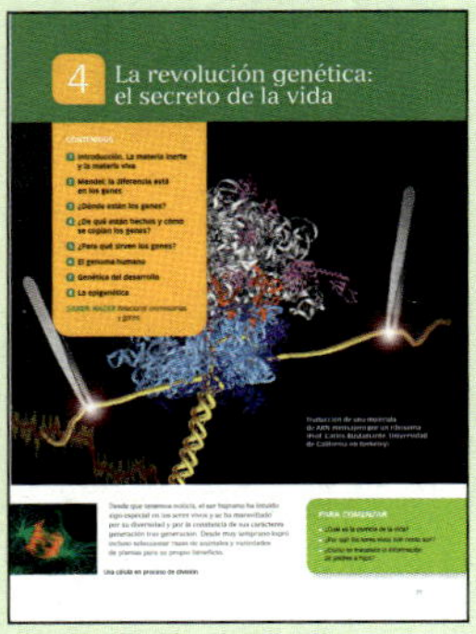
4
La revolución genética:
el secreto de la vida

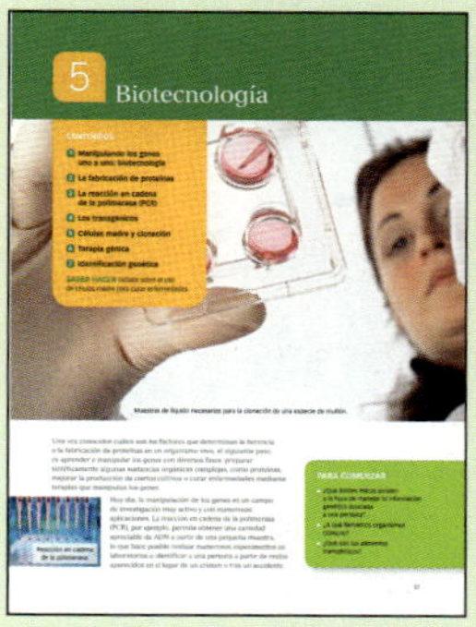
5
Biotecnología

6
Un mundo digital

7
Funcionamiento de Internet

8
Nuevas tecnologías

Página de introducción a la unidad

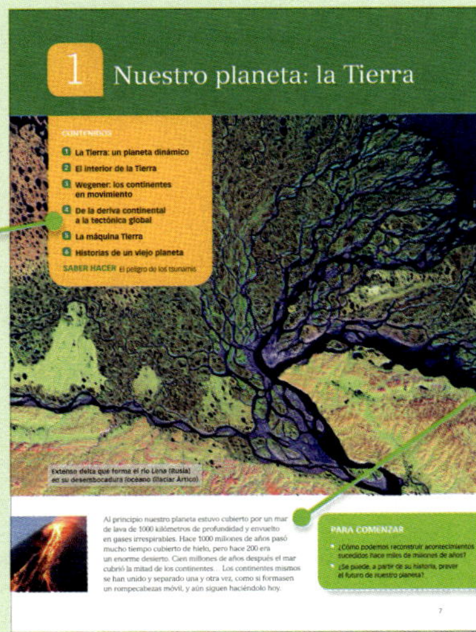

En la página aparece el **índice** del tema sobre una fotografía que sirve de punto de partida de los contenidos.

La **introducción** es clave para justificar la necesidad de conocimiento del tema. Además, en esta página se plantean preguntas que, o bien se resuelven en el desarrollo o se presentan como cuestiones de futuro sin resolver.

Páginas de desarrollo de los contenidos

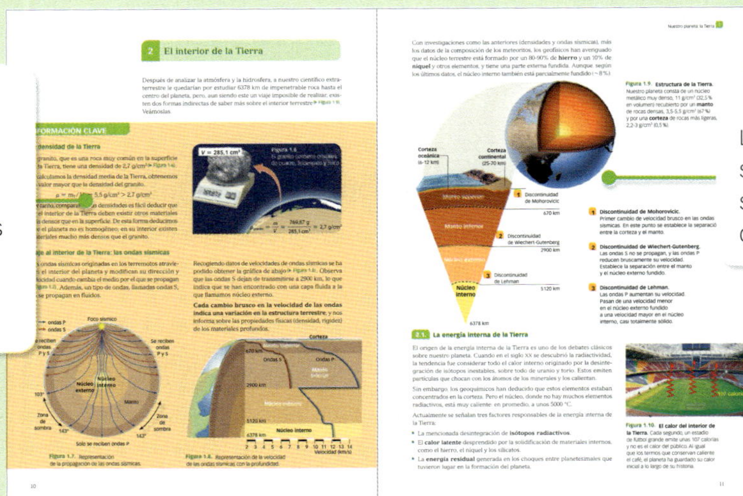

Al ser una materia de ciencias para todos, el desarrollo de los temas se consigue con un tratamiento interdisciplinar, en el que intervienen las áreas de: física, química, biología, geología, matemáticas y tecnología.

La **infografía** es una forma sencilla de aprender, en ella se exponen los contenidos de forma atractiva y dinámica.

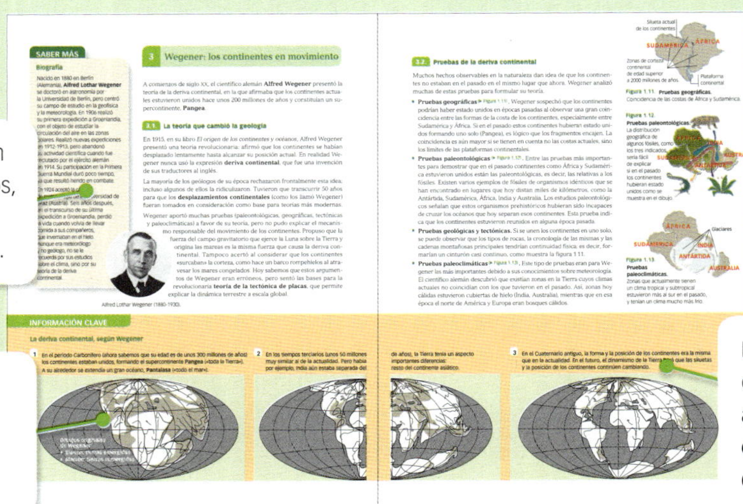

Saber más es una sección en la que, al hilo de los contenidos, se informa sobre temas de ampliación o de actualidad.

Los contenidos son tratados con gran profusión de ilustraciones, siendo estas, en sí mismas, un contenido más.

La conexión de distintas ciencias se plasma formalmente a través de secciones claves: **experiencias**, **conocimientos**, **descubrimientos**, etc.

Resumen

El resumen del tema se concreta en un esquema que relaciona los conceptos claves de la unidad. De esta forma se hace patente la interdisciplinaridad trabajada en el desarrollo del tema.

Las **actividades** permiten trabajar la comprensión de los contenidos.

Saber hacer

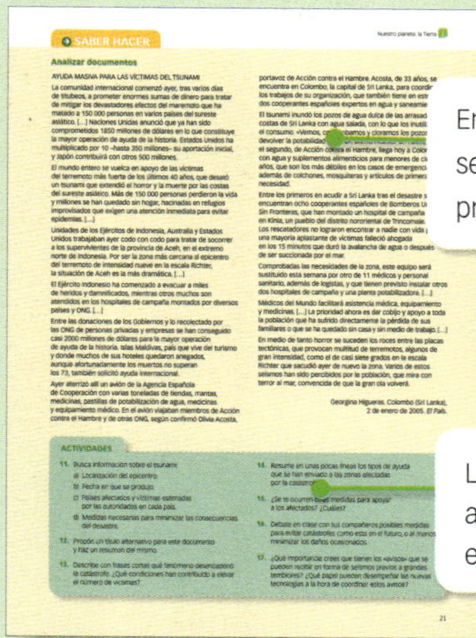

En la sección Saber hacer se analizan documentos de prensa, gráficos, esquemas…

Las actividades proponen un análisis de la información, el desarrollo de debates…

Páginas con actividades finales

Las actividades están planteadas para desarrollar una gran variedad de procedimientos y habilidades: interpretación de gráficas, elaboración de esquemas, análisis de datos, discusión y búsqueda de información sobre temas relevantes y de actualidad.

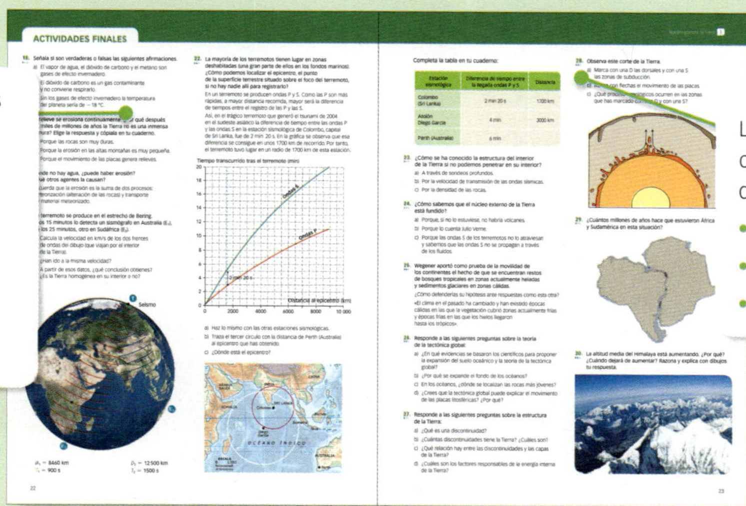

Las actividades aparecen clasificadas según su nivel de dificultad

- • Fácil
- •• Media
- ••• Más difícil

Ciencia en tu vida

¿Qué nos falta por descubrir?

Esta sección plantea de forma concisa los interrogantes y las líneas de investigación que en la actualidad tiene planteada esa parte de la ciencia.

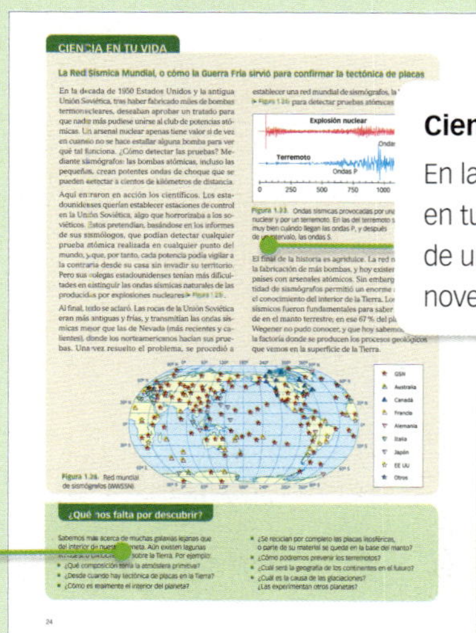

Ciencia en tu vida

En la sección ciencia en tu vida se informa de una técnica novedosa aplicada.

Competencias

A lo largo del libro, diferentes iconos señalan e identifican la competencia concreta que se trabaja en cada actividad o apartado.

- Competencia matemática, científica y tecnológica.
- Comunicación lingüística
- Competencia social y cívica
- Competencia digital
- Conciencia y expresión artística
- Aprender a aprender
- Iniciativa y emprendimiento

1 Nuestro planeta: la Tierra

CONTENIDOS

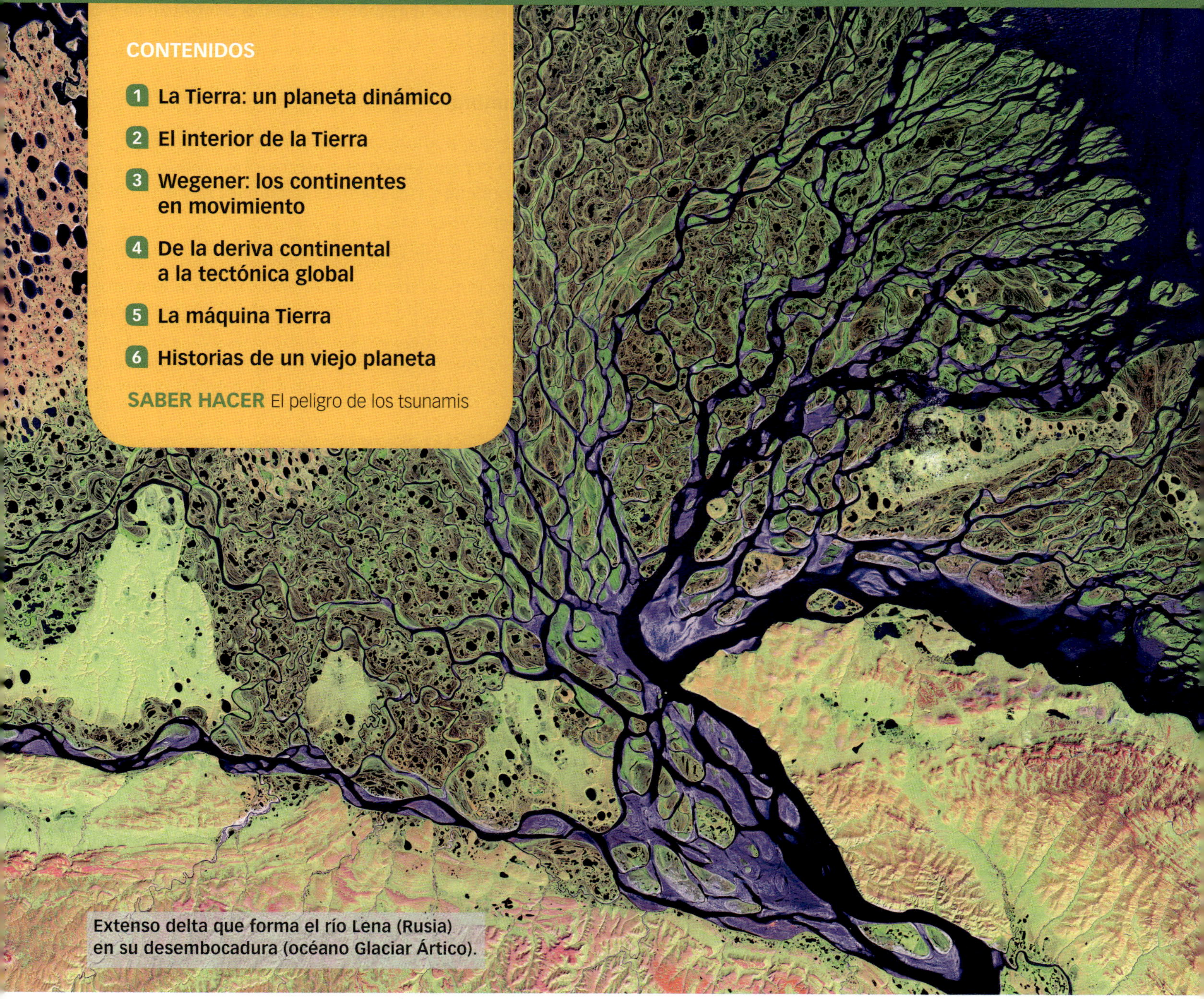

Extenso delta que forma el río Lena (Rusia) en su desembocadura (océano Glaciar Ártico).

Al principio nuestro planeta estuvo cubierto por un mar de lava de 1000 kilómetros de profundidad y envuelto en gases irrespirables. Hace 1000 millones de años pasó mucho tiempo cubierto de hielo, pero hace 200 era un enorme desierto. Cien millones de años después el mar cubrió la mitad de los continentes… Los continentes mismos se han unido y separado una y otra vez, como si formasen un rompecabezas móvil, y aún siguen haciéndolo hoy.

PARA COMENZAR

- ¿Cómo podemos reconstruir acontecimientos sucedidos hace miles de millones de años?
- ¿Se puede, a partir de su historia, prever el futuro de nuestro planeta?

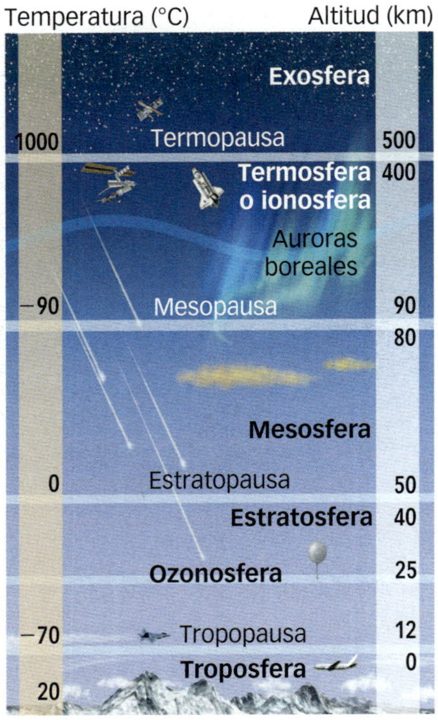

Figura 1.1. El planeta sólido está envuelto por 5000 billones de toneladas de **gases**, el 80 % de los cuales está concentrado en la parte inferior (troposfera).

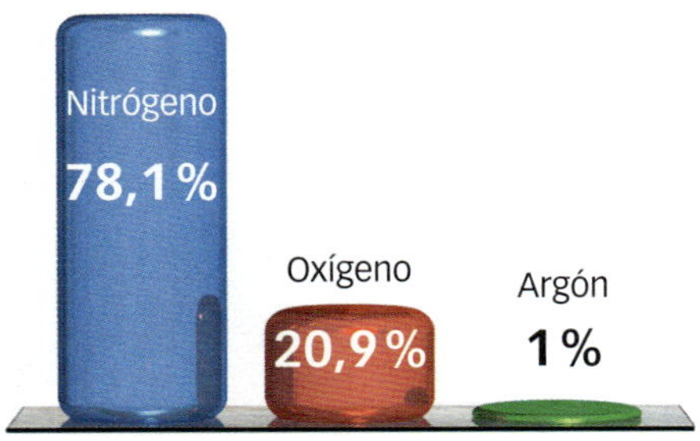

Figura 1.2. Los principales **componentes de la atmósfera** terrestre son: nitrógeno, oxígeno, argón, vapor de agua y dióxido de carbono.

1 La Tierra: un planeta dinámico

Igual que sucede en el resto del universo, ninguna partícula de la Tierra conoce un momento de reposo. ¿Tampoco las sólidas rocas de los continentes? Tampoco, porque los mismos continentes circulan como balsas a la deriva, debido a las corrientes que agitan el interior del planeta.

1.1. La atmósfera cambia

Un científico extraterrestre que pudiese analizar en detalle nuestra atmósfera (▸ Figura 1.1) llegaría a la conclusión de que estaba observando un planeta muy activo, porque contiene gases como el metano (CH_4) y el oxígeno (O_2) que tienden a reaccionar entre sí rápidamente:

$$CH_4 + O_2 \rightarrow CO_2 + H_2O$$

Esto conllevaría la desaparición del metano por ser el menos abundante, pero si ambos gases siguen existiendo en la atmósfera es porque alguno de ellos, o los dos, se está reponiendo continuamente. Así que el científico extraterrestre podría pensar que el planeta estaba habitado, o que tenía gran actividad volcánica, ya que tanto los procesos biológicos como los volcanes producen metano.

La composición de la atmósfera (▸ Figura 1.2) ha cambiado mucho a lo largo de la historia de la Tierra, y sigue haciéndolo ahora. Curiosamente, algunos gases minoritarios son los que controlan el clima y, por tanto, la vida. Por ejemplo, el vapor de agua, el dióxido de carbono y el metano son **gases de invernadero**, transparentes para la radiación visible del Sol, aunque opacos para la infrarroja (calor), que es la que reemite nuestro planeta. Estos gases, que suman menos del 0,1 % de la masa de la atmósfera, «atrapan» esta energía térmica que emite la Tierra, elevando la temperatura superficial del planeta más de 30 °C. Sin ellos la temperatura media de la atmósfera no sería de 15 °C, sino de −18 °C (▸ Figura 1.3).

Además, **la atmósfera es dinámica**. Cuando el aire absorbe calor de la superficie terrestre, se expande. Al hacerlo, pierde densidad y se eleva, y entonces su sitio es ocupado por otras masas de aire que están a menor temperatura. Así se forma el viento, desde una brisa hasta un huracán.

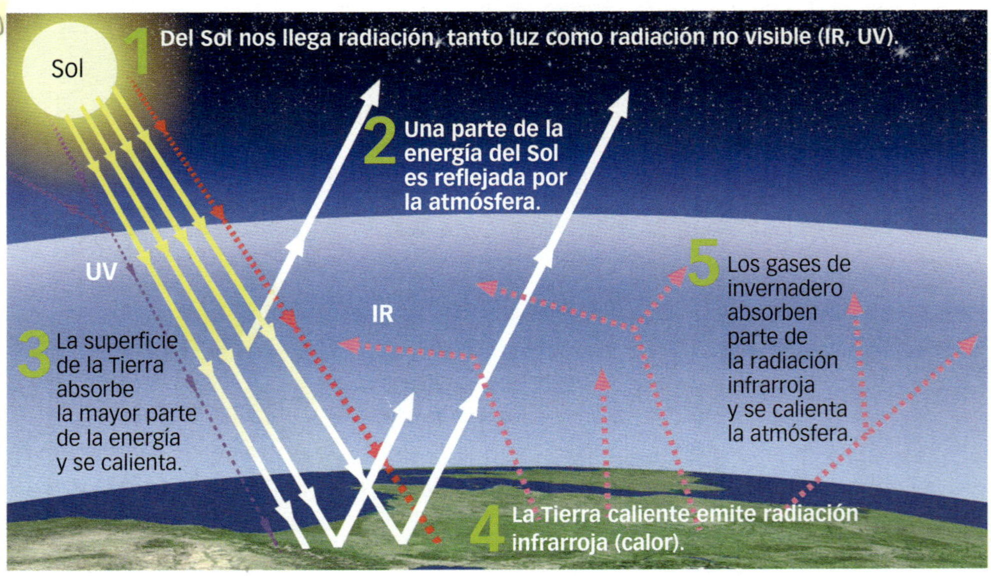

Figura 1.3. Esquema del **efecto invernadero**. IR: infrarrojo; UV: ultravioleta.

1.2. Un planeta oceánico

Muchos satélites del sistema solar, como Europa (satélite de Júpiter), tienen agua en abundancia. Sin embargo, estos océanos están helados en su superficie. ¿Por qué en la Tierra el agua es líquida en superficie?

La respuesta es triple:

- Por estar **más cerca del Sol** que los satélites de Júpiter.
- Por la **mayor masa de la Tierra**, que implica mayor gravedad y le permite mantener una atmósfera. La presión atmosférica limita la evaporación del agua.
- Por la presencia en su atmósfera de gases de **invernadero**, que impiden la congelación de la hidrosfera.

Así pues, la atmósfera y la hidrosfera son sistemas dinámicos que intercambian continuamente materia y energía (▶ Figura 1.4). El agua se condensa y llueve, se infiltra o escurre y eventualmente alcanza el mar; también se evapora, y vuelve a la atmósfera para comenzar de nuevo este **ciclo del agua**.

Figura 1.4. El océano Pacífico. Las nubes permiten visualizar el ciclo del agua.

1.3. Erosión y sedimentación

El agua **erosiona** y mueve material sólido desde las zonas altas de los continentes hacia las zonas bajas, donde lo deposita: **sedimentación**. Los materiales depositados pueden viajar disueltos en forma de **iones** o como **fragmentos de roca**. Al depositarse dan origen, respectivamente, a **sedimentos químicos** y **sedimentos detríticos**. La sedimentación tiene lugar en lagos o, más en general, sobre un fondo marino somero o poco profundo (▶ Figura 1.5).

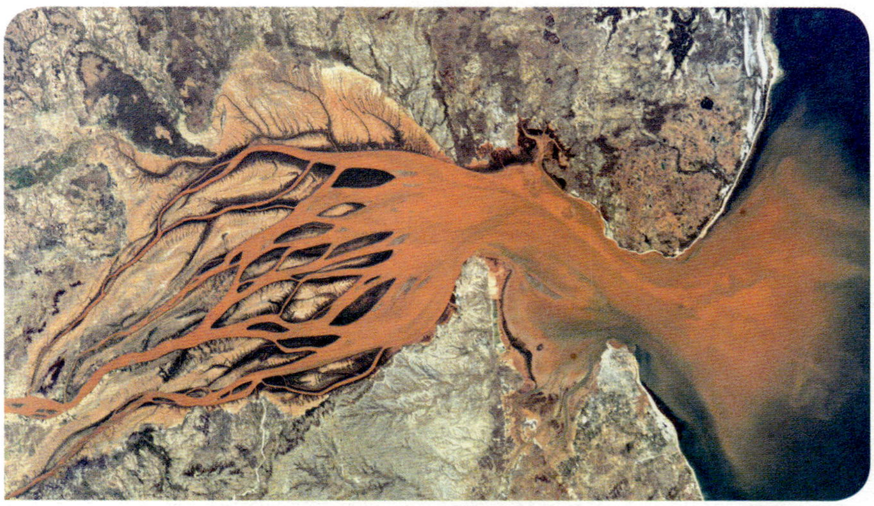

Figura 1.5. Sedimentación en el estuario del río Betsiboka, en Madagascar.

Después de millones y millones de años de erosión, la Tierra debería ser completamente plana. ¿Entonces por qué no lo es? El interior de la Tierra esconde la respuesta.

ACTIVIDADES

1. ¿Qué temperatura media tendría la Tierra sin el efecto invernadero?
2. ¿Cuál es el origen de la energía responsable de «alisar» el relieve terrestre?
3. Sin energía solar, ¿habría viento? ¿Y ciclo del agua? Explica tu respuesta.
4. ¿Cuáles son los gases que intervienen en el efecto invernadero? ¿Qué radiación absorben?

2 El interior de la Tierra

Después de analizar la atmósfera y la hidrosfera, a nuestro científico extraterrestre le quedarían por estudiar 6378 km de impenetrable roca hasta el centro del planeta, pero, aun siendo este un viaje imposible de realizar, existen dos formas indirectas de saber más sobre el interior terrestre (► Figura 1.9). Veámoslas.

INFORMACIÓN CLAVE

La densidad de la Tierra

El granito, que es una roca muy común en la superficie de la Tierra, tiene una densidad de 2,7 g/cm^3 (► Figura 1.6).

Si calculamos la densidad media de la Tierra, obtenemos un valor mayor que la densidad del granito.

$$\rho = m_T / V_T = 5{,}5 \text{ g/cm}^3 > 2{,}7 \text{ g/cm}^3$$

Por tanto, comparando las densidades es fácil deducir que en el interior de la Tierra deben existir otros materiales más densos que en la superficie. De esta forma deducimos que el planeta no es homogéneo; en su interior existen materiales mucho más densos que el granito.

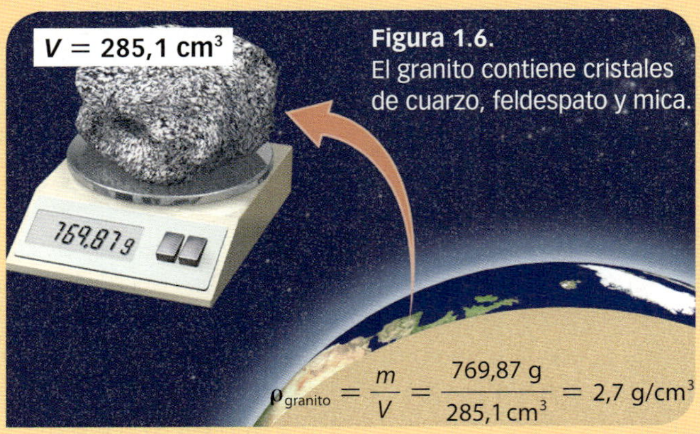

Figura 1.6. El granito contiene cristales de cuarzo, feldespato y mica.

¿Cómo sabemos el interior de la Tierra?

Viaje al interior de la Tierra: las ondas sísmicas

Las ondas sísmicas originadas en los terremotos atraviesan el interior del planeta y modifican su dirección y velocidad cuando cambia el medio por el que se propagan (► Figura 1.7). Además, un tipo de ondas, llamadas ondas S, no se propagan en fluidos. por tanto en el núcleo ya no había

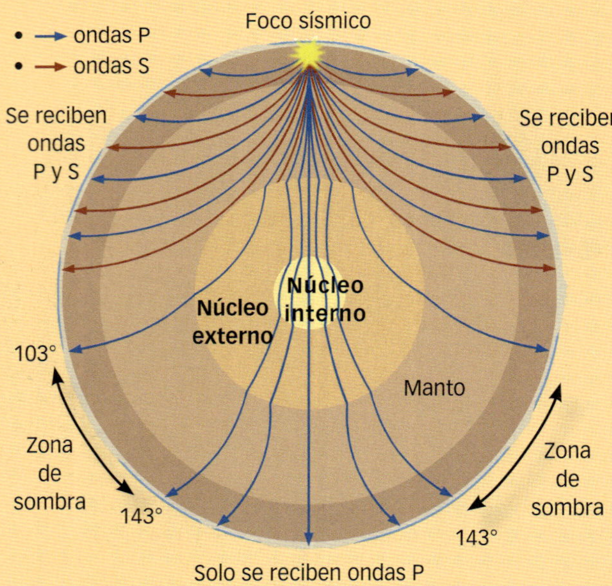

Figura 1.7. Representación de la propagación de las ondas sísmicas.

Recogiendo datos de velocidades de ondas sísmicas se ha podido obtener la gráfica de abajo (► Figura 1.8). Observa que las ondas S dejan de transmitirse a 2900 km, lo que indica que se han encontrado con una capa fluida a la que llamamos núcleo externo.

Cada cambio brusco en la velocidad de las ondas indica una variación en la estructura terrestre, y nos informa sobre las propiedades físicas (densidad, rigidez) de los materiales profundos.

Las P cambiaban de velocidad dependiendo del material

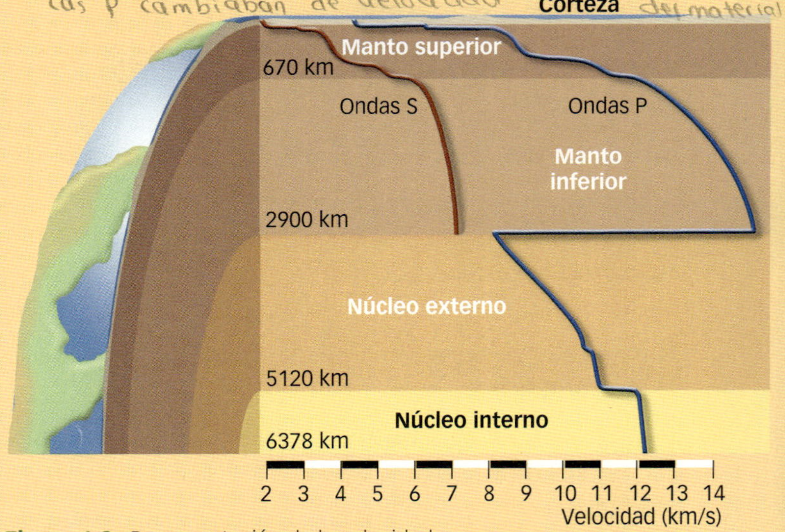

Figura 1.8. Representación de la velocidad de las ondas sísmicas con la profundidad.

Con investigaciones como las anteriores (densidades y ondas sísmicas), más los datos de la composición de los meteoritos, los geofísicos han averiguado que el núcleo terrestre está formado por un 80-90% de **hierro** y un 10% de **níquel** y otros elementos, y tiene una parte externa fundida. Aunque, según los últimos datos, el núcleo interno también está parcialmente fundido (~8 %).

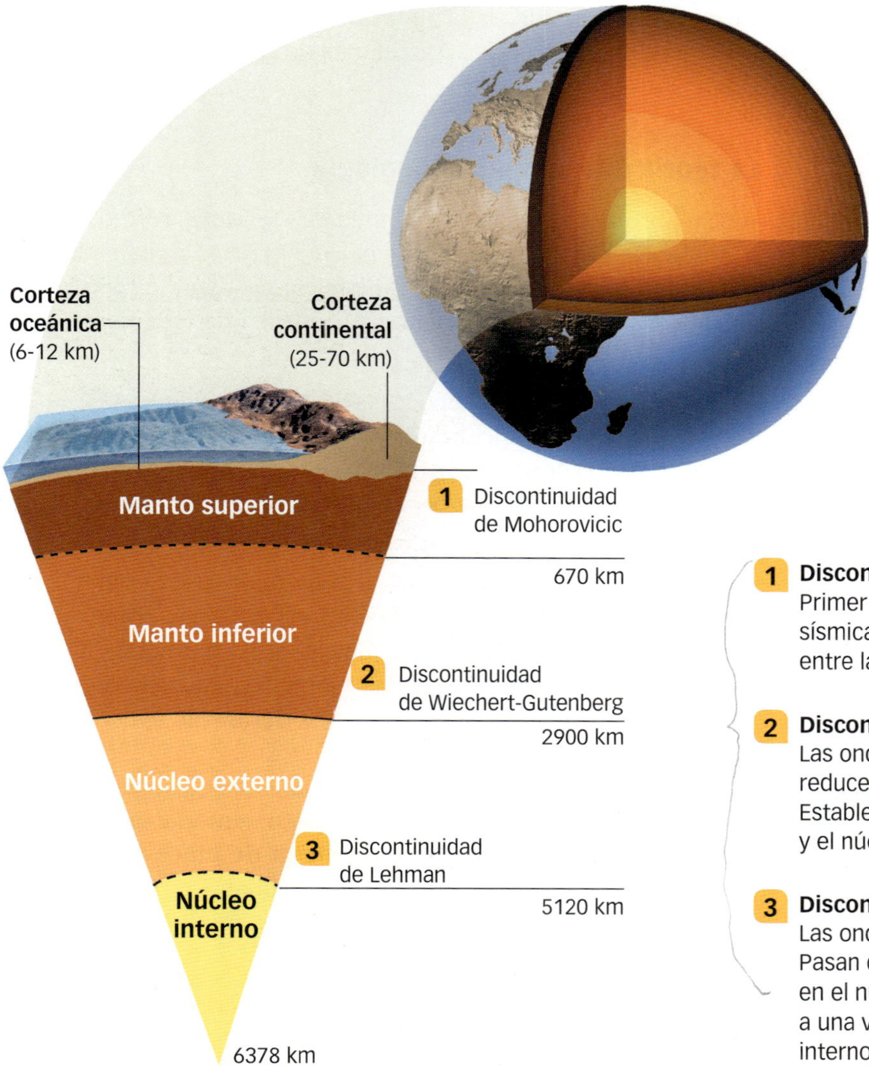

Figura 1.9. Estructura de la Tierra. Nuestro planeta consta de un núcleo metálico muy denso, 11 g/cm³ (32,5 % en volumen) recubierto por un **manto** de rocas densas, 3,5-5,5 g/cm³ (67 %) y por una **corteza** de rocas más ligeras, 2,2-3 g/cm³ (0,5 %).

1. **Discontinuidad de Mohorovicic.** Primer cambio de velocidad brusco en las ondas sísmicas. En este punto se establece la separación entre la corteza y el manto.
2. **Discontinuidad de Wiechert-Gutenberg.** Las ondas S no se propagan, y las ondas P reducen bruscamente su velocidad. Establece la separación entre el manto y el núcleo externo fundido.
3. **Discontinuidad de Lehman.** Las ondas P aumentan su velocidad. Pasan de una velocidad menor en el núcleo externo fundido a una velocidad mayor en el núcleo interno, casi totalmente sólido.

2.1. La energía interna de la Tierra

El origen de la energía interna de la Tierra es uno de los debates clásicos sobre nuestro planeta. Cuando en el siglo XX se descubrió la radiactividad, la tendencia fue considerar todo el calor interno originado por la desintegración de isótopos inestables, sobre todo de uranio y torio. Estos emiten partículas que chocan con los átomos de los minerales y los calientan.

Sin embargo, los geoquímicos han deducido que estos elementos estaban concentrados en la corteza. Pero el núcleo, donde no hay muchos elementos radiactivos, está muy caliente: en promedio, a unos 5000 °C.

Actualmente se señalan tres factores responsables de la energía interna de la Tierra:

- La mencionada desintegración de **isótopos radiactivos**.
- El **calor latente** desprendido por la solidificación de materiales internos, como el hierro, el níquel y los silicatos.
- La **energía residual** generada en los choques entre planetesimales que tuvieron lugar en la formación del planeta.

Figura 1.10. El calor del interior de la Tierra. Cada segundo, un estadio de fútbol grande emite unas 107 calorías y no es el calor del público. Al igual que los termos que conservan caliente el café, el planeta ha guardado su calor inicial a lo largo de su historia.

SABER MÁS

Biografía

Nacido en 1880 en Berlín (Alemania), **Alfred Lothar Wegener** se doctoró en astronomía por la Universidad de Berlín, pero centró su campo de estudio en la geofísica y la meteorología. En 1906 realizó su primera expedición a Groenlandia, con el objeto de estudiar la circulación del aire en las zonas polares. Realizó nuevas expediciones en 1912-1913, pero abandonó su actividad científica cuando fue reclutado por el ejército alemán en 1914. Su participación en la Primera Guerra Mundial duró poco tiempo, ya que resultó herido en combate.

En 1924 aceptó la cátedra de meteorología de la Universidad de Graz (Austria). Seis años después, en el transcurso de su última expedición a Groenlandia, perdió la vida cuando volvía de llevar comida a sus compañeros, que invernaban en el hielo. Aunque era meteorólogo y no geólogo, no se le recuerda por sus estudios sobre el clima, sino por su teoría de la deriva continental.

Alfred Lothar Wegener (1880-1930).

3 Wegener: los continentes en movimiento

A comienzos de siglo XX, el científico alemán **Alfred Wegener** presentó la teoría de la deriva continental, en la que afirmaba que los continentes actuales estuvieron unidos hace unos 200 millones de años y constituían un supercontinente, **Pangea**.

3.1. La teoría que cambió la geología

En 1915, en su libro *El origen de los continentes y océanos*, Alfred Wegener presentó una teoría revolucionaria: afirmó que los continentes se habían desplazado lentamente hasta alcanzar su posición actual. En realidad Wegener nunca usó la expresión **deriva continental**, que fue una invención de sus traductores al inglés.

La mayoría de los geólogos de su época rechazaron frontalmente esta idea; incluso algunos de ellos la ridiculizaron. Tuvieron que transcurrir 50 años para que los **desplazamientos continentales** (como los llamó Wegener) fueran tomados en consideración como base para teorías más modernas.

Wegener aportó muchas pruebas (paleontológicas, geográficas, tectónicas y paleoclimáticas) a favor de su teoría, pero no pudo explicar el mecanismo responsable del movimiento de los continentes. Propuso que la fuerza del campo gravitatorio que ejerce la Luna sobre la Tierra y origina las mareas es la misma fuerza que causa la deriva continental. Tampoco acertó al considerar que los continentes «surcaban» la corteza, como hace un barco rompehielos al atravesar los mares congelados. Hoy sabemos que estos argumentos de Wegener eran erróneos, pero sentó las bases para la revolucionaria **teoría de la tectónica de placas**, que permite explicar la dinámica terrestre a escala global.

INFORMACIÓN CLAVE

La deriva continental, según Wegener

1 En el periodo Carbonífero (ahora sabemos que su edad es de unos 300 millones de años) los continentes estaban unidos, formando el supercontinente **Pangea** («toda la Tierra»). A su alrededor se extendía un gran océano, **Pantalasa** («todo el mar»).

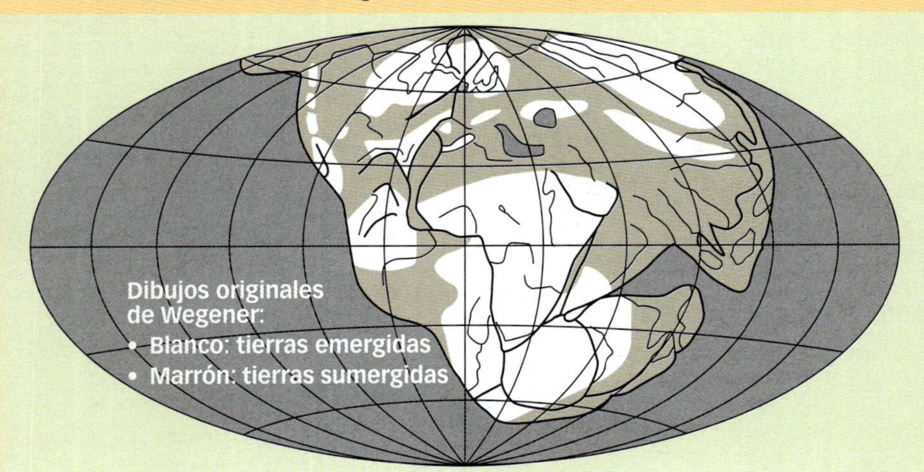

2 En los tiempos terciarios (unos 50 millones
muy similar al de la actualidad. Pero había
por ejemplo, India aún estaba separada del

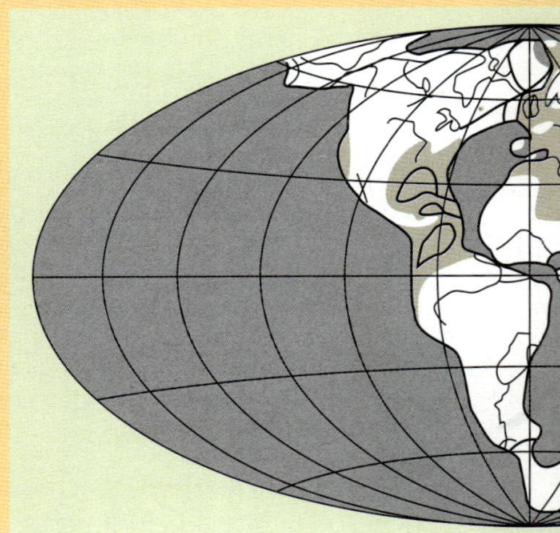

3.2. Pruebas de la deriva continental

Muchos hechos observables en la naturaleza dan idea de que los continentes no estaban en el pasado en el mismo lugar que ahora. Wegener analizó muchas de estas pruebas para formular su teoría.

- **Pruebas geográficas** (▶ Figura 1.11). Wegener sospechó que los continentes podrían haber estado unidos en épocas pasadas al observar una gran coincidencia entre las formas de la costa de los continentes, especialmente entre Sudamérica y África. Si en el pasado estos continentes hubieran estado unidos formando uno solo (Pangea), es lógico que los fragmentos encajen. La coincidencia es aún mayor si se tienen en cuenta no las costas actuales, sino los límites de las plataformas continentales.
- **Pruebas paleontológicas** (▶ Figura 1.12). Entre las pruebas más importantes para demostrar que en el pasado continentes como África y Sudamérica estuvieron unidos están las paleontológicas, es decir, las relativas a los fósiles. Existen varios ejemplos de fósiles de organismos idénticos que se han encontrado en lugares que hoy distan miles de kilómetros, como la Antártida, Sudamérica, África, India y Australia. Los estudios paleontológicos señalan que estos organismos prehistóricos hubieran sido incapaces de cruzar los océanos que hoy separan esos continentes. Esta prueba indica que los continentes estuvieron reunidos en alguna época pasada.
- **Pruebas geológicas y tectónicas.** Si se unen los continentes en uno solo, se puede observar que los tipos de rocas, la cronología de las mismas y las cadenas montañosas principales tendrían continuidad física, es decir, formarían un cinturón casi continuo, como muestra la figura 1.11.
- **Pruebas paleoclimáticas** (▶ Figura 1.13). Este tipo de pruebas eran para Wegener las más importantes debido a sus conocimientos sobre meteorología. El científico alemán descubrió que existían zonas en la Tierra cuyos climas actuales no coincidían con los que tuvieron en el pasado. Así, zonas hoy cálidas estuvieron cubiertas de hielo (India, Australia), mientras que en esa época el norte de América y Europa eran bosques cálidos.

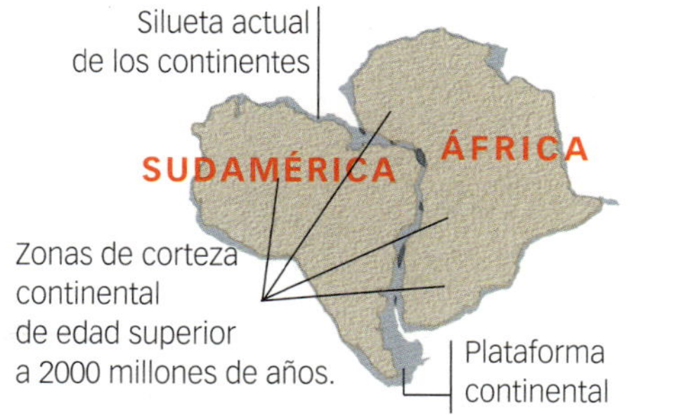

Figura 1.11. Pruebas geográficas. Coincidencia de las costas de África y Sudamérica.

Figura 1.12. Pruebas paleontológicas. La distribución geográfica de algunos fósiles, como los tres indicados, sería fácil de explicar si en el pasado los continentes hubieran estado unidos como se muestra en el dibujo.

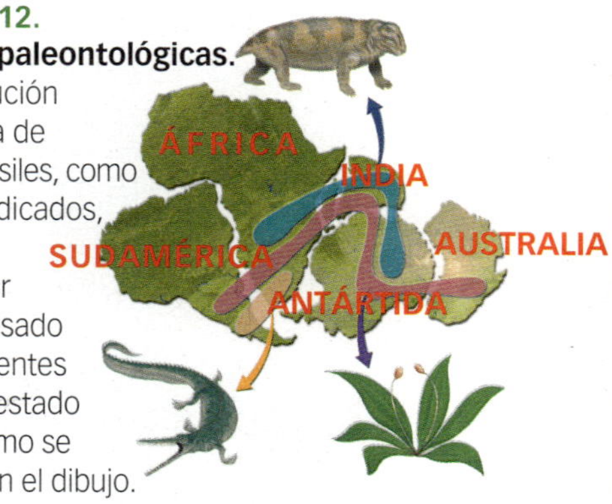

Figura 1.13. Pruebas paleoclimáticas. Zonas que actualmente tienen un clima tropical y subtropical estuvieron más al sur en el pasado, y tenían un clima mucho más frío.

de años), la Tierra tenía un aspecto importantes diferencias: resto del continente asiático.

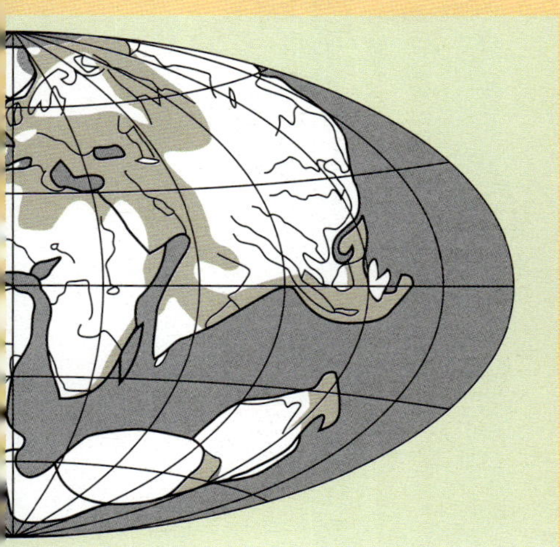

3 En el Cuaternario antiguo, la forma y la posición de los continentes era la misma que en la actualidad. En el futuro, el dinamismo de la Tierra hará que las siluetas y la posición de los continentes continúen cambiando.

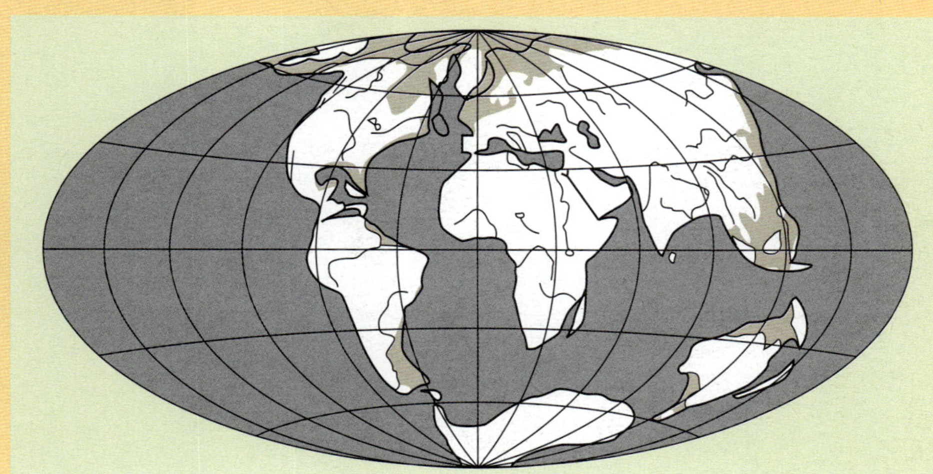

4 De la deriva continental a la tectónica global

{El por qué que} Wegener no supo explicar.

Ya hemos visto que los continentes han estado unidos en el pasado formando un supercontinente al que Wegener denominó Pangea.

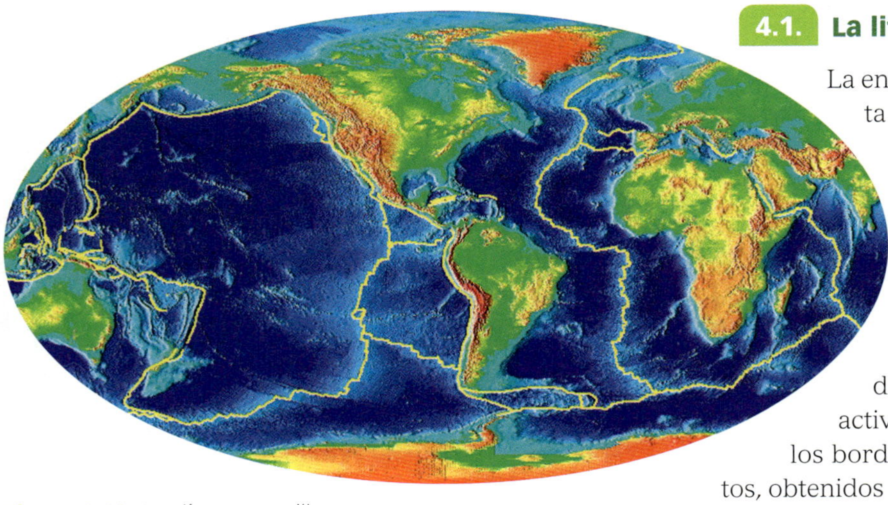

Figura 1.14. Las líneas amarillas representan los bordes de placas.

4.1. La litosfera fragmentada

La energía del interior de la Tierra se manifiesta en forma de calor, pero también generando montañas y dando lugar a volcanes y terremotos. Si se localizan los focos sísmicos y los volcanes sobre un mapa (▸ Figura 1.15), se observa que la mayoría de estos no se distribuyen al azar, sino que están alineados. Esto sugiere la idea de una litosfera fragmentada en grandes placas litosféricas, con la actividad volcánica y sísmica concentrada en los bordes de las mismas (▸ Figura 1.14). Estos datos, obtenidos en la década de 1960, unidos a los procedentes de la investigación oceanográfica, llevaron a los científicos a retomar las ideas básicas de Wegener.

Figura 1.15. Mapa de focos sísmicos y volcanes.

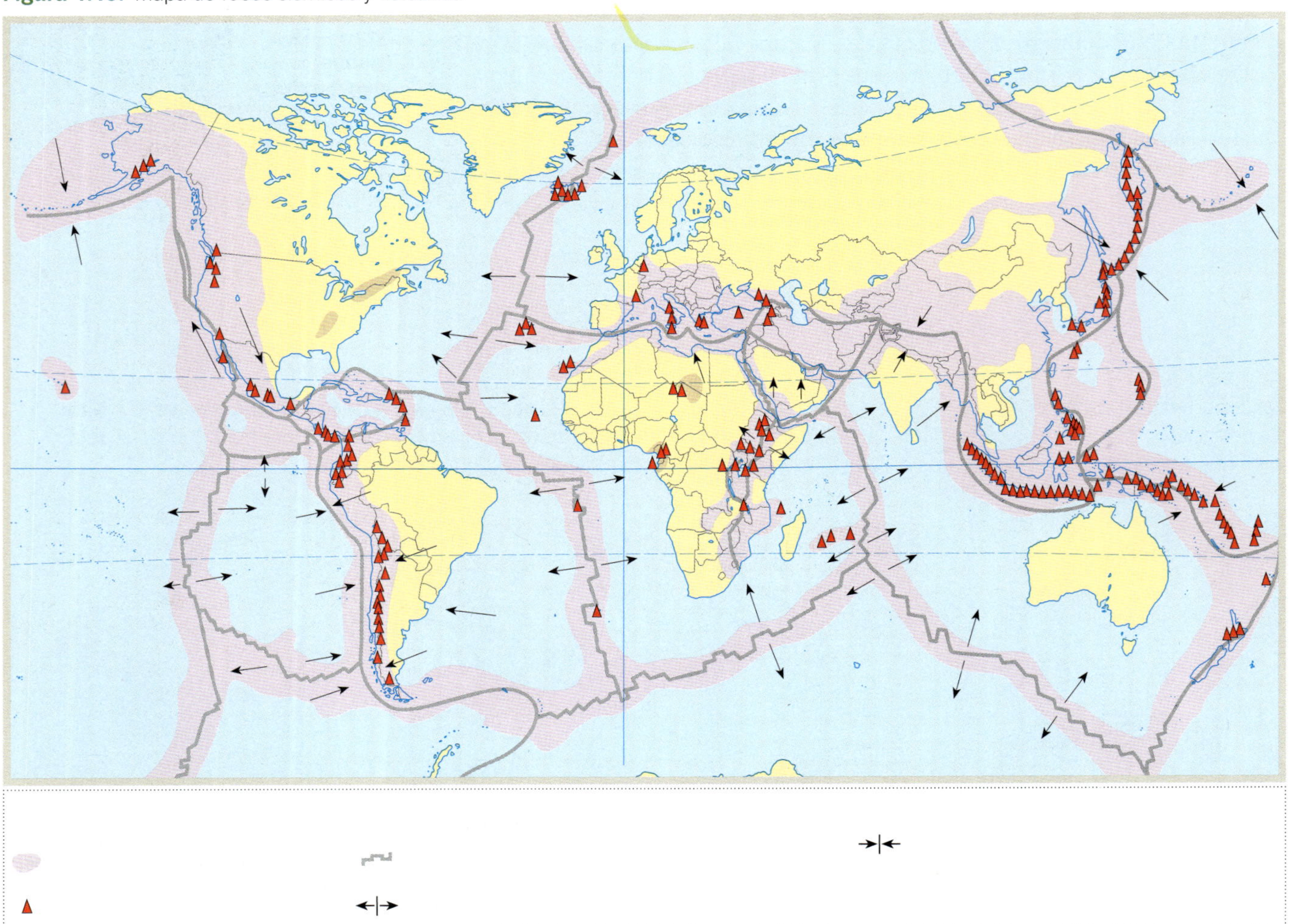

INFORMACIÓN CLAVE

El océano creciente

La prueba que le faltó a Wegener para confirmar la deriva de los continentes la aportó el estudio de las rocas de la corteza oceánica. En primer lugar sorprendió que estas fuesen volcánicas, pero el descubrimiento clave surgió al medir sus edades.

Si nos fijamos en las edades de las rocas, se observa que presentan una curiosa simetría (▶ Figura 1.16). En las dorsales oceánicas, como las que hay en el centro del Atlántico y en el Pacífico oriental, las rocas volcánicas son más jóvenes (menos de un millón de años) y su edad va creciendo, de manera simétrica, a ambos lados de la dorsal.

La conclusión es clara: en las dorsales hay materiales volcánicos que están surgiendo del interior de la Tierra añadiéndose a la litosfera y ensanchando los océanos (**extensión del fondo oceánico**) (▶ Figura 1.17). Así se separaron Europa y África de las Américas.

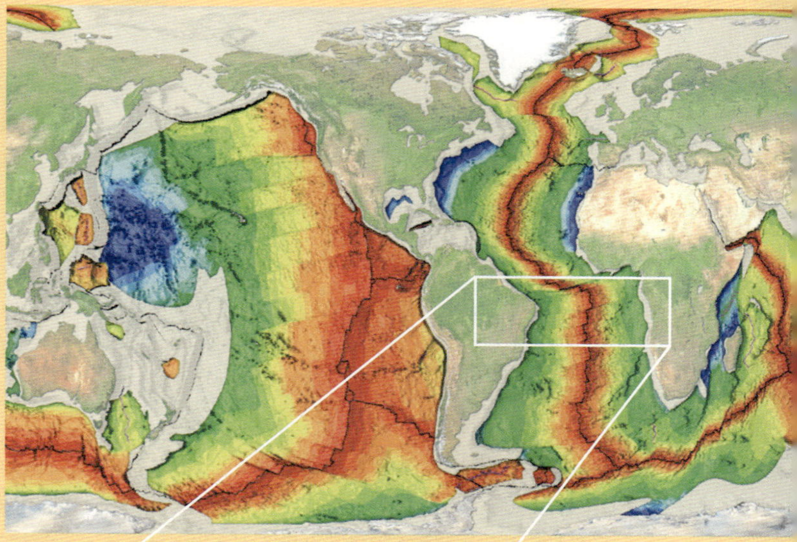

Figura 1.16. Representación en colores de las rocas del fondo oceánico. Las rojas son las más modernas, y se localizan en las dorsales.

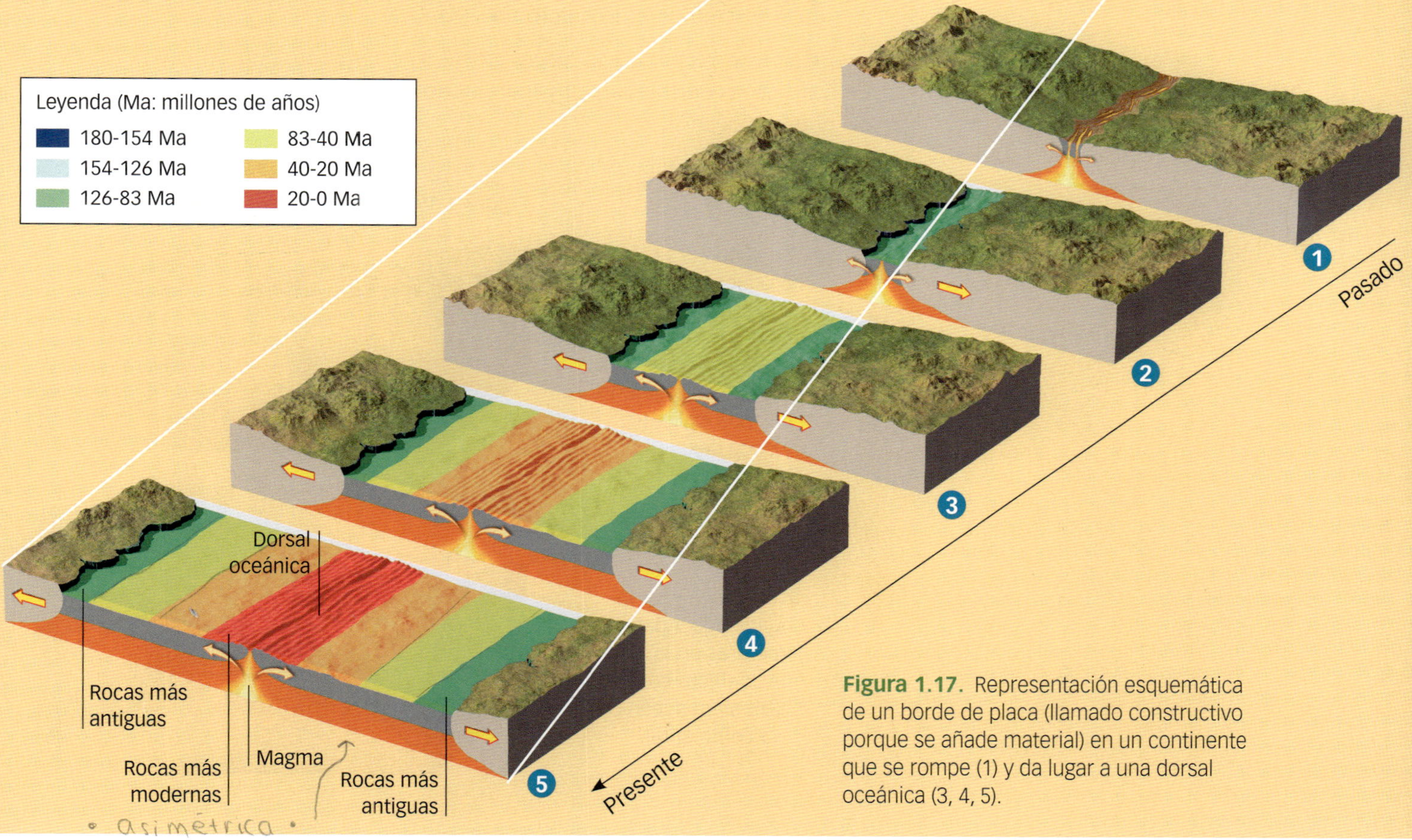

Figura 1.17. Representación esquemática de un borde de placa (llamado constructivo porque se añade material) en un continente que se rompe (1) y da lugar a una dorsal oceánica (3, 4, 5).

ACTIVIDADES

5. A partir de las ilustraciones de arriba, analiza las edades de las rocas oceánicas y contesta:
   ¿Cuántos millones de años hace que comenzó la separación entre África y América del Sur?

6. Si África y América del Sur se han separado aproximadamente unos 5000 km en los últimos 200 millones de años, calcula la velocidad con la que se separan los continentes.

Figura 1.18. Existen también zonas donde la litosfera se desliza lateralmente, generando seísmos muy peligrosos, como en la falla de San Andrés (California, EE UU).

5 La máquina Tierra

La teoría que explica la historia y algunos procesos geológicos terrestres se denomina **tectónica global** o **tectónica de placas**. Propone que el «almacén térmico» localizado en el núcleo calienta el manto lo suficiente como para que se produzcan corrientes de convección: los materiales calientes ascienden y los fríos descienden. Esta agitación térmica mueve la litosfera rompiéndola en placas.

5.1. Litosfera en movimiento

Como hemos visto (► Figura 1.17), las placas se crean en dorsales oceánicas o bordes constructivos de placa, en las que se produce el fenómeno de extensión del fondo oceánico. El océano Atlántico es ahora unos 30 metros más ancho que cuando Colón lo cruzaba.

En otros lugares, las placas chocan y generan **orógenos** (cordilleras) de borde continental, como los Andes, o intracontinentales, como el Himalaya. En estas zonas la litosfera oceánica se destruye al introducirse en el manto, proceso llamado **subducción** (► Figura 1.19).

En el movimiento de las placas litosféricas, los continentes pueden desplazarse (deriva continental) y formar supercontinentes, o aislarse porque surgen nuevos océanos.

Figura 1.19. Proceso de subducción.

1 En la dorsal se produce nueva corteza que queda adherida al manto superior y forma una litosfera inicialmente delgada, caliente y poco densa.

2 Al alejarse, la litosfera oceánica se hace más densa y se va hundiendo. Aparecen fracturas en la zona de contacto entre la litosfera oceánica y la continental.

3 La litosfera oceánica se separa de la continental y comienza a subducir en el manto. Esta subducción incrementa la velocidad de la placa oceánica.

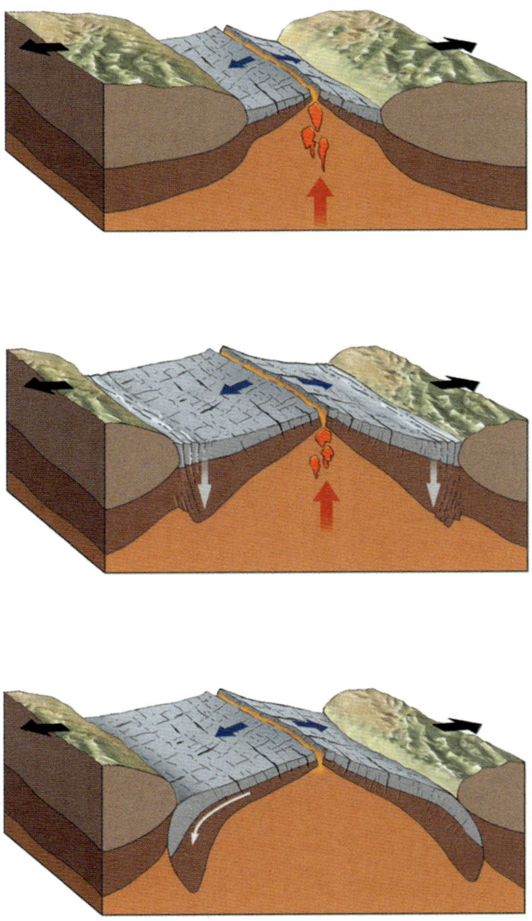

? INTERPRETA LA IMAGEN

Señala en el dibujo la zona de subducción, la dorsal y la litosfera oceánica y la litosfera continental.

(NO)

5.2. Creación y destrucción del relieve

El **relieve** es una consecuencia de la dinámica litosférica: la subducción y colisión de las placas tienen importantes efectos térmicos y mecánicos, por lo que los orógenos son lugares de intensa deformación que se salda con la creación de afilados relieves (▸ Figuras 1.19 y 1.20).

A causa de la baja densidad de la corteza continental su engrosamiento bajo los orógenos hace los efectos de un flotador: eleva aún más la cadena, que es erosionada. La erosión del material de la montaña provoca una nueva elevación de la corteza hasta que el grosor de esta se hace normal (▸ Figura 1.21a y b). Con el flotador eliminado, el orógeno deja de elevarse y la erosión lo aplana: los continentes están formados por estos orógenos antiguos, ya arrasados, llamados **cratones**, que contienen las rocas más antiguas de la Tierra.

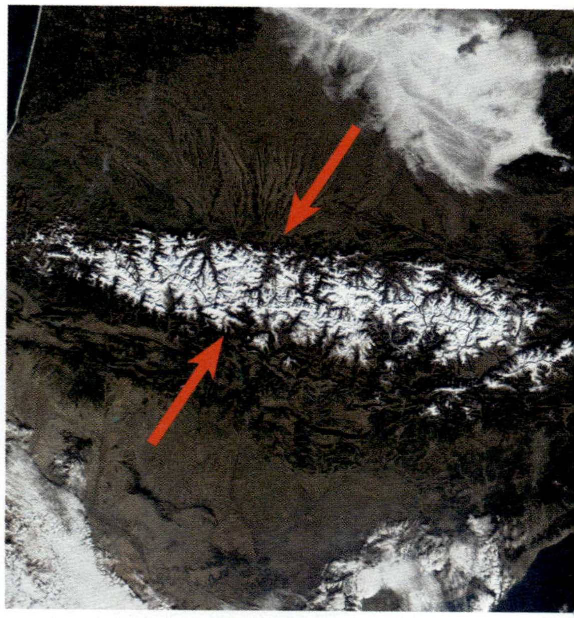

Figura 1.19. La cordillera de los Pirineos vista desde un satélite. Las flechas indican la dinámica de las placas litosféricas.

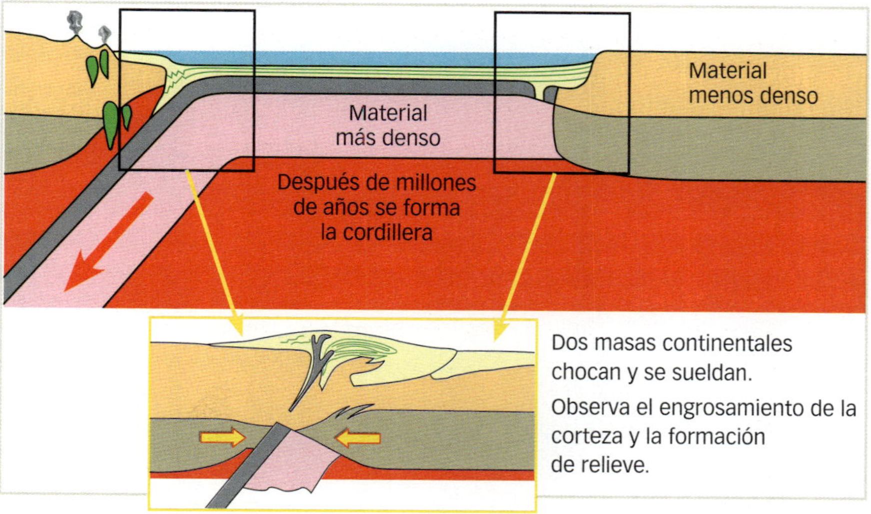

Figura 1.20. Modelo de orógeno intracontinental.

La **destrucción del relieve** se realiza por **erosión** progresiva de la corteza. El orógeno deja de elevarse y la erosión lo aplana: por eso las zonas continentales antiguas son llanas (▸ Figuras 1.21a y b).

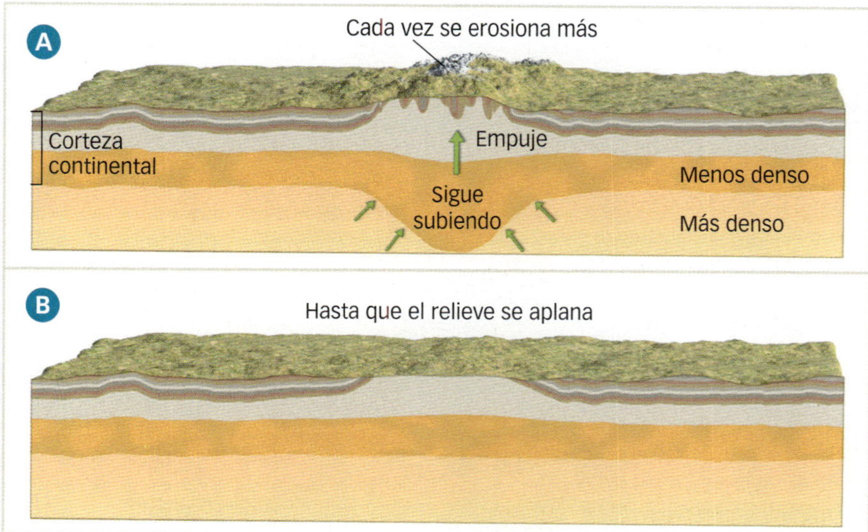

Figuras 1.21a y b. Modelo del proceso de destrucción del relieve.

A pesar de esta acción erosiva continua, la dinámica interna del planeta genera nuevos relieves. Mientras haya energía interna habrá convección y se seguirán generando nuevos relieves.

¿Cómo será la Tierra en el futuro? (▸ Figura 1.22). Mientras el interior terrestre posea energía, las placas seguirán moviéndose.

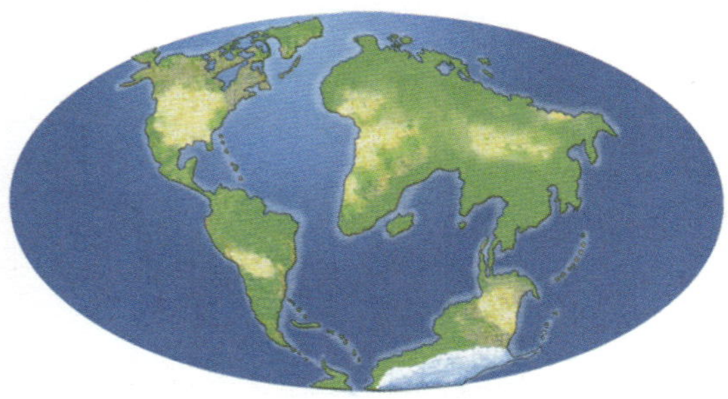

Figura 1.22. La imagen muestra el posible aspecto de la superficie terrestre dentro de 50 millones de años (Ma). El océano Atlántico es más grande, África se está partiendo en dos y Eurasia deriva hacia el norte.

6 Historias de un viejo planeta

Los planetas activos como la Tierra son eficaces máquinas de borrar su historia, porque continuamente destruyen rocas para fabricar otras.

De los millones de acontecimientos trabajosamente recogidos e interpretados, destacamos los más significativos: hace aproximadamente 4570 millones de años (Ma) empezó la formación de la Tierra. A continuación representamos los episodios más importantes en la historia de nuestro planeta.

Muchos de estos episodios han sido, y siguen siendo, objeto de discusión. Los científicos deben basarse en huellas semiborradas, casi siempre difíciles de interpretar.

Algunos de estos acontecimientos tienen que ver con el rasgo más personal de nuestro planeta: la existencia de vida a bordo. El cambio en la composición de la atmósfera (solo hay oxígeno libre en la segunda mitad de la historia) fue debido a la actividad de algunos seres vivos.

Incluso los cambios climáticos, según algunos científicos, están influidos por la vida. Así que esta relación de acontecimientos es solo parte de una historia que completaremos en el tema siguiente.

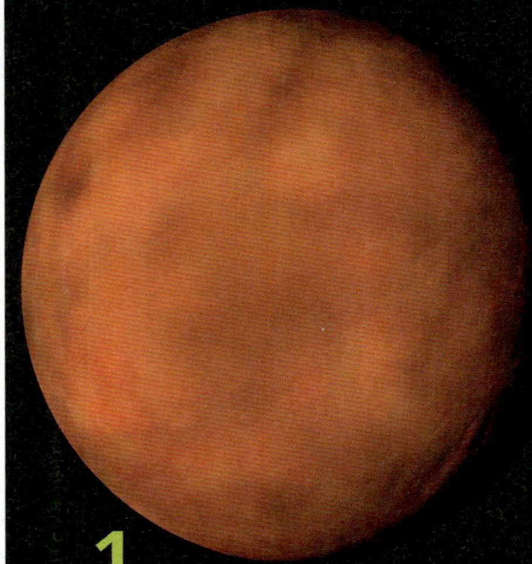

1

−4470 Ma

Tras su formación la Tierra es una esfera de roca candente.

2

−4440 Ma

Un objeto rocoso del tamaño de Marte colisionó con la Tierra. Los residuos de este impacto orbitan como un anillo y se concentran formando la Luna.

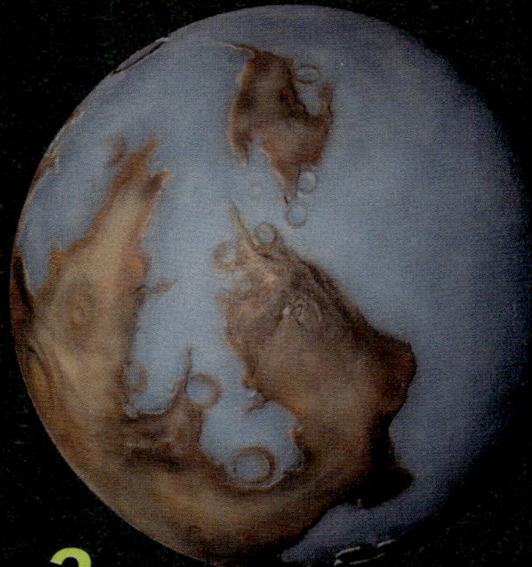

3

−4400 Ma

Indicios de los primeros mares y de la primera corteza continental.

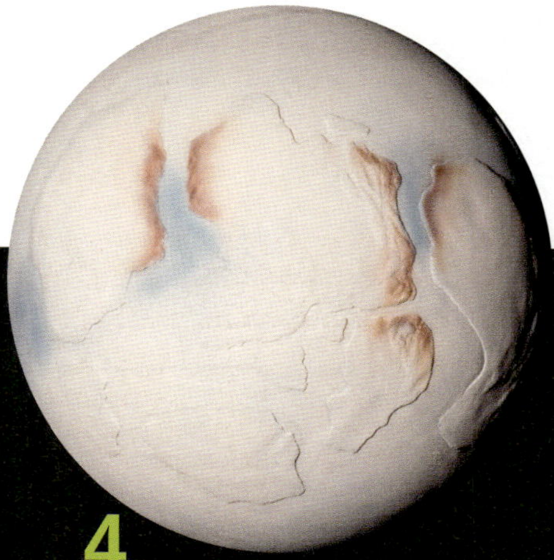

4

−850 Ma −580 Ma

La disminución del efecto invernadero congela la práctica totalidad de la superficie del planeta. Una glaciación casi global convierte a la Tierra en un planeta blanco.

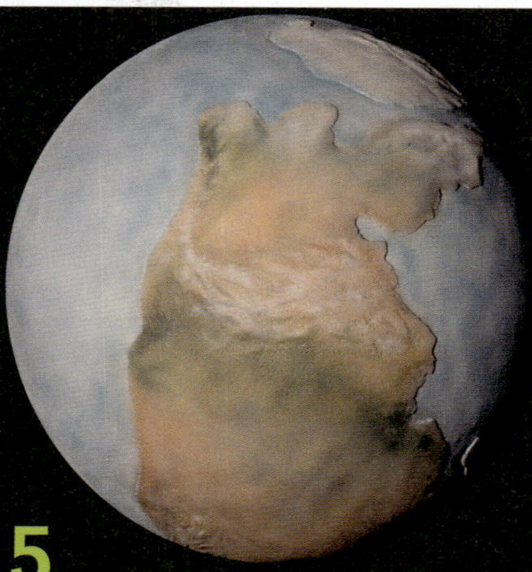

5

−250 Ma

Los continentes están unidos formando un único continente llamado Pangea.

6

En la actualidad

La Tierra hoy.

7

+150 Ma

La geografía de un mundo que nuestra especie probablemente no verá. Han surgido nuevos océanos. Los continentes se han desplazado cambiando la imagen que conocemos del planeta.

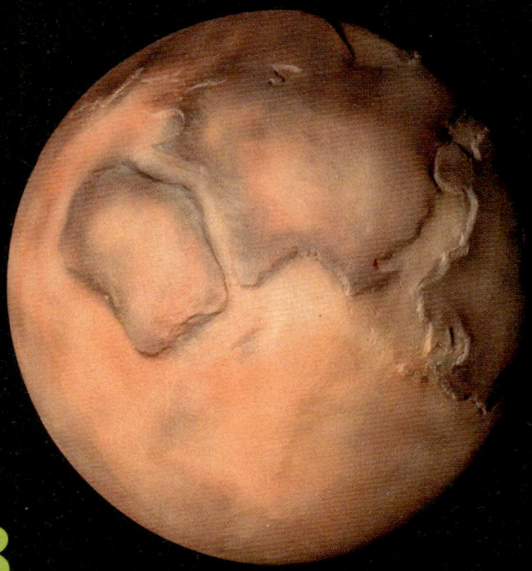

8

+2500 Ma

El Sol ha incrementado su actividad, convirtiéndose en una estrella gigante roja, y su superficie será el único horizonte del planeta. Un planeta abrasado por su estrella. Hay que subrayar la belleza de este final simétrico: la Tierra fue un mar de fuego en su inicio, y probablemente volverá a serlo al final.

ACTIVIDADES

7. Construye en tu cuaderno una línea de tiempo asignando, por ejemplo, 5 cm a cada mil millones de años. Coloca sobre esa línea los números de la secuencia de fotogramas y asigna un título a cada número.
8. ¿Cuándo apareció la última Pangea conocida?

RESUMEN

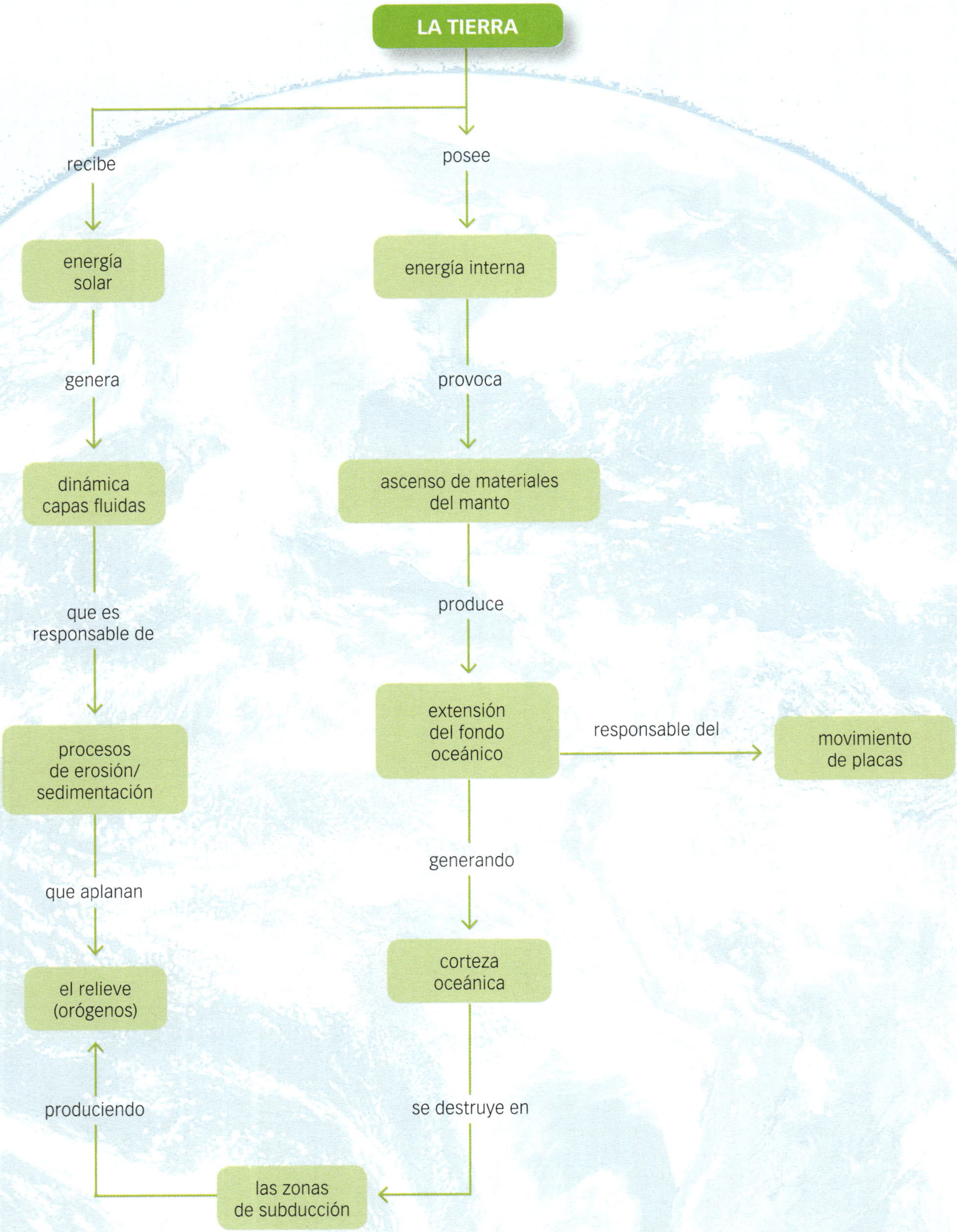

ACTIVIDADES

9. ¿Cuáles son las capas de la Tierra? ¿Y las discontinuidades? ¿Qué papel tiene la propagación de las ondas S y las ondas P para identificar cada una de las capas?

10. Explica la deriva continental según Wegener. ¿Qué pruebas apoyan la teoría de la deriva continental de Wegener?

SABER HACER

Analizar documentos

AYUDA MASIVA PARA LAS VÍCTIMAS DEL TSUNAMI

La comunidad internacional comenzó ayer, tras varios días de titubeos, a prometer enormes sumas de dinero para tratar de mitigar los devastadores efectos del maremoto que ha matado a 150 000 personas en varios países del sureste asiático. [...] Naciones Unidas anunció que ya han sido comprometidos 1850 millones de dólares en lo que constituye la mayor operación de ayuda de la historia. Estados Unidos ha multiplicado por 10 –hasta 350 millones– su aportación inicial, y Japón contribuirá con otros 500 millones.

El mundo entero se vuelca en apoyo de las víctimas del terremoto más fuerte de los últimos 40 años, que desató un tsunami que extendió el horror y la muerte por las costas del sureste asiático. Más de 150 000 personas perdieron la vida y millones se han quedado sin hogar, hacinadas en refugios improvisados que exigen una atención inmediata para evitar epidemias. [...]

Unidades de los Ejércitos de Indonesia, Australia y Estados Unidos trabajaban ayer codo con codo para tratar de socorrer a los supervivientes de la provincia de Aceh, en el extremo norte de Indonesia. Por ser la zona más cercana al epicentro del terremoto de intensidad nueve en la escala Richter, la situación de Aceh es la más dramática. [...]

El Ejército indonesio ha comenzado a evacuar a miles de heridos y damnificados, mientras otros muchos son atendidos en los hospitales de campaña montados por diversos países y ONG. [...]

Entre las donaciones de los Gobiernos y lo recolectado por las ONG de personas privadas y empresas se han conseguido casi 2000 millones de dólares para la mayor operación de ayuda de la historia. Islas Maldivas, país que vive del turismo y donde muchos de sus hoteles quedaron anegados, aunque afortunadamente los muertos no superan los 73, también solicitó ayuda internacional.

Ayer aterrizó allí un avión de la Agencia Española de Cooperación con varias toneladas de tiendas, mantas, medicinas, pastillas de potabilización de agua, medicinas y equipamiento médico. En el avión viajaban miembros de Acción contra el Hambre y de otras ONG, según confirmó Olivia Acosta, portavoz de Acción contra el Hambre. Acosta, de 33 años, se encuentra en Colombo, la capital de Sri Lanka, para coordinar los trabajos de su organización, que también tiene en este país dos cooperantes españoles expertos en agua y saneamiento.

El tsunami inundó los pozos de agua dulce de las arrasadas costas de Sri Lanka con agua salada, con lo que los inutilizó para el consumo. «Vemos, comprobamos y cloramos los pozos para devolver la potabilidad al agua», afirma Acosta. Un nuevo avión, el segundo, de Acción contra el Hambre, llega hoy a Colombo con agua y suplementos alimenticios para menores de cinco años, que son los más débiles en los casos de emergencia, además de colchones, mosquiteras y artículos de primera necesidad.

Entre los primeros en acudir a Sri Lanka tras el desastre se encuentran ocho cooperantes españoles de Bomberos Unidos Sin Fronteras, que han montado un hospital de campaña en Kinia, un pueblo del distrito nororiental de Trincomale. Los rescatadores no lograron encontrar a nadie con vida porque una mayoría aplastante de víctimas falleció ahogada en los 15 minutos que duró la avalancha de agua o después de ser succionada por el mar.

Comprobadas las necesidades de la zona, este equipo será sustituido esta semana por otro de 11 médicos y personal sanitario, además de logistas, y que tienen previsto instalar otros dos hospitales de campaña y una planta potabilizadora. [...]

Médicos del Mundo facilitará asistencia médica, equipamiento y medicinas. [...] La prioridad ahora es dar cobijo y apoyo a toda la población que ha sufrido directamente la pérdida de sus familiares o que se ha quedado sin casa y sin medio de trabajo. [...]

En medio de tanto horror se suceden los roces entre las placas tectónicas, que provocan multitud de terremotos, algunos de gran intensidad, como el de casi siete grados en la escala Richter que sacudió ayer de nuevo la zona. Varios de estos seísmos han sido percibidos por la población, que mira con terror al mar, convencida de que la gran ola volverá.

Georgina Higueras. Colombo (Sri Lanka), 2 de enero de 2005. *El País*.

ACTIVIDADES

11. Busca información sobre el tsunami:
- a) Localización del epicentro.
- b) Fecha en que se produjo.
- c) Países afectados y víctimas estimadas por las autoridades en cada país.
- d) Medidas necesarias para minimizar las consecuencias del desastre.

12. Propón un título alternativo para este documento y haz un resumen del mismo.

13. Describe con frases cortas qué fenómeno desencadenó la catástrofe. ¿Qué condiciones han contribuido a elevar el número de víctimas?

14. Resume en unas pocas líneas los tipos de ayuda que se han enviado a las zonas afectadas por la catástrofe.

15. ¿Se te ocurren otras medidas para apoyar a los afectados? ¿Cuáles?

16. Debate en clase con tus compañeros posibles medidas para evitar catástrofes como esta en el futuro, o al menos minimizar los daños ocasionados.

17. ¿Qué importancia crees que tienen los «avisos» que se pueden recibir en forma de seísmos previos a grandes temblores? ¿Qué papel pueden desempeñar las nuevas tecnologías a la hora de coordinar estos avisos?

18. Señala si son verdaderas o falsas las siguientes afirmaciones.
    a) El vapor de agua, el dióxido de carbono y el metano son gases de efecto invernadero.
    b) El dióxido de carbono es un gas contaminante y no conviene respirarlo.
    c) Sin los gases de efecto invernadero la temperatura del planeta sería de −18 °C.

19. El relieve se erosiona continuamente. ¿Por qué después de miles de millones de años la Tierra no es una inmensa llanura? Elige la respuesta y cópiala en tu cuaderno.
    a) Porque las rocas son muy duras.
    b) Porque la erosión en las altas montañas es muy pequeña.
    c) Porque el movimiento de las placas genera relieves.

20. Donde no hay agua, ¿puede haber erosión? ¿Qué otros agentes la causan?

    Recuerda que la erosión es la suma de dos procesos: meteorización (alteración de las rocas) y transporte del material meteorizado.

21. Un terremoto se produce en el estrecho de Bering. A los 15 minutos lo detecta un sismógrafo en Australia (E_1), y a los 25 minutos, otro en Sudáfrica (E_2).
    a) Calcula la velocidad en km/s de los dos frentes de ondas del dibujo (que viajan por el interior de la Tierra).
    b) ¿Han ido a la misma velocidad?
    c) A partir de esos datos, ¿qué conclusión obtienes? ¿Es la Tierra homogénea en su interior o no?

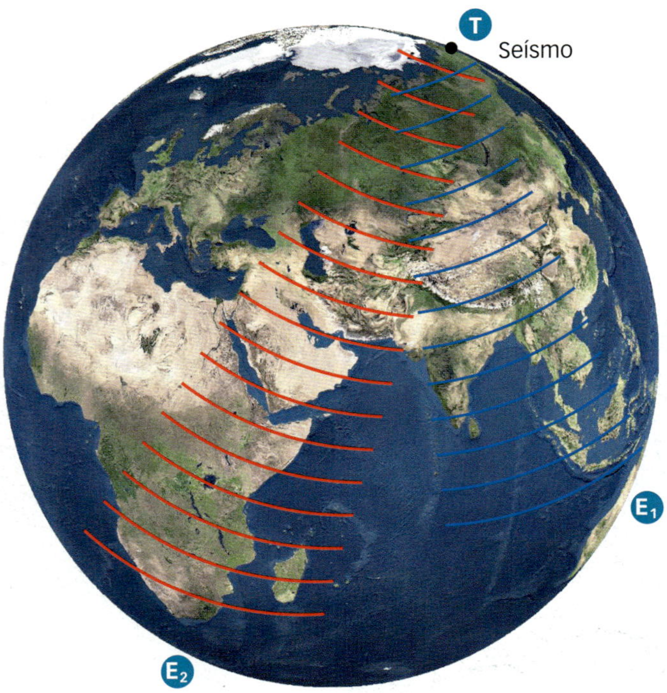

$D_2 = 12\,500$ km
$T_2 = 1500$ s

$D_1 = 8460$ km
$T_1 = 900$ s

22. La mayoría de los terremotos tienen lugar en zonas deshabitadas (una gran parte de ellos en los fondos marinos). ¿Cómo podemos localizar el epicentro, el punto de la superficie terrestre situado sobre el foco del terremoto, si no hay nadie allí para registrarlo?

    En un terremoto se producen ondas P y S. Como las P son más rápidas, a mayor distancia recorrida, mayor será la diferencia de tiempos entre el registro de las P y las S.

    Así, en el trágico terremoto que generó el tsunami de 2004 en el sudeste asiático la diferencia de tiempo entre las ondas P y las ondas S en la estación sismológica de Colombo, capital de Sri Lanka, fue de 2 min 20 s. En la gráfica se observa que esa diferencia se consigue en unos 1700 km de recorrido. Por tanto, el terremoto tuvo lugar en un radio de 1700 km de esta estación.

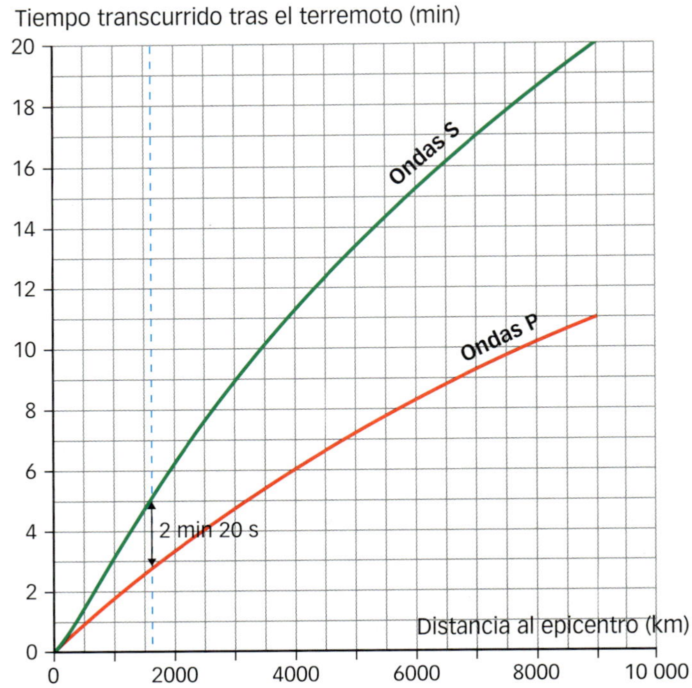

    a) Haz lo mismo con las otras estaciones sismológicas.
    b) Traza el tercer círculo con la distancia de Perth (Australia) al epicentro que has obtenido.
    c) ¿Dónde está el epicentro?

Completa la tabla en tu cuaderno:

Estación sismológica	Diferencia de tiempo entre la llegada ondas P y S	Distancia
Colombo (Sri Lanka)	2 min 20 s	1700 km
Atolón Diego García	4 min	3000 km
Perth (Australia)	6 min	

23. ¿Cómo se ha conocido la estructura del interior de la Tierra si no podemos penetrar en su interior?

a) A través de sondeos profundos.

b) Por la velocidad de transmisión de las ondas sísmicas.

c) Por la densidad de las rocas.

24. ¿Cómo sabemos que el núcleo externo de la Tierra está fundido?

a) Porque, si no lo estuviese, no habría volcanes.

b) Porque lo cuenta Julio Verne.

c) Porque las ondas S de los terremotos no lo atraviesan y sabemos que las ondas S no se propagan a través de los fluidos.

25. Wegener aportó como prueba de la movilidad de los continentes el hecho de que se encuentran restos de bosques tropicales en zonas actualmente heladas y sedimentos glaciares en zonas cálidas.

¿Cómo defenderías su hipótesis ante respuestas como esta otra?

«El clima en el pasado ha cambiado y han existido épocas cálidas en las que la vegetación cubrió zonas actualmente frías y épocas frías en las que los hielos llegaron hasta los trópicos».

26. Responde a las siguientes preguntas sobre la teoría de la tectónica global:

a) ¿En qué evidencias se basaron los científicos para proponer la expansión del suelo oceánico y la teoría de la tectónica global?

b) ¿Por qué se expande el fondo de los océanos?

c) En los océanos, ¿dónde se localizan las rocas más jóvenes?

d) ¿Crees que la tectónica global puede explicar el movimiento de las placas litosféricas? ¿Por qué?

27. Responde a las siguientes preguntas sobre la estructura de la Tierra:

a) ¿Qué es una discontinuidad?

b) ¿Cuántas discontinuidades tiene la Tierra? ¿Cuáles son?

c) ¿Qué relación hay entre las discontinuidades y las capas de la Tierra?

d) ¿Cuáles son los factores responsables de la energía interna de la Tierra?

28. Observa este corte de la Tierra.

a) Marca con una D las dorsales y con una S las zonas de subducción.

b) Marca con flechas el movimiento de las placas.

c) ¿Qué procesos geológicos ocurren en las zonas que has marcado con una D y con una S?

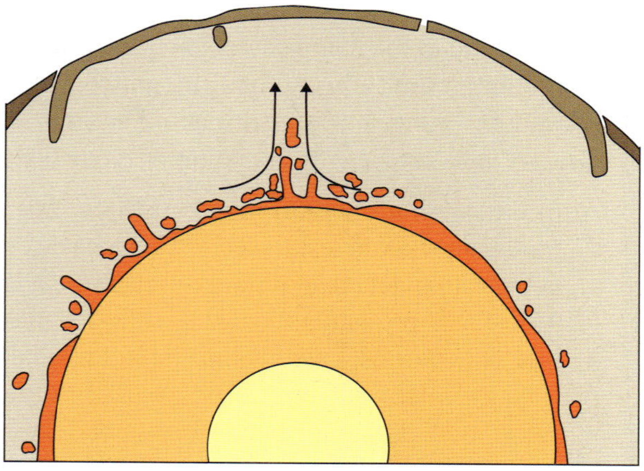

29. ¿Cuántos millones de años hace que estuvieron África y Sudamérica en esta situación?

30. La altitud media del Himalaya está aumentando. ¿Por qué? ¿Cuándo dejará de aumentar? Razona y explica con dibujos tu respuesta.

CIENCIA EN TU VIDA

La Red Sísmica Mundial, o cómo la Guerra Fría sirvió para confirmar la tectónica de placas

En la década de 1950 Estados Unidos y la antigua Unión Soviética, tras haber fabricado miles de bombas termonucleares, deseaban aprobar un tratado para que nadie más pudiese unirse al club de potencias atómicas. Un arsenal nuclear apenas tiene valor si de vez en cuando no se hace estallar alguna bomba para ver qué tal funciona. ¿Cómo detectar las pruebas? Mediante sismógrafos: las bombas atómicas, incluso las pequeñas, crean potentes ondas de choque que se pueden detectar a cientos de kilómetros de distancia.

Aquí entraron en acción los científicos. Los estadounidenses querían establecer estaciones de control en la Unión Soviética, algo que horrorizaba a los soviéticos. Estos pretendían, basándose en los informes de sus sismólogos, que podían detectar cualquier prueba atómica realizada en cualquier punto del mundo, y que, por tanto, cada potencia podía vigilar a la contraria desde su casa sin invadir su territorio. Pero sus colegas estadounidenses tenían más dificultades en distinguir las ondas sísmicas naturales de las producidas por explosiones nucleares (▸ Figura 1.23).

Al final, todo se aclaró. Las rocas de la Unión Soviética eran más antiguas y frías, y transmitían las ondas sísmicas mejor que las de Nevada (más recientes y calientes), donde los norteamericanos hacían sus pruebas. Una vez resuelto el problema, se procedió a establecer una red mundial de sismógrafos, la WWSSN (▸ Figura 1.24) para detectar pruebas atómicas secretas.

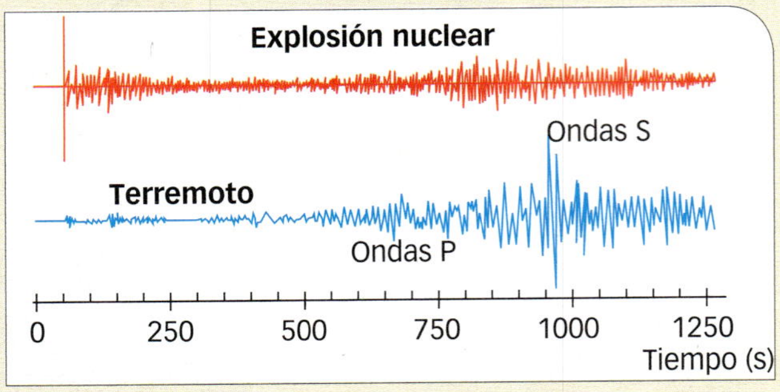

Figura 1.23. Ondas sísmicas provocadas por una explosión nuclear y por un terremoto. En las del terremoto se distingue muy bien cuándo llegan las ondas P, y después de un intervalo, las ondas S.

El final de la historia es agridulce. La red no impidió la fabricación de más bombas, y hoy existen ya nueve países con arsenales atómicos. Sin embargo, tal cantidad de sismógrafos permitió un enorme avance en el conocimiento del interior de la Tierra. Los registros sísmicos fueron fundamentales para saber qué sucede en el manto terrestre; en ese 67 % del planeta que Wegener no pudo conocer, y que hoy sabemos que es la factoría donde se producen los procesos geológicos que vemos en la superficie de la Tierra.

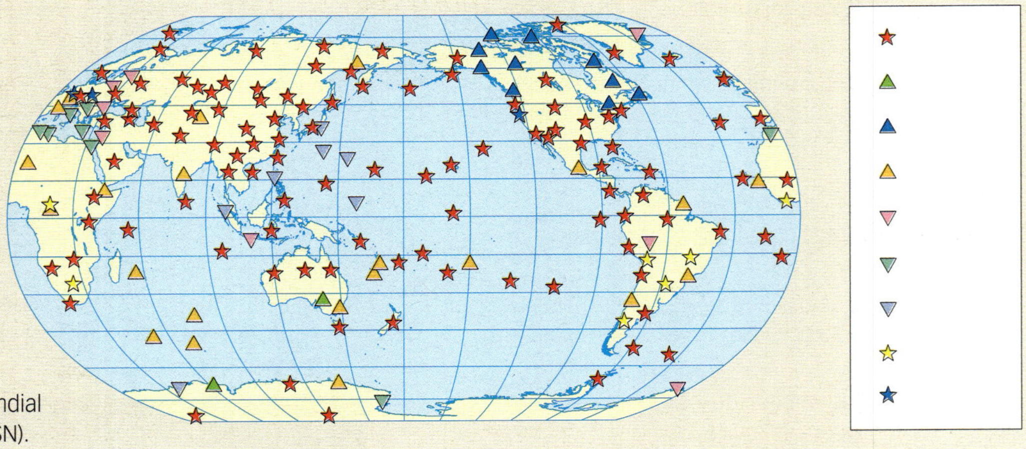

Figura 1.24. Red mundial de sismógrafos (WWSSN).

¿Qué nos falta por descubrir?

Sabemos más acerca de muchas galaxias lejanas que del interior de nuestro planeta. Aún existen lagunas en nuestro conocimiento sobre la Tierra. Por ejemplo:

- ¿Qué composición tenía la atmósfera primitiva?
- ¿Desde cuándo hay tectónica de placas en la Tierra?
- ¿Cómo es realmente el interior del planeta?
- ¿Se reciclan por completo las placas litosféricas, o parte de su material se queda en la base del manto?
- ¿Cómo podremos prevenir los terremotos?
- ¿Cuál será la geografía de los continentes en el futuro?
- ¿Cuál es la causa de las glaciaciones? ¿Las experimentan otros planetas?

2 El origen de la vida y el origen del ser humano

CONTENIDOS

Huellas dejadas en Laetoli (Tanzania) por los *Australopithecus afarensis* hace unos tres millones de años.

Un puñado de tierra contiene millones de seres vivos: la Tierra hierve de vida.

El personaje literario del doctor Frankenstein, que creó un monstruo a partir de restos humanos y consiguió infundirle vida, se ha convertido en un ejemplo clásico de la obsesión de la humanidad por comprender la frontera entre lo animado y lo inanimado.

PARA COMENZAR

- ¿Cómo pudo originarse la vida?
- ¿Cómo evolucionó la vida en la Tierra?
- ¿Qué procesos llevaron a la aparición del ser humano?
- ¿Qué probabilidades hay de que exista vida fuera de nuestro planeta?

Composición (en porcentaje de átomos)			
Corteza terrestre		Cuerpo humano	
O	47	H	63
Si	28	O	25,5
Al	7,9	C	9,5
Fe	4,5	N	1,4
Ca	3,5	Ca	0,3
Na	2,5	P	0,2
K	2,5	K	0,06
Mg	2,2	S	0,05
Ti	0,46	Cl	0,03
H	0,22	Na	0,01
C	0,19	Mg	0,01

Figura 2.1. Elementos más abundantes en la corteza terrestre y en el cuerpo humano.

1 La receta de la vida (C, H, O, N)

Los seres vivos que pueblan el planeta son muy diferentes entre sí, pero todos tienen en común una organización interna. Son capaces de reproducirse y necesitan energía para realizar sus funciones vitales.

1.1. ¿De qué está hecha la materia viva?

De los 90 elementos químicos que se encuentran en la naturaleza, solo unos veinte forman parte de los seres vivos.

Parece claro que la materia viva no está compuesta por los elementos más abundantes en la corteza terrestre (▸ Figura 2.1), como, por ejemplo, el silicio y el aluminio, sino que los elementos que la constituyen de forma mayoritaria son el **hidrógeno**, el **oxígeno** y el **carbono**. El hidrógeno y el oxígeno se encuentran fundamentalmente como agua.

Pero ¿por qué el **agua** (H_2O) y el **carbono** (C) constituyen el 98 % de nuestro organismo?

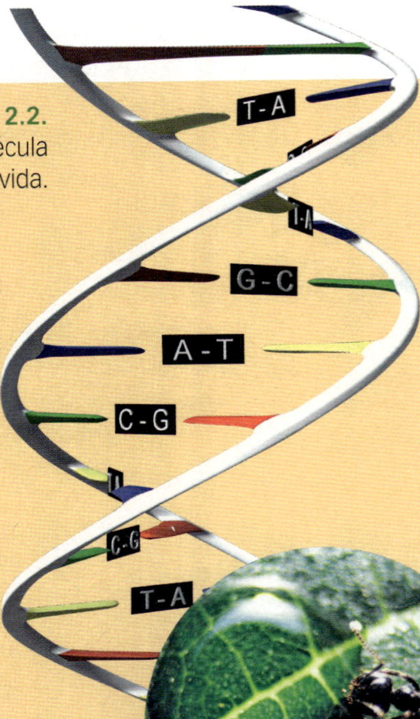

Figura 2.2. El carbono es fundamental en la molécula de ADN y esencial para la vida.

INFORMACIÓN CLAVE

El agua: un buen disolvente

Se ha discutido mucho si el agua es imprescindible para la vida; pero, hasta donde sabemos, ninguna sustancia conocida podría suplirla.

En los seres vivos se producen reacciones químicas continuamente. Para que estas reacciones se lleven a cabo hace falta un disolvente: el agua. Por eso el agua es fundamental para la vida y una gran parte de los seres vivos es agua (▸ Figura 2.3).

La estructura del carbono

La gran ventaja del carbono es que este átomo puede formar cuatro enlaces y dar lugar a muchas y muy distintas moléculas diferentes de cadena muy larga (▸ Figura 2.2), que formarán millones de compuestos con interesantes propiedades químicas. Entre ellos, todas las moléculas esenciales para la vida: los **glúcidos**, los **lípidos**, las **proteínas** y los **ácidos nucleicos**. El nitrógeno también es un elemento fundamental, ya que con él se construyen las proteínas.

Figura 2.3. Gracias al agua se llevan a cabo las reacciones químicas necesarias para los seres vivos.

El resto de los elementos de nuestro cuerpo se encuentran en él en cantidades muy reducidas. Pero, a pesar de la pequeña proporción de estos otros elementos, sin ellos no podríamos vivir. Por ejemplo:

- Sin **hierro** no seríamos capaces de fabricar la hemoglobina de nuestra sangre.
- Sin **selenio** nuestro hígado dejaría de funcionar.
- El **azufre** es un componente esencial del pelo y las uñas.
- Sin **potasio** los impulsos nerviosos se interrumpirían.

EXPERIMENTO CLAVE

¿De qué está hecha una manzana?

A través de un experimento sencillo una simple manzana nos puede contar qué compuestos contiene la materia viva y en qué proporción. Observa la siguiente experiencia:

1

Figura 2.4. Cortamos una manzana de 200 g y la metemos en el horno a 100 °C durante dos o tres horas.
A esa temperatura la manzana perderá el agua que contiene.

2

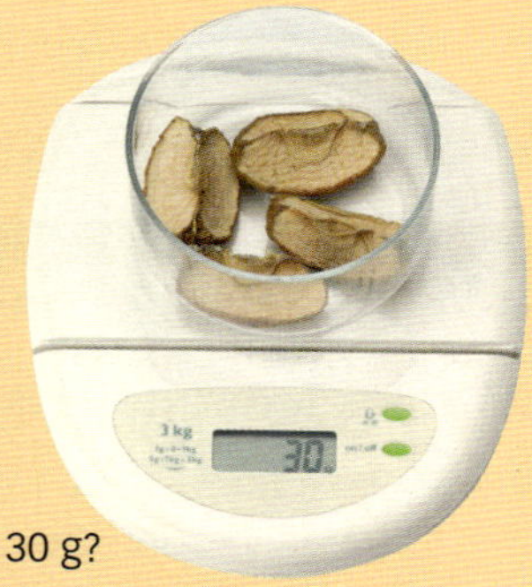

Figura 2.5. Al sacarla del horno, pesamos la manzana desecada: pesa 30 g.

Esto significa que el 85 % de la manzana era agua.

¿Qué queda en estos 30 g?

Figura 2.6. La manzana desecada se trocea y se pone al fuego dentro de un Erlenmeyer tapado para que no arda en contacto con el oxígeno.

Al cabo de un rato, se observa condensación de agua (hidrógeno y oxígeno) en las paredes del Erlenmeyer.

3

Al final quedan 10 g de manzana carbonizada (no quemada), que es fundamentalmente carbono (C).

¿De dónde sale el agua si la manzana estaba perfectamente desecada?

Pues del hidrógeno y el oxígeno que forman la mayoría de los compuestos que constituyen la manzana.

Figura 2.7. Los 10 g carbonizados se ponen al fuego en un crisol, y en contacto con el aire el carbono reacciona con el oxígeno produciendo CO_2.

Por tanto, los 30 g contenían básicamente compuestos hechos de H, O y C.

4

El residuo de cenizas de 2 g está formado por otros elementos, como el nitrógeno, el calcio, el fósforo o el potasio, que forman parte de las sales minerales.

Conclusión

Composición de la manzana (porcentaje en peso)

Agua (H_2O): 85 %; **glúcidos** (compuestos de C, H y O): 14 %; **sales y otros elementos** (N, K, Mg, Ca, etc.): 1 %.

ACTIVIDADES

1. Observa la tabla adjunta y justifica el alto porcentaje de agua que hay en muchos seres vivos.

2. Indica para qué sirven los cuatro elementos químicos más abundantes en los seres vivos. ¿Y los menos abundantes? ¿Qué funciones desempeñan el hierro, el azufre, el calcio y el potasio?

3. ¿Por qué se pueden construir moléculas de cadena muy larga con el carbono?

Ser vivo	% agua
Medusa	99
Tomate	95
Manzana	85
Ser humano	70
Algunos insectos	40

1.2. Energía para la vida

Además de materia, la vida necesita energía y la obtiene a partir de reacciones químicas en las que interviene materia orgánica, la cual se ha fabricado fundamentalmente en un proceso denominado **fotosíntesis** que realizan los vegetales, las algas y algunas bacterias.

De la materia orgánica sintetizada en la fotosíntesis (glúcidos) se obtiene la energía necesaria para la vida en un proceso denominado **respiración celular**.

Dependiendo de dónde obtienen la materia orgánica, los organismos se pueden clasificar en dos tipos: **autótrofos** y **heterótrofos**.

INFORMACIÓN CLAVE

Autótrofos fotosintéticos

Son los organismos que fabrican materia orgánica a partir de materia inorgánica (sales minerales, agua y otras sustancias) y energía solar (▸ Figura 2.8).

Figura 2.8. Además de la fotosíntesis (solo de día), para obtener energía las plantas realizan la respiración celular (día y noche), cuya reacción es:

$$C_6H_{12}O_6 + 6\ O_2 \rightarrow 6\ CO_2 + 6\ H_2O + \text{energía}$$

Heterótrofos

Son los organismos que se nutren de materia orgánica previamente elaborada por los organismos autótrofos (▸ Figura 2.9).

Figura 2.9. Obtenemos la energía que necesitamos para la vida de la materia orgánica (en este caso, la manzana) que ha elaborado una planta gracias a la fotosíntesis.

La mayoría de los seres vivos utilizan el oxígeno para extraer la energía de la materia orgánica sintetizada (autótrofos) o adquirida (heterótrofos). Sin embargo, algunos tipos de bacterias pueden obtenerla a partir de reacciones con otros elementos y compuestos, como el hidrógeno o los sulfuros que emiten los volcanes: son los organismos **quimiosintéticos**.

2 Definiendo la vida

Los científicos llevan mucho tiempo preguntándose qué es la vida, pero ni siquiera se han puesto de acuerdo en una definición. Hemos seleccionado seis definiciones de famosos científicos:

CIENTÍFICOS

CHRISTIAN DE DUVE

Bioquímico, Premio Nobel de Fisiología o Medicina en 1974.

“*La vida es* ***desequilibrio****.*”

CARL SAGAN

Astrofísico.

“*La vida es una región donde* ***se incrementa el orden*** *en ciclos movidos por un* ***flujo de energía****.*”

ROBERT SHAPIRO

Bioquímico.

“*Una zona separada del medio, que incluya una fuente de energía, que* ***se adapte al medio y evolucione****, y que sea* ***capaz de reproducirse****.*”

CHRIS McKAY

Astrobiólogo.

“*La vida es* ***información y ADN replicable*** *(mediante proteínas) al abrigo de una* ***membrana****.*”

LESLIE ORGEL

Bioquímico.

“*La vida es un objeto complejo que contiene* ***información, se reproduce y evoluciona*** *por selección natural.*”

FRANCIS CRICK

Bioquímico, Premio Nobel de Fisiología o Medicina en 1962 por su descubrimiento del ADN.

“*Por lo complicada que es, casi un* ***milagro****.*”

Además de materia y energía, la vida necesita utilizar diversos mecanismos para adaptarse a las variaciones de las condiciones ambientales y para cambiar. A esto se le denomina **evolución**.

ACTIVIDADES

4. Lee el siguiente texto que aparece en el libro *Cosmos* de Carl Sagan y argumenta si el fuego es un ser vivo o no.

Después de la tormenta hubo un chisporroteo y un crujido en el bosque cercano. Fuimos a ver qué pasaba. Había una cosa brillante, caliente y movediza, amarilla y roja. Nunca habíamos visto cosa semejante. Ahora le llamamos «llama». Tiene un olor especial. En cierto modo es una cosa viva. Come comida. Si se le deja come plantas y brazos de árboles, incluso árboles enteros. Es fuerte. Pero no es muy lista. Cuando acaba toda su comida se muere. Es incapaz de andar de un árbol a otro a un tiro de lanza si no hay comida por el camino. No puede andar sin comer. Pero allí donde encuentra mucha comida crece y da muchas llamas hijas.

Uno de nosotros tuvo una idea atrevida y terrible: capturar la llama, darle un poco de comer y convertirla en amiga nuestra. Encontramos algunas ramas largas de madera dura. La llama empezó a comérselas, pero lentamente. Podíamos agarrarlas por la punta que no tenía llama. Si uno corre deprisa con una llama pequeña, se muere. Sus hijos son débiles. Nosotros no corrimos. Fuimos andando, deseándole a gritos que le fuera bien. «No te mueras» decíamos a la llama. Los cazadores nos miraban con ojos asombrados.

5. ¿Basta con combinar los ingredientes de la materia viva y proporcionarles energía para obtener vida? (▶ Figura 2.10).

Figura 2.10. El doctor Frankenstein logró crear vida, pero solo en la novela (*Frankenstein o el Moderno Prometeo*, Mary W. Shelley).

3 El origen de la vida

La vida es un fenómeno complejo, que requiere muchos y precisos equilibrios. Buceemos hacia el pasado remoto de la Tierra para ver si podemos comprender cómo los sistemas vivos pudieron surgir en nuestro planeta.

3.1. ¿De dónde procede el carbono? estrellas

Ya sabemos que el carbono es un elemento básico para la vida. La nebulosa a partir de la cual se formaron la Tierra y los demás cuerpos del sistema solar contenía cierta proporción de carbono. Cuando se condensó nuestro planeta, incorporó parte de este. En la corteza constituye el 0,19 %, pero la parte del planeta más rica en carbono (cincuenta veces más que la corteza) es la **biosfera**, la zona superficial de nuestro planeta formada por la materia viva.

¿Cómo se ha producido esa concentración en los seres vivos? Los volcanes y fumarolas emiten carbono procedente del interior, en forma de CO_2 que, en parte, es fijado por las plantas y las bacterias fotosintéticas. De estos organismos pasa al resto de las cadenas tróficas de la biosfera (▸ Figuras 2.11 y 2.12).

Figura 2.11. Durante las erupciones, los volcanes emiten dióxido de carbono a la atmósfera.

Figura 2.12. Las plantas absorben dióxido de carbono de la atmósfera al realizar la fotosíntesis.

3.2. ¿De dónde procede el agua? es parte a bordo de cometas.

Veamos ahora el otro componente básico de la vida: el **agua**. Es curioso que los científicos todavía discutan de dónde ha venido el agua de los mares. Durante el origen del sistema solar, el agua no pudo condensarse en órbitas cercanas al Sol, ya que las temperaturas eran muy elevadas. Por tanto, la hipótesis más aceptada es que en la Tierra cayeron multitud de asteroides y cometas, procedentes de lugares más allá de la órbita de Marte, que contenían mucha agua en estado sólido, la cual se incorporó al planeta en formación dando lugar a la hidrosfera primitiva (▸ Figura 2.13).

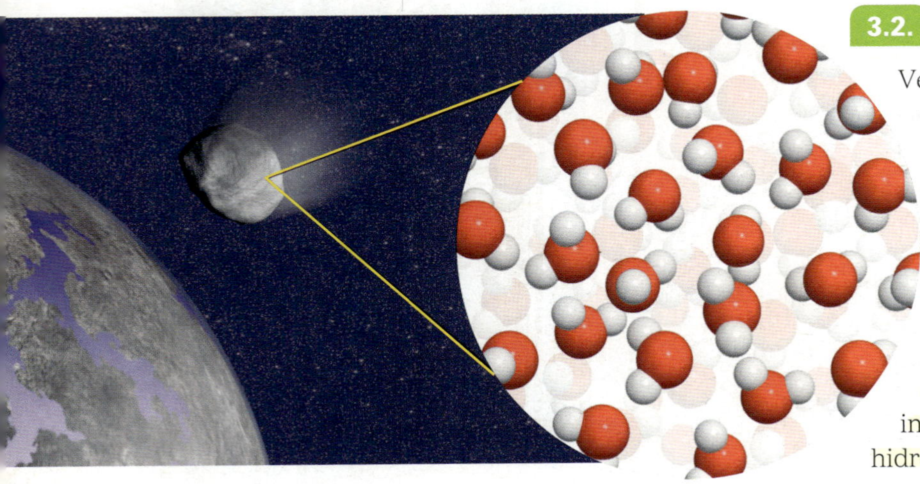

Figura 2.13. Se cree que los asteroides trajeron el agua a la Tierra.

3.3. Un escenario para la vida

El escenario en el que surge la vida en la Tierra está bastante bien definido:

- **Un interior muy caliente.** Lo que significa vulcanismo muy intenso. Como la mayoría de los continentes aún no se habían formado, casi todo el vulcanismo era submarino. Muchos organismos primitivos (como las bacterias) viven cerca de fumarolas submarinas, en aguas muy cálidas ricas en minerales disueltos, sin necesidad de energía solar.
- **Una atmósfera densa sin oxígeno en un planeta oceánico.** En la protoatmósfera no había oxígeno y, por tanto, tampoco había ozono que protegiese la superficie del planeta de los mortíferos rayos ultravioletas, capaces de destruir cualquier atisbo de vida. Por eso la vida lo hubiese tenido difícil para prosperar de no estar protegida bajo un gran espesor de agua.

Así que el escenario sería un planeta oceánico con volcanes submarinos.

Para comprender el origen de la vida vamos a visitar un volcán submarino activo.

• Fuentes hidrotermales (chimeneas)

SABER MÁS

Cómo la vida cambió el planeta

James Lovelock (n. 1919) ha dicho que los mayores cambios ambientales no son los que está produciendo el ser humano, sino los que causaron las bacterias. El más apreciable fue el cambio de la composición de la atmósfera: la protoatmósfera no contenía oxígeno. Probablemente los primeros oxigenadores de la atmósfera no fueron las plantas, sino las **cianobacterias**. Hace 2400 millones de años habían producido tanto oxígeno que este llegó a la alta atmósfera, donde formó la **capa de ozono**.

INFORMACIÓN CLAVE

Interior de un volcán submarino

Del interior de la corteza está brotando una especie de humo negro: son partículas de pirita, un mineral de fórmula FeS_2. Se forman en una reacción química en la que intervienen bacterias y que desprende energía. Esta energía química es aprovechada por las propias bacterias para vivir. Este proceso se llama **quimiosíntesis** (► Figura 2.14).
(no llega a luz)

Otros seres microscópicos se alimentan de las bacterias, y así se generan ecosistemas complejos, ¡hasta 300 especies!, que no dependen, como las fotosintéticas, de la energía del Sol, sino de la energía interna del planeta.

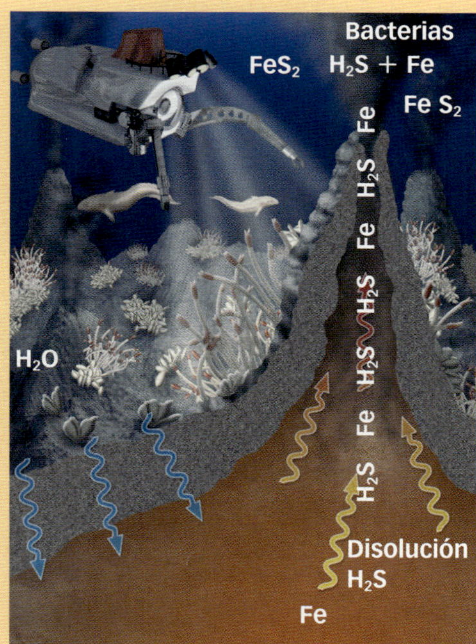

Figura 2.14. Esquema de un volcán submarino.

¿Cómo sabemos que no había oxígeno?

Parece imposible conocer un dato de una atmósfera del pasado, que ya no existe, pero no es tan difícil si observamos bien.

En algunos lugares de la Tierra se conservan dos series de capas sedimentarias (estratos) superpuestas. Estos dos estratos de roca sedimentaria contienen un mineral de hierro llamado pirita. Este mineral no presenta el mismo aspecto en las dos capas.

En la capa inferior, más antigua, es brillante (► Figura 2.15), mientras que en la superior, más moderna, está oxidado. (► Figura 2.16)

Datando las rocas se conoce el momento a partir del cual apareció oxígeno disuelto en el agua, oxígeno que, poco a poco, pasó a la atmósfera.

Figura 2.15. Capa inferior. Pirita sin oxidar.

Figura 2.16. Capa superior. Pirita oxidada.

• Panspermia.

• teoria de la sopa → miller

3.4. Un experimento histórico

Exp Miller ("sopa") → ARN metabolismo
panspermia
H. origen vida
Fuentes hidrotermales.

Una vez conocido el escenario donde se originó la vida, debemos responder a la pregunta **¿cómo se transformó la materia inerte en materia viva?**

En 1953 el estudiante de bioquímica **Stanley Miller** (1930-2007) sintetizó aminoácidos (los bloques que forman las proteínas) a partir de amoniaco, vapor de agua, hidrógeno y metano, que, según se suponía entonces, eran los gases de la atmósfera primitiva (▸ Figura 2.17). Miller propuso que esta síntesis había tenido lugar en la Tierra primitiva y que había sido el primer paso para la aparición de vida.

Figura 2.17. El experimento de Miller. En A se introdujo una mezcla de vapor de agua, hidrógeno, amoniaco y metano, sometida a descargas eléctricas producidas en B; en C se recogían las moléculas sintetizadas, aminoácidos entre otras.

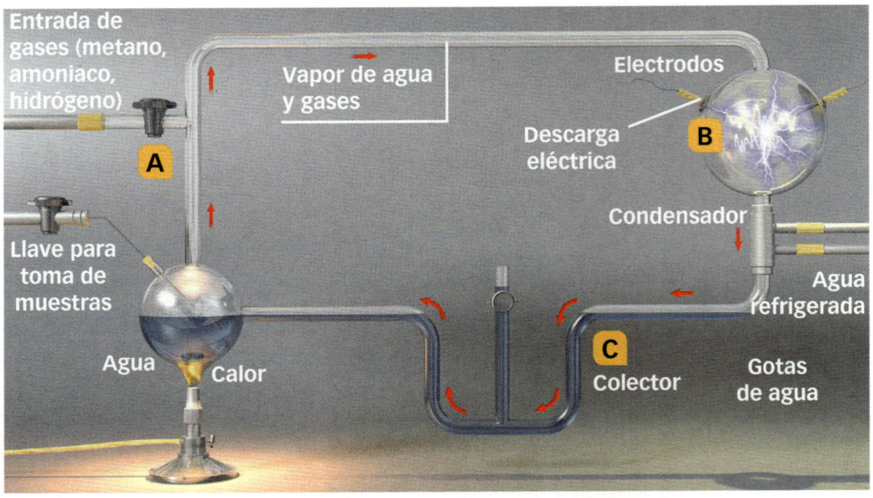

Sin embargo, hoy sabemos que probablemente nunca hubo mucho metano (un gas muy inestable) en la atmósfera de la Tierra. Así pues, el experimento de Miller tiene un valor histórico, pero no explica el origen de la vida. Lo que sí demostró fue que **es posible sintetizar materia orgánica a partir de inorgánica**. Hasta la realización de este experimento solo se obtenía materia orgánica a partir de los seres vivos.

en relación

3.5. Lo que pensamos hoy sobre el origen de la vida (no en detalle)

Hipótesis metabólica. Determinadas moléculas sencillas se aislaron del medio mediante una membrana. Algunas de estas nuevas estructuras desarrollaron procesos químicos de complejidad creciente que condujeron a la capacidad de reproducir la estructura.

Mundo ARN (▸ Figura 2.18). Actualmente algunos bioquímicos proponen que moléculas de ARN (que estudiaremos en otro tema) surgidas al azar, capaces de mutar y replicarse, comenzaron la cadena de la evolución.

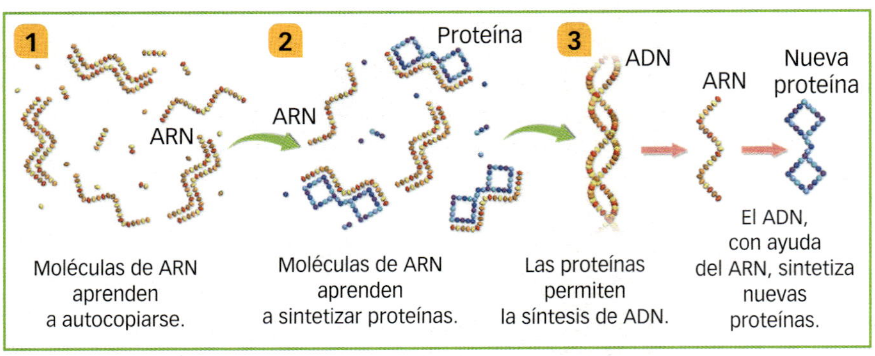

Figura 2.18. Modelo esquemático del mundo de ARN: en Condie y Sloan (1998).

SABER MÁS

Panspermia

Esta hipótesis la defienden quienes creen que las primeras formas de vida pudieron llegar del espacio.

Puntos a favor

- En las nebulosas se han descubierto muchas moléculas que forman parte de los seres vivos.
- Los choques de otros cuerpos contra la Tierra están demostrados.
- Si el agua llegó a bordo de asteroides, ¿por qué no pudieron estos traer también unas cuantas bacterias en forma de esporas?
- Las características comunes de los seres vivos parecen indicar que la vida comenzó a partir de un patrón único.

Puntos en contra

- Todavía no hay ninguna prueba de que exista vida fuera de la Tierra.
- La panspermia no soluciona el problema del origen de la vida: solo lo traslada de escenario.

3.6. La vida, en el principio y ahora

De momento no se sabe cómo pudieron ser las primeras moléculas vivas, con capacidad de autorreplicarse. Lo que sí se puede comprobar es que la vida ya dejó su huella en las rocas más antiguas de la Tierra.

Isua es una región remota de Groenlandia, situada en el borde de su enorme casquete glaciar a la que solo se puede llegar en helicóptero (▸ Figura 2.19). Allí aparecen capas de rocas que hace 3850 millones de años se depositaron en forma de fango en el fondo de un mar poco profundo. Y es en este exótico lugar donde la vida nos ha dejado su primera firma. ¿Cómo lo sabemos?

Algunos de los minerales de las rocas de Isua son carbonatos. El carbono que contienen estos carbonatos presenta dos variedades, o **isótopos**, de pesos atómicos 12 (^{12}C) y 13 (^{13}C). Y es en estos isótopos donde los geoquímicos leen las huellas de la vida.

Los seres vivos poseen un tipo de proteína que permite la asimilación del ^{12}C, pero no del ^{13}C. Así que **los sedimentos donde haya habido seres vivos quedarán enriquecidos en ^{12}C**. Esto es precisamente lo que los científicos descubrieron en las rocas de Groenlandia en 1999. Calculando la edad de las rocas donde aparecen estos sedimentos podemos conocer la fecha mínima de aparición de la vida.

Se suele admitir que la vida apareció en la Tierra hace aproximadamente unos 3450 millones de años. No sabemos cómo eran estos seres, pero hemos detectado su actividad.

SABER MÁS

¿Qué es un isótopo?

Los isótopos son átomos de un mismo elemento químico que tienen distinto número de neutrones y, por tanto, masas diferentes.

En un mismo elemento pueden existir isótopos estables e isótopos que se desintegran al cabo de cierto tiempo: son los **isótopos radiactivos**.

Figura 2.19. Los sedimentos de Isua, Groenlandia. Este paisaje encierra las evidencias de los primeros seres vivos.

SABER HACER

Deducir la edad de una roca

Dentro de sus minerales muchas rocas contienen «relojes»: minerales con **isótopos radiactivos** que sirven para medir cuánto tiempo hace que el mineral se formó.

Los núcleos de estos isótopos son inestables, por lo que se desintegran a una velocidad que depende del isótopo, aunque aquí nos interesan los que se desintegran lentamente. Este proceso se produce a una velocidad constante, y en ella se generan otros elementos, llamados **radiogénicos**. Cuanto más tiempo haya pasado desde la formación del mineral, menos elementos radiactivos y más radiogénicos habrá en este.

Por tanto, bastará con medir las proporciones de unos y otros para saber la edad de formación de la roca que contiene el mineral.

Por ejemplo, la roca de la figura 2.20 contiene circones, minerales muy duros con los isótopos radiactivos uranio-235 y uranio-238 que se van desintegrando. En la actualidad quedan solo un 2,5 % de uranio-235 y un 57 % de uranio-238.

Usando la gráfica (▸ Figura 2.20) comprobamos que estos porcentajes indican que la edad del mineral es de 3600 millones de años.

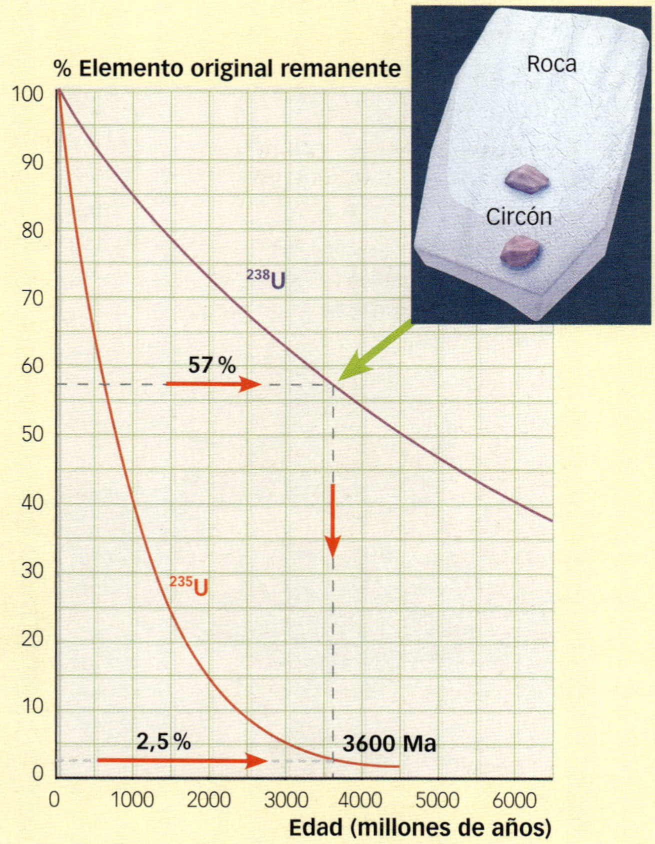

Figura 2.20. El circón ($ZrSiO_4$) contiene isótopos radiactivos del uranio. La gráfica representa las curvas de desintegración de los dos isótopos.

4 La evolución y sus pruebas

La cantidad total de especies diferentes que habitan la Tierra podría llegar a 30 e incluso a 50 millones. Hasta ahora solo se han catalogado unos dos millones, lo que significa que podríamos desconocer más del 75 % de los seres vivos del planeta.

Todas estas especies que pueblan la Tierra proceden de antepasados comunes cuyos restos, **fósiles**, han quedado encerrados en rocas.

¿Cómo ha sido posible pasar del tímido origen de la vida que surgió hace 3450 millones de años a la increíble variedad actual? El concepto clave se conoce como **evolución**.

Existen tres tipos de pruebas que apoyan la evolución:

- Las **biológicas**, que se basan en organismos actuales.
- Las **paleontológicas**, que están apoyadas en los fósiles.
- Las **moleculares**, cuya base es la genética.

4.1. Pruebas biológicas

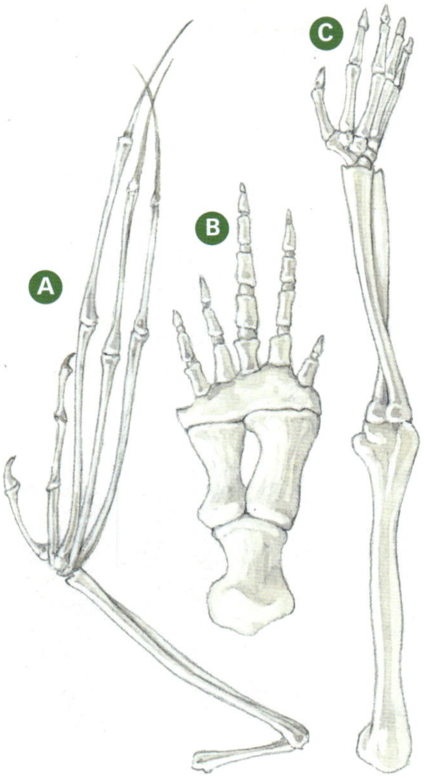

Figura 2.21. Los huesos de las extremidades del murciélago (A), la ballena (B) y el ser humano (C) son comparables, aunque sus proporciones sean muy distintas. Están formadas por los mismos huesos, pero sus funciones son muy diferentes.

Hay numerosas pruebas biológicas, como son la disposición y estructura de los huesos y los órganos vestigiales. Tomemos como modelo los huesos de las extremidades de animales tan diferentes como el murciélago, la ballena y el ser humano (▸ Figura 2.21): su disposición y estructura son tan semejantes, que es inevitable pensar que se trata de **adaptaciones de una única anatomía**, la del antepasado común, a usos distintos.

Otra prueba la proporcionan los **órganos vestigiales**: partes del cuerpo sin ninguna utilidad en la especie actual (▸ Figura 2.22). Esto indica de nuevo la existencia de antepasados de formas de vida muy diferentes.

El ser humano tiene más de 100 estructuras vestigiales, desde el apéndice hasta las vértebras del coxis, un vestigio de nuestros ancestros con rabo.

Sin embargo, la prueba definitiva de la evolución es el hecho de que todos los organismos vivos posean el mismo sistema de transmisión de la información, el ADN, y compartan las mismas proteínas y reacciones químicas. Esto sería una casualidad inaceptable si todos los seres vivos no estuviesen emparentados.

Figura 2.22. El fémur y la pelvis de la ballena son órganos vestigiales, ya que esta no tiene extremidades posteriores.

P. paleontológicas
- series filogenéticas ej: caballos (cambio gradual)
- No hace falta aprender los nombres.
- formas puentes — Arqueopteryx (reptil - ave) / Ictiostega (pez - anfibio)

4.2. Pruebas paleontológicas

: fósiles

Los fósiles constituyen las **pruebas paleontológicas**. Hasta el momento se han clasificado 1,5 millones de fósiles diferentes, pero ¿cuántas especies habrán poblado la Tierra en el pasado?

Algunos paleontólogos han aventurado el número de 991 millones, lo que supondría que solo hemos encontrado fósiles de una de cada 660 especies. Sin embargo, esta pequeña muestra es suficiente para plantear un gran árbol de cómo ha evolucionado la biosfera. En él toda la vida queda interrelacionada y se remonta hasta el origen, como senderos que nos condujesen hasta una única puerta. Observa que en el árbol de la vida, al final, todos los seres vivos proceden de un mismo tronco (▸ Figura 2.23).

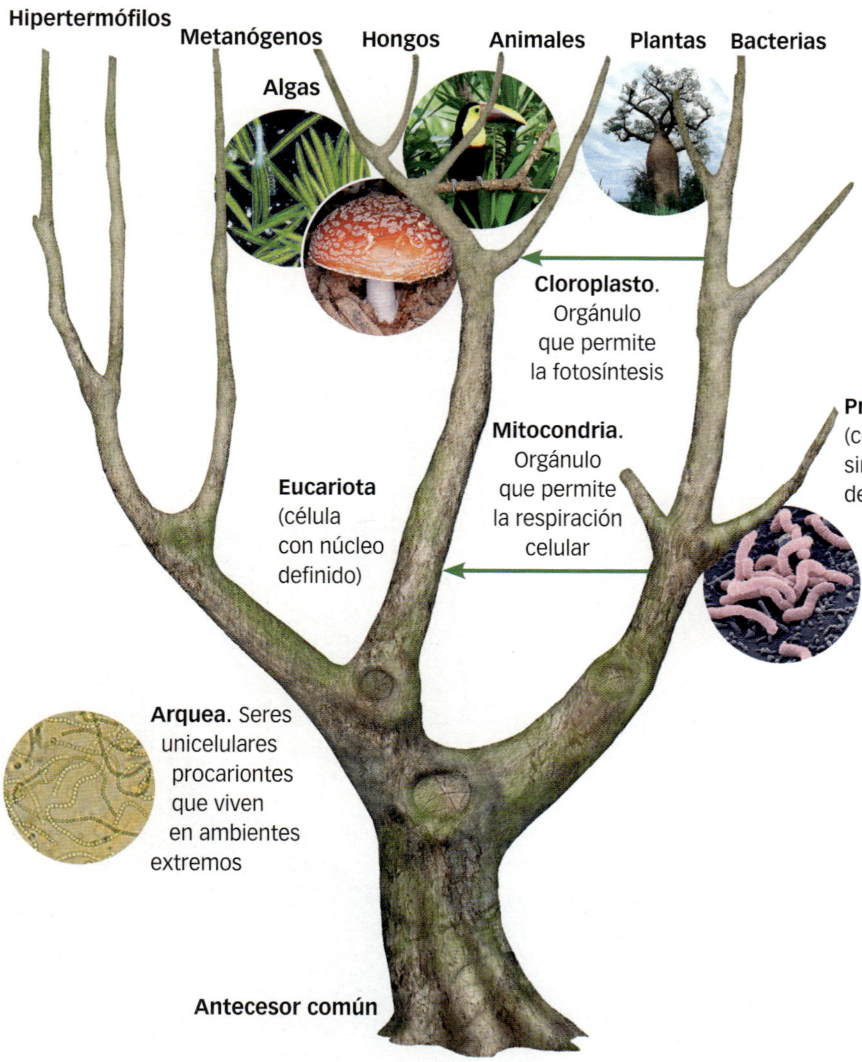

Figura 2.23. El árbol de la vida: arqueas, eucariotas y procariotas. Solo los eucariotas tienen células con núcleo.

INFORMACIÓN CLAVE

La endosimbiosis

NO

Esta teoría explica la aparición de ciertas capacidades en las células eucariotas por la asimilación de bacterias que ya tenían esas capacidades.

Así, por ejemplo, las **mitocondrias**, orgánulos que realizan la respiración celular, procederían de bacterias. Esto se apoya en el hecho de que las mitocondrias tienen su propio ADN, diferente del ADN del núcleo celular.

Algo parecido ocurre con la capacidad de realizar la fotosíntesis en los **cloroplastos**. Según la teoría de la endosimbiosis, los cloroplastos procederían de bacterias capaces de realizar la fotosíntesis.

4.3. Pruebas moleculares

comparar moléculas de diferentes especies. ej: insulina del ser humano y del cerdo

Se basan en la suposición de que las mutaciones (cambios en los genes) suceden aproximadamente a un ritmo constante. Contando las diferencias en los genes entre dos especies o grupos podemos averiguar su parentesco, y el momento de su separación. mirando ADN y proteínas

Muchos científicos discuten el ritmo constante de las mutaciones; pero, como argumento evolutivo, este no interesa. Lo importante es que, de los aproximadamente 30 000 genes del ratón, 29 700 están también en el ser humano. Este 99 % común es una prueba aplastante de que «somos ramas de un mismo árbol».

SABER HACER

Cómo ordenar los acontecimientos evolutivos

Aquí te presentamos un hipotético corte geológico con un contenido fósil absolutamente envidiable, similar a algunos del Gran Cañón del Colorado (EE. UU.). Para interpretarlo hay que seguir los pasos siguientes:

1. Se ordenan las capas de más antiguo, capa 1, a más moderno, capa 10. Para ello se aplica el **principio de superposición** de estratos (una capa situada debajo de otra es más antigua que esta).
2. Se identifica el contenido fósil del estrato. El fósil posee la misma antigüedad que el estrato que lo contiene.
3. Ahora se marca en la figura 2.24 la capa donde aparece el fósil **por primera vez**. Por ejemplo, en la capa 4 aparece el trilobites, que es un invertebrado. Se marca con una X en la casilla correspondiente de la figura 2.24.
4. Se obtiene la secuencia del orden en el que han ido apareciendo algunos seres vivos. Solo tenemos que ir de la capa más antigua a la más moderna. Por ejemplo, en este corte podemos ordenar los fósiles de la siguiente manera:
   - Organismos fotosintéticos marinos.
   - Invertebrados marinos.
   - Vertebrados marinos.
   - Organismos fotosintéticos terrestres, vertebrados e invertebrados terrestres.
   - Aves y dinosaurios.
   - Vegetales con flor y mamíferos.
   - El ser humano.

¡Pero cuidado! Sigue habiendo seres unicelulares al igual que hay seres marinos. El hecho de que los seres vivos pluricelulares hayan aparecido después de los unicelulares y que los seres terrestres lo hayan hecho después de los seres marinos no implica que exista una tendencia de «progreso» del medio marino al terrestre, por ejemplo.

Ictiosaurio. Vertebrado marino.

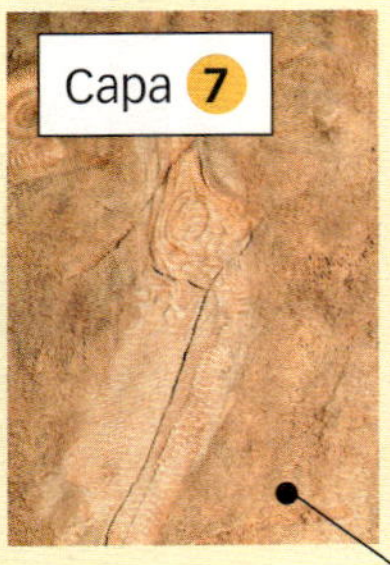

Ammonites. Invertebrado marino.

Huellas de ave. Vertebrado terrestre.

Hoja de planta con flor. Dicotiledónea. Fotosintético terrestre.

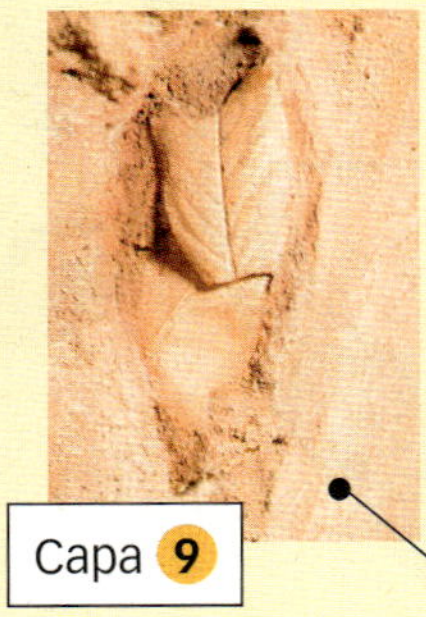

Cráneo de dinosaurio. Vertebrado terrestre.

Mamífero. Cérvido. Vertebrado terrestre.

Homínido. Vertebrado terrestre.

Mamut. Vertebrado terrestre.

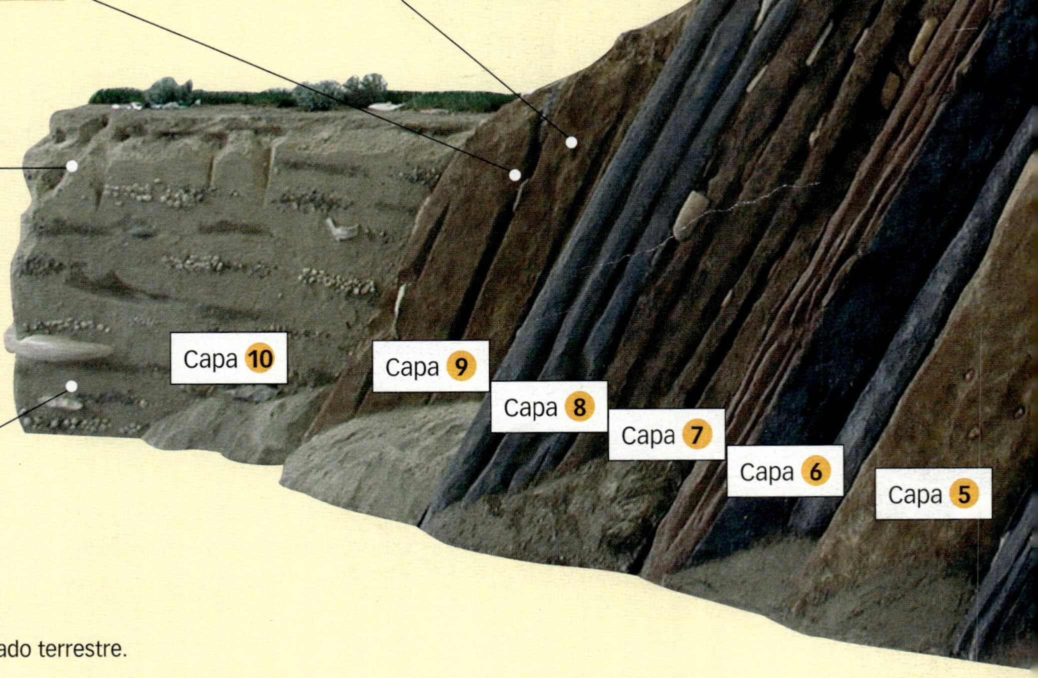

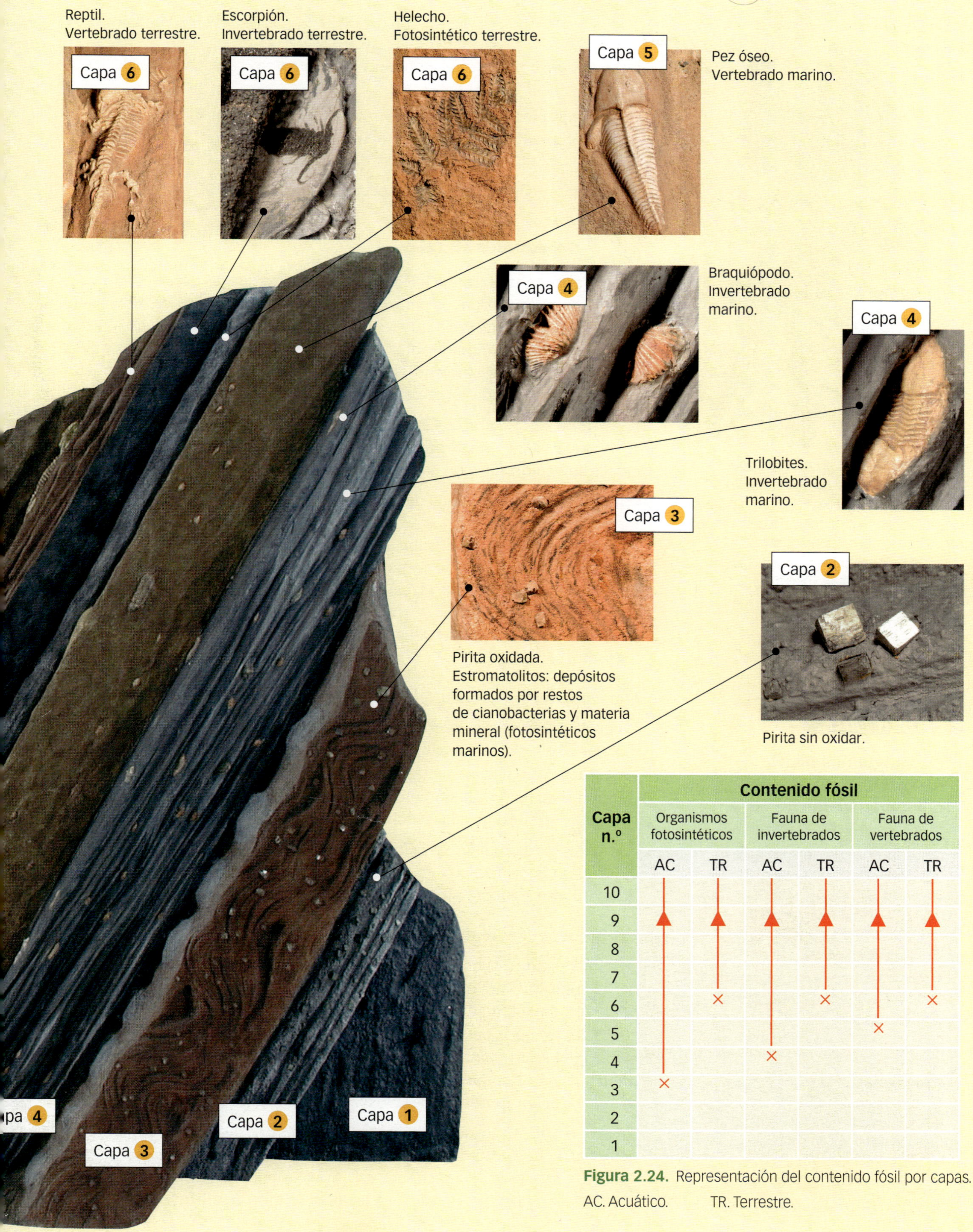

Capa n.º	Contenido fósil					
	Organismos fotosintéticos		Fauna de invertebrados		Fauna de vertebrados	
	AC	TR	AC	TR	AC	TR
10	↑	↑	↑	↑	↑	↑
9	↑	↑	↑	↑	↑	↑
8	↑	↑	↑	↑	↑	↑
7	↑	↑	↑	↑	↑	↑
6	↑	×	↑	×	↑	×
5	↑		↑		×	
4	↑		×			
3	×					
2						
1						

Figura 2.24. Representación del contenido fósil por capas.
AC. Acuático. TR. Terrestre.

Figura 2.25. Caricatura de la época de Charles Darwin. Navegó en el *HMS Beagle* de 1831 a 1836. En ese viaje alrededor del mundo recopiló abundantes datos que le permitieron desarrollar la teoría de la evolución de las especies por selección natural.

como explica Darwin la selección natural. (3-4 líneas)

5 Cómo explicamos la evolución

Podemos agrupar la gran cantidad y variedad de seres vivos en especies.

Una **especie** se define como el conjunto de organismos capaces de reproducirse entre sí y que tienen descendencia fértil.

Ahora bien, ¿cómo puede una especie evolucionar a otra?

5.1. Selección natural

Jean Baptiste de Lamarck (1744-1829) propuso que las especies variaban al adquirir nuevos órganos para solucionar nuevas necesidades o ansias de adaptación. Lamarck creía que las serpientes habían evolucionado a partir de lagartos que *preferían* reptar a caminar: al cabo del tiempo, sus patas, inútiles, habrían desaparecido. Una clave del lamarckismo es que los caracteres adquiridos en vida son heredables, lo cual hoy sabemos que es falso.

Los naturalistas británicos **Charles Darwin** (1809-1882) (▸ Figura 2.25) y **Alfred R. Wallace** (1823-1913) propusieron como mecanismo para explicar la evolución la **selección natural** basada en la supervivencia de los más aptos.

Por ejemplo: en una camada de leones no todos habrán nacido igual de resistentes, y es probable que los más débiles mueran jóvenes, sin descendencia. Así, generación tras generación, los caracteres que imprimen mejor adaptación al medio a una especie se mantendrán, perdiéndose los otros. Los individuos mejor adaptados son los que más se reproducen y transmiten su característica a la descendencia. Después de muchas generaciones, la suma de cambios hará que la última generación sea tan distinta de la primera que formará otra especie.

Darwinismo y genética

Lo que Darwin no comprendía era por qué había cachorros mejor adaptados que otros. Posteriormente se describió el mecanismo de la herencia de los caracteres paternos y maternos, y cómo estos se mezclan en la reproducción sexual. Hoy llamamos **genes** a estos factores determinantes de la herencia, y **genética**, a la ciencia que los estudia.

Por tanto, la variabilidad es la materia prima sobre la que actúa la selección natural. El darwinismo primitivo, unido a la genética, se ha llamado **neodarwinismo** o **teoría sintética de la evolución**.

El ritmo de la evolución

Una interesante discusión actual sobre el neodarwinismo se refiere al ritmo de la evolución. Para que una nueva especie se origine a partir de otra hace falta aproximadamente un millón de años. La forma más fácil de que esto suceda es que una pequeña población de individuos de una especie quede aislada del resto, por ejemplo, si coloniza una nueva isla. En ese caso, las mutaciones que se produzcan, si no son perjudiciales, se propagarán con eficacia, **deriva genética**, debido al pequeño número de individuos.

En el darwinismo clásico se pensaba en pequeños cambios (micromutaciones), pero el estudio de los fósiles indica que las mutaciones que hacen posible la aparición de una nueva especie son macromutaciones, que cambian muchos rasgos a la vez. Esto se conoce como **equilibrio puntuado**.

SABER MÁS

¿Distinguimos bien el darwinismo del lamarckismo?

Veamos un ejemplo.
Si nos bronceamos intensamente, nos exponemos a enfermar de cáncer de piel, pero nuestros hijos no nacerán más morenos que nosotros, como sucedería según las ideas de Lamarck.

En el darwinismo, la aparición de razas con diferente pigmentación de la piel no tendría lugar porque cada generación recibiese más o menos sol.

Lo que pasaría es que (en el caso de los africanos), entre las variantes de piel de cada generación, tendrían más probabilidad de sobrevivir al fuerte sol de los trópicos los niños que naciesen con más pigmento.

5.2. Selección artificial

(sí) el ser humano no la naturaleza

El ser humano ha seleccionado en los animales y plantas domésticos aquellas características que consideraba favorables, permitiendo durante generaciones que solo los ejemplares con las características deseadas se reprodujesen. Esta selección se denomina **selección artificial**.

EJEMPLO CLAVE

Selección natural y artificial: las ubres de las vacas

Veamos un ejemplo de selección artificial y natural.

1. **Selección artificial.** El ser humano selecciona las vacas con las ubres más grandes para que produzcan más leche.
2. Las vacas en las granjas son campeonas en producción de leche.
3. Supongamos que el precio de la leche baje. Entonces se abandonan en el monte las vacas, que deberán correr para huir de sus depredadores.

Unas ubres enormes producen mucha leche, pero no facilitan la vida silvestre.

A la larga solo los ejemplares que están mejor adaptados a estas condiciones de vida –los de menor ubre– lograrán sobrevivir y dejar descendencia. Esto es la **selección natural**.

4. Tras muchas generaciones, el aspecto de las vacas de la antigua ganadería será semejante al de las vacas originales salvajes (con ubres más pequeñas).

ACTIVIDADES

6. Rafael Nadal ha desarrollado un bíceps izquierdo espectacular. Cuando tenga descendencia, ¿crees que esta nacerá con el bíceps izquierdo más desarrollado que el derecho? Razona la respuesta.

7. ¿Por qué al abandonar perros de distintas razas seleccionadas por las personas de forma artificial, tras varias generaciones, todos los descendientes tienen el mismo aspecto de «chuchos»?

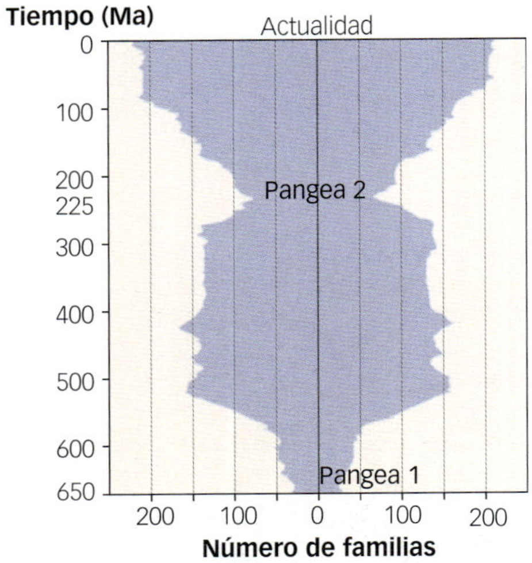

Figura 2.26. Supercontinentes y evolución. Observa que en la Pangea 1 (650 Ma) y en la Pangea 2 (225 Ma) el número de familias disminuye considerablemente.

5.3. Radiaciones evolutivas

Aunque continuamente surgen y desaparecen especies, hay periodos en la evolución del planeta en que el ritmo de renovación se incrementa. Son periodos de intensa aparición o extinción de especies. Veamos por qué.

En el tema anterior definimos Pangea como una agrupación de todos los continentes existentes. A lo largo de la historia de la Tierra ha habido diferentes «pangeas» (supercontinentes), y es interesante ver si esto ha tenido alguna influencia en la evolución. En la figura 2.26 vemos que cuando hay una pangea el número de especies es menor, la vida es menos diversa, y cuando los continentes están separados existe más diversidad de especies.

Este hecho se explica porque si los continentes están unidos, las especies tienden a eliminarse por competencia y la vida se empobrece. Por el contrario, cuando una pangea se dispersa, es decir, al aparecer más continentes, surgirán nuevos ambientes (más zonas costeras, por ejemplo) y el número de especies aumentará. Esto se denomina **radiación evolutiva**.

Estudia los siguientes ejemplos.

INFORMACIÓN CLAVE

«Si no existiese Madagascar»

La isla de Madagascar (► Figura 2.27) se separó del continente africano hace 165 millones de años. Observa el número de especies de palmeras en la siguiente tabla:

	Número de especies de palmeras	Miles de km^2
África	120	30 272
Madagascar	170	587

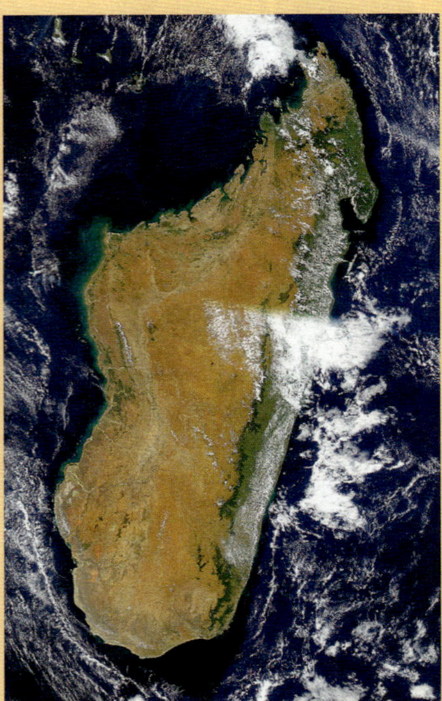

De las 170 especies de palmeras de Madagascar, 165 son endémicas, es decir, solo se encuentran de forma natural en Madagascar.

Suponiendo que las palmeras de ambos lugares procedan de antepasados comunes, ¿crees que la separación geográfica ha causado una mayor diversidad?

Figura 2.27. Isla de Madagascar.

«Panamá: el gran extintor»

Hace tres millones de años, América del Norte y América del Sur estaban separadas por el océano; no existía el istmo de Panamá (► Figura 2.28).

Las especies que habitaban ambos continentes eran muy diferentes. Entonces, entre los dos continentes surgió una cadena de islas volcánicas que, con el tiempo, se convirtió en el istmo de Panamá.

A través de este, los cánidos y los félidos (principales depredadores de Norteamérica) siguieron la migración de sus presas hacia el sur. Su llegada a Sudamérica causó la extinción de numerosas especies, tanto herbívoras (presas) como carnívoras.

¿Por qué crees que desaparecieron las especies carnívoras de Sudamérica?

Figura 2.28. El istmo de Panamá hace tres millones de años y en la actualidad.

6 Extinciones

Constantemente se están extinguiendo especies; pero durante la historia de la vida ha habido además al menos cinco momentos de desaparición de muchas especies: las **extinciones masivas** (▶ Figura 2.29).

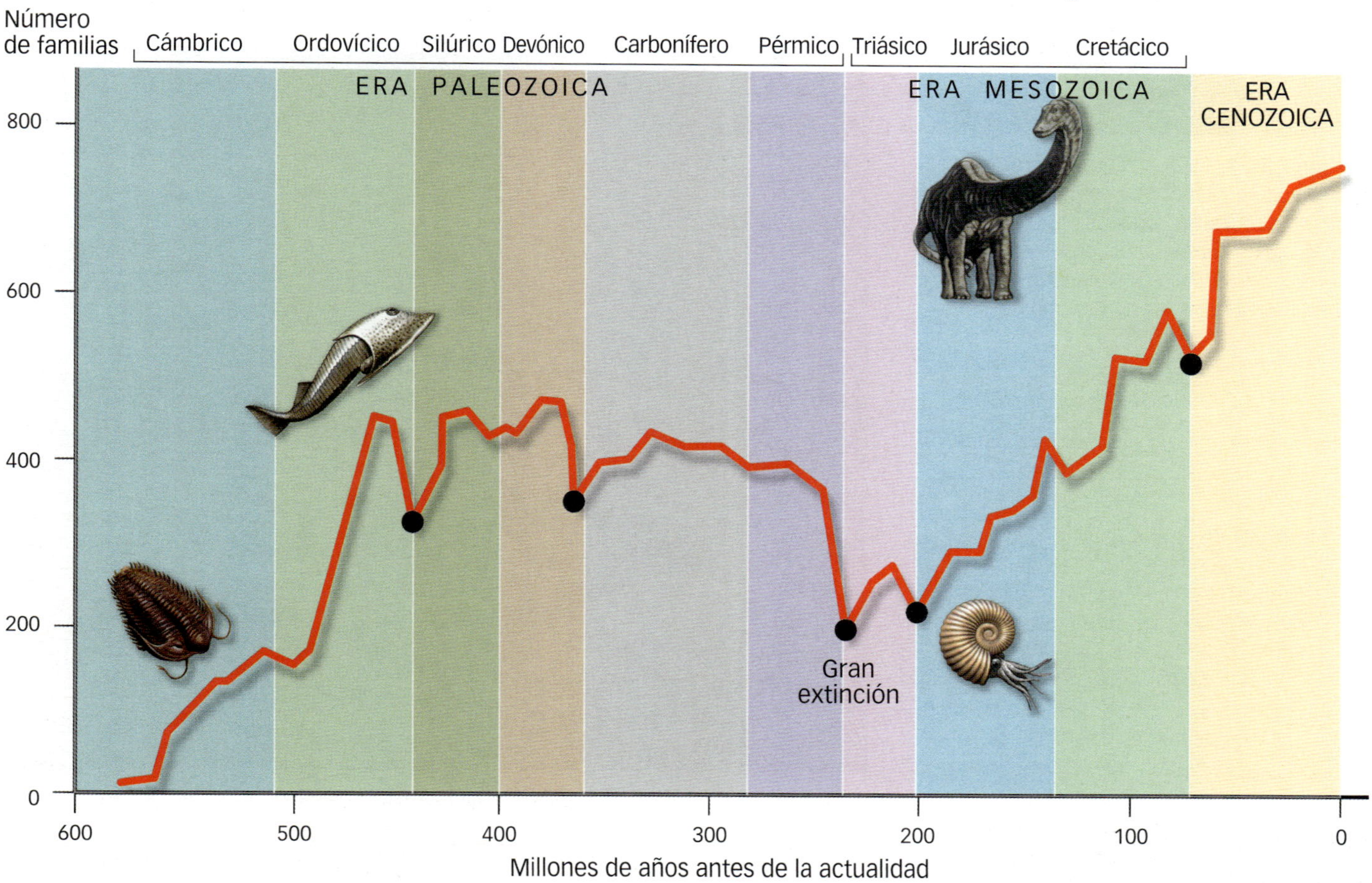

Figura 2.29. Edades geológicas. Gráfica de las cinco grandes extinciones.

6.1. La gran extinción

La extinción que afectó a un mayor número de especies tuvo lugar hace 252 millones de años. Según algunos autores, entonces desaparecieron la mitad de todas las especies que existían en la Tierra.

Se ha discutido mucho sobre las causas de esta extinción, pero lo único seguro es que en esa época no cayó ningún asteroide. La hipótesis más reciente la achaca a una catástrofe por **anoxia** (falta de oxígeno en el agua marina) provocada, a su vez, por el calentamiento de la atmósfera tras una larga etapa de intenso vulcanismo (▶ Figura 2.30).

Se suele llamar **efecto dominó** a una alteración que causa otras en cadena, como cuando las fichas de este juego se hacen caer en cascada. El efecto dominó de hace 252 millones de años es este:

Vulcanismo → Calentamiento → Anoxia → Extinción masiva

Este ejemplo nos alerta sobre los riesgos que suponen para la biosfera los cambios de temperatura en la atmósfera.

ACTIVIDAD

8. ¿Qué ocurre con la solubilidad del oxígeno a 15 °C y a 25 °C?

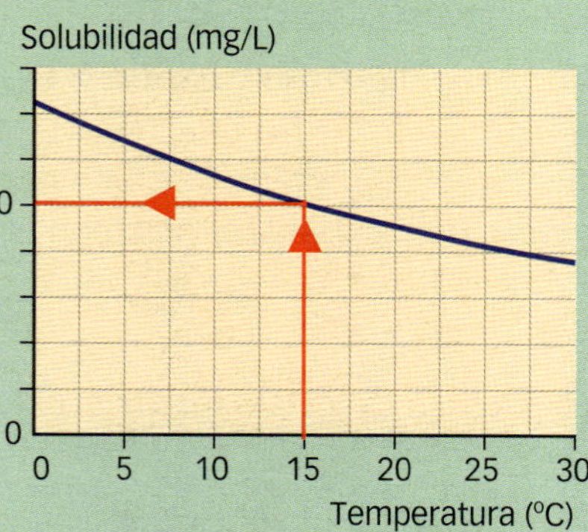

Figura 2.30. Gráfica que representa la solubilidad del oxígeno en función de la temperatura.

Figura 2.31. Esta roca es una **brecha**, o sea que está formada por fragmentos de otras rocas, de orígenes muy diferentes, unas superficiales y otras profundas, como consecuencia del impacto. Procede del cráter de Chicxulub (México).

6.2. La extinción de los dinosaurios

La extinción de especies más famosa ocurrió hace 65 millones de años, porque fue entonces cuando desaparecieron los dinosaurios y muchas otras formas de vida. Un asteroide de unos 10 km de diámetro cayó en el sur de México y generó una catástrofe ambiental: tsunamis gigantes, incendios en toda la Tierra y grandes cambios de temperatura que exterminaron a las especies que necesitaban más alimentos y una temperatura más estable, entre ellas a los comilones dinosaurios (▸ Figuras 2.31 y 2.32).

Figura 2.32. Cráter de 1200 m de diámetro en Arizona (EE. UU.). El cráter Chicxulub, formado hace 65 millones de años, es mucho mayor: mide unos 180 km de diámetro. Su centro está situado al norte de la península de Yucatán (México). Se cree que el impacto que originó el cráter de Chicxulub provocó la desaparición de numerosas especies de seres vivos, entre ellos los dinosaurios.

INFORMACIÓN CLAVE

¿Cómo sabemos que cayó un asteroide?

Las rocas guardan las huellas de extinciones masivas. La desaparición de los dinosaurios quizá sea la más atractiva.

En 1980 se descubrió en Italia una capa de arcilla de 5 mm de grosor y de 65 millones de años de edad con un alto contenido de **iridio** y **osmio** (▸ Figura 2.33). Estos elementos son muy raros en la Tierra, pero frecuentes en los meteoritos y, por tanto, en los asteroides, de los que proceden. Esta capa de arcilla con iridio está presente en todo el globo terrestre, pero en el Caribe tiene 50 cm de grosor en lugar de 5 mm.

Por debajo de esta capa de arcilla aparecen fósiles de dinosaurios, pero por encima de ella no hay ninguno.

Esto, unido al descubrimiento del cráter **Chicxulub** (México) en 1990, sugiere que hace 65 millones de años se produjo el impacto de un gran asteroide.

Figura 2.33. Capa de arcilla con iridio (color amarillo) en Zumaya (Guipúzcoa).

La interpretación de esta capa es que el impacto de un gran asteroide contra la Tierra levantó una nube de partículas finas (polvo) que recubrieron nuestro planeta, bloqueando el paso de la luz solar durante meses, lo que hizo que la actividad fotosintética disminuyera y la temperatura bajara globalmente. La capa con iridio se formó al posarse el polvo.

NO

6.3. El enigma de la supervivencia

Entre los científicos que estudian las extinciones masivas persiste una duda: ¿por qué algunas especies (las cucarachas, por ejemplo), que aparecieron hace más de 300 millones de años, han soportado sin inmutarse cuatro extinciones masivas?

A continuación (► Figuras 2.34, 2.35 y 2.36) se ilustra una explicación sobre la supervivencia de los antepasados de las formas de vida actuales: plantas con semilla, insectos, aves, pequeños reptiles y mamíferos. ¿Por qué no se extinguieron como los dinosaurios?

1

Figura 2.34. Los dinosaurios herbívoros comen la exuberante vegetación, y los carnívoros, a los herbívoros. Pequeños mamíferos y aves ocupan una posición muy marginal. Cae el asteroide.

2

Figura 2.35. El polvo creado por el impacto del asteroide causa la disminución de la fotosíntesis y, por tanto, desaparece la vegetación: se rompe la cadena trófica. Solo sobrevivirán animales que coman semillas y los insectos que se alimenten de carroña y detritos.

3

Figura 2.36. Reaparece la luz. Las semillas germinan, nacen las plantas y la cadena trófica se reestructura con las especies supervivientes, entre las que no están ni los grandes herbívoros ni los grandes carnívoros. Y por evolución surgirán nuevas especies.

ACTIVIDADES

9. Explica lo que ha ocurrido entre la primera y la tercera viñeta. ¿Cómo se altera la cadena de alimentación?

10. Los científicos creen que solo sobrevivieron animales de menos de 25 kg. ¿Podrías justificar esta suposición?

7 El origen del ser humano

Hechos más importantes en el origen humano:
el: bipedismo, crece cerebro, herramientas, comportamiento coporativo, fuego, lenguaje, arte.

Hace 8 millones de años las corrientes convectivas del manto que mueven los continentes comenzaron a romper África en dos partes desiguales. Así nació el llamado valle del Rift, una gran grieta en el este del continente. Este cambio del relieve modificó el clima de África oriental y convirtió la selva en sabana.

En la selva vivían grupos de **primates**, grandes monos, los antecesores de la familia **homínidos**, a la que pertenecemos los humanos. El cambio climático impulsó a algunos de estos animales a modificar sus hábitos: para recoger alimento en un paisaje abierto, como la sabana, la postura bípeda tiene ventajas sobre la cuadrúpeda. Así que los mutantes de tendencias bípedas tendrían ventaja. Sabemos que hace 4 millones de años ya había seres bípedos: los primeros **Australopithecus** (▶ Figuras 2.37). A continuación, pequeñas poblaciones de estos homínidos se extendieron rápidamente por toda África.

Figura 2.37. Evolución de los homínidos.

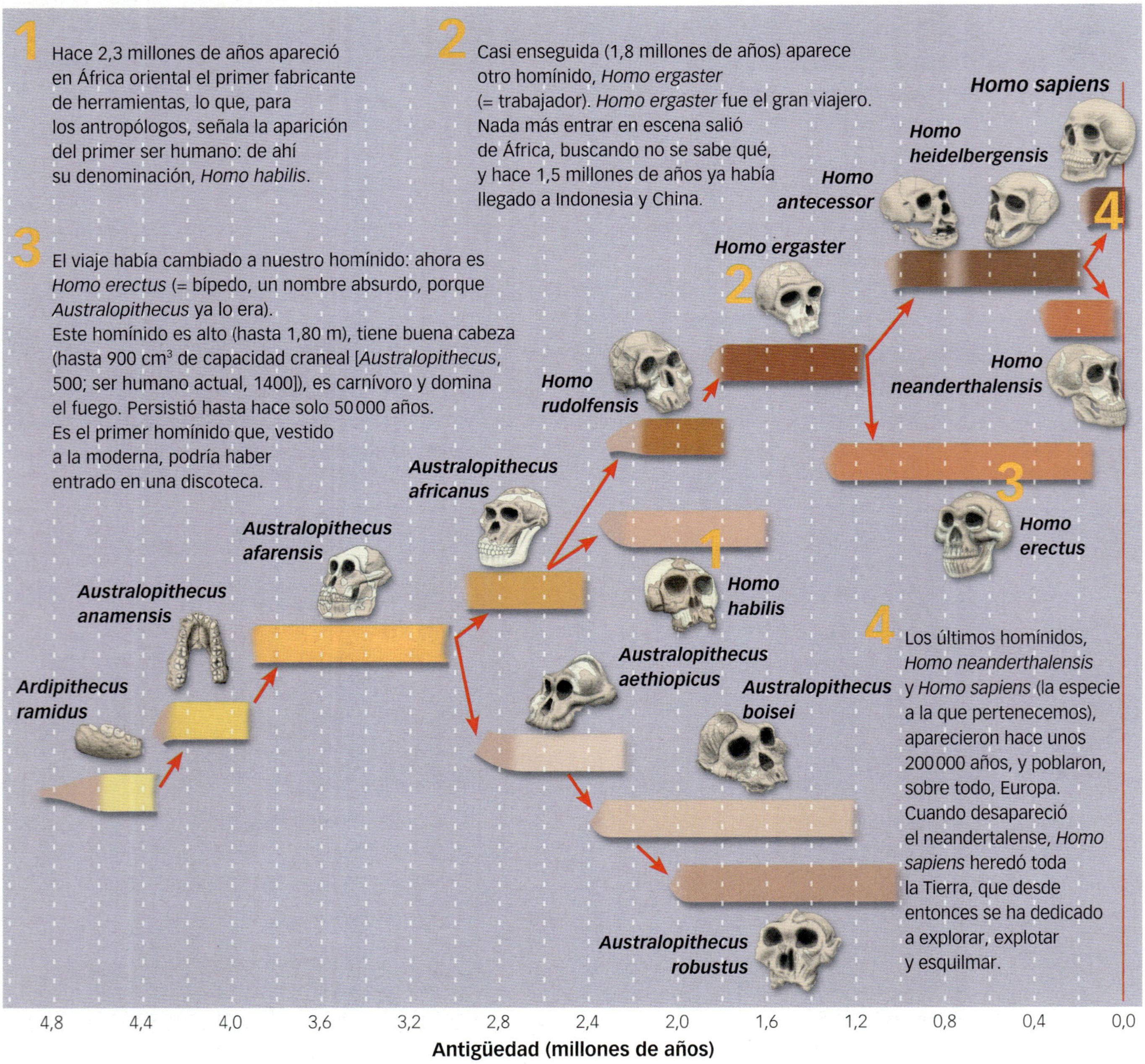

SABER HACER

Analizar el trabajo de los paleontólogos

Nuestros antepasados, en sus restos, nos han dejado «escrita» la crónica de su evolución. Datando huesos, cráneos y huellas podrás reconstruirla y averiguar el largo camino que realizaron para colonizar el planeta.

Te proponemos un ejemplo muy simplificado de cómo trabajan los paleontólogos para descifrar la historia del ser humano.

Para ello te proporcionamos varios elementos:

- El mapa donde se encontraron los restos fósiles (▸ Figura 2.38).
- Las gráficas de desintegración del K-40 (▸ Figura 2.39) y del C-14 (▸ Figura 2.40).
- Una tabla con los datos necesarios.

El procedimiento es el siguiente:

1. Se localiza en el terreno el cráneo de nuestro antepasado.
2. Analizamos el porcentaje de los elementos radiactivos en el terreno (% ^{40}K) o en el fósil (% ^{14}C).
3. Buscamos en la gráfica los millones de años que corresponden a cada porcentaje hallado

De esta manera se han ordenado en el tiempo los fósiles encontrados y se ha reconstruido la historia del ser humano.

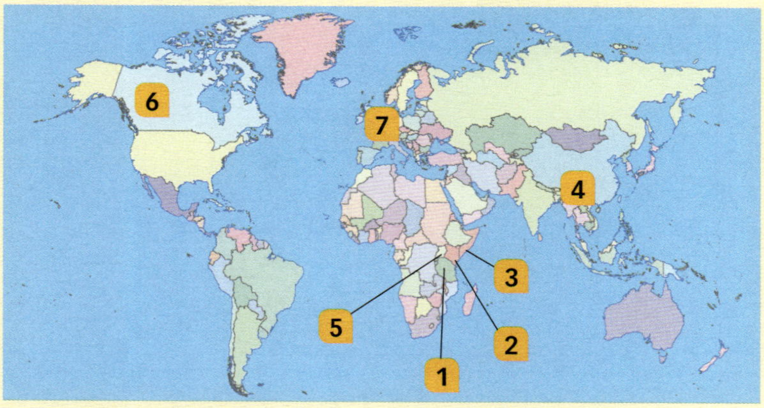

Figura 2.38. Mapa de localización de los restos fósiles.

Restos fósiles	Capacidad craneal (cm^3)	% isótopo que queda	Edad (años)
Australophitecus afarensis 1	400	99,82 % de K-40	
Homo habilis 2	450	99,90 % de K-40	2 000 000
Homo erectus 1 3	900	99,96 % de K-40	900 000
Homo erectus 2 4	1000	1 % de C-14	44 000
Homo sapiens 1 5	1300	99 % de K-40	
Homo sapiens 2 6	1300	16 % de C-14	
Homo sapiens 3 7	1300	2 % de C-14	35 000

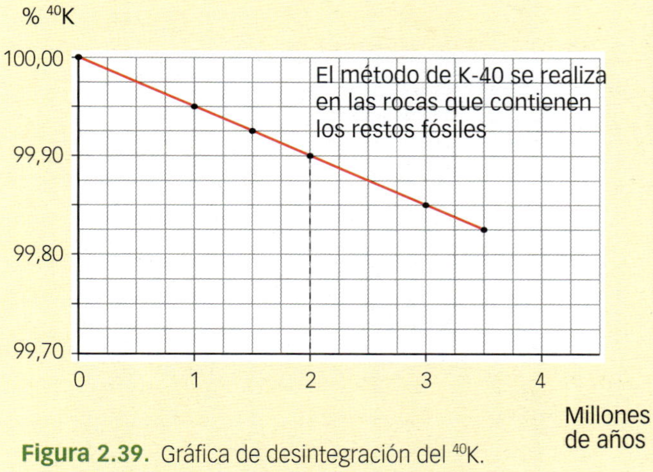

Figura 2.39. Gráfica de desintegración del ^{40}K.

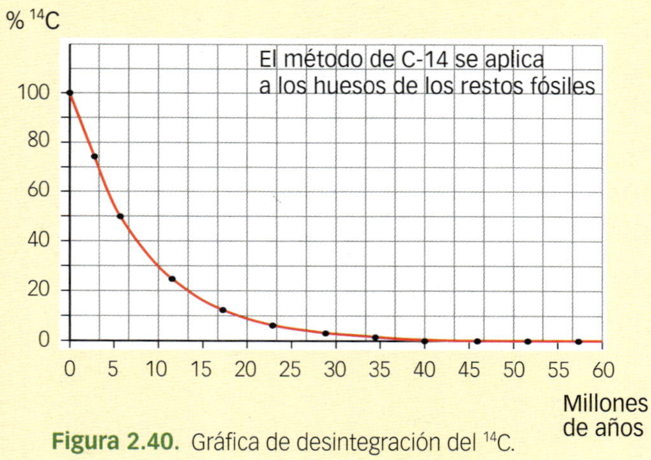

Figura 2.40. Gráfica de desintegración del ^{14}C.

ACTIVIDADES

11. Copia el mapa y marca con flechas el posible viaje del *Homo sapiens*. ¿Cuál es el último continente colonizado por el ser humano? ¿Cómo llegó a América?

12. ¿Qué ocurre con la capacidad craneana con el paso del tiempo? Justifícalo con datos.

13. Los primates, cuando andan, lo hacen a cuatro patas. ¿Cuándo tenemos constancia de la aparición del bipedismo?

14. Completa la tabla en tu cuaderno asignando una edad a cada hallazgo paleoantropológico según la gráfica de desintegración del ^{40}K y del ^{14}C.

RESUMEN

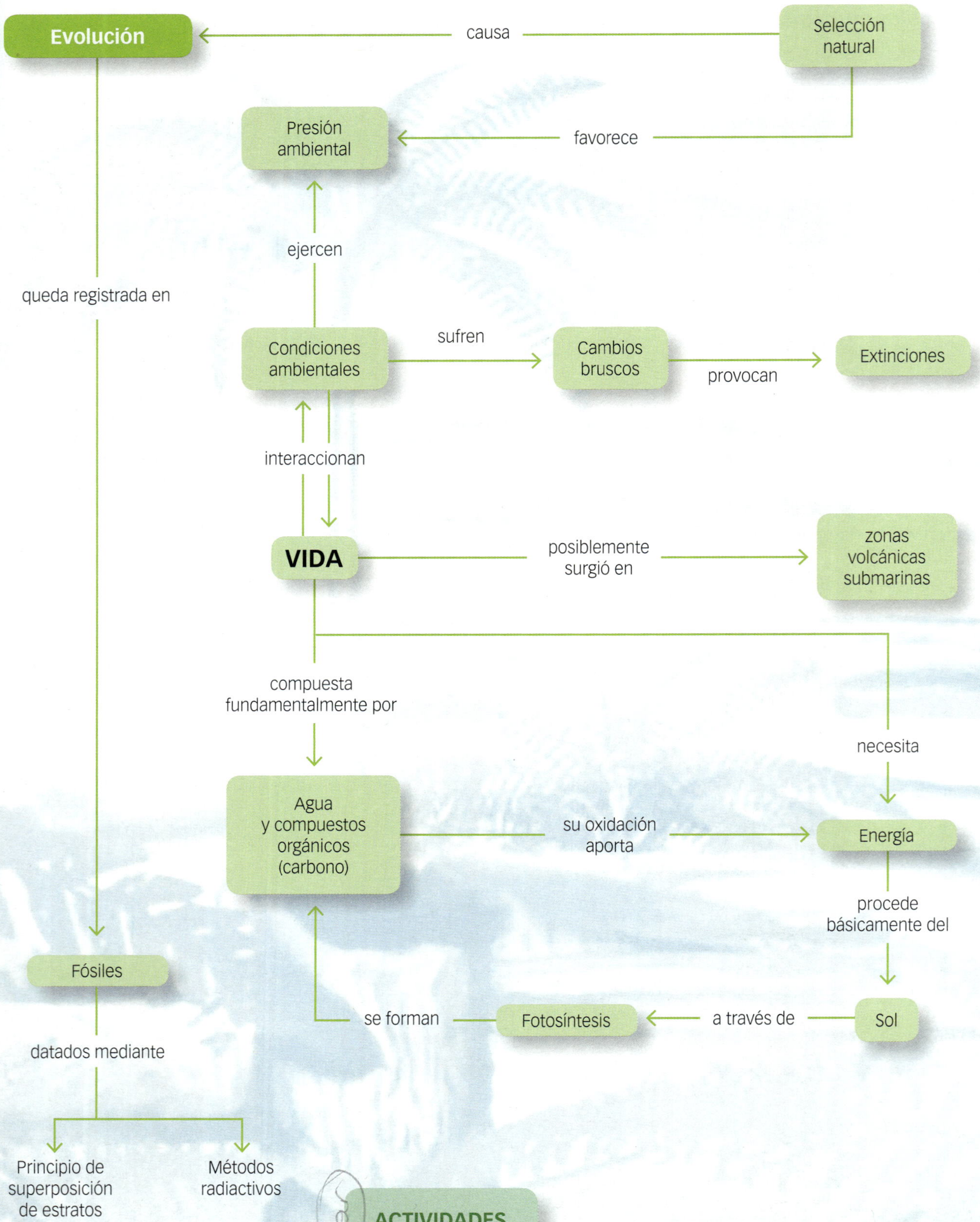

ACTIVIDADES

15. Explica cuáles son los tres tipos de pruebas en que se apoya la evolución.

16. Compara la teoría de Lamarck con la de Darwin sobre la selección natural e indica cuál es la teoría aceptada hoy día.

SABER HACER

Analizar la evolución de los primates

El registro fósil (en las últimas décadas, apoyado por el análisis molecular y de los genomas) ha permitido establecer las líneas evolutivas de los seres vivos. Hoy día estamos seguros de que las personas y los chimpancés o los orangutanes tuvimos un antepasado común.

Cuando más diferenciadas están dos especies, más lejos en el tiempo tenemos que adentrarnos para encontrar ese antepasado común. Remontándonos en el tiempo lo suficiente (unos 3500 millones de años según las últimas estimaciones) llegaríamos a encontrar a LUCA (*Last Universal Common Ancestor*), el ser vivo que fue antepasado de todos los seres vivos que existen en la actualidad.

Los científicos piensan que esto es muy probable porque, tras analizar los componentes de los seres vivos (proteínas que los forman) y las reacciones metabólicas presentes en todos ellos, han observado muchísimas similitudes, incluso entre organismos vivos muy diferentes entre sí. Esto es un fuerte indicio de que tuvieron un origen común.

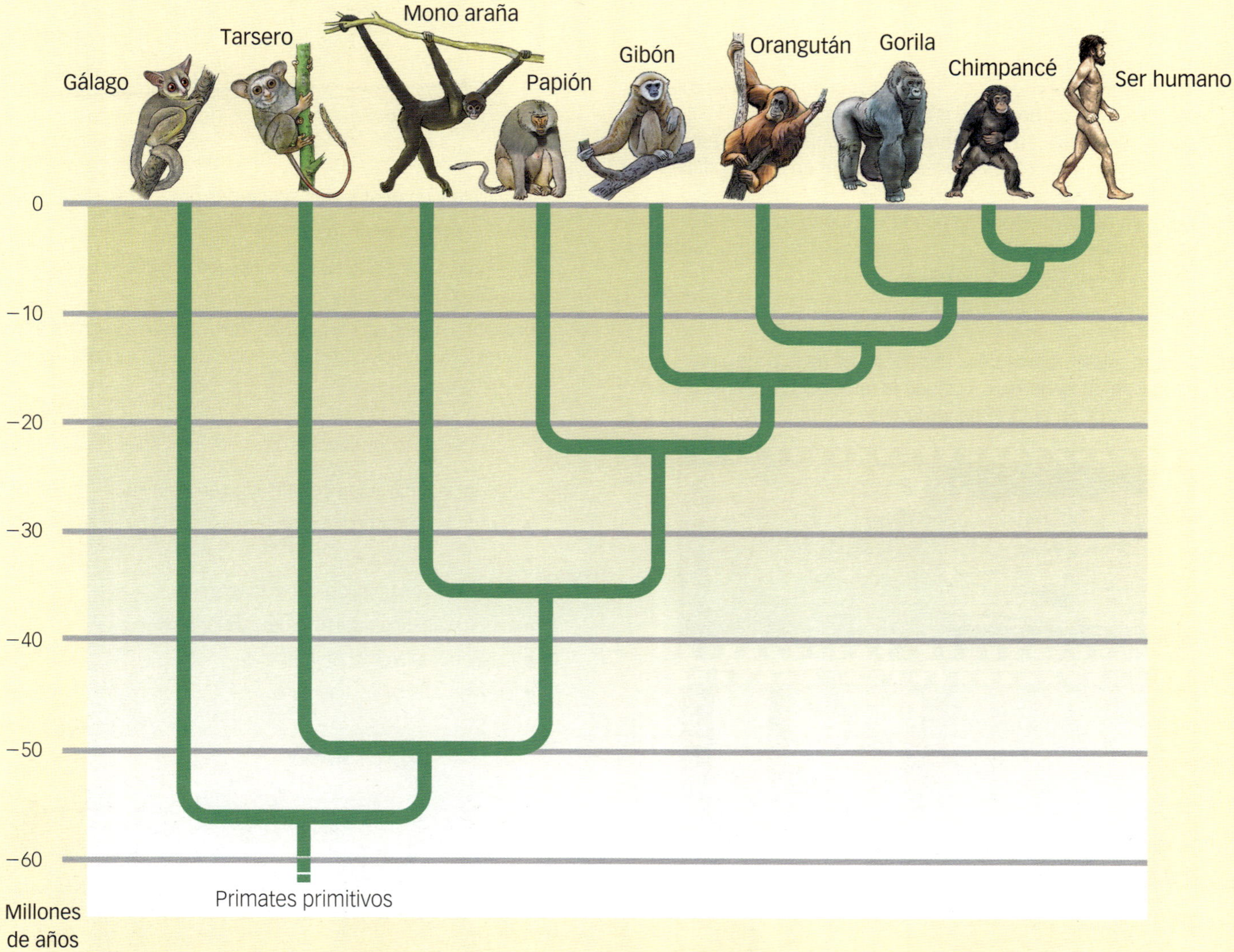

ACTIVIDADES

17. A la vista del gráfico, contesta:

a) ¿Tuvieron los gorilas y los orangutanes un antepasado común?

b) ¿Cuánto tiempo hace que los antropoides comenzaron a diferenciarse de otros primates?

18. ¿En qué época comenzó la diferenciación entre los humanos y los demás primates?

19. Si encontramos un fósil de un primate antropoide con una edad de 30 millones de años, ¿será necesariamente un antepasado del *Homo sapiens*?

20. Sitúa en el gráfico el primate más moderno que sea antepasado común de gibones, gorilas y chimpancés.

21. ¿Dónde se situaría el «LUCA» de los primates antropoides? ¿Hace cuántos años vivió?

ACTIVIDADES FINALES

22. Un ratón está compuesto de materia y una roca también. ¿Qué los diferencia? La vida no es fácil de definir. Propón tu definición de un ser vivo.

23. Señala entre los siguientes elementos químicos cuáles son más abundantes en tu cuerpo.

a) Calcio (Ca).
b) Hierro (Fe).
c) Hidrógeno (H).
d) Helio (He).
e) Oxígeno (O).
f) Carbono (C).
g) Nitrógeno (N).
h) Potasio (K).
i) Azufre (S).
j) Flúor (F).

24. Al respirar desprendes CO_2. En cada una de esas moléculas de dióxido de carbono hay un átomo de carbono. ¿Cómo se vuelven a incorporar a tu organismo esos átomos de carbono? Explica los procesos que tienen que producirse.

25. El origen de la vida todavía no está resuelto totalmente, pero conocemos ya bastantes aspectos. ¿Qué ocurrió antes?

a) ¿La vida acuática o la terrestre?
b) ¿La fotosíntesis o la quimiosíntesis?

26. Aquí te presentamos unas recreaciones de la historia de la vida en la Tierra. Utilizando la información que aparece en este tema, ordénalas temporalmente.

27. La siguiente gráfica muestra la composición en porcentaje de la atmósfera terrestre a lo largo del tiempo.

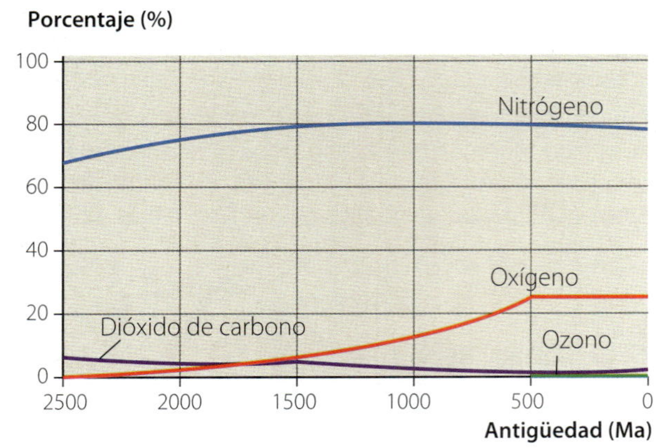

Analízala y contesta a las siguientes preguntas:

a) ¿Cuándo surgió la fotosíntesis?
b) ¿Pudo surgir el ozono (O_3) antes que el oxígeno molecular (O_2)? ¿Cómo lo sabes?
c) ¿Pudo existir vida al aire libre hace 1700 millones de años? (Pista: los rayos ultravioleta son muy dañinos para los seres vivos).
d) ¿Por qué disminuye el porcentaje de dióxido de carbono cuando se incrementa el oxígeno atmosférico?

28. Observa la ilustración con las siguientes aves:

- Ñandú en Sudamérica.
- Avestruz en África.
- Aepyornis (extinguido) en Madagascar.
- Dinornis (extinguido) en Nueva Zelanda.
- Casuario en Nueva Guinea.
- Emú en Australia y Tasmania.

¿Qué te sugiere esta distribución tan dispersa de aves que no son voladoras ni nadadoras? Elige la respuesta o respuestas correctas.

a) Simple casualidad.
b) Un antepasado común que era nadador y volador.
c) Los continentes siempre estuvieron separados.
d) Un antepasado común cuando los continentes estaban unidos.

29. Estos dos individuos pertenecen a la misma especie (*Homo sapiens*). Sin embargo, tienen un aspecto muy diferente.

a) ¿Cuál sobreviviría más fácilmente en un terreno llano y herbáceo (sabana)?

b) ¿Y en un bosque?

30. Observa el dibujo y contesta:

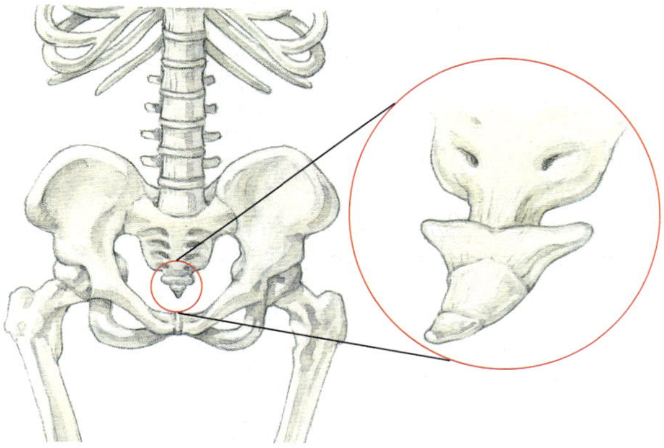

a) ¿Cómo interpretas la presencia en los seres humanos de este hueso?

b) ¿Tiene alguna función actualmente?

c) ¿Qué crees que le acabará ocurriendo?

d) Señala algún otro ejemplo de órgano vestigial en el ser humano.

31. ¿Dónde buscarías restos fósiles más antiguos, en A o en B? ¿Por qué?

32. Estas imágenes reproducen dos épocas en la evolución de la Tierra. ¿En cuál de ellas existía ya vida? Razona la respuesta.

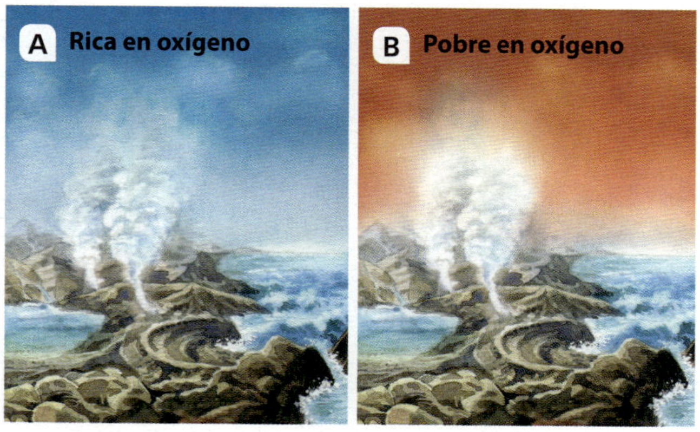

33. Tu cuerpo posee un 70 % de agua. El agua es abundante en la superficie de la Tierra porque:

a) Siempre ha estado ahí desde que se condensó la materia de la Tierra.

b) Por la caída de millones de asteroides que la contenían.

34. ¿Por qué es tan importante el agua para la vida? Elige la respuesta.

a) Quita la sed.

b) Es un buen disolvente.

c) Es un buen regulador térmico.

d) Es necesaria para la formación de biomoléculas.

35. De las distintas hipótesis sobre el origen de la vida en la Tierra, señala en tu cuaderno los puntos a favor y en contra de cada una de ellas.

	A favor	En contra
Experiencia de Miller		
Mundo ARN		
Metabolismo		
Panspermia		

36. Si en Marte hubiese una atmósfera más densa y agua, ¿qué ocurriría? Elige las respuestas correctas:

a) Subiría la temperatura.

b) Podría existir vida porque con agua, CO_2 y luz puede realizarse la fotosíntesis.

c) No puede desarrollarse la vida porque Marte no tiene un campo magnético que lo proteja.

alimentación, digestión

CIENCIA EN TU VIDA

Detección y desvío de asteroides

¿Cómo defendernos de la amenaza de las rocas espaciales?

[…] son probablemente los fragmentos pequeños de roca, concretamente los de hasta unos pocos cientos de metros de diámetro, los que más nos deben preocupar. […].

El estudio de la misión Don Quijote muestra un proyecto en dos fases. En la primera, un satélite irá al encuentro de un asteroide y se colocará en órbita alrededor de este […].

Durante la segunda etapa otro satélite impactará contra el asteroide a una velocidad de unos 10 kilómetros por segundo. Mientras tanto, el primer satélite observará cualquier cambio en la trayectoria del asteroide […].

Tal como está diseñado actualmente, el primer satélite, llamado «Sancho», podría alcanzar cualquiera de los 5 o 6 pequeños asteroides próximos. Todos ellos miden menos de unos pocos cientos de metros de diámetro. De momento los jefes del proyecto han decidido concentrarse en Apophis, un asteroide pequeño que podría acercarse peligrosamente a la Tierra en una de sus órbitas en torno al Sol.

De convertirse en realidad, la misión Don Quijote podría ser lanzada a principios de la próxima década. Sancho tardaría unos 25 meses en alcanzar su destino. Una vez allí, empezaría su rompedora investigación, tanto en sentido literal como metafórico.

«El objetivo es que la tecnología esté lista antes de que la necesitemos realmente» […].

Seis meses más tarde llegaría Hidalgo, con una masa de unos 400 o 500 kilos, que impactaría contra el asteroide a gran velocidad y lo desviaría «muy poquito», y todas las mediciones posteriores serían de «gran ayuda» para saber cómo actuar ante un peligro real en el futuro.

En 1908 un asteroide de 20 metros impactó en el bosque de Tunguska, en Siberia, y arrasó 2000 kilómetros cuadrados de terreno despoblado. Los científicos estiman que estos fenómenos ocurren aproximadamente cada 150 años. El año que viene [2008] habrán transcurrido 100 años desde este impacto; un aniversario que nos recordará de nuevo que necesitamos saber más sobre los asteroides para defendernos de ellos, incluso de los más pequeños.

Agencia Espacial Europea, 2007. http://www.elpais.com

- El procedimiento que acabamos de describir es discutible, porque los fragmentos del asteroide también pueden causar daños. ¿Te parece entonces una buena idea destruir así los asteroides que son una amenaza?

¿Qué nos falta por descubrir?

¿Vida fuera de la Tierra?

La afición viajera de los homínidos se ha acelerado en nuestra especie. De momento nos ha llevado hasta la Luna (1969), y es posible que, pronto, a Marte. Provisionalmente, robots cargados de tecnología punta nos sirven de exploradores. Quizá la principal meta de estos viajes sea comprobar si hay vida en otros cuerpos del sistema solar, como Marte o Europa, un satélite de Júpiter.

En los dos podrían vivir bacterias: en Marte, en **sistemas hidrotermales** (agua caliente próxima a volcanes) del subsuelo; y en Europa, en el entorno de chimeneas volcánicas que podrían existir en el fondo de su gran océano subterráneo. La respuesta, dentro de algunas décadas.

¿Y más allá del sistema solar? ¿Existirá vida en alguno de los millones de planetas que estamos empezando a descubrir? Tendríamos que comprender mucho mejor cómo surgió nuestra propia biosfera antes de poder responder a esta pregunta. Pero algunos indicios son optimistas: el agua abunda en el universo, y algunas moléculas interesantes, como los aminoácidos, también.

Y si los planetas son moneda corriente, ¿por qué solo en la Tierra…? La búsqueda de vida en el universo se plantea como uno de los grandes retos científicos del siglo XXI.

- ¿Cómo se origina la vida? ¿Será algo común en el universo o muy raro?
- ¿Se inició la vida con una molécula replicadora (ADN, ARN…) o con una molécula sencilla?
- ¿Cuántas especies de seres vivos hay en la Tierra? ¿Cuántas ha habido?
- ¿Cómo se produce la aparición de nuevas especies?
- ¿Cómo se produjeron las extinciones masivas distintas a la de hace 65 millones de años?
- ¿Fue un cambio climático en África el detonante de la aparición del ser humano?
- ¿Qué impulsó a *Homo ergaster* a viajar por todo el mundo?
- ¿Habrá vida fuera de la Tierra? ¿Y vida inteligente?
- Si hay vida inteligente, ¿habrá alguna especie que haya conseguido vivir en equilibrio con su planeta?

3 Vivir más, vivir mejor

CONTENIDOS

1. **Historia de la medicina**
2. **El diagnóstico de las enfermedades**
3. **Tratamiento de enfermedades: fármacos y medicamentos**
4. **Tratamiento de enfermedades: cirugía**
5. **Los trasplantes**
6. **Los biomateriales o materiales biocompatibles**
7. **Las medicinas alternativas**
8. **La medicina en los países en vías de desarrollo**

SABER HACER Analizar datos sobre trasplantes

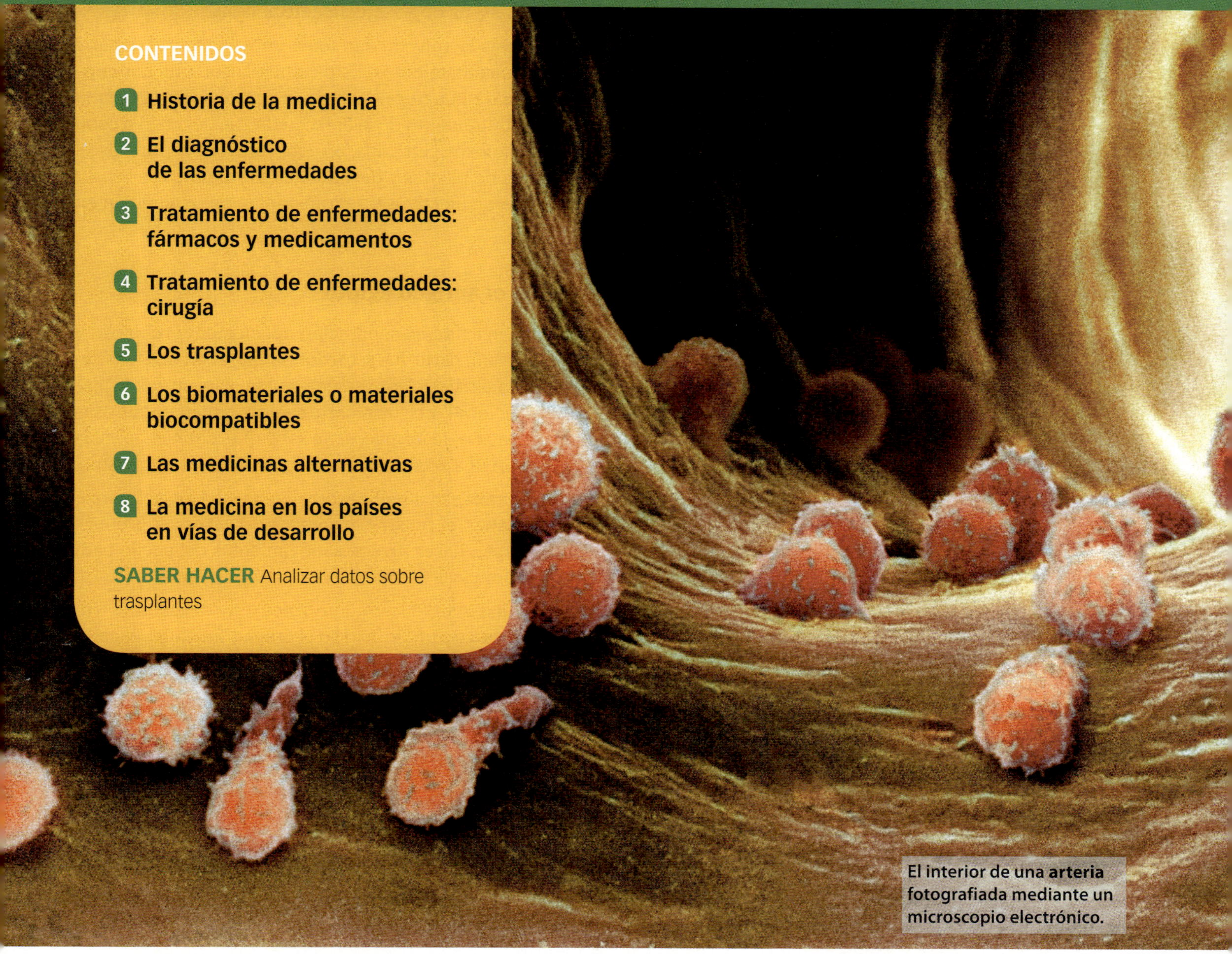

El interior de una arteria fotografiada mediante un microscopio electrónico.

En la segunda mitad del siglo XIX Louis Pasteur, junto con otros científicos, demostró que las enfermedades infecciosas eran producidas por gérmenes, es decir, por microorganismos.

Ese descubrimiento marcó un antes y un después en la medicina. Hoy usamos diversos métodos para diagnosticar y para tratar de curar enfermedades.

PARA COMENZAR

- ¿Cómo se transmiten las enfermedades infecciosas?
- ¿Cómo se pueden combatir?
- ¿Qué técnicas conoces que permitan diagnosticar enfermedades?
- ¿Qué métodos se usan para curar o aliviar enfermedades?

Figura 3.1. Se piensa que los chamanes actuales que viven en zonas con escaso contacto con la sociedad occidental pueden tener una función similar a la que tenían en las sociedades primitivas.

1 Historia de la medicina

La humanidad ha convivido con la enfermedad desde sus orígenes. Esto hace suponer que la medicina, es decir, las prácticas encaminadas a curar las enfermedades y dolencias, ha de ser igualmente antigua.

En las sociedades primitivas la enfermedad tenía un valor moral. Estaba causada por demonios o encantamientos. Esto coincidía con una **concepción mágica y religiosa** de la naturaleza y de la persona. De la misma forma, el diagnóstico y el tratamiento de la enfermedad se llevaban a cabo con elementos mágico-religiosos. Sin duda, en estas prácticas curativas se empleaban también partes de plantas y de animales. En algunos casos, algunos de estos remedios eran efectivos y se transmitían de generación en generación.

1.1. La medicina en el antiguo Egipto

En la medicina egipcia ya existía una separación del elemento religioso y mágico de lo empírico. Por una parte, los sacerdotes realizaban diversas ceremonias curativas que ponían al paciente en una buena disposición de ánimo para conseguir la curación. Y por otra parte se empleaban numerosas sustancias con la consideración de fármacos. Se sabe que algunas de estas sustancias realmente tienen una acción farmacológica sobre el organismo.

Para el diagnóstico no se limitaban a realizar ceremonias mágicas. Interrogaban al paciente, le tomaban el pulso y le sometían a diversas pruebas empíricas, como, por ejemplo, hacer diversos movimientos del cuello para valorar el estado de la columna vertebral.

Los egipcios practicaban una intervención quirúrgica muy delicada, la trepanación, que consiste en realizar un orificio en el cráneo sin dañar el cerebro. Existen pruebas de que algunos pacientes sobrevivían durante años.

1.2. La medicina en Grecia y en Roma

La figura clave en la medicina griega es Hipócrates, nacido hacia el 460 a. de C. Hipócrates desarrolló, o, al menos, comenzó a desarrollar, la primera medicina científica, la llamada **medicina hipocrática**. En realidad, esta es una escuela basada en las enseñanzas de Hipócrates y continuada por sus numerosos seguidores a lo largo de más de cien años.

La medicina hipocrática asentó una teoría de la salud y la enfermedad basada en procesos naturales y abandonó todo elemento sobrenatural. Para realizar su diagnóstico el médico interrogaba al paciente sobre su enfermedad y estudiaba sus signos y síntomas. A partir de esto se pronosticaba el desenlace de la enfermedad. El tratamiento consistía en una combinación de dieta, administración de remedios naturales y, si era necesario, en manipulaciones que podrían considerarse precursoras de la cirugía.

La medicina romana es una continuación de la medicina griega. Sin embargo, a la medicina romana se le atribuye un mayor desarrollo de la cirugía y la construcción de los primeros grandes hospitales. Las obras públicas, como los acueductos, las alcantarillas y los baños públicos, contribuyeron en gran medida a mejorar la salud de la población.

Entre los médicos romanos destacó Galeno (130-200 aprox.), que tuvo gran influencia sobre la medicina a lo largo de varios siglos.

SABER MÁS

Los hipocráticos

Los hipocráticos consideraban el cuerpo humano como una imagen del universo. Así, del mismo modo que pensaban que el universo estaba formado por los cuatro elementos (agua, aire, fuego y tierra), en el cuerpo se hallaban en equilibrio cuatro humores o líquidos corporales. Cuando se rompía este equilibrio, sobrevenía la enfermedad.

Hoy día esta teoría está desechada, pero su importancia radica en que se trata de un intento de explicación racional en el que intervienen solo la persona y la naturaleza, y descarta cualquier fuerza sobrenatural.

1.3. La medicina medieval

La Edad Media fue una era convulsa. Tras la caída del Imperio Romano de Occidente, las invasiones de los pueblos germánicos, las pestes..., la cultura se refugió en los monasterios y se centró en el más allá. Se abandonaron los estudios relacionados con las ciencias naturales y la anatomía, al tiempo que la cirugía perdió interés. Hasta mediados de la Edad Media, la medicina se practicaba principalmente en los monasterios. Estaba basada en las obras clásicas griegas y romanas, pero introducía un elemento religioso. Se volvió a una concepción mística de la enfermedad y se consideraba que era un castigo de los pecados del paciente, una consecuencia de la brujería o el resultado de una posesión demoniaca.

Durante este periodo la medicina musulmana tomó cierto impulso, bebiendo de la tradición griega y recogiendo los conocimientos de los países conquistados. Destacaron médicos tan conocidos como Avicena (980-1037) y Averroes (1126-1198).

SABER MÁS

La peste negra

La peste negra, causada por la bacteria *Yersinia pestis*, asoló Europa en varias ocasiones. Se calcula que la epidemia del siglo XIV, la más mortífera, causó la muerte de un tercio de la población, aproximadamente.

1.4. La medicina del Renacimiento y del Barroco

En el Renacimiento se despertó de nuevo la curiosidad por la naturaleza y el interés por su dominio. Sin embargo, a la vez que se estudiaba la anatomía humana y se aplicaba la razón a numerosos ámbitos de la ciencia, las ciudades eran totalmente insalubres, sin alcantarillado ni la más mínima higiene. Las enfermedades infecciosas se transmitían rápidamente y se mantenían prácticas como la quema de supuestas brujas e, incluso, de enfermos mentales, a los que se creía poseídos por demonios.

La propagación de la sífilis a finales del siglo XV despertó el interés por las enfermedades transmisibles y apareció el concepto de **contagio**.

Tuvo particular importancia el médico Andreas Vesalio (1514-1564), gran anatomista y médico de Carlos I y de Felipe II. Gracias a sus disecciones de cadáveres hizo grandes aportaciones a la ciencia y, sobre todo, corrigió ciertos errores de Galeno, con lo que demostró que este no era infalible. Vesalio fundó la **anatomía moderna** y la convirtió en el fundamento de la medicina.

El Barroco fue una época de grandes avances en la fisiología con el descubrimiento de la circulación sanguínea por William Harvey (1578-1657).

Se desarrolló, principalmente por la influencia de Thomas Sydenham (1624-1689), el concepto de **enfermedad**, con unos síntomas y un curso propios y, hasta cierto punto, independientes del paciente. Al describir e identificar las enfermedades se podían buscar tratamientos específicos para ellas.

En este periodo aparecieron personajes como Isaac Newton y Galileo, con espectaculares aportaciones en el campo de la física. Estos éxitos influyeron en la medicina y se fundaron escuelas que buscaban causas físicas o químicas en el funcionamiento del cuerpo y en el desarrollo de las enfermedades.

Se diseñaron aparatos como el **pulsímetro**, para medir la frecuencia del pulso, y el primer **termómetro clínico**. Otro importante invento de esta época fue el **microscopio**, que permitió avanzar en el estudio de la anatomía en los siglos posteriores.

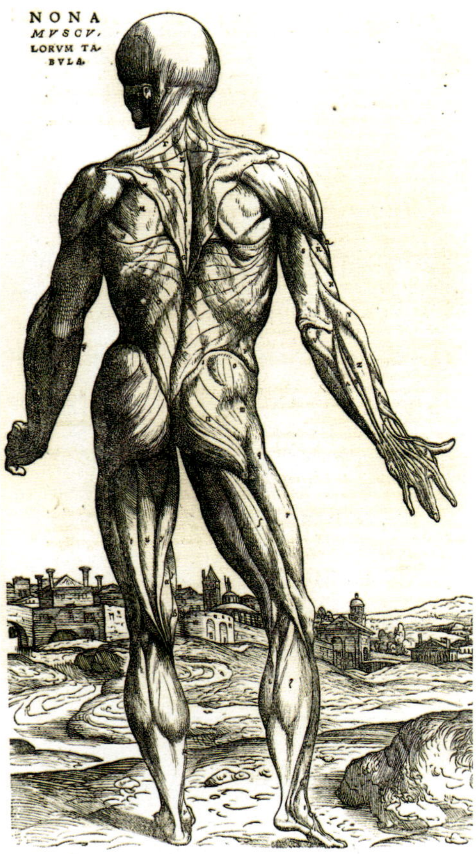

Figura 3.2. Grabado de Andreas Vesalio, recogido en su obra *De humani corporis fabrica*.

Figura 3.3. Edward Jenner observó que las vacas sufrían una enfermedad cuyos síntomas, consistentes en pústulas en la piel, eran similares a los de la viruela. También observó que quien se contagiaba de esta viruela «vacuna» sufría una enfermedad leve, pero no la viruela humana. Esto le hizo pensar que la inoculación de la viruela «vacuna» en un individuo sano le protegería de la viruela. Así lo demostró, creando la **primera vacuna** aun antes de que se estableciera el concepto de enfermedad infecciosa.

1.5. La medicina en los siglos XVIII y XIX

A lo largo del siglo XVIII, fruto del movimiento de la Ilustración, se produjeron importantes avances en **medicina social y salud pública**. El progreso más importante en este sentido fue la introducción en Europa de una vacuna segura contra la viruela, descubierta por Edward Jenner (1749-1823).

También se realizaron progresos en la **psiquiatría**. Las enfermedades mentales dejaron de considerarse fruto de posesiones demoniacas.

En el campo de la **fisiología** se realizaron avances como el descubrimiento del proceso químico de la respiración, consistente en el consumo de oxígeno y la eliminación de dióxido de carbono. También se estudiaron las propiedades de las fibras musculares y nerviosas.

La **cirugía**, por su parte, consiguió importantes avances técnicos por el mayor conocimiento de la anatomía, aunque continuaba lastrada por el dolor y las infecciones de las que se acompañaba.

En el siglo XIX se estableció la **teoría celular** gracias a científicos como Friedrich Schwann (1810-1882), Rudolf Virchow (1821-1902) y Santiago Ramón y Cajal (1852-1934), y se avanzó en la **bioquímica**, con la identificación de los tres grupos principales de la materia orgánica: hidratos de carbono, proteínas y grasas. En el plano del diagnóstico, se inventó el **estetoscopio** para escuchar los sonidos cardiacos y pulmonares. También comenzó a introducirse la **anestesia general** en la cirugía.

Pero posiblemente el hito más importante en este periodo fue el descubrimiento de la **capacidad de las bacterias para causar enfermedades**. A ello colaboró Louis Pasteur (1822-1895), aunque fue Robert Koch (1843-1910) quien, por primera vez, demostró que una enfermedad humana, la tuberculosis, era causada por una bacteria, *Mycobacterium tuberculosis*. También descubrió la bacteria causante del cólera y desarrolló métodos de esterilización.

El siglo XIX se cerró con un descubrimiento de importancia trascendental: el hallazgo de los **rayos X** por Wilhem Röntgen (1845-1923). Aún hoy es la base de las técnicas que permiten explorar el interior del cuerpo de los pacientes.

CONOCIMIENTO CLAVE

Enfermedades causadas por bacterias

Koch, además de descubrir el bacilo productor de la tuberculosis, llamado bacilo de Koch en su honor (► Figura 3.4), sentó las bases de la bacteriología clínica. Estableció una serie de postulados que se deben cumplir para demostrar que una determinada bacteria es la causa de una enfermedad:

- La bacteria debe encontrarse en todos los casos de la enfermedad.
- La bacteria no debe encontrarse en casos con otra enfermedad o en personas sanas.
- La bacteria debe ser aislada y cultivada a partir de una persona enferma.
- Al ser inoculada en un animal, la bacteria debe producir la misma enfermedad.
- La bacteria del animal inoculado debe ser de nuevo aislada y cultivada.

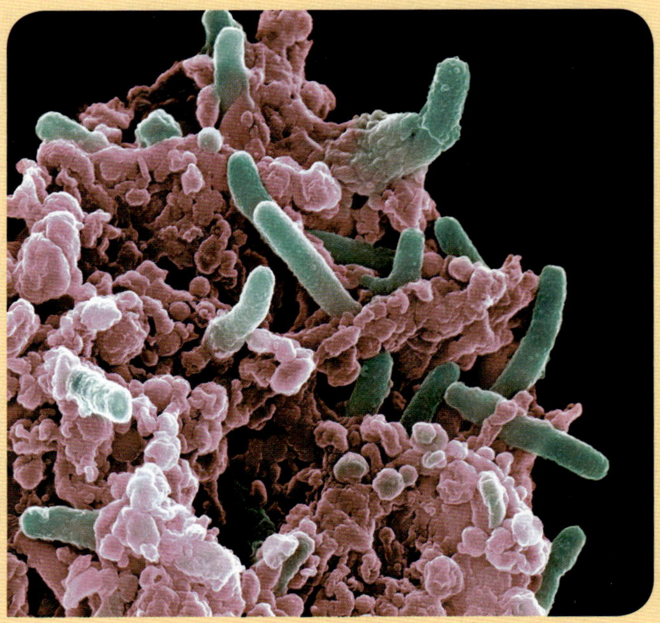

Figura 3.4. Bacilo de Koch, la bacteria causante de la tuberculosis.

1.6. La medicina en los siglos XX y XXI

A lo largo del siglo XX se sucedieron numerosos progresos en las distintas ciencias básicas (física, química y biología) e importantes avances técnicos, fundamentalmente en el campo de la electrónica y la computación. Como resultado se han desarrollado multitud de **pruebas diagnósticas** muy sensibles, como la electrocardiografía y la electroencefalografía, la tomografía, así como multitud de **análisis bioquímicos** y **genéticos**. Esto ha hecho que se hayan desarrollado numerosas especialidades médicas y que se puedan alcanzar diagnósticos muy precisos.

Por todo lo anterior, la medicina se ha orientado más hacia las enfermedades que hacia los pacientes. El resultado ha sido una medicina muy impersonal, muy tecnificada y con un gran coste económico. Sin embargo, se trata de una medicina muy efectiva que ha contribuido a elevar la esperanza de vida.

Entre los hechos y desarrollos más significativos de la medicina de los siglos XX y XXI están los siguientes:

- Descubrimiento de los **antibióticos**. Desde la penicilina, el primer antibiótico, descubierto por Alexander Fleming (1881-1955), se han desarrollado una gran variedad de fármacos capaces de combatir las enfermedades infecciosas.
- Gran desarrollo de la **farmacología**. Se buscan fármacos activos frente a las diversas enfermedades y que, a la vez, sean inocuos para el paciente.
- Desarrollo de la **genética**. Comenzó con la localización del material genético en los cromosomas y la realización de los primeros mapas cromosómicos. El descubrimiento de la estructura y el funcionamiento del ADN dio origen a la genética molecular, cuyo gran logro ha sido la secuenciación del ADN humano. Hoy día es viable secuenciar el ADN de una persona concreta. La genética aplicada a la práctica médica está lejos de rendir todos sus frutos, pero el potencial que se adivina es inmenso.
- Impulso de la **psiquiatría**. Gracias a las teorías de Sigmund Freud (1856-1939) y sus seguidores. Además, se han desarrollado diversos psicofármacos que modifican la actividad del sistema nervioso.
- Avance de la **cirugía**. La introducción de nuevos anestésicos y el desarrollo de nuevas técnicas han dado un gran impulso a la cirugía, que se ha hecho más segura y da respuesta a más patologías.

SABER MÁS

La lucha contra la sífilis

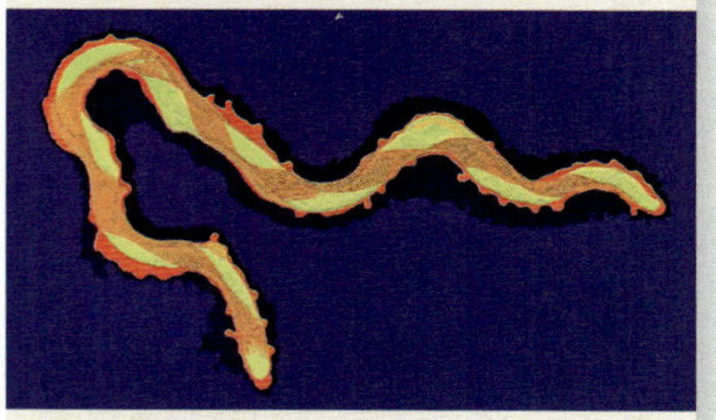

Figura 3.5. Bacteria causante de la sífilis.

A comienzos del siglo XX, Paul Ehrlich (1854-1915) estaba buscando una cura para la sífilis. Su estrategia era comprobar numerosos compuestos químicos para encontrar alguno que fuera tóxico para la bacteria causante de esta enfermedad, pero inocuo para el paciente. De este modo, descubrió, tras cientos de intentos, el salvarsán, al que llamó «bala mágica». Este hallazgo fue un hito en la farmacología.

ACTIVIDADES

1. Las teorías de los médicos griegos sobre los humores no son correctas. Entonces, ¿por qué se consideran valiosas?
2. La lámina (▸ Figura 3.6) muestra la realización de la amputación de una pierna a comienzos del siglo XIX.
   a) ¿De qué medios disponían los médicos de la época?
   b) ¿Con qué dificultades se encontraban?
3. ¿Qué importante aportación a la medicina realizó Robert Koch?
4. ¿Qué es el Proyecto Genoma Humano? Describe brevemente sus aplicaciones. Da tu opinión sobre los problemas éticos que implica.

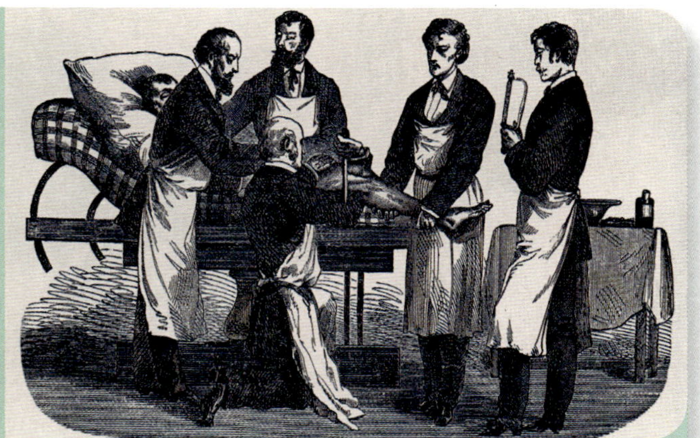

Figura 3.6. *Amputación de la pierna. Posición del cirujano y sus asistentes*. Grabado de 1875.

2 El diagnóstico de las enfermedades

2.1. Las fases del diagnóstico

El **diagnóstico** es el procedimiento por el que se identifica la enfermedad que aqueja a un paciente.

1 Entrevista clínica o anamnesis. El profesional de la salud interroga al paciente sobre una serie de datos que puedan ser útiles para el diagnóstico. Es importante recoger las molestias subjetivas del paciente (síntomas).

2 Exploración física. Consiste en la recogida de información mediante los sentidos, fundamentalmente la vista, el oído (con la ayuda de un fonendoscopio, por ejemplo) y el tacto. Permiten ir delimitando el estado del enfermo.

3 Exploraciones complementarias. Son diversas pruebas que solicita el médico, cuyo resultado puede confirmar o no los diagnósticos que previamente el médico ha sospechado tras la entrevista y la exploración del enfermo.

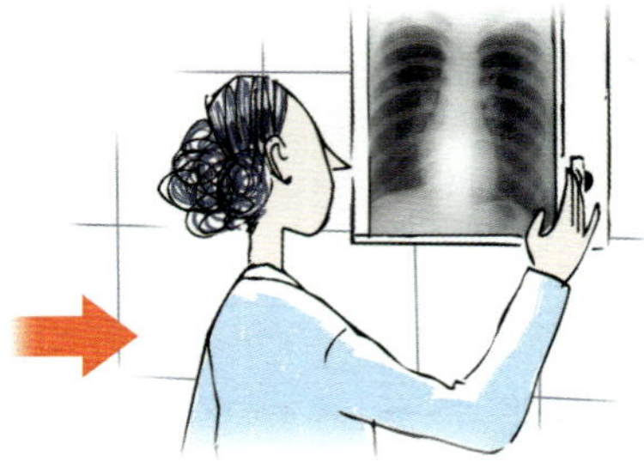

Se podría pensar que es conveniente pedir un gran número de exploraciones complementarias. Sin embargo, no es así. Únicamente se deben realizar las que vayan dirigidas a comprobar o descartar un diagnóstico provisional. Dar palos de ciego solicitando un gran número de pruebas solo consigue que la medicina sea cada vez más cara y que el número de incidentes debido a pruebas diagnósticas sea cada vez más alto.

El médico, a partir de los síntomas que señala el paciente, los signos que encuentra en la exploración física y los hallazgos de las exploraciones complementarias, establece un diagnóstico.

INFORMACIÓN CLAVE

Componentes principales de la historia clínica

- Datos subjetivos proporcionados por el paciente (síntomas).
- Datos objetivos obtenidos de la exploración física y de las exploraciones complementarias (signos).
- Diagnóstico.
- Pronóstico o evolución.
- Tratamiento.

2.2. La historia clínica

La historia clínica es un documento que se va elaborando a lo largo del tiempo en la relación entre el médico y el paciente. En ella se incluyen datos clínicos como la situación del paciente, su evolución, el tratamiento y la recuperación, así como documentos, procedimientos diagnósticos, resultados de distintas pruebas, etc.

Es el único documento válido desde el punto de vista clínico y legal, y la información que contiene es confidencial. Todo el personal que trata con los datos personales de los pacientes y tiene acceso a dicha información está obligado a mantener el secreto de dicha información.

Cada médico que atiende a un paciente debe elaborar su historia clínica. En la actualidad las historias clínicas están informatizadas. Se emplean luego programas informáticos que permiten unificar todos los datos recogidos por los distintos profesionales sanitarios. Esto hace posible que la historia clínica sea más completa y más fácil de consultar por cualquier profesional que acceda a ella.

ACTIVIDADES

5. ¿Qué pasos se siguen en el diagnóstico de una enfermedad?

2.3. Exploraciones complementarias más utilizadas

Existen muchas pruebas complementarias que se pueden realizar a un paciente. Cada prueba aporta diferente información.

Análisis de sangre

Esta prueba diagnóstica consiste en extraer sangre del paciente para realizar un análisis de diversos parámetros. Se usa para el diagnóstico de múltiples enfermedades, para el control rutinario del estado de salud y antes y después de una operación quirúrgica (► Figura 3.7).

En un análisis normal se realiza el recuento y la proporción de las células sanguíneas y la concentración de diversas sustancias en la sangre. Pero cuando el médico sospecha alguna anomalía concreta puede solicitar otros datos para comprobar si sus valores son normales o no.

Figura 3.7. Hoy día algunos análisis de sangre se realizan al instante. Por ejemplo, un aparato electrónico permite a las personas diabéticas averiguar su concentración de glucosa.

PRINCIPALES PARÁMETROS DE UN ANÁLISIS DE SANGRE (H: Hombres; M: Mujeres)

	Parámetros hematológicos (relacionados con las células sanguíneas)	Valores normales
Hematíes	Número de glóbulos rojos o eritrocitos.	4-5,5 millones/mL
Hemoglobina	Proteína encargada de transportar el oxígeno. Disminuye en las anemias.	12-16 g/dL
Hematocrito	Porcentaje del volumen de los hematíes en el volumen total de la sangre.	40%-54% (H) 37%-47% (M)
HCM	Hemoglobina corpuscular media: cantidad de hemoglobina que transporta cada eritrocito.	27-32 picogramos
VCM	Volumen corpuscular medio: tamaño de los hematíes. Ayuda a diferenciar el tipo de anemia.	$80\text{-}99 \cdot 10^{-15}$ L
Leucocitos	Glóbulos blancos. Su número total se eleva en caso de infección.	4500-11 000 células/mL
Plaquetas	Trombocitos. Se encargan de taponar las heridas iniciando la formación de un coágulo.	$135\text{-}450 \cdot 10^3$/mL
	Parámetros bioquímicos (relacionados con la composición química de la sangre)	**Valores normales**
Glucosa	Es un azúcar que transporta la sangre. Cuando se encuentra en exceso es perjudicial e indica diabetes.	70-105 mg/dL
Creatinina	Es un producto de desecho del metabolismo normal de los músculos. Se acumula cuando el riñón no funciona correctamente.	0,7-1,3 mg/dL(H) 0,5-1,2 mg/dL (M)
Ácido úrico	Es un producto derivado del metabolismo de las proteínas.	4-8,5 mg/dL
Colesterol total	Es un componente de las membranas celulares. Su exceso puede producir enfermedades cardiovasculares.	100-200 mg/dL
▪ HDL- colesterol	La HDL es la proteína que recoge el colesterol de los tejidos y las arterias y lo lleva al hígado, que lo retira de la sangre («colesterol bueno»).	> 4,5 mg/dL (H) > 5,5 mg/dL (M)
▪ LDL- colesterol	La LDL es la proteína que lleva el colesterol del hígado al resto del organismo («colesterol malo»).	60-180 mg/dL
Triglicéridos	Reflejan la grasa que ingerimos en la dieta. Transportan y almacenan energía.	< 150 mg/dL
Bilirrubina total	Se forma al destruirse la hemoglobina. Aumenta cuando el hígado no funciona adecuadamente.	0,3-1,0 mg/dL
Transaminasas	Son enzimas presentes en el hígado (principalmente), los músculos, el corazón, el páncreas y el cerebro. Su aumento indica daño en alguno de estos tejidos.	GOT: 10-40 miliunidades/mL GPT: 7-4 miliunidades/mL
Hierro	Forma parte de la hemoglobina. Disminuye en las anemias más frecuentes (ferropénicas).	50-160 (según edad)
Ferritina	Es la forma en que el hierro se deposita en los tejidos. Indica cuánto hierro se encuentra almacenado.	12-300 ng/mL (H) 10-150 ng/mL (M)

Pruebas genéticas

Consisten en analizar la información genética del paciente. Al principio, se limitaban a estudiar el número y la forma de los cromosomas, con lo que se detectaban anomalías genéticas como el síndrome de Down (caracterizada por tener tres cromosomas 21).

Hoy día se puede conocer la secuencia de un gen determinado, con lo que es posible detectar un mayor número de enfermedades.

ACTIVIDADES

6. ¿Por qué el número de leucocitos aumenta en caso de infección?

Técnicas de diagnóstico por imagen

Se trata de diversas técnicas que permiten obtener imágenes de los órganos internos del cuerpo. Cada una de ellas es adecuada para un uso concreto y reviste determinados riesgos que el médico evalúa.

PRINCIPALES TÉCNICAS DE DIAGNÓSTICO POR IMAGEN

Radiografía. Es la primera técnica de imagen que se desarrolló. Se basa en el empleo de rayos X. Los rayos X son un tipo de radiación, como la luz visible o las ondas de radio, pero mucho más energética. Eso hace que puedan atravesar fácilmente algunos objetos opacos. Además, pueden impresionar una película fotográfica. Así pues, si se enfoca un haz de rayos X sobre el cuerpo de una persona y se pone por detrás una película fotográfica, la película revela las estructuras que atraviesan los rayos X. Los huesos, muy densos, se verán claros, en tanto que los tejidos, más blandos, se verán oscuros.

El abuso de los rayos X presenta el riesgo de producir cáncer. Esta técnica no está recomendada en mujeres embarazadas y niños pequeños.

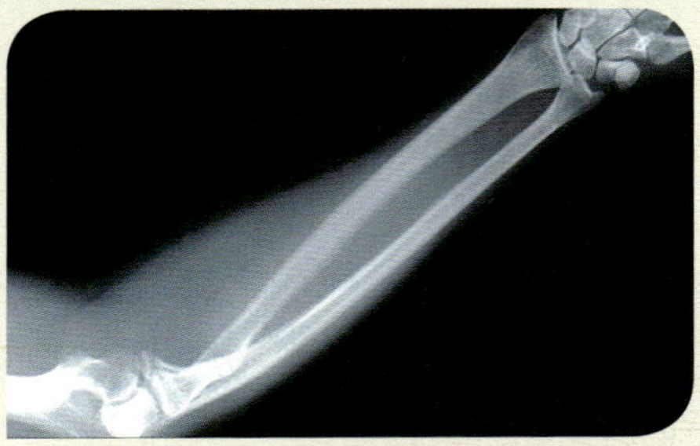

Tomografía axial computarizada (TAC o escáner). Esta técnica se basa en la realización de múltiples radiografías de una zona del cuerpo con un aparato de rayos X especial que rota alrededor del paciente. Todas estas imágenes se combinan por medio de un ordenador, que muestra imágenes detalladas de cortes transversales de una zona del cuerpo o de todo él. Es decir, la tomografía nos permite ver «rodajas» del paciente con una gran nitidez.

Su inconveniente es que requiere usar una gran cantidad de radiación, hasta cincuenta veces más que en una radiografía convencional.

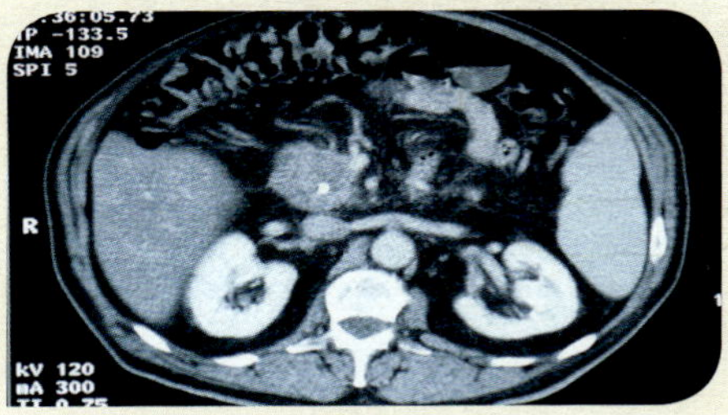

Resonancia magnética. Algunos átomos, cuando se encuentran en un campo magnético muy potente y, a la vez, reciben ondas de radio con una determinada frecuencia, emiten fotones (partículas de luz).

El aparato de resonancia magnética es una máquina grande, con forma de tubo, que crea un fuerte campo magnético alrededor del paciente y, además, detecta los fotones que se producen. Luego, un ordenador crea imágenes de la parte del cuerpo estudiada, similares a las obtenidas mediante TAC.

Esta técnica no utiliza radiación, como la radiografía o la TAC. Por tanto, presenta menor riesgo, pero no se puede utilizar en personas con marcapasos u otros objetos metálicos, como prótesis.

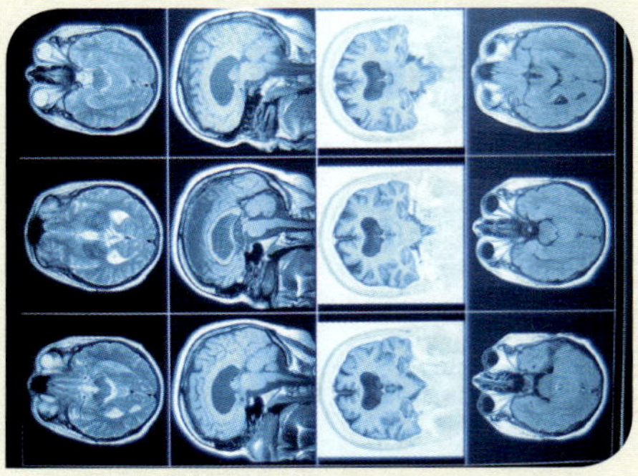

Ecografía. Esta técnica se basa en la utilización de sonidos de muy alta frecuencia (ultrasonidos), inaudibles para las personas. Los ultrasonidos se enfocan hacia el cuerpo del paciente y un aparato recoge los ecos que se producen en diversas estructuras del cuerpo para crear una imagen del interior. Hoy día las técnicas ecográficas modernas permiten ver imágenes tridimensionales y evaluar el movimiento de la sangre en el interior de los vasos sanguíneos.

La ecografía no proporciona imágenes tan detalladas como otras técnicas, pero es inocua, por lo que se puede emplear para visualizar el feto en desarrollo dentro del útero de la madre. También se emplea para localizar piedras en el riñón o la vesícula y en pruebas cardiológicas (ecografía Doppler).

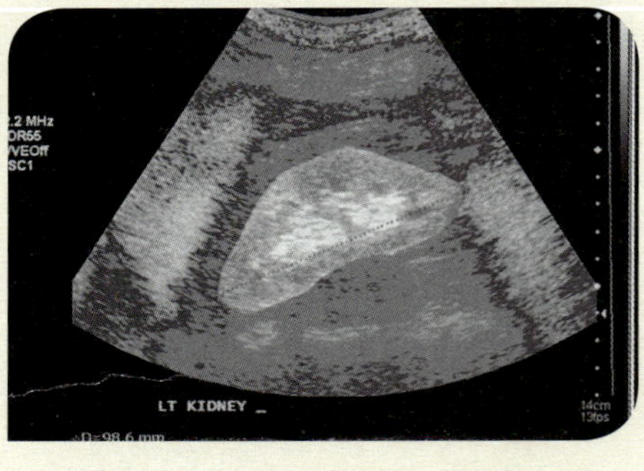

Medicina nuclear. Se basa en la introducción de diversas sustancias radiactivas para estudiar cómo se distribuyen por el organismo. Estas sustancias, llamadas contrastes, emiten rayos gamma que son captados por un detector llamado cámara de escintigrafía o cámara gamma.

Las imágenes que se obtienen se llaman **gammagrafías**, y nos dan información sobre el funcionamiento de los órganos.

Actualmente han surgido nuevas técnicas de medicina nuclear, como la **tomografía por emisión de positrones** (PET) y la **tomografía por emisión de fotón único** (SPECT), que proporcionan información funcional y metabólica del cerebro.

Las técnicas de medicina nuclear presentan cierto riesgo, por la irradiación y por posibles reacciones alérgicas a los contrastes.

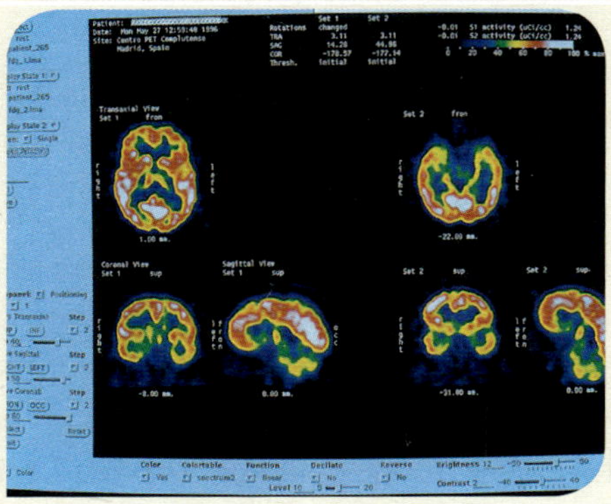

Técnicas de registro de la actividad eléctrica

Las células musculares y las neuronas, entre otras, producen pequeñas diferencias de potencial eléctrico con su actividad. Existen diversas técnicas con las que se logra captar y grabar estas señales.

- **Electrocardiograma (ECG).** Registra de manera gráfica la actividad eléctrica de la musculatura del corazón (▶ Figura 3.8).
- **Electroencefalograma (EEG).** Registra la actividad eléctrica de las neuronas del cerebro.
- **Electromiograma (EMG).** Registra la actividad eléctrica de los músculos y de las fibras nerviosas.

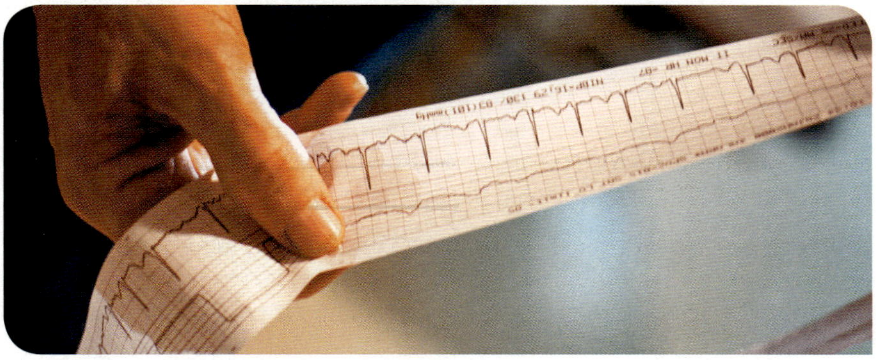

Figura 3.8. Electrocardiograma.

Cateterismo cardiaco

Un catéter es un tubo fino y flexible. En el cateterismo cardiaco se introduce un catéter a través de una arteria, normalmente de la ingle, y se va llevando con sumo cuidado hacia el corazón con ayuda de una guía y una máquina de rayos X que proporciona imágenes en tiempo real. Una vez que el catéter llega al corazón, se inyecta un material de contraste y se toman imágenes que nos proporcionan información sobre el estado del corazón y de los vasos sanguíneos. Estas imágenes reciben el nombre de **angiografías**.

Test de esfuerzo

Es una prueba que se realiza a pacientes que padecen o han padecido una enfermedad cardiaca o a aquellos con factores de riesgo (hipertensión, fumadores, personas con un nivel alto de colesterol en sangre, etc.).

Se obtienen el ECG, la tensión arterial y el pulso del paciente mientras se le somete a un esfuerzo físico, sobre una cinta rodante, por ejemplo.

Técnicas endoscópicas

Con estas técnicas se consigue ver realmente el interior del cuerpo (▶ Figura 3.9). Consisten en introducir un aparato llamado **endoscopio** a través de un orificio natural o una pequeña incisión quirúrgica. El endoscopio es un instrumento en forma de tubo que tiene una fuente de luz y un sistema óptico, de modo que capta la imagen del interior de cavidades corporales u órganos huecos y la muestra en una pantalla en tiempo real.

Biopsias

Consisten en la extracción de una pequeña porción de tejido para examinarla posteriormente en el laboratorio con la ayuda de un microscopio. Existen varios tipos diferentes, desde la que se realiza con una simple aguja a la que requiere una intervención quirúrgica. Las biopsias se emplean, por ejemplo, para determinar si un tumor es benigno o maligno.

SABER MÁS

Algunas técnicas endoscópicas

Técnica endoscópica	Órgano visualizado
Toracoscopia	Cavidad torácica o pleural
Laparoscopia	Cavidad abdominal o peritoneal
Artroscopia	Cavidad articular
Fibrobroncoscopia	Bronquios
Colonoscopia	Colon
Gastroscopia	Estómago
Histeroscopia	Útero

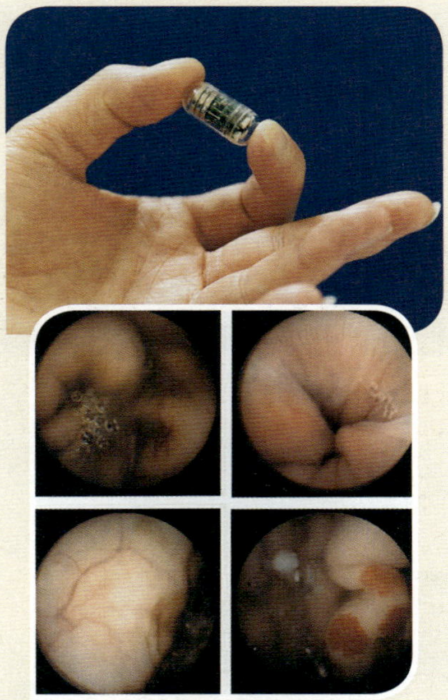

Figura 3.9. Una nueva técnica que permite visualizar el intestino delgado es la **endoscopia mediante cápsula**. Esta cápsula incorpora una microcámara y es ingerida por el paciente.

3 Tratamiento de enfermedades: fármacos y medicamentos

3.1. Qué son los medicamentos

Los **medicamentos** son aquellos productos que empleamos para curar, aliviar, prevenir o diagnosticar una enfermedad.

Los medicamentos contienen uno o varios **fármacos**, que son las sustancias que hacen que los medicamentos tengan ciertas propiedades; es decir, los fármacos son los **principios activos** de los medicamentos.

Los fármacos son activos en cantidades muy pequeñas. Para facilitar su administración se mezclan con **excipientes**, que son sustancias inertes que sirven como vehículo de los fármacos, a fin de facilitar su administración o su estabilidad o mejorar propiedades como el sabor.

La mezcla del fármaco o los fármacos con unos determinados excipientes y de una determinada manera da lugar a un medicamento en forma de píldora, jarabe, inyectable, aerosol… A esto se le llama **forma galénica**.

Algunos excipientes pueden dar problemas a ciertas personas, por lo que su presencia debe advertirse en el prospecto del medicamento. Un ejemplo es la lactosa, sustancia hacia la que algunas personas muestran intolerancia.

Los fármacos son capaces de unirse a algunas moléculas que existen en el interior del organismo, llamadas **receptores**. Esas moléculas suelen ser proteínas, y sus funciones se modifican cuando los fármacos se unen a ellas. Algunos receptores se encuentran por todo el cuerpo. Otros, en cambio, se encuentran solo en algunos grupos de células muy concretos.

Todos los medicamentos pueden dar lugar a **reacciones adversas**. Estas son efectos negativos de los medicamentos, es decir, no deseados. Para poder comercializar un medicamento las autoridades sanitarias deben verificar que sus beneficios superan las posibles reacciones adversas.

Cada medicamento se debe tomar en la **dosis** adecuada. Por encima de esa dosis no aumentan los beneficios del medicamento y, en cambio, se incrementa la posibilidad de que aparezcan reacciones adversas.

Algunos fármacos, si se administran junto a otros, interfieren entre ellos. Por ejemplo, puede que uno de los fármacos dificulte que el otro se absorba. Pero estas **interacciones farmacológicas**, en general, se conocen.

3.2. La denominación de los medicamentos

Los medicamentos se conocen, en primer lugar, por su denominación comercial o marca, es decir, el nombre que le asigna el laboratorio que lo elabora.

Luego, cada fármaco tiene un nombre oficial (DOE: denominación oficial española).

Además, cada fármaco tiene un nombre científico que lo identifica con total precisión, pero es demasiado largo y complicado para usarlo.

Por ejemplo, un medicamento muy conocido es la aspirina, un nombre comercial asignado por los laboratorios Bayer a un medicamento cuyo principio activo es el ácido acetilsalicílico (DOE). El nombre científico de este fármaco es ácido 2-(acetiloxi)-benzoico. (▶ Figura 3.11)

SABER MÁS

Genética y fármacos

Los descubrimientos derivados de la secuenciación del ADN humano muestran que los efectos de algunos fármacos, tanto los buscados como las reacciones adversas, dependen de los genes que porta el paciente.

Esto puede hacer que se desarrolle una nueva generación de fármacos, mucho más específicos y con menor posibilidad de generar reacciones adversas, pues solo se administrarán a pacientes con unos genes determinados.

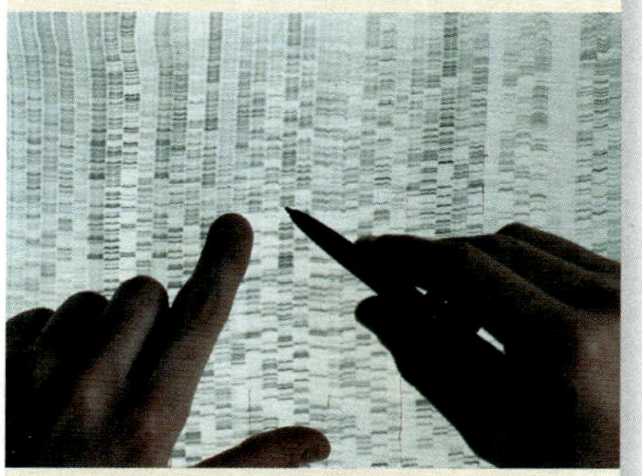

Figura 3.10. Estudio del ADN.

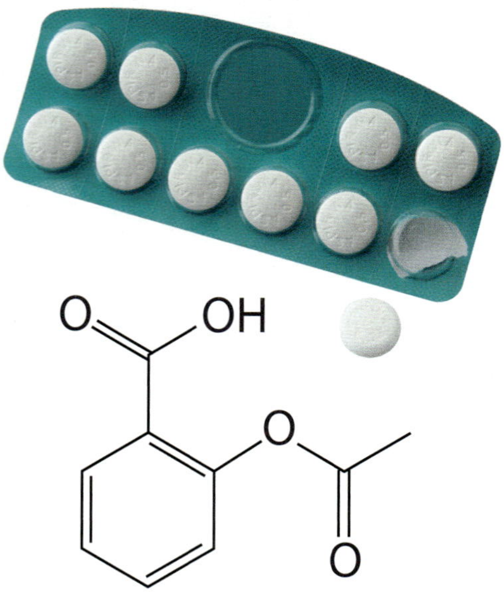

Figura 3.11. El principio activo de la aspirina es el **ácido acetilsalicílico** o ácido 2-(acetiloxi)-benzoico. La forma galénica es un comprimido.

3.3. Vías de administración

Desde que un fármaco entra en nuestro organismo hasta que llega a sus receptores debe atravesar diversas barreras: la pared del aparato digestivo, el hígado, las paredes de los vasos sanguíneos, etc. Algunas de estas barreras se pueden salvar modificando la vía de administración.

Existen distintas vías para la administración de fármacos; por ejemplo:

- Oral: pastillas, cápsulas, comprimidos.
- Sublingual: comprimidos que se sitúan bajo la lengua.
- Rectal: supositorios.
- Parenteral (inyección): puede ser subcutánea, intramuscular o intravenosa (▸ Figura 3.12a, b y c).
- Intranasal: el medicamento puede administrarse a través de los orificios nasales con un nebulizador.
- Tópica o cutánea: pomadas o cremas para la piel.

SABER MÁS

Alergias

Una de las posibles reacciones adversas de los fármacos son las reacciones alérgicas.

Cuando alguien tiene alergia a un medicamento, debe figurar en su historia clínica, a fin de que no se le administre.

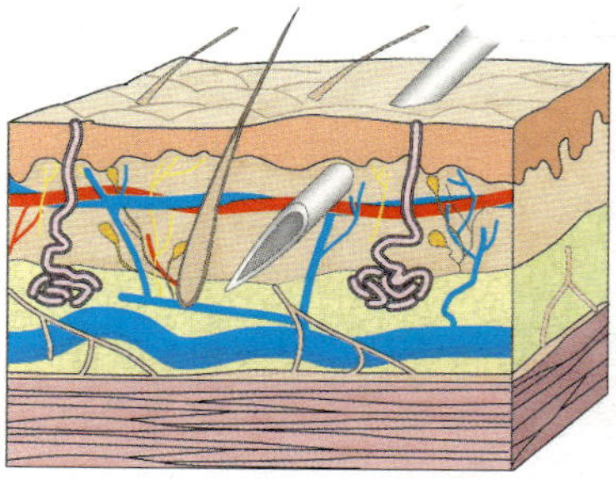

Figura 3.12a. Inyección subcutánea.

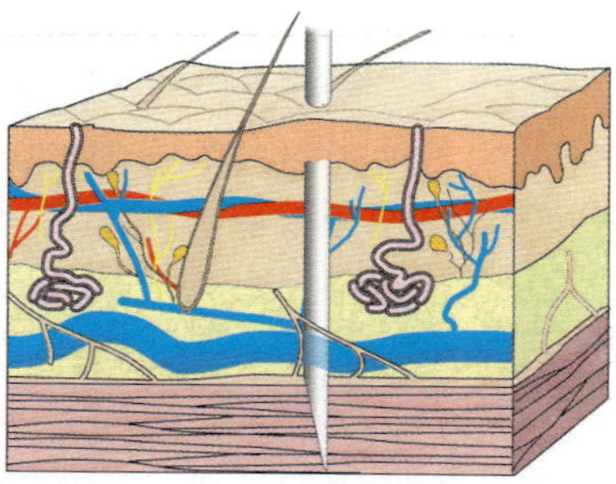

Figura 3.12b. Inyección intramuscular.

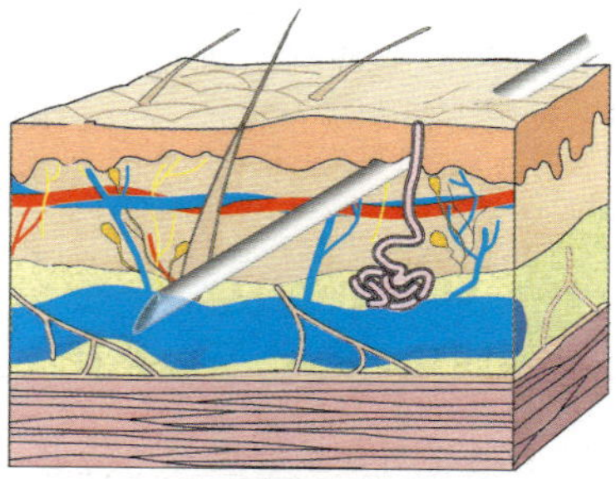

Figura 3.12c. Inyección intravenosa.

3.4. El buen uso de los medicamentos

Los medicamentos han salvado millones de vidas. Sin embargo, un uso inadecuado de los mismos puede tener consecuencias negativas, no solo para quien los emplea mal, sino para el resto de la sociedad.

El mal uso consiste, básicamente, en no tomar el medicamento tal como ha prescrito el médico o en tomar medicamentos que no han sido prescritos por el médico ni recomendados por el farmacéutico.

Las principales consecuencias son las siguientes:

- **Falta de eficacia de la medicación.** Cuando no se toma el medicamento de forma adecuada o se interrumpe su administración, no se producen los beneficios deseados, con la consiguiente pérdida de calidad de vida del paciente y el empeoramiento de su situación.
- **Dependencia y tolerancia.** Se puede dar, por ejemplo, en el caso de tranquilizantes, cuando se toman sin la supervisión del médico.
- **Interacciones farmacológicas.** Cuando se toman varios medicamentos sin supervisión médica, puede haber interacciones farmacológicas, incluso puede que se agraven las posibles reacciones adversas.
- **Aparición de resistencia a los antibióticos.** El hecho de emplear antibióticos promueve que aparezcan bacterias resistentes a ellos, simplemente por la selección natural. Por tanto, cuando se usan antibióticos sin necesidad se contribuye a este problema. Ante esto, hay dos actuaciones claves:
  - No tomar nunca antibióticos si no han sido recetados por el médico.
  - Completar siempre el tratamiento aunque desaparezcan los síntomas. Interrumpir el tratamiento antes de tiempo favorece la aparición de resistencias.

SABER MÁS

Patentes de medicamentos y dilemas éticos

Hoy día, los nuevos medicamentos que se emplean en el tratamiento del sida están protegidos por patentes.

En los países en vías de desarrollo se concentra la mayor parte de los pacientes afectados por esta terrible enfermedad, pero para ellos resulta imposible pagar el alto precio de estos medicamentos.

Si se emplearan genéricos, los tratamientos serían mucho más baratos, pero las empresas farmacéuticas defienden sus patentes, pues afirman que con ellas se costea el alto precio de la investigación y los ensayos clínicos.

Figura 3.13. Producción de **fármacos** en una empresa farmacéutica.

3.5. La investigación y el desarrollo de nuevos fármacos

Pocos medicamentos se unen a un solo tipo de receptor. La mayoría se unen a diversos receptores, con efectos más o menos parecidos. Así, por ejemplo, algunos medicamentos que calman el dolor incrementan el riesgo de hemorragias, lo que constituye una reacción adversa.

Actualmente se buscan fármacos muy específicos, es decir, que se unan solo a un tipo de receptor, a fin de minimizar los efectos adversos y conseguir el máximo beneficio.

3.6. La industria farmacéutica: patentes y genéricos

Buena parte de la investigación farmacológica se lleva a cabo en las industrias farmacéuticas, importantes empresas multinacionales que generan grandes beneficios económicos. Estas empresas tienen departamentos de investigación en los que se crean y ensayan nuevos fármacos.

Para que se pueda comercializar un medicamento, este debe ser aprobado por las autoridades sanitarias. Para ello (▶ Figura 3.14):

1. Primero se realizan ensayos en células y tejidos aislados (fases 1 y 2) y después en animales de experimentación (fases 3 y 4).
2. Si los resultados son satisfactorios, se pasa a la fase de **ensayo clínico**, en la cual se realizan pruebas en seres humanos sanos y enfermos (fases 5 y 6).
3. Si estas pruebas demuestran que el medicamento es efectivo y seguro, se solicita su autorización y luego se comercializa (fase 7).

Cuando una empresa crea un nuevo fármaco, es decir, descubre un principio activo útil, solicita una **patente**. Esta patente le autoriza a ser el único fabricante y comercializador del fármaco durante un periodo de, en general, diez años.

Una vez se pasa este plazo, se dice que la patente expira y otros laboratorios pueden fabricar el fármaco, que recibe el nombre de **genérico**. Estos medicamentos genéricos tienen el mismo principio activo, pero son más baratos, tanto para el paciente como para la economía del país.

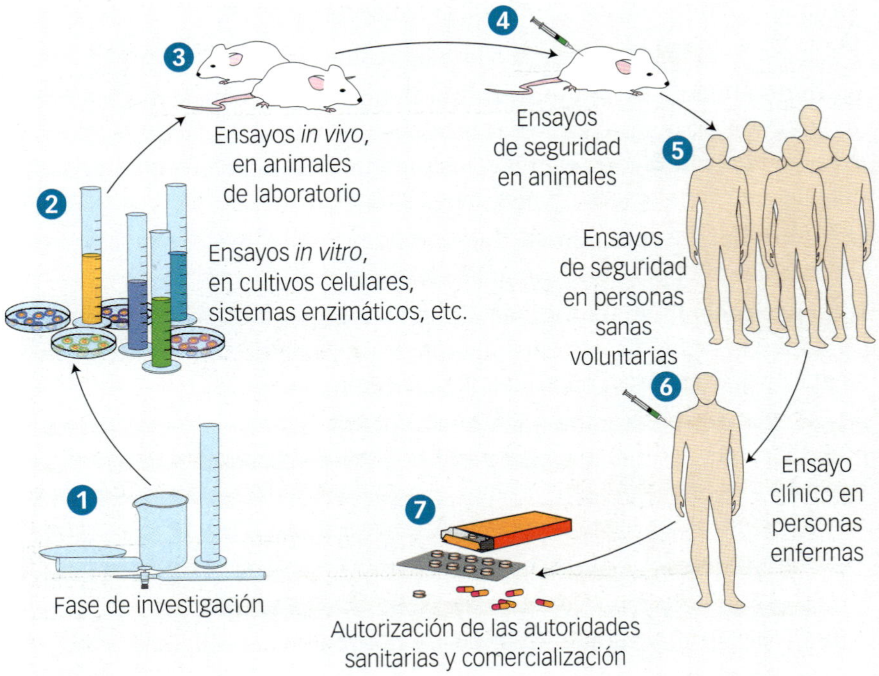

Figura 3.14. Fases del desarrollo de un medicamento.

3.7. El ensayo clínico

Un **ensayo clínico** es un procedimiento que se utiliza para demostrar la eficacia de un nuevo medicamento o cualquier otro nuevo tratamiento.

En principio, parece fácil demostrar si un nuevo medicamento es eficaz o no. Podríamos pensar que basta con administrárselo a un enfermo y ver si recupera la salud. Sin embargo, esto no es así. El enfermo puede mejorar aunque el fármaco no sea efectivo por dos motivos, fundamentalmente:

- El paciente mejora porque su enfermedad está remitiendo de modo espontáneo. Es decir, aunque no se hubiera tomado el fármaco, hubiera mejorado.
- El paciente mejora, aunque el medicamento no sea eficaz, debido a que siente que está siendo atendido. Esto hace que mejore su estado de ánimo y, sobre todo, algunos síntomas subjetivos, como el dolor o las náuseas. Este fenómeno se conoce como **efecto placebo**.

Para probar que la eficacia de un medicamento es real se realiza el ensayo clínico. Para ello se administra el tratamiento a un grupo grande de pacientes. A otro grupo de pacientes, llamado **grupo de control**, se le administra un **placebo**, es decir, algo que parece un medicamento, pero que no produce ningún efecto. Al cabo del tiempo se compara la evolución de ambos grupos.

Es muy importante tener un grupo de control para comprobar que el grupo tratado evoluciona mejor. Además, es igualmente importante administrar a este grupo un placebo. En un buen ensayo clínico, ni el paciente ni el investigador saben si se ha administrado el medicamento o el placebo, y esta elección se realiza al azar. A este procedimiento se le llama «**doble ciego**».

En los ensayos clínicos no solo se puede evaluar la eficacia de un medicamento. También se pueden estudiar los efectos adversos, la dosis adecuada, los efectos a largo plazo, etc.

ACTIVIDADES

7. Explica qué relación existe entre los fármacos y los medicamentos.
8. Expón tu opinión sobre las patentes de los medicamentos. ¿Se podrían suprimir? ¿Por qué?
9. ¿Qué importancia tiene el grupo de control en un ensayo clínico?

SABER MÁS

De la AZT a los TARGA: la increíble historia de los antirretrovirales

Desde la aparición de los primeros casos documentados de sida en 1981 hasta el día de hoy, la carrera por desarrollar medicamentos contra el virus causante de la enfermedad, el VIH, ha sido meteórica. El resultado ha sido la obtención de diversos medicamentos antirretrovirales, es decir, medicamentos específicos para el tratamiento de infecciones por retrovirus.

El primer antirretroviral que se empleó fue la zidovudina (AZT) en 1986. Antes de su aparición, la infección por VIH significaba una muerte segura. Actualmente, el uso de combinaciones de varios fármacos o tratamientos antirretrovirales de gran actividad (TARGA) consigue disminuir mil veces la carga viral en sangre. Esto permite a muchas personas una recuperación inmunológica lenta, pero constante, con menos riesgo de infecciones oportunistas y una mejor calidad de vida.

Figura 3.15. Investigación sobre el **virus del sida** (arriba).

En solo treinta años los avances científicos han logrado que una enfermedad mortal se convierta en una enfermedad crónica. Los TARGA constituyen una de las intervenciones médicas contra un agente infeccioso más exitosas de los últimos años. Sin embargo, tienen limitaciones que se intentan solucionar, como son su toxicidad, sus complicaciones y su incapacidad de erradicar el virus totalmente.

Otro problema de estos tratamientos es su elevado coste. Mientras que el precio de los primeros antirretrovirales ha disminuido por la competencia entre productores de genéricos, las patentes mantienen los más nuevos a precios astronómicos. Asegurar el acceso de los medicamentos nuevos y futuros a todo el mundo es también una prioridad.

4 Tratamiento de enfermedades: cirugía

SABER MÁS

Tipos de anestesia

Anestesia local. Se elimina la sensación de dolor en una parte pequeña del cuerpo. Es la que usa el dentista.

Anestesia regional. Se elimina el dolor en una zona más amplia, por ejemplo, en un miembro completo. Un tipo de anestesia regional es la epidural, en la cual se inyecta el anestésico muy cerca de la médula espinal. Se utiliza, por ejemplo, durante los partos.

Anestesia general. En ella se elimina el dolor en todo el cuerpo y el paciente pierde la conciencia, es decir, se duerme profundamente. Es la anestesia empleada en muchas operaciones de cirugía mayor. Tiene más riesgos que las anteriores.

4.1. Qué es un tratamiento quirúrgico

El término *tratamiento quirúrgico*, o ***cirugía***, es muy amplio. Podemos distinguir entre cirugía mayor (quitar el apéndice o una intervención cardiaca) y cirugía menor (coser una herida o una intervención en la superficie de la piel).

No obstante, cuando hablamos de una intervención quirúrgica, normalmente nos referimos a una operación de **cirugía mayor**, que por su importancia y complejidad podría dar lugar a complicaciones serias tras la intervención. Por ejemplo, la extirpación del apéndice. Por ello el paciente debe permanecer en el hospital durante cierto tiempo, a fin de estar controlado y atendido por el personal sanitario.

La **cirugía menor** incluye aquellas intervenciones sencillas, de corta duración, que se realizan en tejidos superficiales y accesibles; por ejemplo, la eliminación de verrugas. En general, el número de complicaciones es escaso.

Hoy día, debido a los grandes avances logrados en la cirugía, se pueden realizar algunos procedimientos quirúrgicos, que tradicionalmente requerían hospitalización, de modo ambulatorio; es decir, el paciente acude al hospital, es intervenido y regresa a su domicilio a las pocas horas de la intervención. Se trata de la **cirugía mayor ambulatoria**. Un ejemplo es la intervención de cataratas, que antes requería un periodo de convalecencia en el hospital; ahora el enfermo se marcha a casa casi inmediatamente después de la operación.

Para que un paciente pueda ser intervenido quirúrgicamente es necesario administrarle un fármaco (anestésico) que elimine la sensibilidad al dolor. A este procedimiento se le llama **anestesia**.

4.2. Los riesgos de la cirugía

En una intervención quirúrgica existen riesgos. Algunos de ellos son debidos al propio estado del paciente. Otros, en cambio, son debidos a la cirugía y a la anestesia. Estos últimos riesgos son mínimos hoy día.

Por una parte, la cirugía cuenta con técnicas y aparatos cada vez mejores, debido a los avances de la ciencia y la técnica. Además, los **cirujanos** son unos profesionales con una excelente formación.

En las operaciones interviene un **anestesista**, que es un médico especialista en todo lo relacionado con la anestesia, y los fármacos empleados son cada vez más seguros.

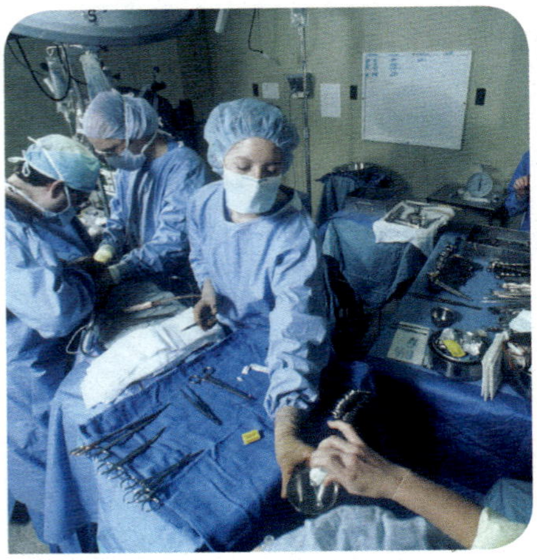

Figura 3.16. Las intervenciones quirúrgicas se realizan en un **quirófano**. Es importante que la limpieza del recinto y del instrumental sea absoluta, a fin de evitar que haya microorganismos que infecten las heridas quirúrgicas.

4.3. Cuándo realizar la cirugía

Ciertas enfermedades requieren una intervención quirúrgica inmediata, pues retrasarla supondría un riesgo importante de que aparezcan complicaciones o, incluso, la muerte del enfermo. En este caso hablamos de **cirugía de urgencias**. Ejemplos de enfermedades que requieren cirugía de urgencias son: apendicitis aguda, hemorragia digestiva, oclusión intestinal, etc.

En el resto de los casos es mejor programar la intervención quirúrgica. Esto permite valorar la situación general del paciente y tratar de mejorarla para que llegue a la cirugía en condiciones óptimas. A esta cirugía se la denomina **cirugía programada**. Un ejemplo es la extirpación de las amígdalas.

4.4. Nuevos procedimientos quirúrgicos

La cirugía se caracteriza por ser un método cruento, es decir, agresivo. Con frecuencia se requiere acceder a órganos internos a través de incisiones u orificios que luego deben unirse y han de cicatrizar. Algunos de los nuevos procedimientos quirúrgicos pretenden reducir la agresividad de la cirugía a fin de que la intervención entrañe menos riesgos y el paciente se recupere lo antes posible. Es el caso de la **angioplastia** (▸ Figura 3.17) y de la **cirugía endoscópica** (▸ Figura 3.18). También en los últimos tiempos se han desarrollado operaciones sumamente complejas que permiten curar a pacientes a los que hace años no se consideraba tratables. Es el caso de la **cirugía de trasplantes**. Otras técnicas se basan en el uso de las últimas tecnologías de la sociedad de la información (▸ Figura 3.19). Es el caso de la **cirugía robótica**.

Angioplastia. Se emplea para ensanchar arterias que se hayan estrechado. Consiste en la introducción de un catéter con un pequeño globo en la punta que se lleva a la arteria estrechada. Allí se infla el globo para abrir el vaso sanguíneo y luego se desinfla para sacarlo. A veces se coloca también una malla de alambre o *stent*, que ayuda a mantener la arteria abierta.

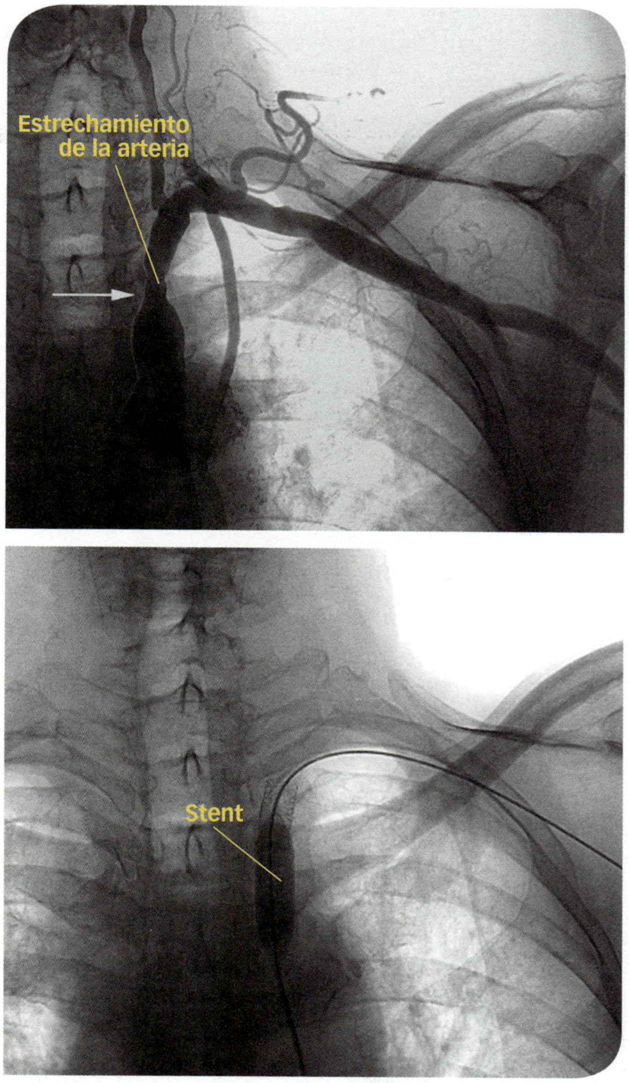

Figura 3.17. Angioplastia.

Cirugía endoscópica. Se realiza a través de pequeños orificios por los que se introducen instrumentos quirúrgicos que se controlan desde el exterior. Con esta técnica se llevan a cabo intervenciones, por ejemplo en las articulaciones (artroscopias) (▸ Figura 3.18) o en el interior del abdomen (laparoscopias).

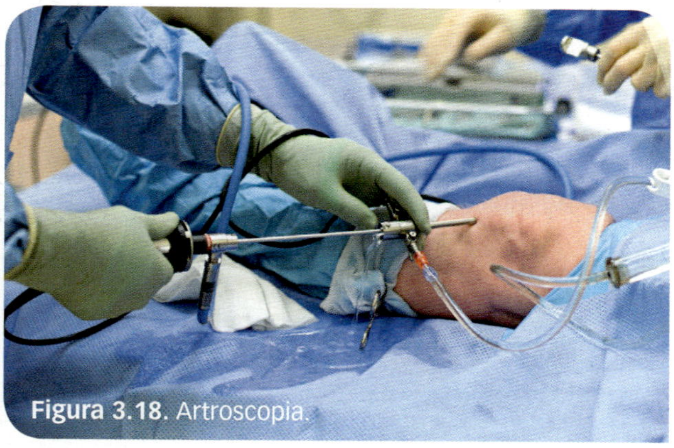

Figura 3.18. Artroscopia.

Cirugía robótica. Desde 1990 se han empleado robots en el quirófano que ayudan al cirujano en tareas de precisión. A partir de entonces los robots han evolucionado hasta permitir operaciones a distancia. Así, en el año 2001 se realizó la primera intervención quirúrgica transatlántica. Un cirujano controlaba desde Nueva York (EE. UU.) a un robot que operaba en Estrasburgo (Francia). Las señales de audio y vídeo de la operación y las órdenes del cirujano debían recorrer más de 6100 kilómetros de fibra óptica, con un retraso de 150 milésimas de segundo.

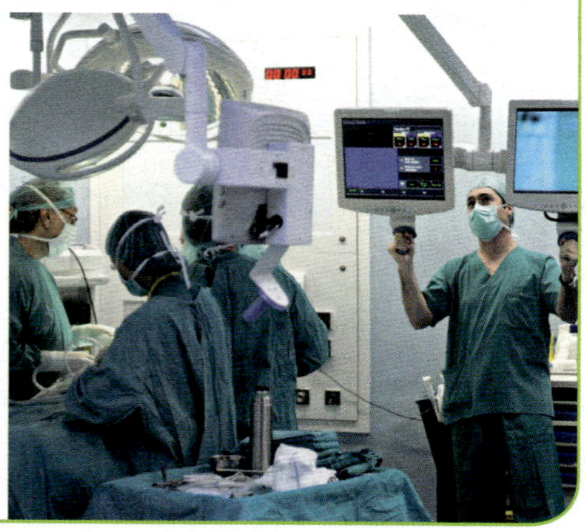

Figura 3.19. Uso de nuevas tecnologías (televisión de alta definición) en el quirófano.

5 Los trasplantes

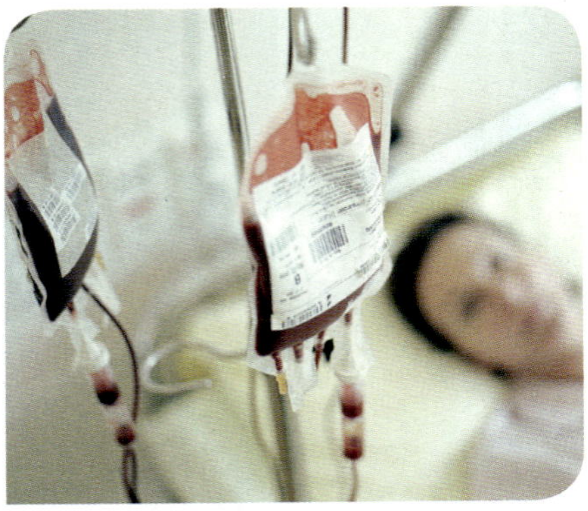

Figura 3.20. Las **transfusiones de sangre** son un ejemplo de trasplante de tejido.

Los trasplantes pueden ser considerados el avance médico más revolucionario del siglo XX. Consisten en reemplazar órganos, tejidos o células de una persona enferma (**receptor**) por los de una persona sana (**donante**), viva o muerta.

Se emplea en aquellos casos en los que algún órgano de una persona está tan dañado que no se puede recuperar y la única opción es reemplazarlo por otro sano.

Los trasplantes más conocidos son los **trasplantes de órganos**, como el riñón, el corazón, el hígado o muchos otros. Sin embargo, son frecuentes los **trasplantes de tejidos** (sangre, piel, córnea, válvulas cardiacas…) y los **trasplantes de células** (células pancreáticas, células de la médula ósea precursoras de las células sanguíneas…).

5.1. El problema del rechazo

Uno de los principales problemas que presentan los trasplantes es el **rechazo** del órgano o tejido trasplantado. Se produce cuando el sistema inmunitario del receptor reconoce el trasplante como extraño y trata de destruirlo. En ese caso, el trasplante fracasa.

El rechazo se produce debido a la presencia en la superficie de las células de cada persona de unas proteínas llamadas **HLA**. Estas proteínas son únicas para cada persona y permiten que el sistema inmunitario distinga lo propio de lo extraño. Si en el organismo aparecen células con unas proteínas HLA diferentes, el sistema inmunitario las reconoce como extrañas y las combate.

Para evitar el rechazo se usan dos estrategias:

- **Emplear donantes compatibles.** Es decir, consiste en buscar donantes cuyas proteínas HLA sean parecidas a las del receptor, de modo que la respuesta inmunitaria sea débil. En el caso de gemelos monocigóticos, las HLA son idénticas y no se produce el rechazo. En familiares cercanos las HLA suelen ser similares.
- **Administrar fármacos inmunosupresores.** Son fármacos que reducen la actividad del sistema inmunitario, para que sea menos activo de lo habitual. Este tratamiento, a menudo, se debe mantener de por vida.

SABER MÁS

Órganos artificiales

Una alternativa a los trasplantes son los órganos artificiales. Ya es corriente implantar elementos artificiales en el cuerpo, como válvulas cardiacas, lentes intraoculares, vasos sanguíneos… También se han desarrollado órganos tan complejos como corazones artificiales, que se pueden emplear temporalmente mientras se consigue un órgano compatible para trasplantar.

Un reciente logro en este campo es el implante de huesos artificiales fabricados con impresoras 3D especialmente diseñados para cada paciente.

Figura 3.21. **Corazón artificial**. El corazón es uno de los órganos que se han tratado de reemplazar por un dispositivo mecánico mientras se consigue un órgano compatible.

5.2. Tipos de trasplantes

Se pueden distinguir varios tipos de trasplantes en función del donante:

- **Autotrasplante.** El donante y el receptor son el mismo individuo. En este tipo de trasplante no existe rechazo. Son ejemplos los trasplantes de piel o de médula ósea de un lugar a otro en la misma persona.
- **Isotrasplante.** El donante y el receptor son gemelos idénticos. En este caso el riesgo de rechazo es prácticamente nulo.
- **Alotrasplante.** El donante y el receptor son dos personas distintas, no gemelas. Para evitar el rechazo se necesita un donante compatible y el receptor necesitará un tratamiento inmunosupresor.
- **Xenotrasplante.** El donante y el receptor son individuos de diferentes especies. Aunque el rechazo es muy importante, se está investigando en este campo y se están empleando válvulas bovinas o porcinas para reemplazar válvulas del corazón.

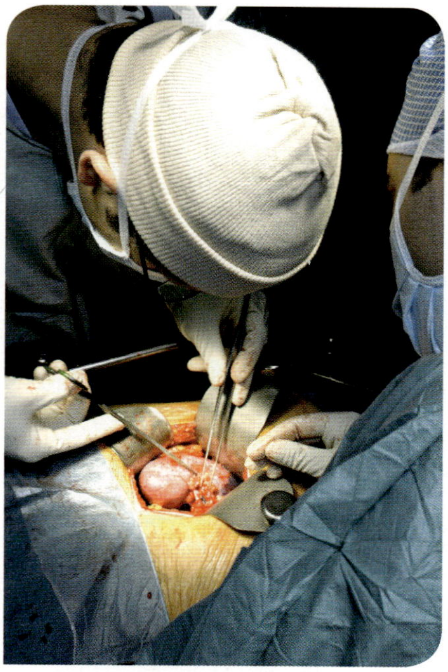

Figura 3.22. Cirujía necesaria para llevar a cabo un **transplante de riñón**.

5.3. La donación de órganos

Algunos trasplantes se realizan a partir de donantes vivos. Es el caso de la donación de sangre o de médula ósea. El donante puede regenerar el tejido dañado sin mayor molestia. También se pueden emplear órganos de donantes vivos en el caso del riñón, pues el donante puede continuar su vida normal con un solo riñón. Sin embargo, este tipo de donación solo se suele realizar con familiares muy cercanos, pues el donante debe someterse a una intervención quirúrgica de importancia.

Sin embargo, la mayor parte de los órganos que se trasplantan proceden de personas que acaban de fallecer y han expresado su intención de donar sus órganos. Estos órganos se deben extraer lo antes posible y de un modo adecuado. A continuación, se deben transportar rápidamente hasta donde se halle un paciente compatible.

Todo este proceso está coordinado por la **Organización Nacional de Trasplantes (ONT)**, que se encarga, entre otras funciones, de buscar al receptor más apropiado para los órganos disponibles. En España, el número de trasplantes y de donaciones es elevado, en parte, gracias al buen funcionamiento de la ONT. Por eso, otros países copian el «modelo español».

Cualquier persona puede ser donante. Para ello debe expresar en vida su deseo de donar los órganos y, en caso de fallecimiento, sus familiares más cercanos deben autorizarlo.

ACTIVIDADES

10. Explica a qué se debe el problema del rechazo y cómo se soluciona.

11. ¿Por qué en los isotrasplantes no hay problemas de rechazo?

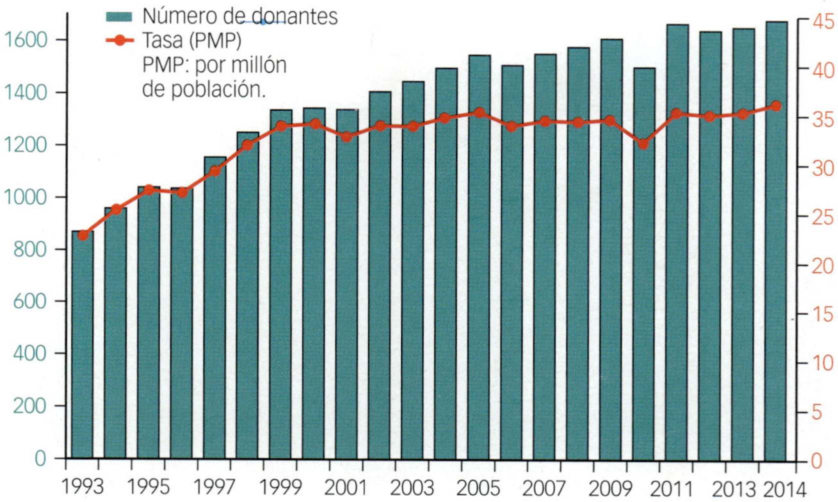

Figura 3.23. Evolución del **número** y la **tasa de donantes** en España. Nuestro país es puntero en la medicina de trasplantes. A nivel internacional se habla del «modelo español» como un modelo a seguir.

6 Los biomateriales o materiales biocompatibles

En ocasiones, en vez de recurrir a un trasplante se pueden emplear otro tipo de materiales para reemplazar o reparar los tejidos u órganos dañados.

Los **biomateriales** son materiales sin acción farmacológica que pueden ser utilizados en algún implante o prótesis, para sustituir o regenerar los tejidos vivos y sus funciones (► Figura 3.24).

Una característica de los biomateriales es su biocompatibilidad, es decir, su capacidad de no interferir ni degradar el medio biológico en el que son implantados.

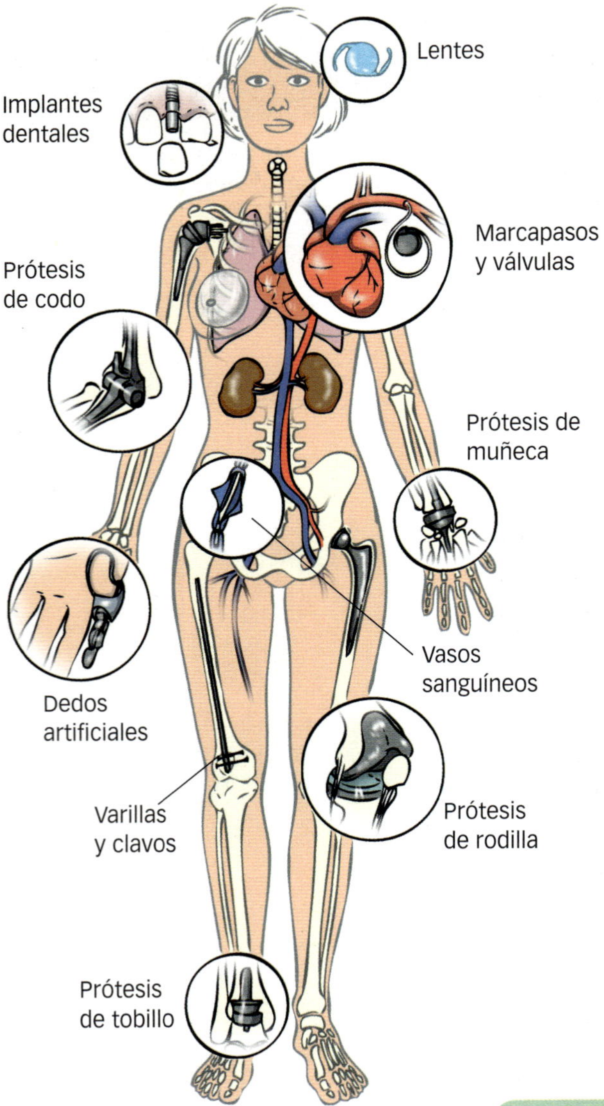

Figura 3.24. Aplicaciones de **biomateriales** en el cuerpo humano.

6.1. Clasificación de los biomateriales

Los principales tipos de biomateriales son:

- **Metales**, como el acero y el titanio. Son resistentes, pero poco biocompatibles, y se pueden corroer en medios fisiológicos.
- **Polímeros**, como las siliconas, el teflón, el nailon y el dacron. Son elásticos y fáciles de fabricar, pero son poco resistentes y se degradan con el tiempo. Tienen una amplia variedad de aplicaciones porque presentan propiedades físicas, químicas y mecánicas similares a las de los tejidos vivos.
- **Materiales cerámicos**, como los óxidos de aluminio y de titanio y la hidroxiapatita, que es el mineral que forma parte del hueso. Tienen buena biocompatibilidad y resistencia a la corrosión, pero son inelásticos, resisten mal los impactos y son difíciles de producir.

Los biomateriales también se pueden clasificar según la respuesta que provocan en el tejido vivo:

- **Bioinertes.** Son poco reactivos debido a que son poco solubles cuando se introducen en el cuerpo. Son bien aceptados y resistentes en el tiempo. Se utilizan para implantes permanentes y en cirugía maxilofacial y craneal. El titanio es un ejemplo de material bioinerte.
- **Biodegradables.** Tras ser implantados se van degradando con el tiempo, dando lugar a productos no tóxicos que son eliminados por el organismo. Se usan en suturas o en reconstrucciones óseas, como material de relleno. Un ejemplo es la hidroxiapatita porosa.

ACTIVIDADES

12. Haz un cuadro con los tres tipos principales de biomateriales en el que aparezcan sus ventajas y sus inconvenientes.

13. Di un ejemplo de implante en el que convenga usar un material bioinerte y otro en el que interese un material biodegradable.

7 Las medicinas alternativas

La medicina alternativa es toda aquella práctica médica que no está basada en el enfoque habitualmente empleado por los médicos y los profesionales de la salud occidentales. Incluye medicinas tradicionales, así como otras técnicas desarrolladas más recientemente. Algunos ejemplos son:

Medicina tradicional china	Herboristería	Homeopatía
Es la que se practica desde hace miles de años en China. Incluye diversas técnicas, como la acupuntura, la gimnasia o el uso de plantas. Se basa en la idea de *chi* o energía vital que recorre el cuerpo humano. 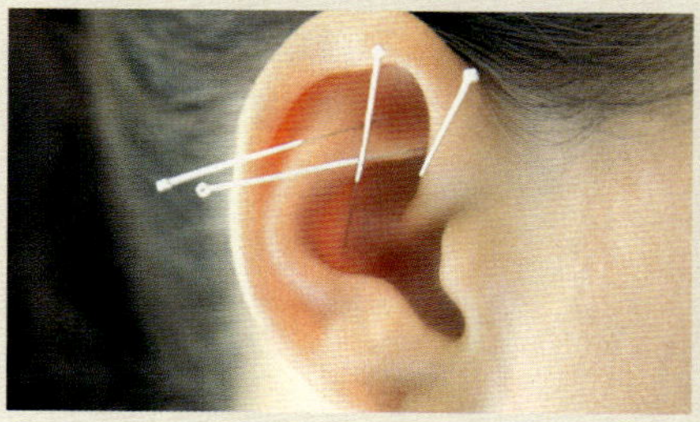	Consiste en la curación mediante la administración de partes de plantas. Las empresas farmacéuticas investigan algunos de estos remedios para desarrollar nuevos fármacos. 	Fue desarrollada a finales del siglo XVIII. Se basa en curar las enfermedades administrando muy diluidos algunos productos que, sin diluir, provocarían síntomas parecidos a los que presenta el paciente. 

7.1. ¿Son eficaces las medicinas alternativas?

Las personas que practican las medicinas alternativas afirman que sus técnicas son efectivas para curar las enfermedades o, al menos, para complementar a la medicina convencional. De hecho, muchos pacientes acuden a estas prácticas y están satisfechos con los resultados. La OMS recuerda que en muchos lugares de Asia, África y Sudamérica la asistencia sanitaria está basada en las medicinas tradicionales y recomienda que no se acepten estas prácticas sin un sentido crítico, pero que tampoco se rechacen de plano los valores que pueden tener.

Sin embargo, la postura más extendida entre los científicos es que, en general, las medicinas alternativas son ineficaces o, en cualquier caso, no son más eficaces que la medicina habitual. Sostienen que las mejorías que relatan los pacientes se deben a un efecto placebo de la terapia.

Se han realizado numerosos ensayos clínicos en relación con diversas prácticas de medicinas alternativas. Los partidarios afirman que estos ensayos demuestran su validez. Sus detractores, por el contrario, sostienen que esos ensayos clínicos poseen, en su mayoría, errores de diseño y de ejecución y que, en conjunto, no prueban la validez de las medicinas alternativas.

Sí parece que estas terapias pueden tener cierta efectividad en el tratamiento del dolor, las náuseas y otros síntomas más o menos subjetivos de algunas enfermedades. Pero hay que saber que estas medicinas no se basan en los mismos conocimientos científicos que emplea la medicina tradicional.

Por otra parte, la medicina habitual ha demostrado su eficacia. Ha logrado la erradicación de la viruela, la cura de numerosas enfermedades bacterianas, el trasplante de órganos como el corazón... Esta concepción de la medicina se basa en la misma ciencia que ha logrado llevar al ser humano a la Luna, que está desentrañando la naturaleza de la materia y que consigue obtener energía eléctrica a partir de los rayos de Sol.

8 La medicina en los países en vías de desarrollo

8.1. La salud: ¿un derecho universal?

Los organismos internacionales, como la ONU o la Unión Europea, reconocen el derecho a la salud de las personas. De hecho, en nuestro país y en los países de nuestro entorno existen sistemas sanitarios públicos que garantizan la atención sanitaria de sus ciudadanos.

Sin embargo, el derecho a la salud no es universal en la práctica. El siguiente mapa (▶ Figura 3.25) muestra la esperanza de vida al nacer por países. Este dato está muy relacionado con la salud.

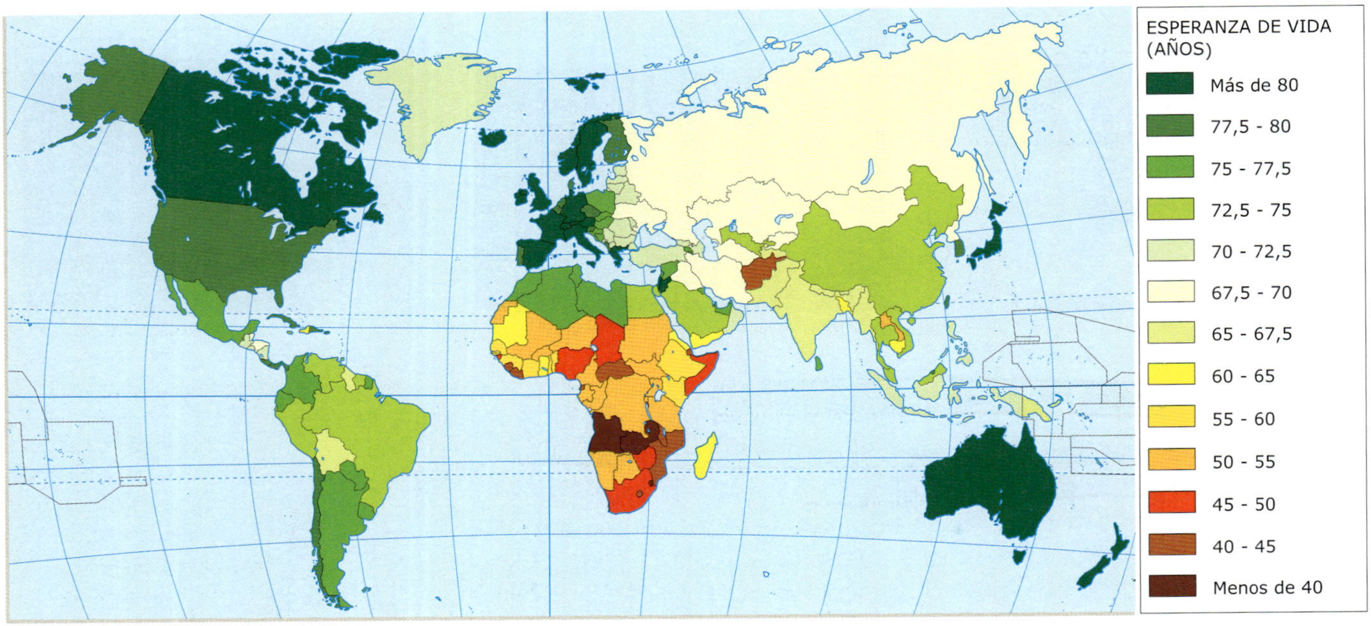

Figura 3.25. Esperanza de vida en el mundo. Fuente: CIA World Factbook (2013).

Como vemos, mientras que en muchos países, como el nuestro, la esperanza de vida sobrepasa los 75 años, en otros es bastante menor. Destaca especialmente el caso de África. La mayor parte de los países africanos tienen una esperanza de vida por debajo de los 50 años. De hecho, en muchos países la esperanza de vida está en torno a los 40 años o por debajo.

SABER MÁS

«Salud para todos en el año 2000»: una quimera

En 1978, en el marco de una reunión internacional sobre atención primaria, se lanzó el lema «Salud para todos en el año 2000».

Un fragmento de la declaración decía:

> «Los gobiernos tienen la obligación de cuidar la salud de sus pueblos, obligación que solo puede cumplirse mediante la adopción de medidas sanitarias y sociales adecuadas. Uno de los principales objetivos sociales de los gobiernos, de las organizaciones internacionales y de la comunidad mundial entera en el curso de los próximos decenios debe ser conseguir que todos los pueblos del mundo alcancen en el año 2000 un nivel de salud que les permita llevar una vida social y económicamente productiva».

Aunque ha habido algunas mejoras (▶ Figura 3.26) en aspectos puntuales en determinados países, el objetivo no ha sido alcanzado. En este epígrafe conocerás los problemas de salud en los países menos desarrollados.

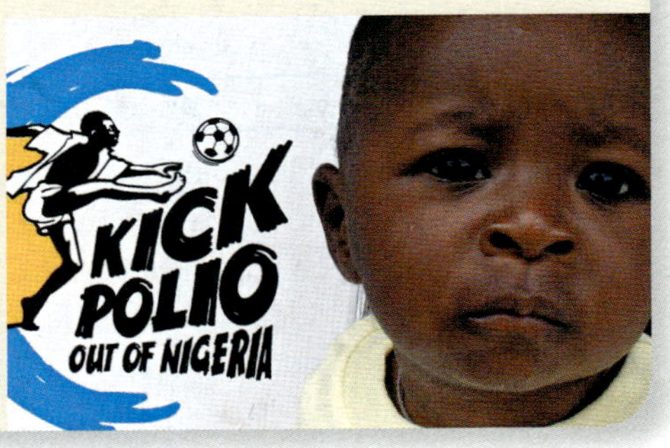

Figura 3.26. Cartel en pro de la vacunación contra la poliomelitis en África.

8.2. Problemas sanitarios en países en vías de desarrollo

En estos países se suman varios factores que explican el mal estado de salud de sus habitantes. Muchos derivan de la pobreza extrema y el subdesarrollo existentes (► Figuras 3.27 a 3.33). En Bangladesh el gasto anual en salud por persona es de 26 dólares al año (2012). En Etiopía, de 21 dólares. Y en España, de 2180 dólares. Según la OMS, para disponer de un paquete básico de servicios sanitarios son necesarios al menos 60 dólares (2015).

Menos del 1 % de los nuevos medicamentos que se comercializan se desarrollan para el tratamiento de las enfermedades tropicales (malaria, dengue, fiebre hemorrágica de ébola, tuberculosis...).

El 95 % de las muertes por sida ocurre en países en vías de desarrollo. En estos países hay 13,5 millones de personas que necesitan tratamiento frente al VIH, pero solo 6 millones lo reciben (datos de 2011).

¿Sanidad y desarrollo o desarrollo y sanidad?

Es obvio que el bajo nivel de desarrollo de algunos países tiene como consecuencia un mal estado sanitario de sus habitantes. Los países desarrollados deberían ayudar más y proporcionar más recursos para contribuir al desarrollo de muchos países de África, Asia o América Latina.

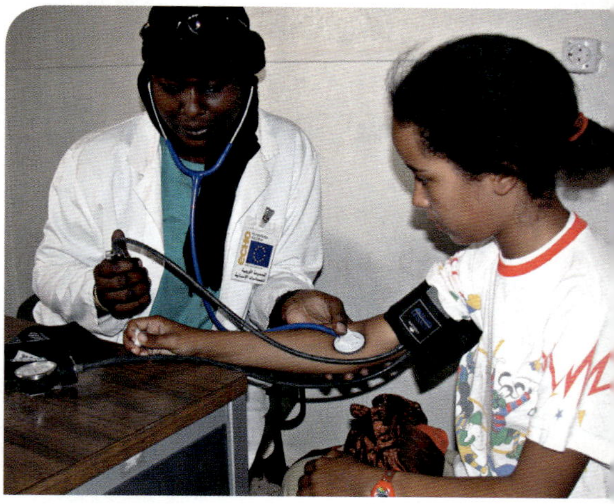

Figura 3.27. Aunque existen muchas organizaciones que ayudan a los países en vías de desarrollo, esta ayuda aún resulta insuficiente.

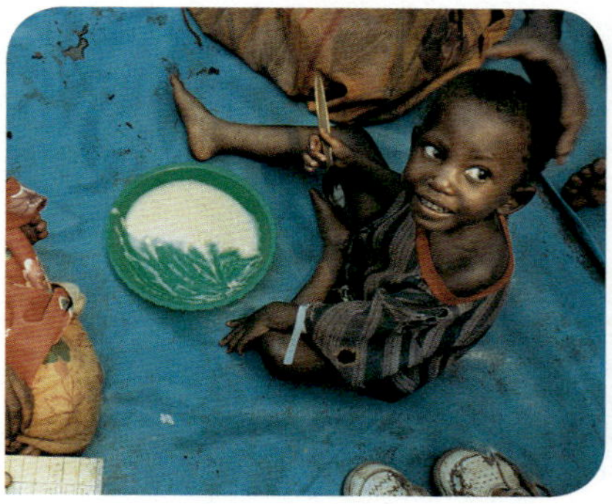

Figura 3.28. Desnutrición. La falta de alimento puede ser tan extrema que lleve a la muerte, especialmente a los niños. Además, la mala alimentación durante la infancia hace que las personas no tengan un desarrollo físico e intelectual adecuados.

Figura 3.29. Falta de agua potable. En algunos lugares la sequía hace que el agua sea escasa, y en otros, en cambio, existe agua, pero se encuentra contaminada, de modo que actúa como vehículo de transmisión de numerosas enfermedades.

Figura 3.30. Enfermedades tropicales. En muchos países pobres de zonas tropicales, en las cuales se dan enfermedades propias de estas zonas, debido a su clima. Por ejemplo: la malaria o la fiebre hemorrágica causada por el virus del ébola.

Figura 3.31. Guerras. Los países en vías de desarrollo son un foco frecuente de conflictos bélicos, alimentados por la pobreza de la población y los intereses por sus recursos. Una consecuencia son los millones de refugiados.

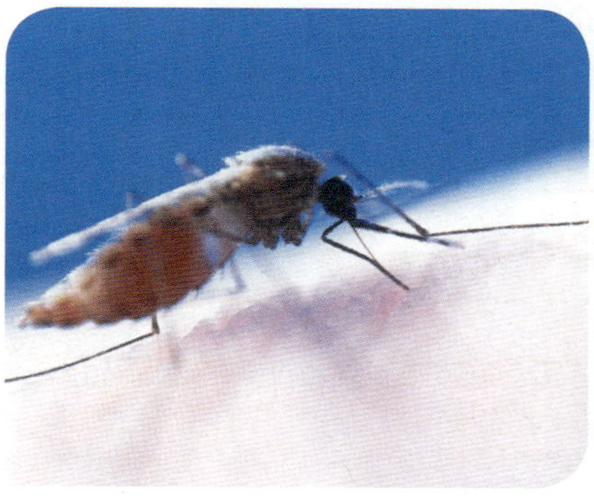

Figura 3.32. Desastres naturales. Los desastres naturales (inundaciones, terremotos...) producen un mayor impacto, pues las viviendas y las infraestructuras son precarias y no existe una red de servicios para auxiliar a las víctimas.

Figura 3.33. Falta de personal sanitario y de recursos. De nuevo viene motivada por la pobreza. En África, que soporta una cuarta parte de las enfermedades mundiales, solo trabaja el 3 % del personal sanitario del mundo.

RESUMEN

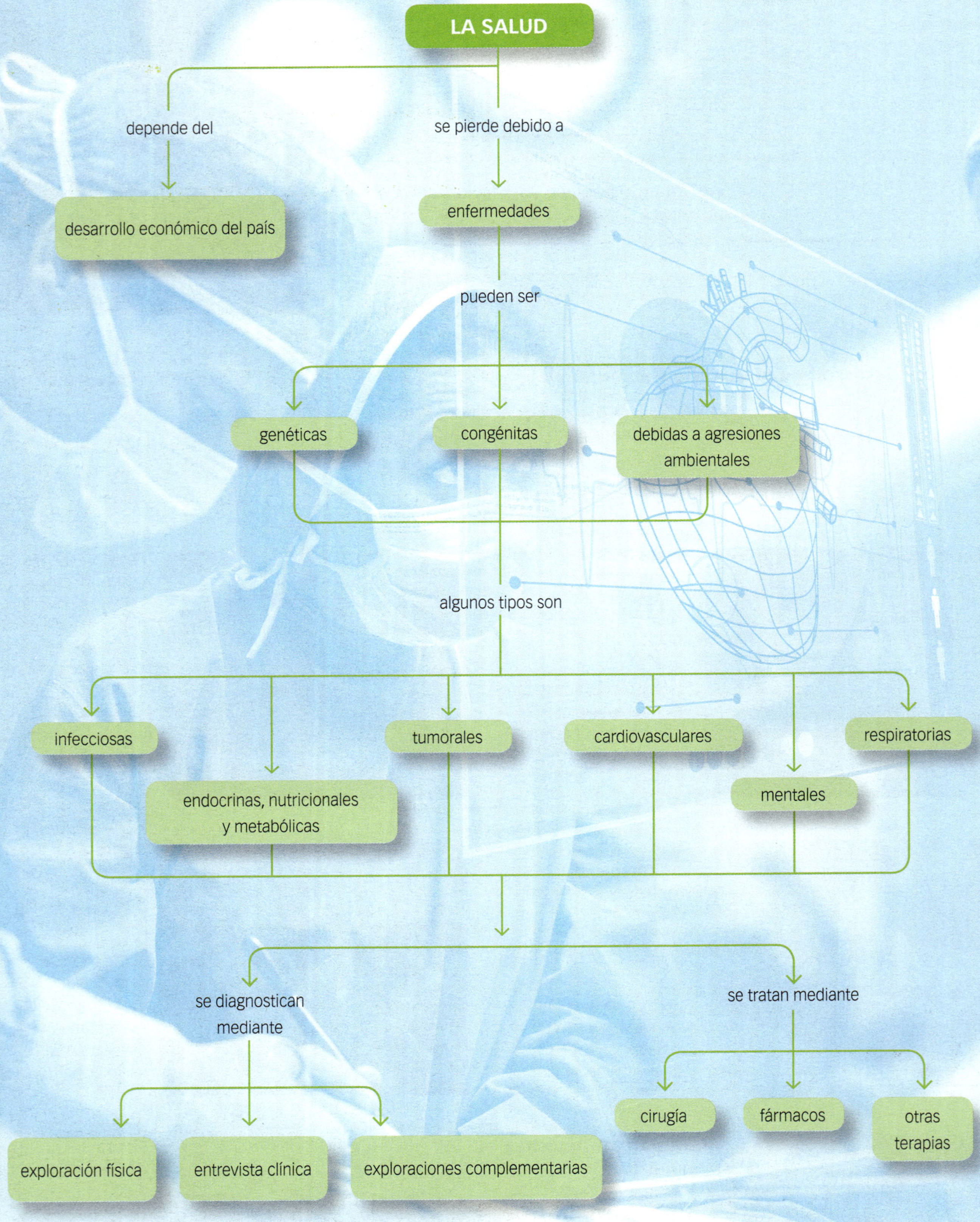

ACTIVIDADES

14. ¿En qué consisten las enfermedades infecciosas? Explica las fases de su desarrollo.

15. ¿Cómo se realiza el diagnóstico de las enfermedades? Cita algunas técnicas empleadas.

SABER HACER

Analizar datos sobre trasplantes

El sistema de trasplantes español es un modelo a seguir por países de todo el mundo debido a los numerosos trasplantes con éxito que se llevan a cabo en nuestro país. Aunque el trasplante se elige muchas veces como la última opción para poder curar una enfermedad, lo cierto es que cada año miles de personas en España mejoran su calidad de vida gracias a un trasplante.

Esto se debe a varios factores:

- Un elevado número de donantes.
- Una excelente coordinación entre centros sanitarios de todo el país.
- La presencia de buenos profesionales, tanto personal médico como conductores y otros profesionales, que hacen posible salvar muchas vidas cada año.

En España la donación y el trasplante se encuentran regulados por la Ley de Trasplantes, que garantiza, entre otros, dos aspectos fundamentales:

- **Altruismo de la donación:** nadie puede donar ni recibir un trasplante con otras intenciones o medios que no sea la solidaridad altruista.
- **Equidad en el acceso al trasplante:** todos tenemos el mismo derecho y las mismas posibilidades de recibir un trasplante, independientemente de nuestro lugar de residencia o de cualquier otra coyuntura personal. Esto es así porque existe una red nacional de coordinación y trasplantes sometida a rigurosos controles para verificar la igualdad de todos los ciudadanos.

Fuente: elaboración propia y ONT.

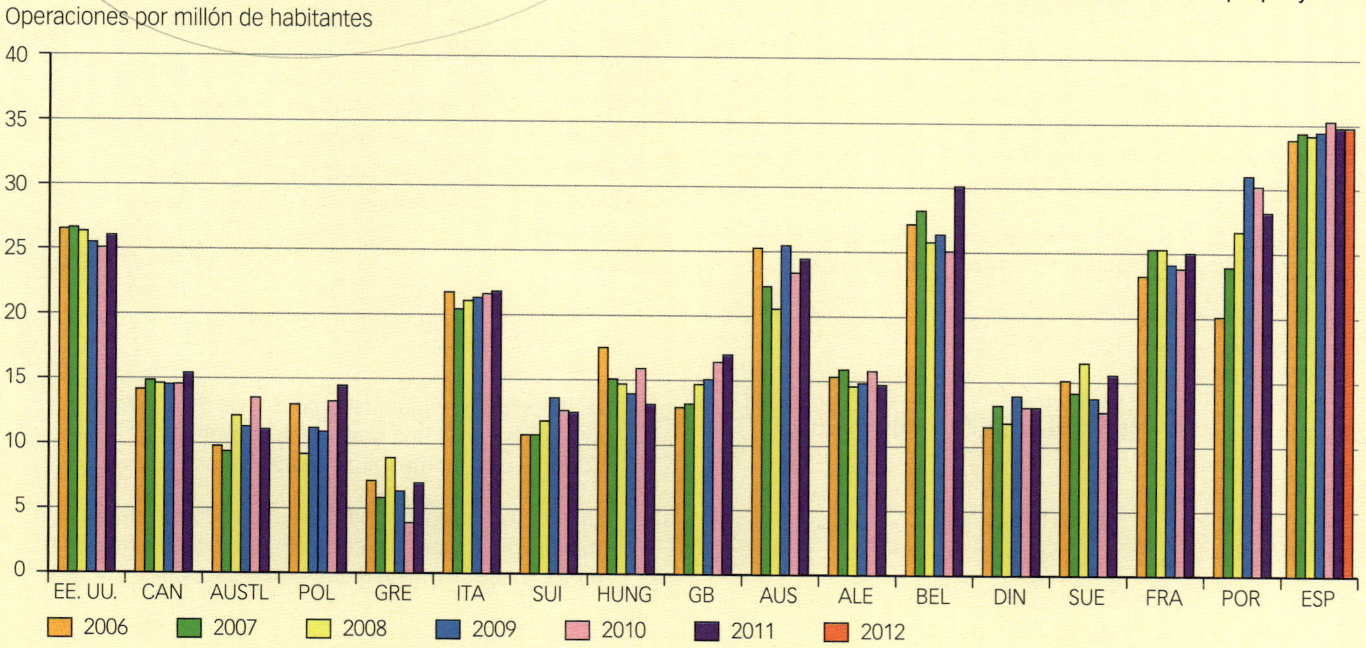

Tasa anual de donantes de órganos en España y en otros países.
Fuente: Organización Nacional de Trasplantes (ONT).

ACTIVIDADES

16. Comenta la importancia de los dos aspectos garantizados por la Ley de Trasplantes y que aparecen destacados en el texto.

17. Un elevado número de los receptores de un trasplante de hígado son enfermos aquejados de cirrosis alcohólica. Diseña una presentación multimedia que utilice datos sobre trasplantes de hígado en España y que sirva para evitar el consumo de bebidas alcohólicas de todas las personas en general, y de los jóvenes en particular.

Busca información en asociaciones de lucha contra el alcoholismo, entre otras fuentes.

18. A la vista del gráfico, ¿qué países han aumentado más el número de donantes en los últimos años? ¿Qué relación crees que existe entre las muertes trágicas, por ejemplo en accidentes de tráfico, y el número de donantes?

19. Ahora piensa en las medidas que podrían tomarse para aumentar aún más el número de donantes de órganos en nuestro país.

a) Elabora un póster o una presentación multimedia recogiendo tus ideas.

b) Debate con tus compañeros cuáles crees que deberían intensificarse.

oxígeno → energía

20. ¿Qué explicaciones pensamos que se daban en las primeras sociedades sobre las enfermedades?

21. Los antiguos egipcios usaban la trepanación. Busca información sobre esta técnica y averigua si aún se emplea en la actualidad y con qué fines.

22. ¿Cuál fue la mayor aportación de los hipocráticos a la medicina?

23. ¿Cuál era la principal diferencia entre la medicina medieval y la grecorromana?

24. Durante el Renacimiento y el Barroco se realizaron grandes aportaciones a la medicina. Explica cuáles fueron las aportaciones de los siguientes científicos y por qué fueron importantes.

a) Andreas Vesalio.

b) William Harvey.

c) Thomas Sydenham.

25. Explica qué son las vacunas y cómo actúan. Luego explica por qué crees que funcionaba la vacuna de Jenner.

26. Busca información sobre Robert Koch y cómo desarrolló su teoría sobre el origen bacteriano de las enfermedades.

27. De los hechos y desarrollos más significativos de la medicina en el siglo XX, ¿cuál te parece el más importante? Explica tu respuesta.

28. Explica en qué consisten los tres pasos del diagnóstico.

a) Entrevista clínica.

b) Exploración física.

c) Exploraciones complementarias.

29. ¿Es conveniente que el médico solicite un gran número de pruebas complementarias para realizar un diagnóstico? ¿Por qué?

30. Explica qué es la historia clínica y qué ventaja tiene que esté informatizada.

31. Indica qué dos tipos de parámetros se examinan en un análisis normal de sangre e indica algún ejemplo de cada uno de esos tipos.

32. Uno de los parámetros que se controlan para evitar el dopaje en los deportistas es el hematocrito que presentan. Este no debe superar un determinado valor límite. Si el valor es mayor, se puede sospechar que ha aumentado por medio de una transfusión, lo que no está permitido.

a) ¿Qué es el hematocrito?

b) ¿Qué ventaja puede tener un deportista con un hematocrito elevado?

c) Explica qué es el dopaje.

d) ¿Qué opinas sobre esta práctica?

33. ¿Qué significan los términos «colesterol bueno» y «colesterol malo»?

34. Analiza los datos de estos tres análisis de sangre.

a) ¿Qué problema se detecta en cada uno de ellos?

b) ¿Qué causas producen estas enfermedades?

c) ¿A quién corresponde cada uno?

(Busca los datos que necesites en este tema.)

35. La resonancia magnética proporciona mucha más información que una radiografía convencional. ¿Qué inconvenientes presenta frente a la radiografía?

36. La ecografía proporciona imágenes menos nítidas que otras técnicas. Sin embargo, es la que se utiliza para explorar a mujeres embarazadas. Explica por qué.

37. Observa:

a) ¿Qué se ve en las imágenes?

b) ¿Con qué técnica crees que se ha obtenido?

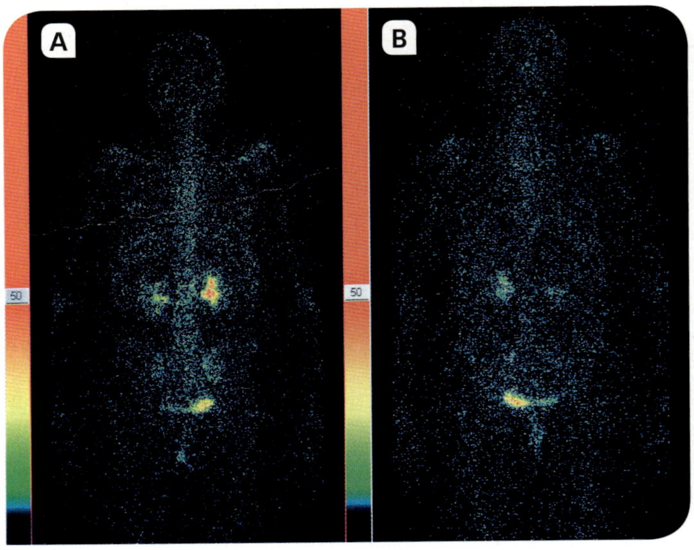

38. Cuando a una persona se le detecta un tumor es importante saber si es benigno o maligno.

a) ¿Qué prueba hay que realizar para averiguarlo?

b) ¿En qué consiste esta prueba?

39. Define los siguientes términos:

a) Medicamento.

b) Excipiente.

c) Forma galénica.

d) Dosis.

e) Reacciones adversas.

f) Interacciones farmacológicas.

40. ¿Se deja de comercializar un fármaco cuando se comprueba que puede dar lugar a reacciones adversas? Explica por qué.

41. Un conocido medicamento analgésico es el gelocatil, cuyo principio activo es el paracetamol o *N*-(4-hidroxifenil) acetamida.

a) ¿Cuál es el nombre científico del fármaco?

b) ¿Cuál es su denominación comercial?

c) ¿Cuál es su nombre oficial?

42. Indica qué es la vía parenteral para la administración de un medicamento y qué modalidades incluye.

43. Una consecuencia del mal uso de los medicamentos es la aparición de dependencia y tolerancia. ¿Qué significan estos términos?

44. ¿A qué se debe la aparición de resistencias a los antibióticos? ¿Qué se puede hacer para evitarlo?

45. Comenta la siguiente afirmación:

Menos del 1 % de los fármacos que se comercializan van dirigidos a enfermedades propias de los países en vías de desarrollo.

46. Desde que se comienza a desarrollar un medicamento en un laboratorio hasta que está disponible para su empleo puede pasar mucho tiempo. ¿A qué se debe este periodo de tiempo tan prolongado?

47. Muchas personas afirman que el consumo de cítricos ayuda a prevenir los resfriados. Diseña un ensayo clínico para comprobarlo con el alumnado de tu curso.

48. Explica la diferencia entre las siguientes parejas de términos:

a) Cirugía mayor/cirugía menor.

b) Cirugía de urgencias/cirugía programada.

49. Contesta:

a) ¿En qué consiste la cirugía endoscópica?

b) ¿Qué ventajas presenta frente a la cirugía convencional?

50. Explica la siguiente afirmación:

Cuando se realiza un trasplante de órganos, el receptor y el paciente deben ser compatibles.

51. ¿Por qué piensas que es importante que exista una organización como la ONT que coordine las donaciones de órganos a nivel nacional?

52. Haz un listado con distintos tejidos u órganos que pueden ser reemplazados con biomateriales.

53. Las terapias alternativas tienen numerosos seguidores que están satisfechos con los resultados que consiguen gracias a ellas. ¿Crees que esto es suficiente para afirmar que estas terapias funcionan?

54. En la Antigüedad se tenía la creencia de que las plantas que tenían algunas de sus partes similares a algún órgano o parte del cuerpo sin duda debían ser efectivas para curar enfermedades que afectaban a esa parte.
Se interpretaba ese parecido como una señal divina o una pista de su eficacia.

Explica lo que opinas de esa creencias.

55. Una de las disposiciones que podrían hacer mejorar en gran medida la situación sanitaria en los países en vías de desarrollo sería mejorar los sistemas de abastecimiento de agua potable y de evacuación de aguas fecales. Explica por qué.

56. La gráfica nos muestra cómo ha variado la vida media en un periodo de 30 años.

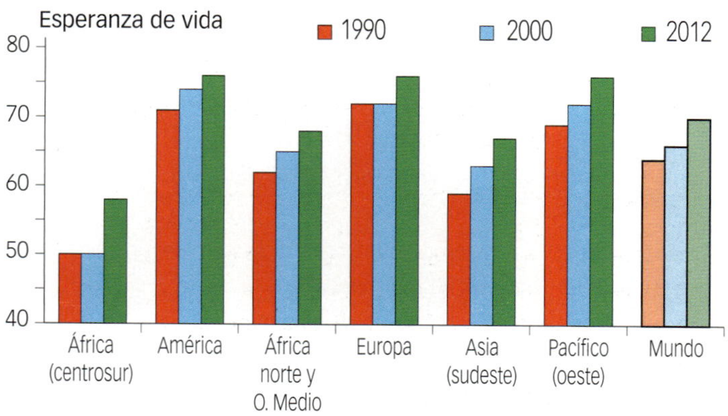

Fuente: Programa de Desarrollo de las Naciones Unidas (UNDP), 2005.

a) ¿Dónde es mayor la esperanza de vida y por qué?

b) ¿Dónde se ha producido un mayor incremento de la misma? ¿A qué crees que es debido?

c) ¿Dónde es más baja la esperanza de vida y, además, menor en incremento?

CIENCIA EN TU VIDA

Tratamiento experimental contra el virus del ébola

El virus del ébola causa la muerte del paciente en un elevado porcentaje de las personas infectadas. Además, se contagia con facilidad, por lo que quienes cuidan a los enfermos deben llevar trajes especiales, guantes, etc., para evitar el contagio.

No existe una vacuna contra la enfermedad, pero a raíz de los brotes aparecidos en los últimos años en algunos países de África, muchos centros de investigación han intensificado sus esfuerzos para conseguir curar al máximo número de enfermos.

1. Primero se inyecta el virus a ratones y se espera a que estos produzcan anticuerpos para defenderse de la infección.
2. Se seleccionan los anticuerpos elaborados por los ratones.
3. Se emplea la ingeniería genética en plantas de tabaco para producir grandes cantidades de los anticuerpos.
4. Se cultivan las plantas y luego se extraen los anticuerpos, con los que se fabrica un suero.

5. Se inyecta el suero en el enfermo de ébola. Los anticuerpos se acoplan a las células enfermas.
6. Los anticuerpos «marcan» las células enfermas, actuando como una diana.

Así el sistema inmunitario del enfermo localiza las células enfermas y las destruye para detener la infección.

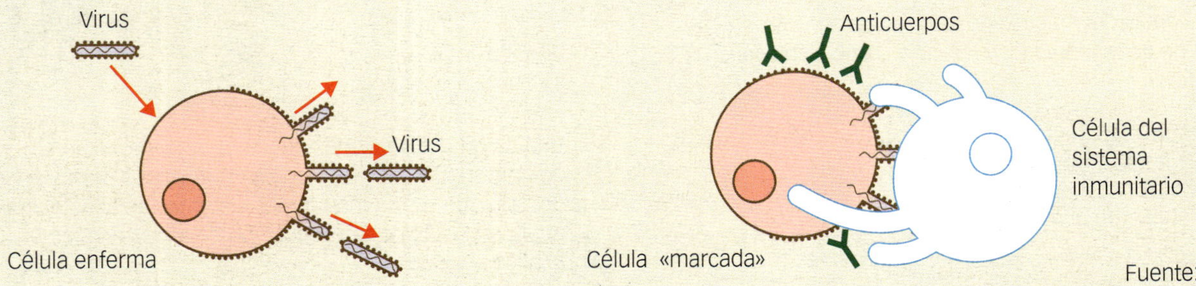

Fuente: El País.

¿Qué nos falta por descubrir?

Los retos de la medicina

La medicina aún se enfrenta a numerosos retos para mejorar la salud de los ciudadanos.

- Desarrollar nuevos antibióticos ante los que las bacterias no hayan desarrollado resistencias.
- Desarrollar fármacos antivirales eficaces.
- Desarrollar vacunas contra el sida, la malaria, el ébola y otras enfermedades graves.
- Profundizar en el conocimiento del sistema inmunitario para manipularlo cuando su funcionamiento no sea adecuado.
- Desarrollar nuevos métodos de prevención, diagnóstico precoz y curación del cáncer.
- Minimizar los efectos no deseados de los fármacos.
- Analizar las implicaciones sanitarias de los datos obtenidos por el Proyecto Genoma Humano.
- Dilucidar las implicaciones éticas que conllevan los avances que se han conseguido o que están cercanos a conseguirse: utilización de células madre, secuenciación del genoma de un solo individuo, selección de embriones...
- Estudiar las nuevas enfermedades que surgen debido al envejecimiento de la población o a la aparición de nuevos microorganismos patógenos.
- Profundizar en el conocimiento de las enfermedades mentales y en su tratamiento.
- Aportar soluciones científicas para los problemas sanitarios de los países en vías de desarrollo. ¡Ayudarlos!

4 La revolución genética: el secreto de la vida

CONTENIDOS

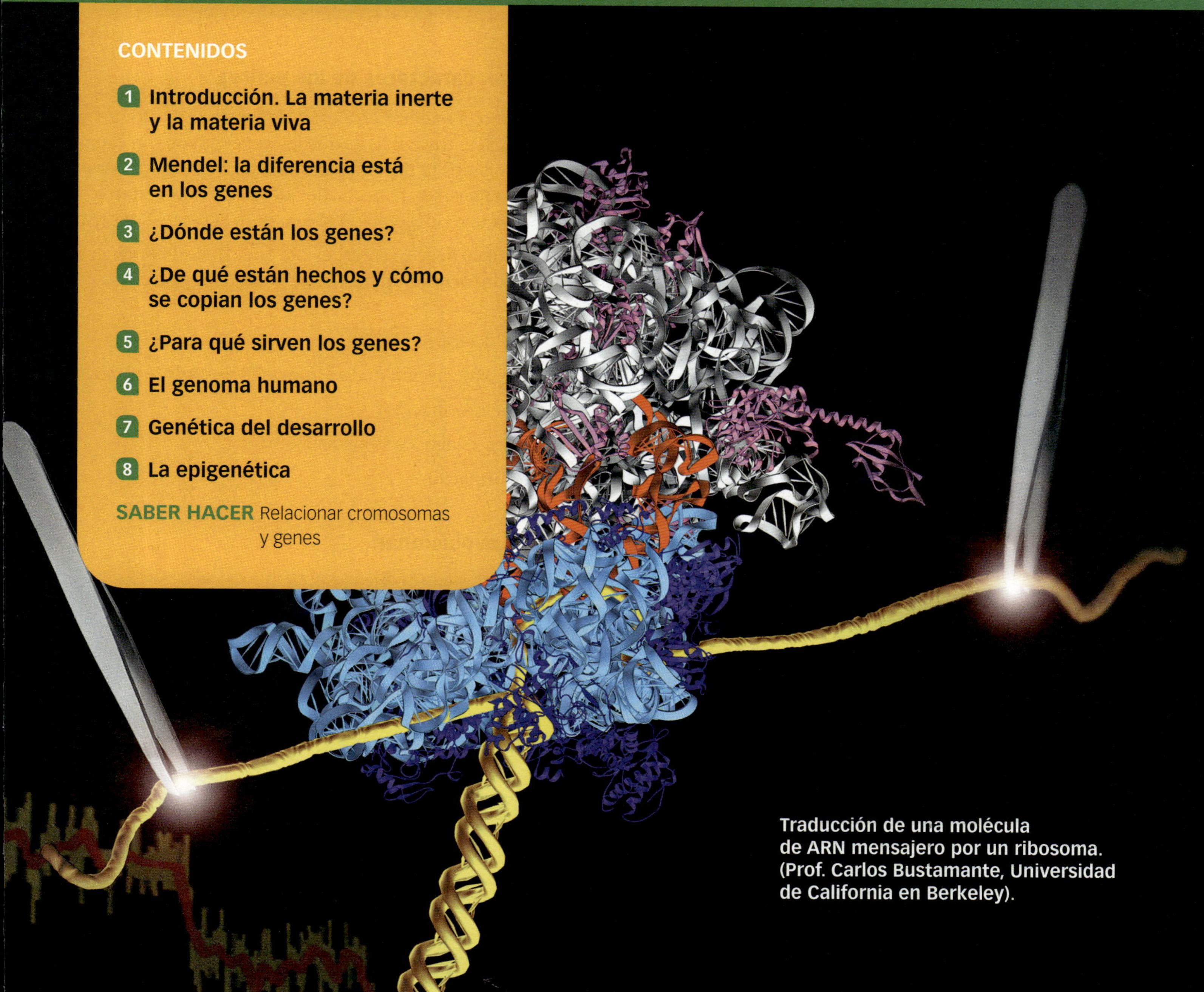

Traducción de una molécula de ARN mensajero por un ribosoma. (Prof. Carlos Bustamante, Universidad de California en Berkeley).

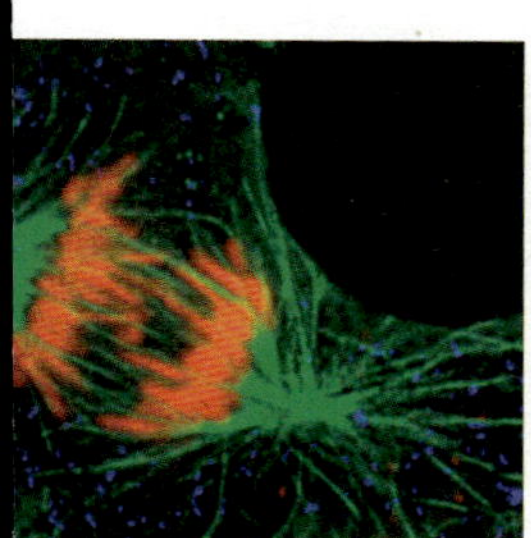

Una célula en proceso de división.

Desde que tenemos noticia, el ser humano ha intuido algo especial en los seres vivos y se ha maravillado por su diversidad y por la constancia de sus caracteres generación tras generación. Desde muy temprano logró incluso seleccionar razas de animales y variedades de plantas para su propio beneficio.

PARA COMENZAR

- ¿Cuál es la esencia de la vida?
- ¿Por qué los seres vivos son como son?
- ¿Cómo se transmite la información de padres a hijos?

NO

1 Introducción. La materia inerte y la materia viva

Figura 4.1. Los seres vivos tienen la capacidad de hacer copias de sí mismos.

En los mares de la Tierra primitiva se dieron las condiciones físico-químicas para que las moléculas se agruparan en estructuras capaces de captar energía, autorreproducirse e ir ganando complejidad progresivamente.

1.1. Los hijos heredan caracteres de los padres

Tanto la materia inerte como la materia viva están formadas por átomos y moléculas. La gran diferencia entre ambas es que los **seres vivos** son capaces de hacer copias de sí mismos (a las que denominamos hijos); mientras que la **materia inerte**, no (▸ Figura 4.1). El hecho de que los hijos **heredan** los caracteres de los padres es una observación obvia, pero ¿cómo lo hacen?

Si los seres vivos hacen copias de sí mismos, es porque de alguna manera almacenan y transmiten la **información** acerca de lo que son y de cómo se construyen.

En este tema intentaremos aclarar:

- ¿Cómo se almacena esta información que se transmite de padres a hijos?
- ¿Dónde se almacena esta información?
- ¿En qué tipo de moléculas se almacena esta información?
- ¿Cómo se utiliza esta información?

1.2. Los seres vivos evolucionan

Las copias que hacen de sí mismos los seres vivos son *casi* idénticas. Y este *casi* es la clave de su **diversidad**, que es la que les permite su adaptación a los diferentes ambientes; esta es la base de la **evolución** de las especies.

En su teoría de la evolución **Darwin** propuso que es la competencia entre los individuos de una especie por los recursos del medio lo que selecciona sus características (▸ Figura 4.2).

La selección natural permite la supervivencia de los «más aptos» y determina progresivamente sus características, de la misma forma que un ganadero selecciona el mejor ganado o un agricultor sus mejores semillas, mediante otro proceso denominado **selección artificial**.

Figura 4.2. Los organismos mejor adaptados son los que sobreviven. Secuencia que muestra la adaptación al medio de la mariposa del abedul.

1 Situación natural: las mariposas blancas se camuflan mejor sobre la corteza blanca del abedul.

2 La contaminación oscurece los abedules y los predadores capturan más fácilmente a las mariposas blancas; por eso sobreviven más las oscuras.

3 Al desaparecer la contaminación se vuelve a la situación inicial y, de nuevo, proliferan las mariposas blancas.

2 Mendel: la diferencia está en los genes

El mecanismo que Darwin proponía para explicar la selección natural no convencía a casi nadie; ni siquiera él estaba plenamente satisfecho con su explicación.

Darwin pensaba en términos de «herencia mezclada». Es decir, suponía que, en seres vivos con reproducción sexual, los caracteres se mezclaban en los hijos. Había una contradicción, ya que este mecanismo homogeneizaría las poblaciones, acabando a la larga con su diversidad, y sin esta no podría existir la selección natural de Darwin.

La suposición de la herencia mezclada era errónea. Lo sabemos gracias a **Gregor J. Mendel** (1822-1884), un monje nacido en Austria (▸ Figura 4.3), quien demostró que las unidades básicas de la herencia determinantes de los caracteres no se mezclan; es decir, no pierden su individualidad.

Mendel llamó «factores hereditarios» a esas unidades básicas de la herencia.

Figura 4.3. Retrato de Gregor Johann Mendel.

INFORMACIÓN CLAVE

Las leyes de Mendel

Mendel experimentó cruzando plantas de guisante, especie que presenta caracteres hereditarios fáciles de identificar: color de la semilla (amarillo o verde) altura del tallo (largo o corto), textura de la semilla (lisa o rugosa), etc.

Sus resultados se resumen en estas **tres leyes**:

1.ª ley. Si se cruzan dos variedades puras, diferentes para un determinado carácter (por ejemplo, plantas de semillas amarillas con plantas de semillas verdes), se obtiene una descendencia uniforme (todas las plantas con semillas amarillas).

2.ª ley. Si se cruzan dos plantas de dicha descendencia uniforme (semillas amarillas), se obtienen plantas con semillas amarillas y plantas con semillas verdes; es decir, reaparecen los caracteres de los abuelos.

3.ª ley. Si se cruzan dos variedades puras que se diferencian en dos caracteres (por ejemplo, plantas de tallo largo y semillas verdes con plantas de tallo corto y semillas amarillas (▸ Figura 4.4), se obtiene una primera generación uniforme, de tallos largos y semillas amarillas; es decir, se cumple la 1.ª ley. Si se cruzan ahora dos plantas de esta descendencia uniforme, se obtiene una segunda generación de plantas en las que aparecen todas las combinaciones posibles de estos caracteres: tallo largo y semillas amarillas, tallo largo y semillas verdes, tallo corto y semillas amarillas, y tallo corto y semillas verdes.

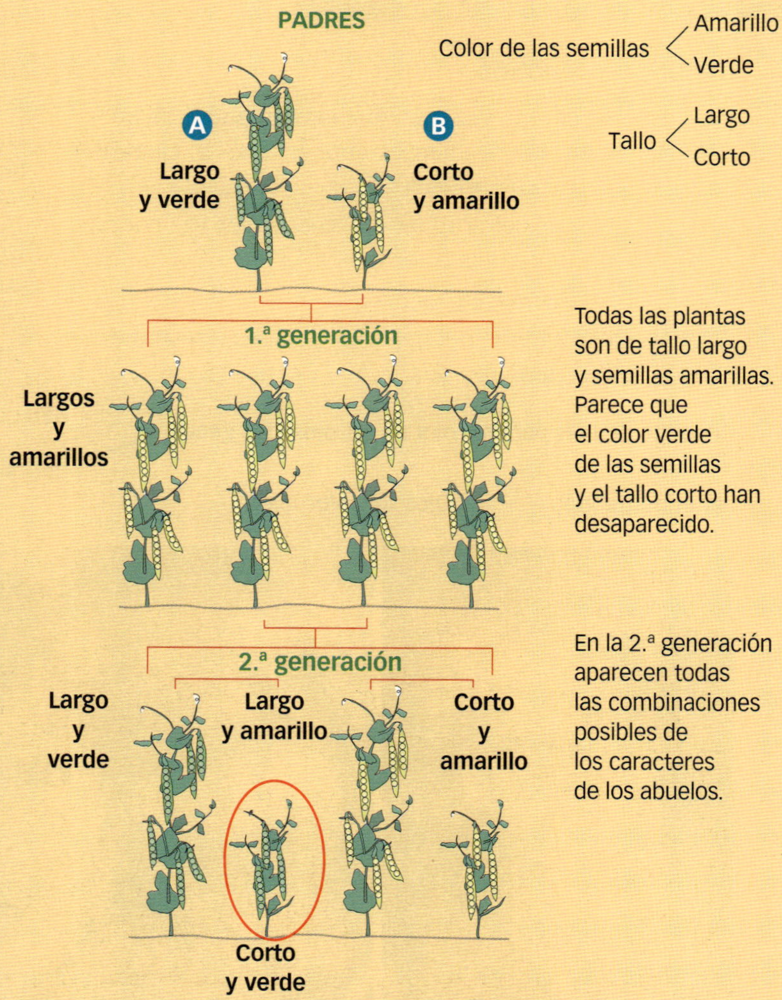

Figura 4.4. Esquema del experimento de Mendel con los guisantes.

Gen - unidad de informan hereditaria
- determina característica
- fragmento de ADN

SABER MÁS

Fenotipo y genotipo

El **fenotipo** es el conjunto de caracteres que se manifiestan (altura de la planta, color del guisante, etc.).

El **genotipo** lo constituyen los factores hereditarios (genes) que se reciben de los progenitores.

¿Es lo mismo gen que cromosoma?

2.1. La conclusión de Mendel: factores hereditarios (genes)

La conclusión a la que llegó Mendel fue que la reaparición de los caracteres paternos en los nietos, perdidos en la primera generación (tallo corto y semilla verde), demostraba que la idea de los caracteres mezclados era falsa y apoyaba la hipótesis de que los **factores hereditarios mantenían su individualidad** a lo largo de las generaciones. Además, estos caracteres (longitud del tallo y color de la semilla) se transmitían independientemente unos de otros. ¿Donde se encuentran?

En 1909 **Wilhelm Johannsen (1857-1927)** denominó «**gen**» a ese «factor hereditario». El **gen** es una unidad de información hereditaria, es decir, lo que controla un determinado carácter.

Los genes están en el núcleo de las células

Para cada carácter (por ejemplo, el color de la semilla) un individuo recibe un gen del padre y otro de la madre. Si esos genes son diferentes (supongamos que uno determina el color amarillo y el otro el color verde), el que se manifiesta dando el carácter visible (color amarillo) se dice que es el **gen dominante**.

Una vez postulada la existencia del gen, se trataba de averiguar **dónde está**, **de qué está hecho** y **cómo funciona**.

ACTIVIDADES

1. Explica el concepto de gen dominante usando el experimento de Mendel con los guisantes.

INFORMACIÓN CLAVE

Genotipo y fenotipo

Para demostrar, una vez más, que los caracteres se pueden transmitir independientemente, veamos el ejemplo de la familia Hidalgo (▶ Figura 4.5):

La madre tiene el pelo rubio y los ojos azules, y el padre, el pelo oscuro y los ojos color miel.

¿Cómo crees que serían los hijos?

Ayúdate del esquema del genotipo de Inés y responde: ¿Cómo será el genotipo de Clara? ¿Y el fenotipo?

Clara tiene el pelo oscuro del padre y los ojos azules de la madre, e Inés tiene el pelo rubio de la madre y los ojos color miel del padre. Esto demuestra que los dos caracteres van en genes distintos; por eso decimos que los genes se transmiten independientemente.

En el caso de Inés (pelo rubio, ojos miel) el fenotipo de color de ojos es miel (el color que manifiesta), pero en su genotipo (genes heredados) también lleva el gen que determina el color azul de su madre, aunque no lo manifieste.

Genotipo de Inés para el color de los ojos (dos genes) → **Gen que determina el color miel (lo porta y se manifiesta)**
→ **Gen que determina el color azul (lo porta, pero no se manifiesta)**

Fenotipo de Inés → **Ojos de color miel**

Figura 4.5. La madre, las hijas: Clara e Inés, y el padre.

3 ¿Dónde están los genes?

INFORMACIÓN CLAVE

La célula

La célula es la unidad estructural y funcional de todos los seres vivos. En una célula podemos distinguir:

- La **membrana celular**. Controla el intercambio de sustancias con el exterior: alimentos, desechos…
- El **núcleo**. En él se encuentra el ADN que contiene la información genética.
- El **citoplasma**. En él se encuentran diversos orgánulos: ribosomas, mitocondrias…

A partir de estas características comunes se pueden distinguir dos tipos de organización celular:

- **Células procarióticas.** Sin núcleo definido, ya que el material genético no está envuelto por ninguna membrana. Es la organización característica de las bacterias.
- **Células eucarióticas.** Presentan una mayor complejidad, con núcleo delimitado por una membrana y con numerosos orgánulos en el citoplasma. Es la organización típica de las células animales y vegetales (▸ Figura 4.6).

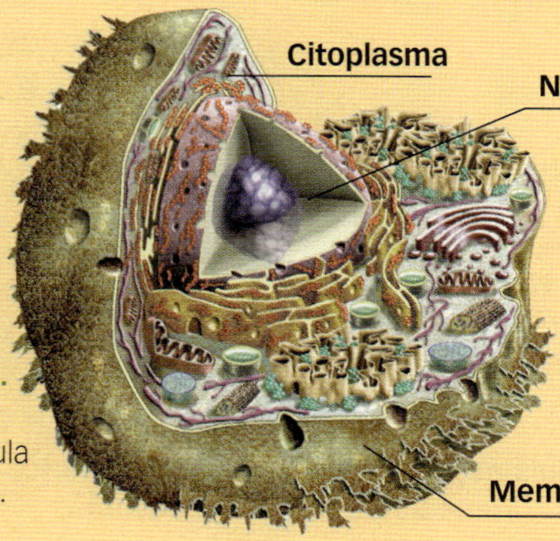

Figura 4.6. Esquema de una célula eucariótica.

3.1. Cromatina y cromosomas

En 1882 **Walther Flemming** (1843-1905), un fisiólogo alemán, descubrió en los núcleos de las células eucarióticas una sustancia que se teñía al usar colorantes básicos, a la cual llamó **cromatina** (▸ Figura 4.7). Al comienzo de la división celular, denominada **mitosis**, dicha cromatina se condensa en filamentos a los que luego se dio el nombre de **cromosomas** (▸ Figura 4.8).

Los seres humanos tenemos 23 pares de cromosomas, de los cuales 1 es un par de **cromosomas sexuales** (XX en la mujer y XY en el hombre) y los otros 22 son autosomas, iguales en ambos sexos.

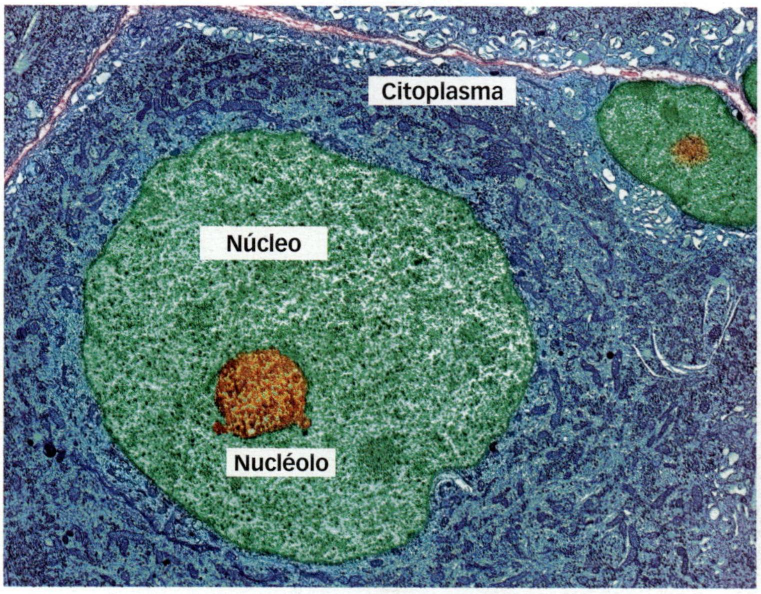

Figura 4.7. La cromatina está en el núcleo celular. En la foto son los filamentos blanquecinos.

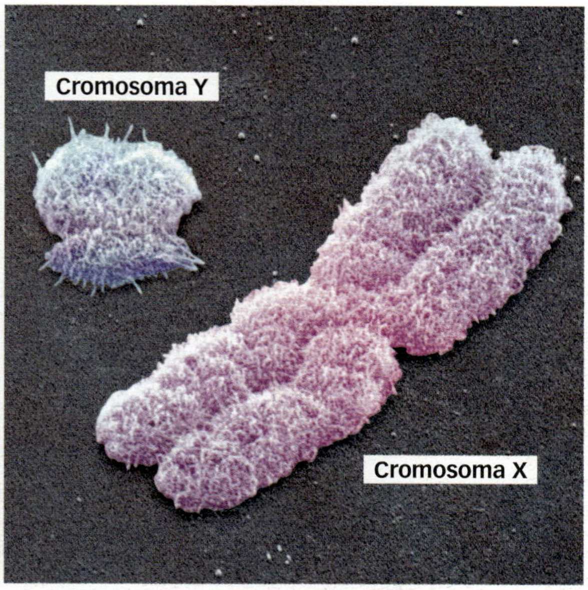

Figura 4.8. Cromosomas sexuales humanos X (el más grande) e Y.

ACTIVIDADES

2. Usando el esquema de la formación de los gametos explica por qué un embrión humano tiene el 50 % de probabilidad de ser hombre y el 50 % de probabilidad de ser mujer.

3.2. Teoría cromosómica de la herencia

En 1902 Walter Sutton y Theodor Boveri enunciaron por separado la **teoría cromosómica de la herencia**. Estos investigadores observaron que había un paralelismo entre la herencia de los genes (los factores hereditarios de Mendel) y el comportamiento de los cromosomas durante la meiosis y la fecundación, y propusieron que los genes debían estar en los cromosomas.

Walter Sutton observó que las células sexuales del saltamontes tenían un solo juego de cromosomas, mientras que el resto de células tenían dos juegos o series de cromosomas.

De igual modo, en el ser humano todas las células tienen **23 pares de cromosomas**, menos las células sexuales (óvulo en la mujer y espermatozoide en el hombre) que tienen **23 cromosomas**. En la figura 4.9 se ha representado el proceso de la meiosis y la fecundación en la especie humana.

En 1933 Thomas Morgan recibió el Premio Nobel de Fisiología y Medicina por demostrar que **los cromosomas son portadores de los genes**.

Dado que los seres vivos tenemos más genes o factores hereditarios que cromosomas, **¡el gen tiene que ser un trozo del cromosoma!**

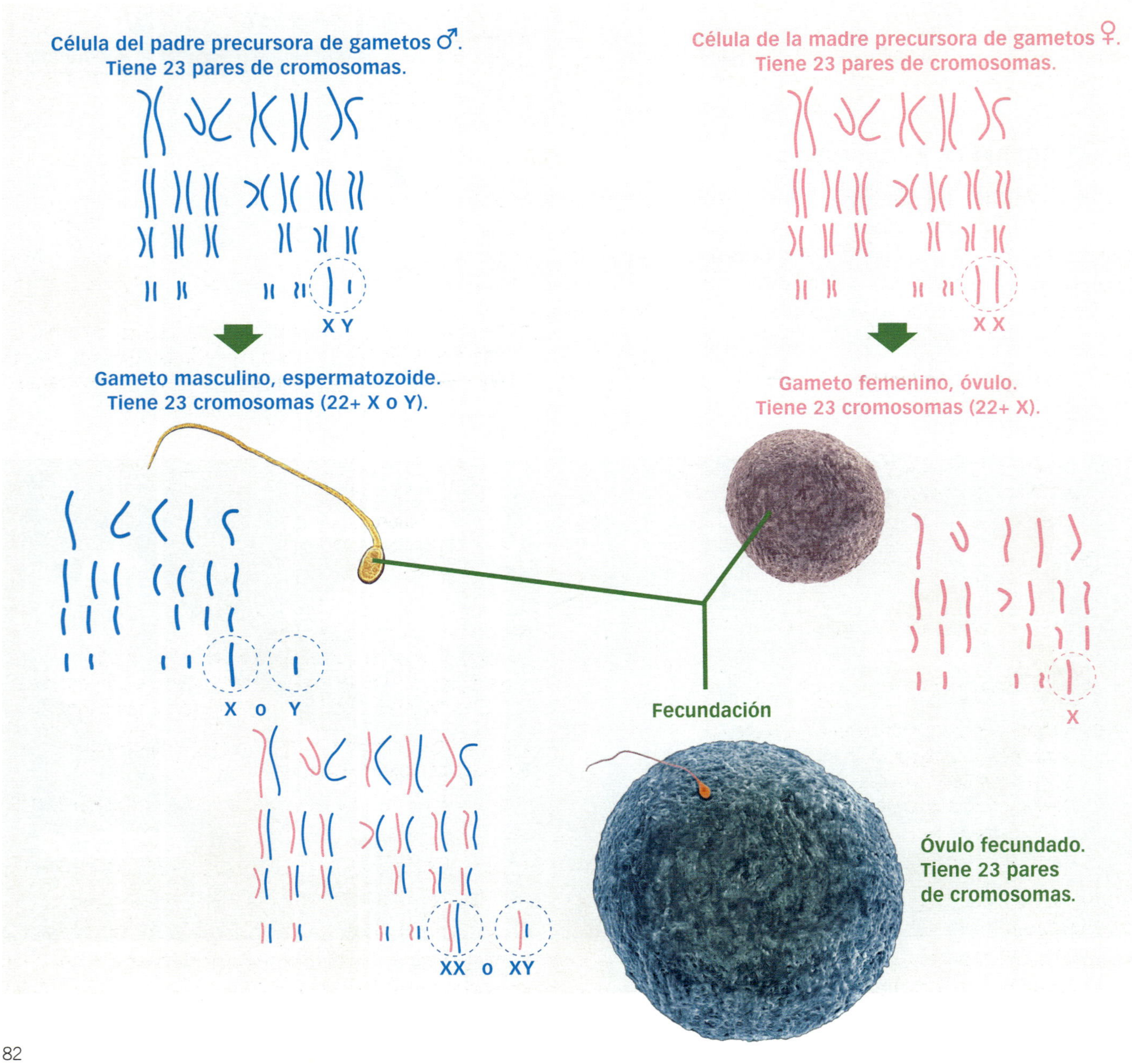

Figura 4.9. Esquema de la formación de los gametos (meiosis) y de la fecundación en la especie humana.

4 ¿De qué están hechos y cómo se copian los genes?

Ya sabemos que los genes son trozos de cromosomas, pero para conocer cómo actúan los genes debemos averiguar la composición de los cromosomas, donde se almacena la información que en los seres vivos se transmite de padres a hijos. Se pensaba que los cromosomas estaban formados mayoritariamente por dos tipos de macromoléculas: **proteínas** y **ADN** (ácido desoxirribonucleico).

Por tanto, los genes podían estar hechos de:

- Proteínas.
- ADN.
- Una mezcla de los dos.

Pero ¿cuál es la respuesta?

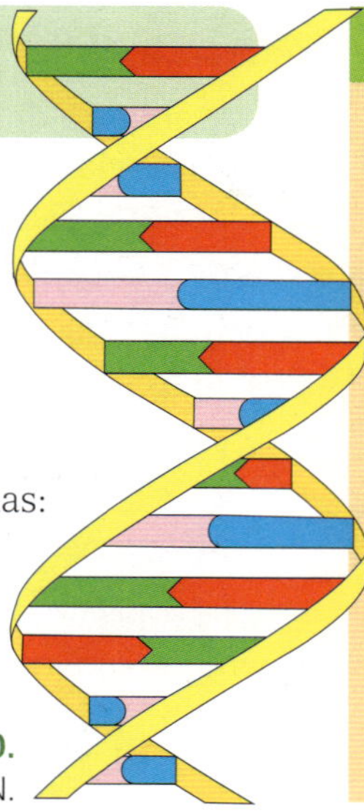

Figura 4.10. Molécula de ADN.

INFORMACIÓN CLAVE

¿Qué es el ADN?

La molécula de ADN (▶ Figura 4.10) está constituida por dos cadenas con un elevado número de compuestos químicos llamados **nucleótidos**. Cada nucleótido está formado por tres componentes:

- Una base nitrogenada. En el ADN hay cuatro bases: adenina, timina, guanina y citosina.
- Un azúcar (pentosa) llamado desoxirribosa.
- Ácido fosfórico.

EXPERIMENTO CLAVE

¿Dónde están los genes?

En 1928 el médico británico **Frederick Griffith** realizó experimentos con la bacteria causante de la neumonía en humanos, *Streptococcus pneumoniae*. Trabajó con dos cepas de dicha bacteria: la cepa S virulenta, que presenta una cápsula externa a la pared celular, y la cepa R no virulenta, que no infecta a los animales a los que se le inyecta y que no presenta dicha cápsula. Ambas cepas mueren al calentarlas. Griffith inyectó ambos tipos de bacterias, S y R, en ratones.

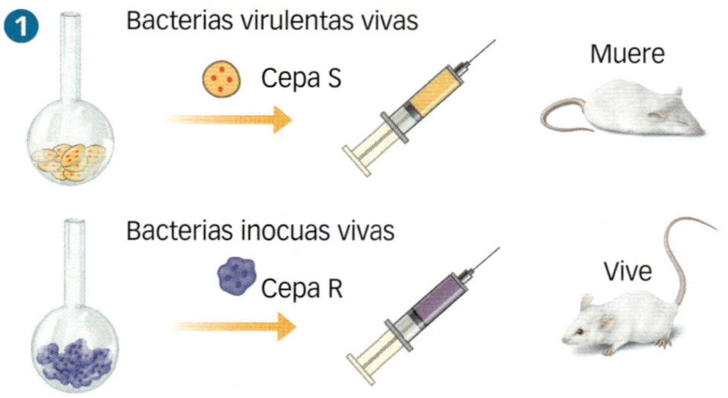

1. La cepa S, con cápsula, es la que mata a los ratones en 24 horas. La cepa R, sin cápsula, es inocua.

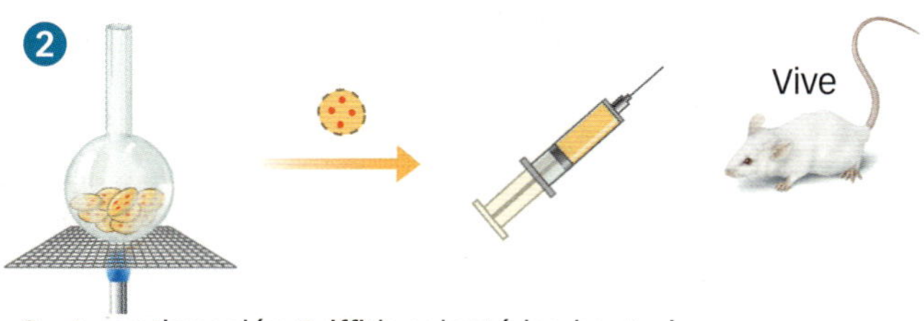

2. A continuación Griffith calentó las bacterias de la cepa S, las inyectó en el ratón y comprobó que permanecía vivo. Dedujo que al calentar las bacterias de la cepa S con cápsula estas se destruían.

3. En este punto aparece la sorpresa: al inyectar en el ratón una mezcla de bacterias S que previamente se han destruido por calentamiento, es decir, inocuas (paso 2), y bacterias R también inocuas (aunque vivas), el ratón muere.

4. Además, cuando se extrae sangre del ratón que ha muerto por esta mezcla de bacterias, se comprueba que se han transformado en bacterias de la cepa S, con cápsula, y por tanto mortales.

¿Qué es lo que ha hecho que las bacterias inocuas se transformen en dañinas?

Figura 4.11. Experiencia de Griffith.

Griffith ignoraba la respuesta, pero lo denominó «principio transformante». Años más tarde, **O. Avery**, **C. MacLeod** y **M. McCarty** concluyeron que el «principio transformante» de Griffith era el ADN, ya que este no se destruye con el calor, como las proteínas. Es el que lleva la información necesaria para que la cepa R pueda sintetizar la cápsula idéntica a la de las bacterias S.

Esta experiencia demostró que el ADN es la molécula que almacena la información. Es decir, **en el ADN se encuentran los genes**.

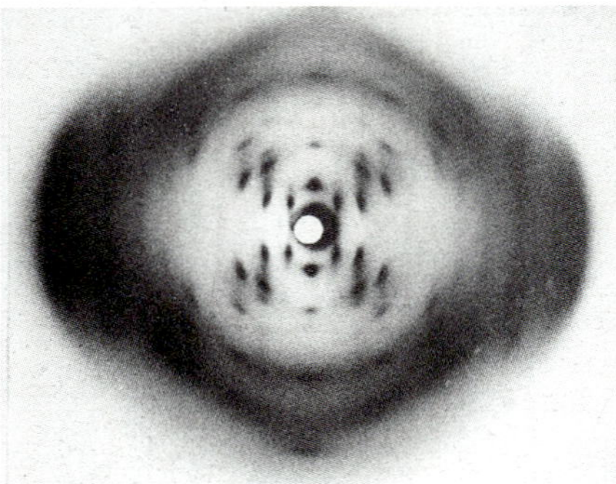

Figura 4.12. Imagen de difracción de rayos X (abajo) obtenida por Rosalind Franklin (arriba).

4.1. El ADN: doble hélice

Ya sabemos que los genes están hechos de ADN y que en ellos se encuentran las claves de la herencia. ¿Pero cómo logran hacer copias de sí mismos y poder pasar así a la siguiente generación?

Algunos investigadores intuyeron que la clave de la respuesta a dicha pregunta debía estar en la estructura tridimensional de esta molécula.

La solución al enigma la dieron en 1953 **James Watson** (n. 1928) y **Francis Crick** (1916-2004) en Cambridge (Gran Bretaña). Y lo hicieron como lo hacen los buenos detectives: recogiendo todas las evidencias posibles del caso y buscando una explicación en la que todas las piezas encajasen.

Lo sorprendente es que ellos no hicieron ni un solo experimento, aunque emplearon los datos obtenidos por otros científicos.

Dos fueron las líneas de evidencia principales que emplearon.

- La primera fueron las «radiografías» (difracción) de rayos X de fibras de ADN (► Figura 4.12), obtenidas por **Rosalind Franklin** (1920-1958) y **Maurice Wilkins** (1916-2004), que sugerían que la molécula de ADN estaba formada por una hélice, y daban algunas dimensiones clave de la misma.
- La segunda fueron las leyes de **Erwin Chargaff**, que decían que en cualquier ADN el contenido de sus componentes seguía ciertas normas:
  - El contenido de adeninas (A) y timinas (T) coincidía.
  - El contenido en guaninas (G) y citosinas (C) también coincidía.

INFORMACIÓN CLAVE

La complementariedad de las bases nitrogenadas: leyes de Chargaff

Erwin Chargaff (1905-2002) descubrió que la concentración de las cuatro bases nitrogenadas del ADN siempre seguía ciertas normas:

- El número de moléculas de adenina (A) era igual al número de moléculas de timina (T).
- El número de moléculas de guanina (G) era el mismo que el de moléculas de citosina (C).

Esto sugería que debía existir un apareamiento, una interacción específica (complementariedad) entre estos dos pares de bases, es decir, la A siempre se unía a la T y la G a la C, tal y como se aprecia en la figura 4.13.

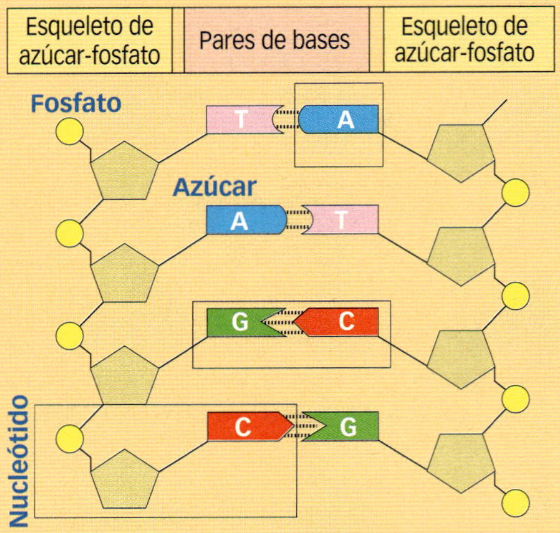

Figura 4.13. Representación de un fragmento de ADN con las bases complementarias formando pares.

ACTIVIDADES

3. En un fragmento de ADN ¿hay siempre el mismo número de moléculas de adenina que de timina? ¿Hay el mismo número de moléculas de adenina que de citosina? Explica tus respuestas.

Watson y Crick propusieron un **modelo de doble hélice** autoensamblante que se ajustaba a todas las evidencias experimentales. El apareamiento selectivo de las bases A-T y C-G sugería un posible mecanismo para la replicación del material genético.

«¡Acabamos de descubrir el secreto de la vida!», exclamó eufórico Crick cuando entró al Eagle, el pub donde él y Watson solían comer. El descubrimiento de la doble hélice se considera el avance científico más importante del siglo XX. La combinación de la teoría de la evolución por selección natural de Darwin, las leyes de la genética de Mendel y las bases moleculares de la genética habían conseguido revelar el secreto de la vida.

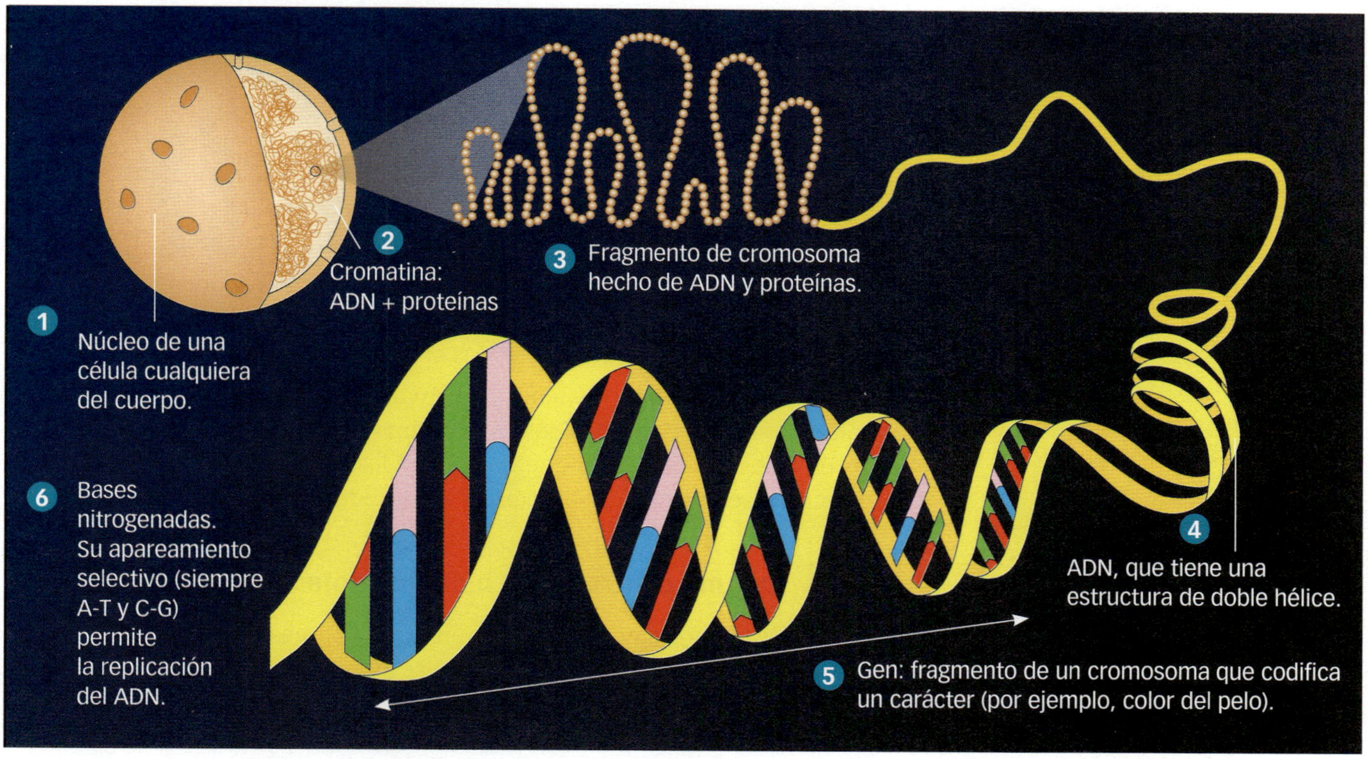

Figura 4.14. Esquema de la localización del ADN dentro de una célula.

4.2. Duplicación del ADN

Hoy sabemos que los genes se copian duplicando la molécula de ADN. Podemos imaginar que el ADN es como una cremallera: al abrirse, la doble hélice se divide en dos cadenas (▸ Figuras 4.14 y 4.15). Cada una de estas cadenas servirá de molde para formar una cadena complementaria, dando como resultado la formación de dos moléculas de ADN hijas, idénticas a la molécula madre de ADN (▸ Figura 4.16).

La duplicación se logra gracias al apareamiento selectivo de las bases A-T y C-G que funcionan como un molde para replicar el material genético (▸ Figura 4.16). Esta es la clave del proceso de copia del gen; de esta forma se transmite el mensaje genético de padres a hijos.

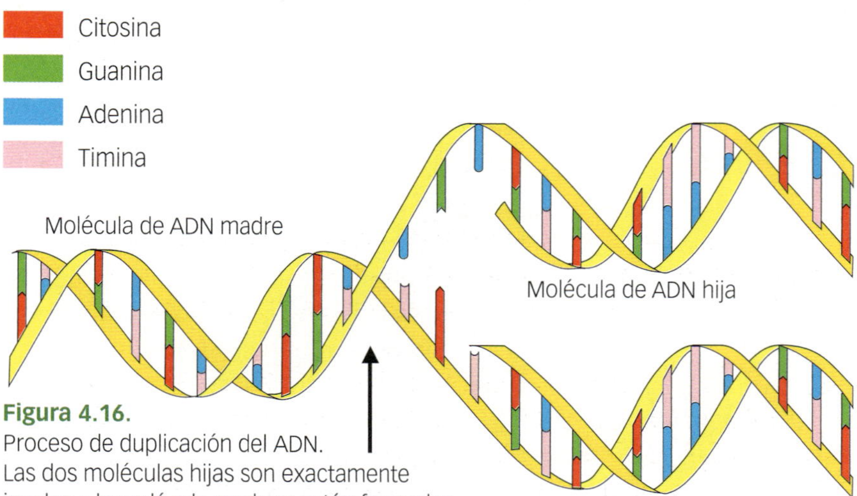

Figura 4.16.
Proceso de duplicación del ADN.
Las dos moléculas hijas son exactamente iguales a la molécula madre y están formadas por una cadena de la molécula madre (molde) y una cadena nueva.

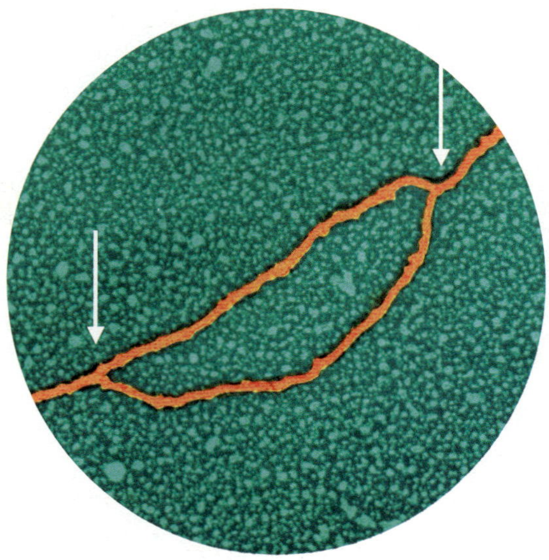

Figura 4.15. En las zonas indicadas con flechas el ADN se está replicando. Durante la replicación la doble hélice se separa en dos cadenas. Cada cadena madre sirve de molde para formar una nueva cadena con las bases complementarias.

5 ¿Para qué sirven los genes?

Hacer copias de sí mismo y poder transmitir la información hereditaria a la descendencia es, sin duda, una función fundamental del gen.

Las células de los seres vivos están construidas por proteínas que realizan la mayoría de las funciones biológicas a través de reacciones químicas. Las proteínas son cadenas formadas por una secuencia de moléculas más sencillas llamadas **aminoácidos**, de los cuales hay 20 distintos.

George W. Beadley (1903-1989) y **Edward L. Tatum** (1909-1975) publicaron en 1941 los resultados de sus experimentos que vinculaban los genes y las enzimas, las proteínas que posibilitan las reacciones químicas producidas en los seres vivos. Su hipótesis es conocida como **un gen, una enzima**.

SABER MÁS

ADN y ARN: parecidos, pero diferentes

El ARN es un polinucleótido como el ADN, pero difiere de este en que no es una cadena doble, sino simple, en la que en lugar de timina (T) hay uracilo (U).

Cuando se producen emparejamientos en el ARN son:

- **Uracilo** (U) con **adenina** (A).
- **Citosina** (C) con **guanina** (G).

Por otro lado, contiene el azúcar **pentosa** (o sea, con 5 carbonos) llamado **ribosa**, en vez de la desoxirribosa del ADN.

5.1. Dogma central de la biología molecular

La síntesis de proteínas tiene lugar en los ribosomas (▸ Figura 4.17), que están en el citoplasma. Por tanto, en las células eucariotas, con núcleo, el ADN no puede dirigir la síntesis directamente y se planteó la hipótesis de una molécula intermediaria que llevase la información desde el ADN (en el núcleo) hasta los ribosomas.

Desde hacía tiempo se sospechaba que el **ARN** (otra forma de ácido nucleico) tenía que estar implicado en la síntesis de proteínas. Se había observado también que las células que fabricaban muchas proteínas tenían gran cantidad de ARN, lo que hacía pensar que las cadenas de ARN podrían llevar las instrucciones que determinaran el orden de los aminoácidos en las proteínas. El ARN sería un intermediario entre el ADN y la proteína.

Francis Crick enunció en 1958 el **dogma central de la biología molecular**, que establece los flujos permitidos de la información hereditaria, la cual se almacena en el ADN y se utiliza para sintetizar las proteínas, pero no al revés. Esta regla se cumple tanto en células eucariotas como procariotas.

ADN → (Transcripción) → ARN → (Traducción) → Proteína

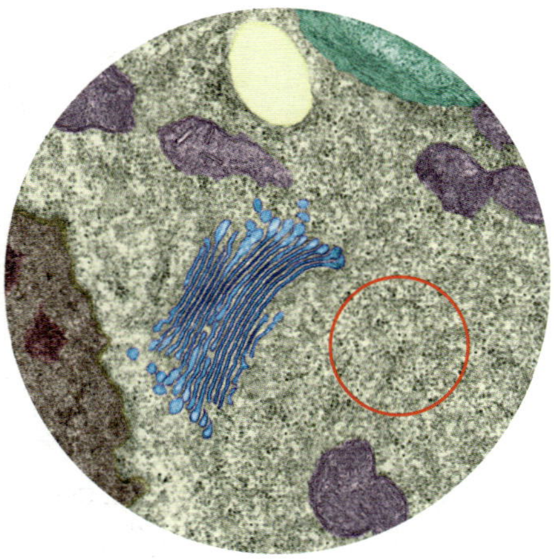

Figura 4.17. Los ribosomas (los puntos negros) están formados por proteínas y ARNr. En una célula hay cientos o miles de ribosomas.

5.2. La síntesis de proteínas

La síntesis de proteínas en las células eucariotas comienza en el núcleo, ya que allí está el ADN que porta la información, y se termina en el citoplasma, donde están los ribosomas (▸ Figura 4.18), en los siguientes pasos:

1. El ADN del núcleo transcribe el mensaje codificado al **ARN mensajero**.
2. En las células eucariotas, el ARN mensajero que contiene la información del ADN sale del núcleo a través de los poros de la membrana nuclear y llega al citoplasma, donde se une a los ribosomas. Allí será leído y traducido el mensaje codificado que trae desde el ADN del núcleo.
3. El ARN de transferencia selecciona un aminoácido específico para cada grupo de tres nucleótidos del ARN mensajero y lo lleva al ribosoma. A continuación se van «encadenando» otros aminoácidos hasta formar una proteína.

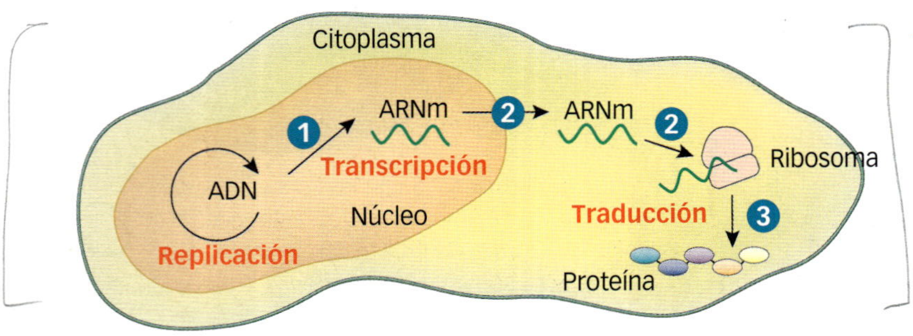

Figura 4.18. Flujo de la información genética.

5.3. El código genético

El **código genético** es la relación entre la secuencia de nucleótidos en el ARN mensajero y la secuencia de aminoácidos en la proteína.

Este código determina que a cada grupo de tres nucleótidos, llamado **triplete**, le corresponde un **aminoácido** (▸ Figura 4.19). El triplete AUG significa el aminoácido metionina y la señal de comienzo de la cadena. Hay tres tripletes que indican el final de la cadena y no codifican ningún aminoácido.

En la figura 4.20 se representa una parte de la cadena de ADN que lleva la información para la síntesis de una proteína concreta, la hemoglobina. Se observan dos pasos:

1. La **transcripción** o paso de la información del ADN al ARN mensajero.
2. La **traducción** o síntesis de la cadena de la hemoglobina, siguiendo el mensaje del ARN.

Pequeños cambios en la información originan grandes cambios en las proteínas.

La figura 4.20 ilustra también un ejemplo de mutación en el gen que codifica la hemoglobina. La sustitución (mutación) en el octavo par de nucleótidos de la adenina (A) por timina (T) produce la anemia falciforme, ya que genera una hemoglobina diferente que origina glóbulos rojos en forma de media luna, menos eficientes en el transporte de oxígeno.

La generación de copias inexactas (mutantes) es la base de la evolución, dado que aporta variabilidad al proceso. Los seres vivos actuales somos el resultado de la acumulación selectiva de un sinfín de mutaciones que fueron seleccionadas por diversas causas. Por tanto, los genes:

- **Almacenan la información hereditaria.** Para que sirven los genes
- **Dictan qué proteínas** se fabrican y estas a su vez llevan a cabo la inmensa mayoría de las funciones en los seres vivos.

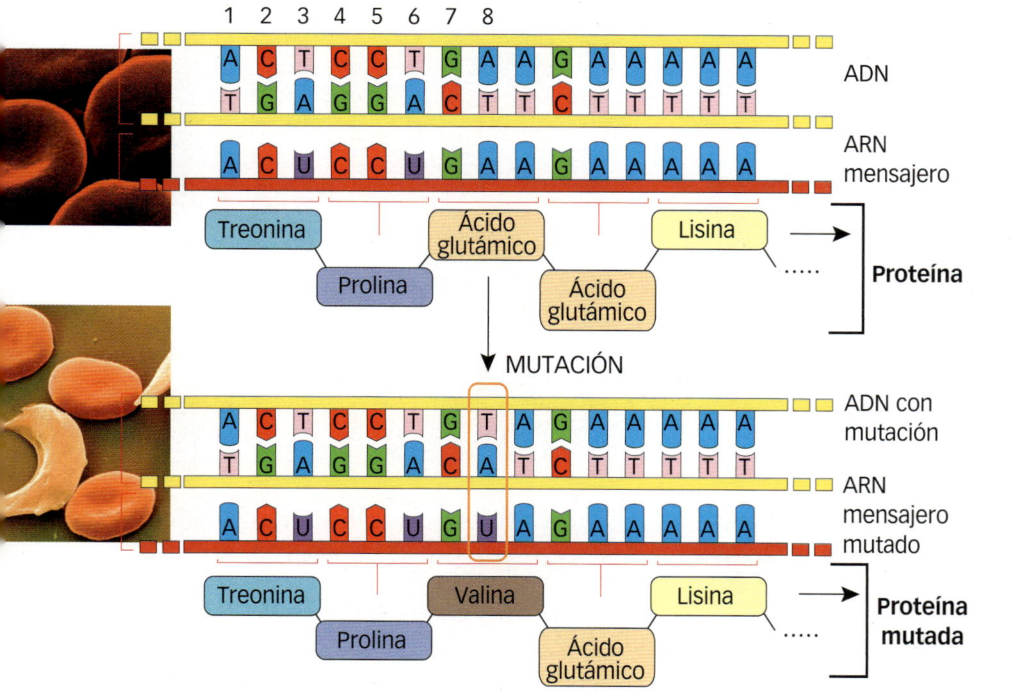

Figura 4.20. Síntesis de la hemoglobina normal y de la hemoglobina mutada.

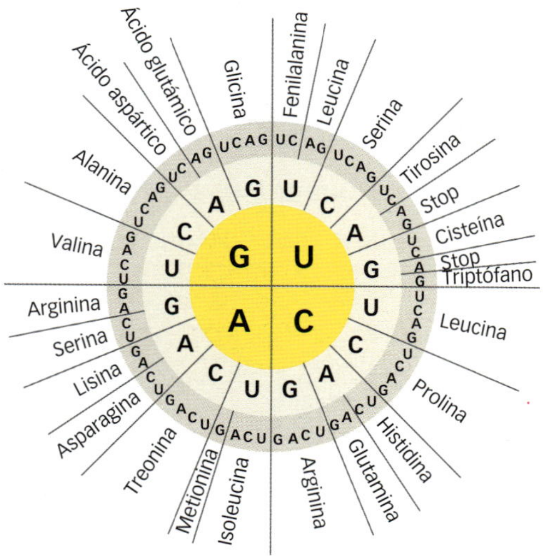

Figura 4.19. El código genético es la piedra Roseta que permite acceder al «vocabulario» escrito en los genes. Tres nucleótidos codifican un aminoácido. Así, en el ejemplo de la figura 4.20 la secuencia **ACU** de ARN mensajero codifica el aminoácido treonina.

SABER MÁS

Tipos de ADN

Los principales tipos de ARN son:

- **ARN ribosómico, ARNr.** Forma parte integral de los ribosomas.
- **ARN mensajero, ARNm.** Es el ARN intermediario: porta el mensaje del ADN en forma de cadena complementaria de la cadena codificante del ADN.
- **ARN de transferencia, ARNt.** Es ARN asociado a los ribosomas, conectan por una parte con el ARNm y por otra se unen a un aminoácido.

ACTIVIDADES

4. Indica qué aminoácido se sintetiza con cada secuencia de nucleótidos.
   a) CAG.
   b) AUG.
   c) GGG.
   d) CAA.

6 El genoma humano

6.1. Secuenciación de ADN: no todo el ADN codifica

El siguiente paso de la investigación sobre el ADN fue leer la totalidad del texto escrito en él; es decir, averiguar la secuencia de todas las bases que contienen el genoma.

El **genoma** de un organismo es el conjunto de toda la información genética del mismo. En 2003 se publicó la secuencia del genoma humano.

Tenemos alrededor de 23 000 genes, bastantes menos de los esperados. Y los genes que codifican proteínas solo representan un 2 % de nuestro ADN. Además, la secuenciación de genes eucarióticos demostró que muchos de ellos están interrumpidos por secuencias extra de ADN que no se emplean para generar proteínas y a los que se denominó **intrones**. El 98 % del ADN restante no codifica proteínas y está formado por intrones, genes de ARN y el denominado ADN basura.

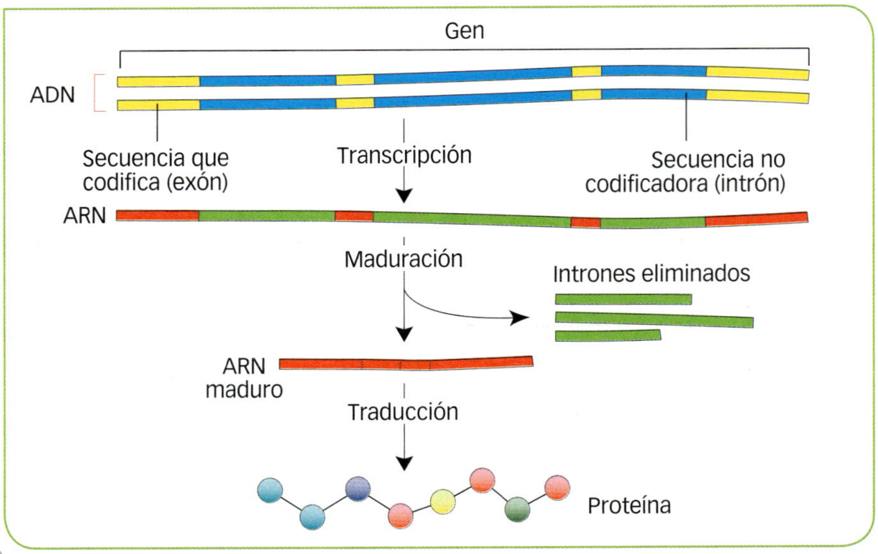

Figura 4.21. Los intrones no codificantes se eliminan del ARNm antes de comenzar la síntesis proteica.

Así, en el ADN podemos distinguir:

- **Genes** que codifican proteínas con exones e intrones.

  – **Exón** es la porción de ADN dentro de un gen que codifica proteínas.

  – **Intrón** es la porción de ADN dentro de un gen que no se emplea en la síntesis proteica.

  Representó una sorpresa mayúscula el hecho de que **la mayor parte de muchos genes está formada por intrones, no codificantes** (▶ Figura 4.21).

- **Genes de ARN.** Son fragmentos de ADN cuya transcripción da lugar a ARN que no codifica ninguna proteína.
- **ADN basura** que no pertenece a ningún gen. La mayor parte del genoma es en realidad ADN basura.

SABER MÁS

La raza humana es única

Aunque en la vida cotidiana utilizamos la palabra raza, no existen razas humanas, solo una pequeña variabilidad genética. Todos los seres humanos tienen en cada una de sus células:

- 23 pares de cromosomas (23 cromosomas en las células sexuales).
- 23 000 genes.
- 3070 millones de pares de bases A-T y C-G.

INFORMACIÓN CLAVE

El proyecto HapMap

El proyecto HapMap (*Haplotipes Map*, Mapa de haplotipos) pretende catalogar las similtudes y diferencias entre el material genético que portan distintas personas. Su objetivo es relacionar de la manera más completa posible el genoma humano con la salud.

El proyecto Encode

El proyecto Encode (*ENCyclopedia Of DNA Elements*, enciclopedia de elementos de ADN) pretende catalogar todos los elementos funcionales codificados en nuestro ADN.

ACTIVIDADES

5. Explica la diferencia entre gen, exón e intrón.
6. Explica con tus propias palabras qué es el ADN basura.

Pero ¿qué hace el resto del genoma no codificante, el «ADN basura»? En principio, no parece lógico que, con lo que cuesta duplicar todo el ADN «no codificante» de la célula, este no tenga ninguna función, ya que, si fuese así, la selección natural debería haberlo eliminado (▶ Figura 4.22).

Los científicos todavía no conocen exactamente la función de este ADN basura.

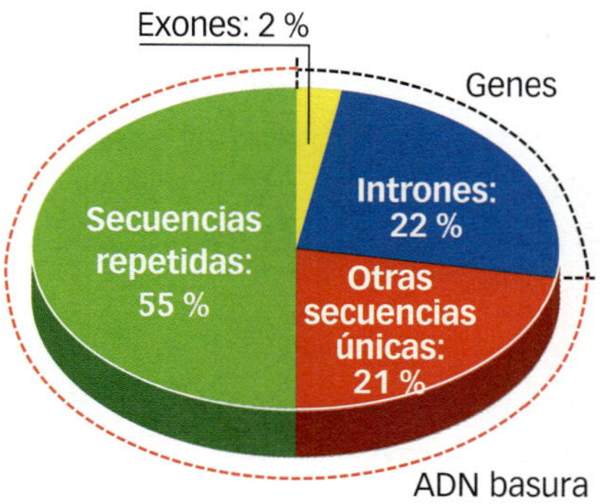

Figura 4.22. El ADN que no codifica proteínas es mayoritariamente ADN basura. Nuestro genoma está plagado de repeticiones de secuencias basura que no pertenecen a ningún gen. (Los datos del gráfico corresponden al ADN presente en el cromosoma 20).

Ser vivo	Tamaño aproximado del genoma (millones de pares de bases)
Mosca de la fruta	180
Pez globo	400
Serpiente	2100
Ser humano	3070
Cebolla	8000
Tritón	84 000
Helecho	160 000
Ameba	670 000

Figura 4.23. Tabla con el tamaño de algunos genomas. Observa que un genoma mayor no implica una mayor complejidad del organismo. El genoma es un «manual de instrucciones» de la especie.

6.2. Genoma y complejidad

Teniendo en cuenta que la mosca de la fruta tiene unos 14 000 genes o el trigo 100 000, queda claro algo que se sospechaba: el tamaño de un genoma (medido en número de genes o en número de nucleótidos) no se correlaciona con la complejidad del organismo que genera. Es decir, los organismos con más genes/nucleótidos no son necesariamente más complejos que los organismos con menos genes/nucleótidos (▶ Figuras 4.23 y 4.24).

Cromosoma	Genes	Total bases	Bases	Cromosoma	Genes	Total bases	Bases
1	3148	247 200 000	224 999 719	13	623	114 130 000	95 559 980
2	902	242 750 000	237 712 649	14	886	106 360 000	88 290 585
3	1436	199 450 000	194 704 827	15	676	100 340 000	81 341 915
4	453	191 260 000	187 297 053	16	898	88 820 000	78 884 754
5	609	180 840 000	177 702 766	17	1367	78 650 000	77 800 220
6	1585	170 900 000	167 273 992	18	365	76 120 000	74 656 155
7	1824	158 820 000	154 952 424	19	1553	63 810 000	55 785 651
8	781	146 270 000	142 612 826	20	816	62 440 000	59 505 254
9	1299	140 440 000	120 312 298	21	446	46 940 000	34 171 998
10	1312	135 370 000	131 624 737	22	595	49 530 000	34 893 953
11	405	134 450 000	131 130 853	X	1093	154 910 000	151 058 754
12	1330	132 290 000	130 303 534	Y	125	57 740 000	22 429 293

Figura 4.24. Número de genes y de bases del genoma humano para cada cromosona. La comparación del genoma sirve para conocer mejor cómo han evolucionado los organismos. Cuantos más nucleótidos comunes tengan en su genoma, más reciente ha sido la separación de las especies. Por ejemplo, el genoma humano es más parecido al de un chimpancé que al de un ratón. Fuente: Vertebrade Genome Annotation (VEGA).

La **genómica** es la parte de la biología que se encarga del estudio de los genomas. Esta novedosa ciencia se utiliza en el estudio de patologías complejas, como el cáncer o el alcoholismo, que, a diferencia de los caracteres mendelianos, están determinadas por la acción conjunta de equipos de genes (poligenes).

La **proteómica** se encarga de estudiar todas las proteínas codificadas por el genoma.

Se produce la paradoja de que el número de proteínas codificadas por el genoma en el ser humano (unas 100 000) se estima muy superior al número de genes (23 000); esto se debe a que **algunos genes codifican más de una proteína** (▶ Figura 4.25).

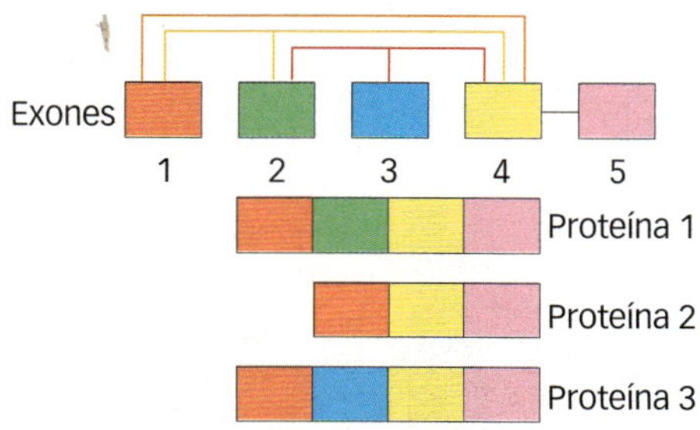

Figura 4.25. Más de una proteína puede ser codificada por los exones de un solo gen en función de cómo se combinen.

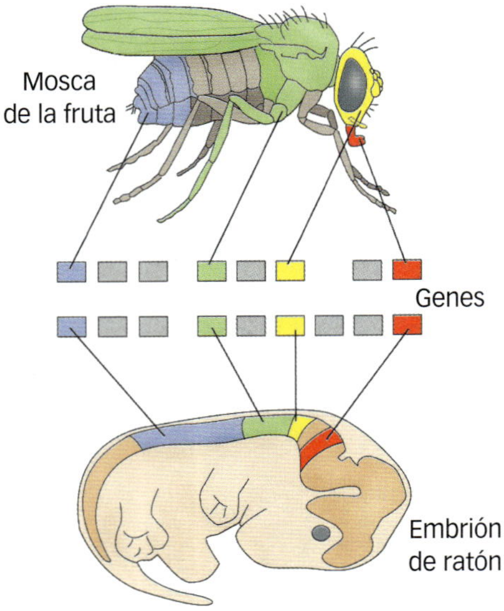

Figura 4.26. Los genes homeóticos se encuentran en organismos muy diferentes. Parece ser que en los cromosomas los genes aparecen ordenados de la misma manera que las regiones del embrión cuyo crecimiento controlan.

7 Genética del desarrollo

La **genética del desarrollo** ha hecho posible descifrar las reglas que rigen el desarrollo de los organismos (la transformación del óvulo fecundado en un organismo adulto). Dos investigadores españoles, **Antonio García-Bellido** (n. 1936) y **Ginés Morata** (n. 1945), han contribuido a sentar las bases genéticas de este campo. Estudiando la mosca de la fruta (*Drosophila melanogaster*) demostraron que los animales se construyen de forma modular: descubrieron territorios (**compartimentos**) en los que se expresan determinados genes (**genes selectores homeóticos**) de forma exclusiva durante el desarrollo (▶ Figura 4.26).

El desarrollo de un organismo supone que una célula inicial se multiplique (proliferación) y luego que las células hijas se especialicen para llegar a formar los diferentes tejidos (diferenciación).

- La **proliferación** precisa la división de las células y, por tanto, la replicación de su genoma.
- La **diferenciación** requiere la regulación de la expresión del genoma para que se expresen unos genes (los propios de cada tejido) y no otros (**expresión diferencial**) (▶ Figura 4.27).

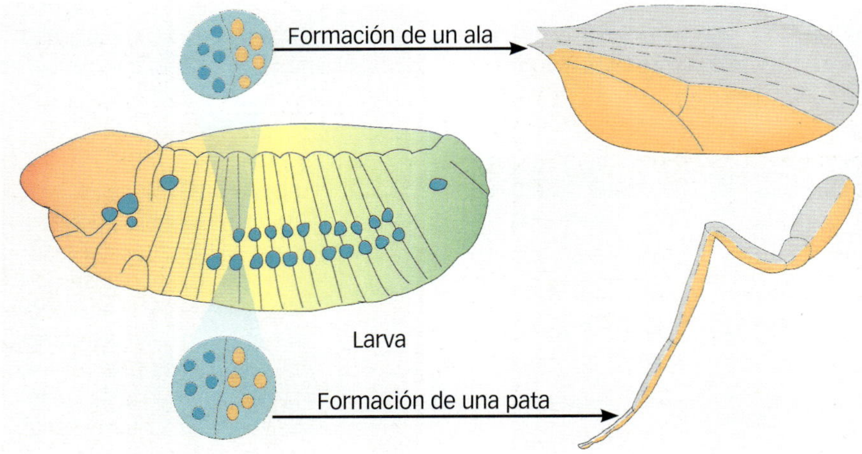

Figura 4.27. Los genes homeóticos codifican proteínas que indican a las células de distintos segmentos de un embrión en desarrollo qué clase de estructuras tienen que desarrollar. En un insecto, por ejemplo, estos genes indican a determinadas células de la cabeza que tienen que desarrollar antenas, mientras que a las células presentes en los tres segmentos torácicos les señalan que tienen que desarrollar alas y patas.

Entender cómo «programar a las células» para que se conviertan en un tipo celular u otro tiene enorme potencial en medicina. Cuando lo sepamos hacer podremos fabricar a partir de una sola célula de nuestro cuerpo cualquier parte del mismo para serle trasplantada.

CIENTÍFICOS SIGLO XXI

ANTONIO GARCÍA-BELLIDO (n. 1936)

Ha desarrollado su trabajo en el Laboratorio de Genética del Desarrollo del Centro de Biología Molecular del CSIC-UAM. Su trabajo sobre genética del desarrollo y la diferenciación celular, adoptado internacionalmente, ha servido de punto de partida a investigadores de todo el planeta.

Fue galardonado con el Premio Príncipe de Asturias de Investigación Científica y Técnica en 1984.

GINÉS MORATA (n. 1945)

En colaboración con el biólogo británico Peter Lawrence ha contribuido a asentar algunas de las teorías básicas del campo. Fue colaborador de García-Bellido. Sus estudios se han centrado en la mosca de la fruta (*Drosophila melanogaster*). Trabaja en el Centro de Biología Molecular del CSIC-UAM.

Obtuvo el Premio Príncipe de Asturias de Investigación Científica y Técnica en 2007, compartido con Peter Lawrence.

8 La epigenética

Sabemos que existen características heredables que no son debidas a la secuencia de nucleótidos del ADN. Hay información que se transmite por otro código distinto del genético: es el «código epigenético».

La **epigenética** es la rama de la genética que estudia las características de un individuo que no están determinadas por la secuencia de nucleótidos del ADN.

- Por ejemplo, a la hora de transmitir la secuencia de «letras» del ADN influye el grado de **enrollamiento de la cromatina** del núcleo (recuerda que los cromosomas se forman justo antes de la división celular). Si un trozo de ADN está muy enrollado, quizá se inhiba la síntesis de algunas proteínas.
- Además, algunas moléculas también pueden combinarse con las bases del ADN. Esto **inhibe la expresión** (transmisión de información) **de algunos genes** e influye, por tanto, en la formación de ciertas proteínas (▶ Figura 4.28).
- Por último, hay que tener en cuenta que **en el citoplasma celular existen proteínas y otras moléculas** que también influyen en la síntesis proteica que tiene lugar en los ribosomas.

Ciertos tipos de cáncer están relacionados con este **código epigenético**. Ya existen fármacos, llamados **fármacos «epigenéticos»**, cuyo objetivo es invertir los cambios del epigenoma que se producen en el desarrollo de ciertas formas de cáncer. Algunos de ellos ya se han empleado para tratar cánceres de mama o determinados tipos de leucemia.

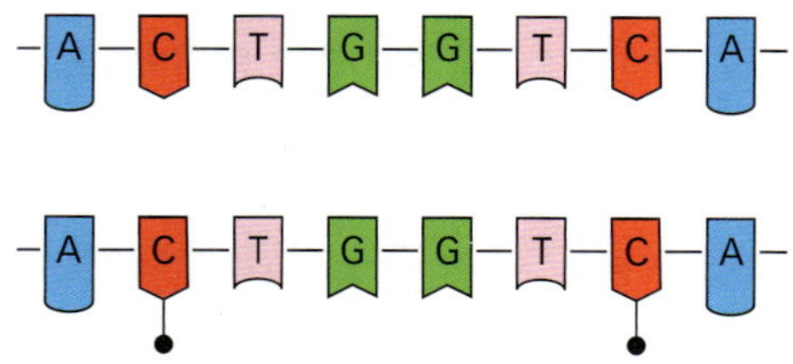

Figura 4.28. Mientras que los cambios genéticos suponen variaciones en la secuencia del nucleótido del ADN, los cambios epigenéticos, como la metilación (puntos negros) de citosina, no implican variación en estas secuencias.

INFORMACIÓN CLAVE

La vieja controversia herencia-medio

Los genes realizan sus funciones interaccionando con el ambiente. Por ejemplo, hay caracteres con una alta heredabilidad (poco influenciados por el medio), como el color de ojos, el daltonismo o el autismo; y otros con una menor heredabilidad (muy influidos por el medio), como la altura y el peso, las enfermedades cardiovasculares y la diabetes del adulto.

Parece que la evolución del ser humano ha fijado en forma de genes («memoria genética») todos aquellos caracteres básicos para la supervivencia y ha inventado cerebros para conseguir adaptaciones mucho más rápidas al medio ambiente, lo que aumenta drásticamente sus posibilidades de supervivencia.

Por ejemplo, parece que el lenguaje (la forma en que construimos conceptos mediante palabras) está determinado genéticamente, pues la gramática de todas las lenguas del mundo comparte una estructura similar, pero tomamos del ambiente (de la cultura) los elementos de la lengua concreta que hablamos cada uno, de tal forma que todos los fonemas que utilizaremos en nuestra vida adulta los adquirimos en un periodo concreto de nuestro desarrollo («periodo ventana»), determinado genéticamente.

Tras este periodo ventana podemos obviamente aprender una nueva lengua, pero lo haremos con el acento de la lengua materna, pues en realidad lo que estamos haciendo es emular (imitar) con el conjunto de fonemas de la lengua materna los nuevos fonemas de la nueva lengua.

Una de las formas más eficaces con la que los científicos valoran el peso relativo de ambos factores es mediante el estudio de gemelos idénticos que se han criado en distintos ambientes. Dado que su genoma es idéntico (por tratarse de clones), las diferencias son atribuibles al ambiente.

En la actualidad, la contraposición herencia-medio ha dado lugar a considerar «la herencia a través del medio»: se considera que los genes se manifiestan a través del medio en una relación compleja y a menudo circular en la que es imposible determinar qué es causa y qué es consecuencia.

RESUMEN

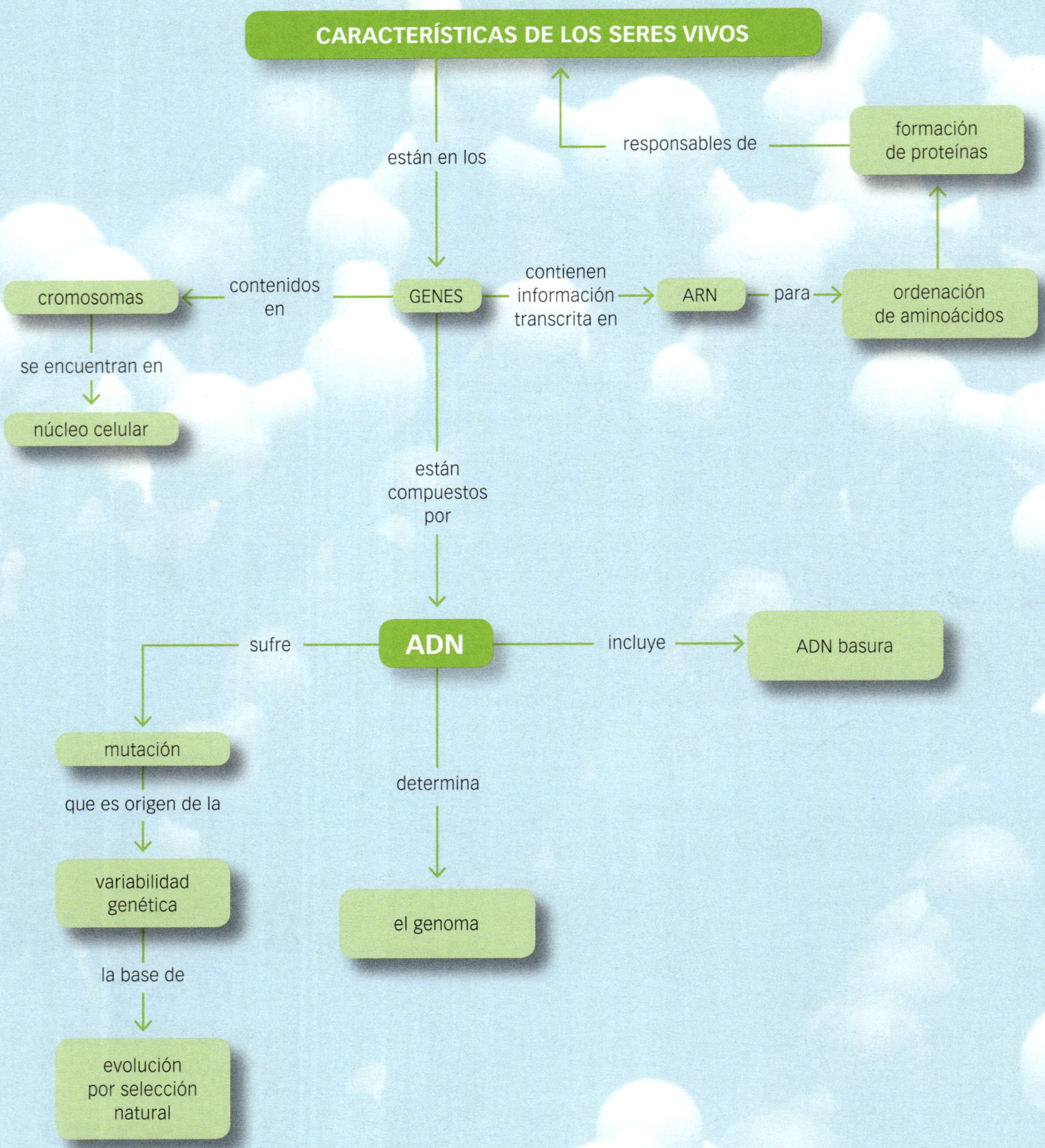

ACTIVIDADES

7. ¿Qué es un gen? ¿Dónde se encuentran los genes?
8. ¿Cuál es la relación entre genotipo y fenotipo? Pon algún ejemplo para apoyar tu respuesta.
9. ¿Es lo mismo gen que cromosoma?
10. Explica con pocas palabras cómo es el modelo de la doble hélice del ADN.
11. ¿Cómo pasan los genes de padres a hijos?
12. ¿Qué es el código genético? Explica el dogma central de la biología molecular.
13. ¿Qué queremos decir al señalar que la mayor parte del ADN es ADN basura?
14. Explica cuál es la diferencia entre exón e intrón.

Relacionar cromosomas y genes

La complejidad de un organismo no correlaciona con el número de genes que este posee. Los seres humanos disponemos de 46 cromosomas (22 pares más dos cromosomas sexuales) en los que se almacena la información genética. Además, no todos los cromosomas incluyen el mismo número de genes.

En el laboratorio los cromosomas humanos se tiñen y aparecen en ellos una serie de bandas claras y oscuras en cada uno de los brazos, que son utilizadas por los genetistas para ubicar los genes. En profase, los cromosomas tienen más bandas que en metafase.

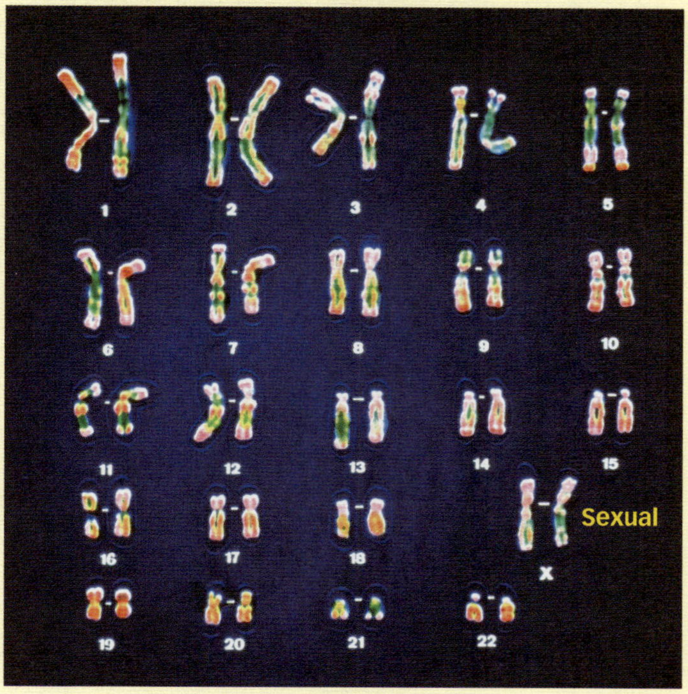

Todas las personas tenemos 23 pares de cromosomas en nuestras células. El sexo está determinado por la presencia de la pareja XX, para las mujeres, y la pareja XY para los hombres.

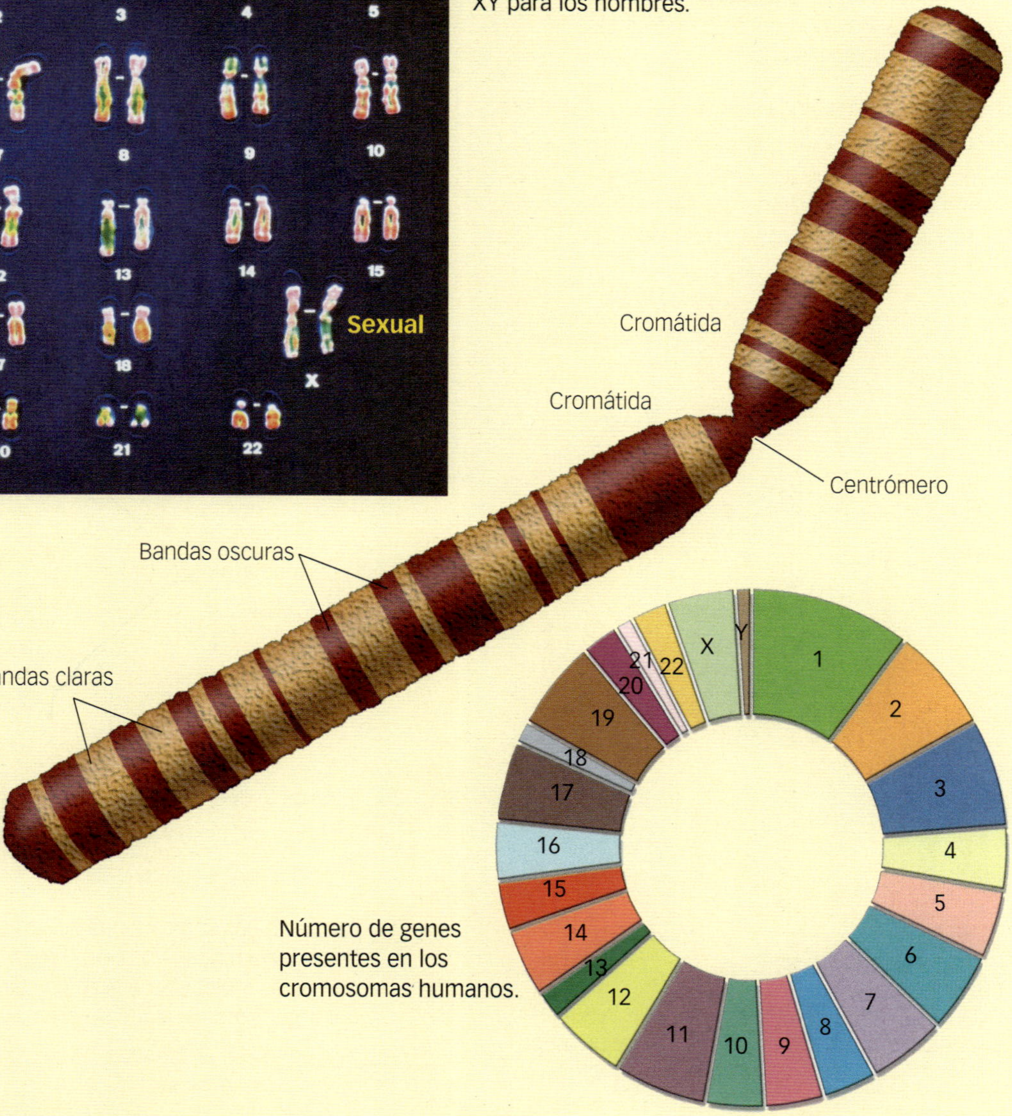

Fragmento de cromosoma humano.

Número de genes presentes en los cromosomas humanos.

ACTIVIDADES

15. Observa todas las ilustraciones que aparecen en esta página.

a) ¿Cuáles son los cromosomas más grandes?

b) ¿Cuáles son los cromosomas que tienen más genes? ¿Y los que tienen menos genes?

c) ¿Los cromosomas mayores son también los que poseen más genes?

16. A partir de la respuesta anterior, ¿puedes decir si todo el cromosoma está formado por genes? Justifica tu respuesta.

ACTIVIDADES FINALES

17. Explica las tres leyes de Mendel de la herencia.

a) ¿Por qué algunas características de los padres aparecen como «dormidas» en los hijos y vuelven a manifestarse en los nietos?

b) ¿Qué quiere decir que un gen es dominante sobre otro? Explícalo con un ejemplo.

18. Relaciona la evolución de los seres vivos con los genes y las mutaciones.

a) ¿Son todas las mutaciones favorables para un ser vivo?

b) Explica con un ejemplo de qué manera puede una mutación influir sobre la evolución de una especie.

c) ¿Por qué se produce una evolución más rápida de una especie cuando un conjunto de individuos quedan aislados geográficamente?

19. La mujer posee dos cromosomas sexuales, XX; y el hombre, también dos: XY.

Si hay más cromosomas X que Y, ¿cómo es posible que en la fecundación no se gesten más niñas XX que niños XY? Para que sea más sencillo, fíjate en este esquema:

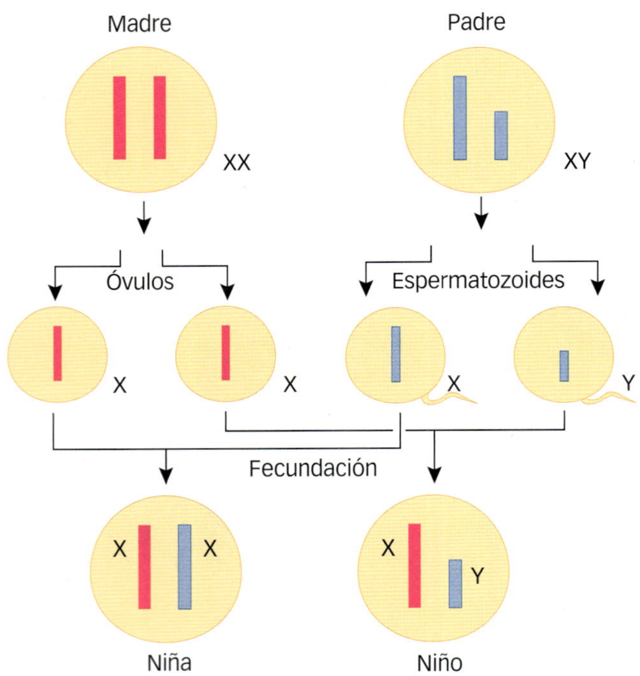

20. ¿Qué ocurriría tras la fecundación si las células sexuales llevasen pares de cromosomas en vez de portar un juego sencillo?

21. Copia en tu cuaderno las respuestas correctas. Los cromosomas:

a) Están compuestos por aminoácidos.

b) Contienen genes.

c) Están compuestos por ARN.

d) Se encuentran en el citoplasma celular.

e) Llevan la información genética.

f) Son todos iguales y del mismo tamaño.

22. En las células eucariotas (con núcleo definido), ¿podrían los ribosomas traducir directamente la secuencia del ARNm mientras este se está sintetizando en el núcleo?

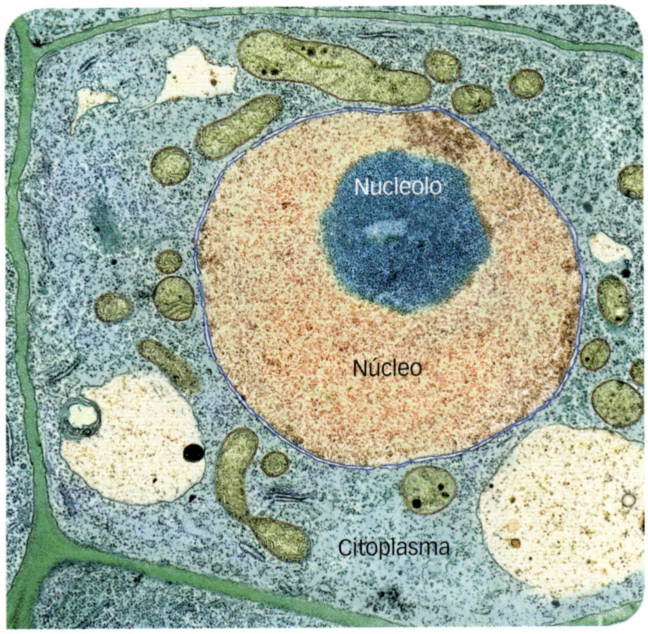

23. Copia en tu cuaderno y une cada palabra con la frase adecuada.

- Gen
- Genoma
- ADN
- ARNm

- Ácido desoxirribonucleico.
- Fragmento de cromosoma que codifica una proteína.
- Molécula que sirve para llevar la información del ADN contenido en el núcleo a los ribosomas (para fabricar proteínas).
- Conjunto de todos los genes de un organismo.

24. Explica la diferencia entre:

a) Gen y cromosoma.

b) Cromatina y cromosoma.

25. Las proteínas son cadenas de otras moléculas más sencillas llamadas aminoácidos. Los seres vivos nos construimos con estas moléculas, y gran parte del funcionamiento del organismo depende de ellas.

a) ¿Dónde se encuentran las instrucciones para secuenciar los aminoácidos?

- En el gen.
- En los ribosomas.
- En el ARN.
- En el ADN basura.

b) ¿Quién transmite las instrucciones?

- El gen.
- Los ribosomas.
- El ARN.
- El ADN basura.

c) ¿Dónde se fabrican las proteínas?

- En el gen.
- En los ribosomas.
- En el ARN.
- En el ADN basura.

26. Señala las diferencias más importantes entre el ADN y el ARN.

27. Este fragmento de ADN se está duplicando.

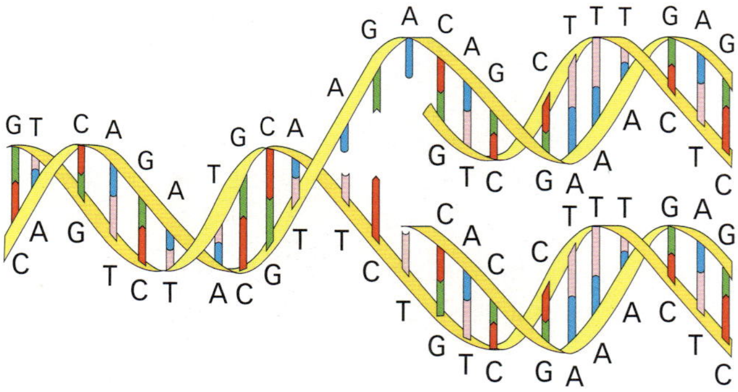

a) Copia el esquema en tu cuaderno y completa las bases de las cadenas hijas.

b) ¿Son iguales las dos cadenas hijas?

28. Utiliza el código genético y determina la secuencia o secuencias de nucleótidos en el ARN necesarias para «fabricar» los siguientes aminoácidos.

a) Treonina.
b) Serina.
c) Triptófano.
d) Valina.
e) Lisina.
f) Arginina.
g) Cisteína.
h) Prolina.
i) Alanina.
j) Fenilalanina.

29. Elabora en tu cuaderno un esquema que muestre la cadena de ADN necesaria para codificar el ARN de la actividad anterior.

30. La radiación solar en grandes dosis es nociva para la piel, ya que contiene rayos UV (ultravioletas). Pero a su vez permite la síntesis de la vitamina D, necesaria para la fijación del calcio.

Como somos «monos desnudos», la piel dispone de un pigmento, la melanina (lo que nos pone morenos), que nos protege de esta radiación. Si la escasez o abundancia de melanina fuesen producto de una mutación, ¿cómo seleccionó el medio a los individuos? en los lugares donde hay poco sol

a) En lugares de baja insolación.

b) En lugares de alta insolación. individuos con mas melanina

31. Recientemente en Turquía se han dado a conocer cuatro hermanos que tienen una curiosa malformación: andan con pies y manos.

Si se trata de una anomalía genética:

a) ¿Podría pasar a su descendencia?

b) ¿Crees que facilita la vida a estas personas o se la dificulta? ¿Sería, por tanto, un carácter seleccionado por el medio?

32. El ADN no puede salir del núcleo: ¿cómo logra llevar a los ribosomas que están en el citoplasma la información que portan?

33. En un gen existen 3 exones, tal y como señala la figura.

a) Determina cuántas proteínas diferentes podrían formarse a partir de dicho gen. Elabora un esquema en tu cuaderno para ilustrar tu respuesta.

b) ¿Cómo se modificaría la respuesta anterior si en el gen hubiese, además, varios intrones?

c) Entonces, ¿puede un solo gen codificar más de una proteína? Explica tu respuesta.

34. Señala en tu cuaderno si las siguientes frases son ciertas o falsas.

a) Todos los seres vivos tienen genes.

b) El ADN de cada ser vivo tiene unas bases nitrogenadas diferentes.

c) Cuanto más complejo es un ser vivo, más genes tiene en su ADN.

d) Todos los cromosomas de los individuos que forman una especie tienen el mismo número de genes.

e) Solo una parte del ADN se emplea para codificar proteínas.

35. ¿Cómo explica la genética la diferenciación en las células que forman un organismo si el ADN presente en todas ellas es el mismo?

36. Indica, ayudándote de un esquema en tu cuaderno, el papel de los genes homeóticos durante el desarrollo embrionario.

37. ¿Cómo afectan los cambios epigenéticos a la expresión de determinados genes en un organismo?

38. Explica cómo puede funcionar un fármaco epigenético.

39. Explica en tu cuaderno el siguiente esquema en relación con la genética del desarrollo.

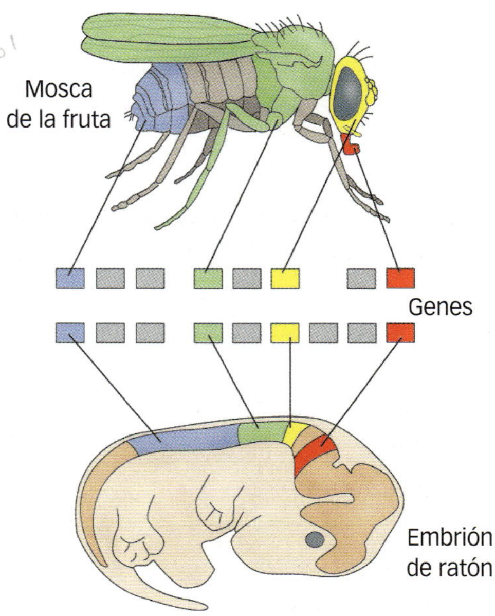

CIENCIA EN TU VIDA

El microscopio de fuerza atómica

Hemos descubierto las moléculas fundamentales responsables de la herencia de los caracteres de los seres vivos: los ácidos nucleicos (ADN y ARN) y las moléculas que se encargan de descifrar la información que portan y de construir y coordinar el funcionamiento de las diferentes estructuras que componen sus células: las proteínas.

Sin embargo, la gran asignatura pendiente de la biología es descifrar el funcionamiento interno de estas maquinitas liliputienses: conocer los detalles físico-químicos que se esconden detrás de sus movimientos.

Afortunadamente, en las últimas dos décadas se han inventado técnicas que incluso nos permiten manipular las moléculas una a una, lo que posibilita seguir con gran resolución sus movimientos individuales, en tiempo real y en condiciones fisiológicas.

Uno de estos instrumentos, cuya invención representó el nacimiento «oficial» de la denominada nanotecnología, es el **microscopio de fuerza atómica (MFA)**. Se trata de un dispositivo que mide fuerzas mediante la conversión de energía mecánica en eléctrica.

Tiene dos modos principales de operación:

- En el **modo de imagen**, el más conocido, el sensor de fuerzas (una punta de un brazo flexible o mecanosensor) rastrea la muestra, de forma similar a como un ciego explora con su bastón el mundo que le rodea, proporcionándonos la topografía de la misma, es decir, su relieve.
- En el **modo de medición de fuerzas**, la molécula, una vez anclada al sensor y al posicionador de este aparato, se estira hasta descoyuntarla (una auténtica «tortura molecular»), lo que nos proporciona información directa acerca de las interacciones (fuerzas) físico-químicas que mantienen su estructura.

El microscopio de fuerza atómica tiene una gran sensibilidad y nos permite medir con precisión dos magnitudes muy importantes en el mundo nanoscópico al que pertenecen las moléculas: distancias y fuerzas.

Las fuerzas son tan pequeñas que las podemos comparar a la presión que ejerce un puntero láser sobre una pantalla de proyección.

¿Qué es lo que hace el aparato para suministrarnos estos dos parámetros?

Las distancias son medidas mediante el **posicionador**, que está hecho de un cristal especial (piezoeléctrico) que se expande proporcionalmente cuando le pasamos electricidad.

Las fuerzas las medimos con el **mecanosensor**, que es una diminuta palanca flexible que cuando interacciona con la muestra, a través de una punta que tiene adosada, sufre flexiones proporcionales a las fuerzas que recibe (ley de Hooke). Estas flexiones se traducen en cambios en el ángulo de reflexión de un rayo láser que disparamos sobre el mecanosensor y que incide finalmente en un fotodiodo, un dispositivo que convierte los fotones de luz láser.

En definitiva, estas reflexiones se traducen en diferencias de voltaje, que son las señales que maneja el ordenador que comanda el aparato.

Microscopio de fuerza atómica.

¿Qué nos falta por descubrir?

¿Qué más nos dirán los genes?

Tras los primeros avances que desataron un optimismo desmesurado en la segunda mitad del siglo XX, ahora somos conscientes de que aún queda mucho camino por recorrer hasta entender bien cómo se regulan los genes, cómo se desarrollan los organismos a partir del embrión o cómo se desencadenan los procesos que provocan un cáncer.

- ¿Cómo podemos realizar un diagnóstico prenatal de enfermedades?
- ¿Cómo debemos manipular toda la información genética de los individuos respetando el derecho a la intimidad?
- ¿Qué papel desempeña la epigenética?
- ¿Cuál es la función del ADN basura?

5 Biotecnología

CONTENIDOS

Muestras de líquido necesarias para la clonación de una especie de muflón.

Una vez conocidos cuáles son los factores que determinan la herencia o la fabricación de proteínas en un organismo vivo, el siguiente paso es aprender a manipular los genes con diversos fines: preparar sintéticamente algunas sustancias orgánicas complejas, como proteínas, mejorar la producción de ciertos cultivos o curar enfermedades mediante terapias que manipulan los genes.

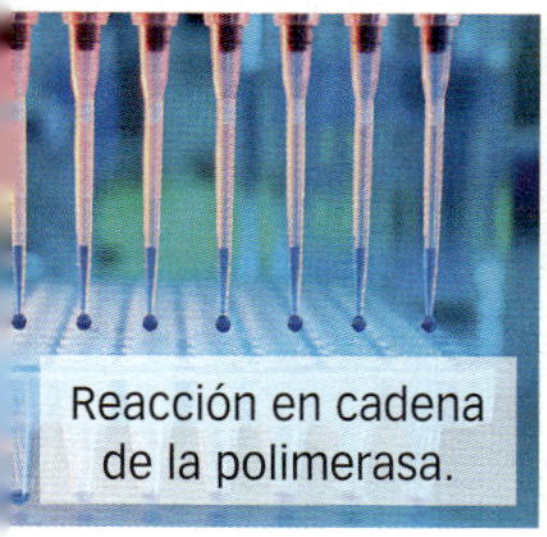

Reacción en cadena de la polimerasa.

Hoy día, la manipulación de los genes es un campo de investigación muy activo y con numerosas aplicaciones. La reacción en cadena de la polimerasa (PCR), por ejemplo, permite obtener una cantidad apreciable de ADN a partir de una pequeña muestra, lo que hace posible realizar numerosos experimentos en laboratorios o identificar a una persona a partir de restos aparecidos en el lugar de un crimen o tras un accidente.

PARA COMENZAR

- ¿Qué límites éticos existen a la hora de manejar la información genética asociada a una persona?
- ¿A qué llamamos organismos clónicos?
- ¿Qué son los alimentos transgénicos?

1 Manipulando los genes uno a uno: biotecnología

Clonar: es un término que significa «hacer clones (copias) de cualquier cosa». Se emplea indistintamente para indicar tanto la producción de múltiples copias de un trozo de ADN insertado en el interior de una bacteria (que, más propiamente, debería llamarse clonación molecular), como para la generación de copias de animales completos (como es el caso de la famosa oveja Dolly, que es un clon, igual que lo son, uno del otro, los gemelos idénticos).

Hacia 1972 la **biología molecular** había alcanzado un desarrollo espectacular: se conocía la maquinaria básica de la vida y se empezaba a entender cómo se regulaban los genes. Pero todo lo que los científicos habían hecho hasta entonces era limitarse a observar (como lo haría un naturalista para el que la selva virgen fuese una célula).

Había llegado el momento de intervenir sobre la información genética. Así, la invención de la tecnología del **ADN recombinante**, denominada **ingeniería genética** o **clonación molecular**, permitió al ser humano diseñar por primera vez moléculas de ADN que no existían en la naturaleza.

1.1. Herramientas de la biotecnología

Las «herramientas» usadas para manipular el ADN se emplean con distintos fines:

- **Las enzimas de restricción, para cortar.** Son capaces de cortar el ADN en secuencias específicas, como unas «tijeras» moleculares.
- **La ADN ligasa, para pegar.** Permite unir fragmentos de ADN que han sido cortados por las enzimas anteriores.
- **Los plásmidos, para copiar.** Los plásmidos son pequeñas moléculas circulares de ADN (con capacidad de autorreplicarse) que «viven» en el interior de las bacterias. Los plásmidos se usan como vehículos o **vectores** en ingeniería genética.
- Por último, se desarrolló un método para introducir plásmidos en el interior de la bacteria *Escherichia coli*, llamado **transformación**.

Así, con todas las herramientas listas para cortar, pegar y copiar, en 1973 **Herb Boyer** (n. 1936) y **Stanley Cohen** (n. 1935) llevaron a cabo el primer experimento de ingeniería genética, o **clonación de un gen**, al introducir genes de una bacteria, mediante un plásmido, en otra bacteria.

Pocos años después lograron introducir un gen humano en una bacteria, consiguiendo la reproducción de ese gen y su traducción en proteínas humanas. (▸ Figura 5.1).

Figura 5.1. Boyer y Cohen insertaron un fragmento de ADN humano en un plásmido que luego introdujeron en una bacteria, obteniendo así una proteína humana.

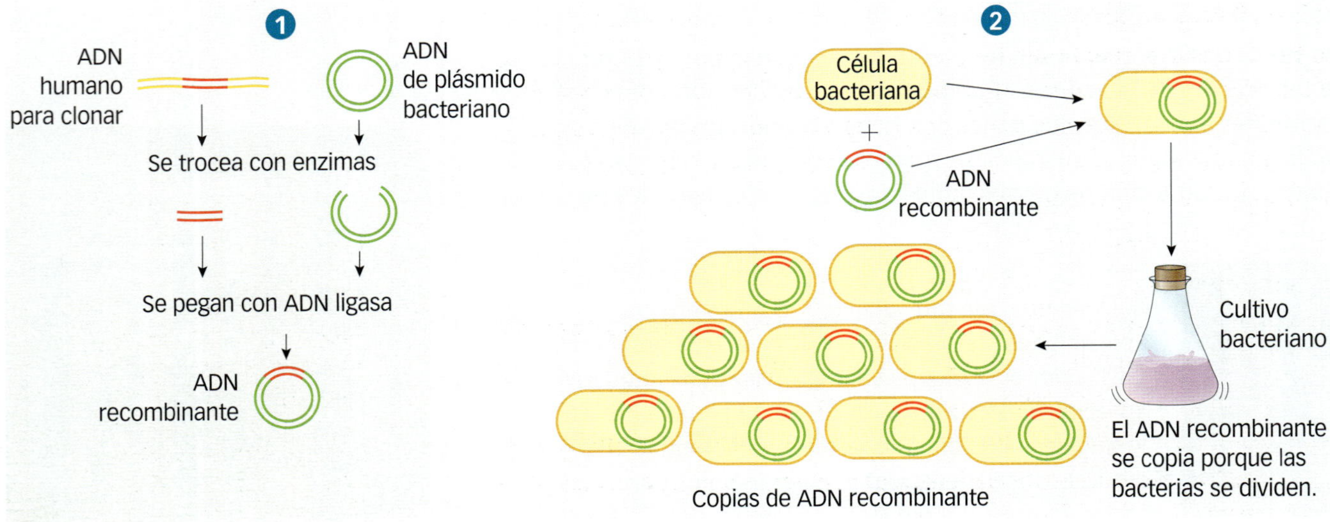

2 La fabricación de proteínas

Como resultado de aplicar la ingeniería genética a la obtención de productos comerciales, en 1976 nació una nueva industria: la biotecnología. A partir de entonces el ADN ya no solo interesaba a los biólogos, sino también a industrias muy diversas y de gran importancia económica.

El primer producto que se comercializó fue la **insulina humana** (Humulina®). La producción de insulina humana en el interior de bacterias permitió prescindir de las insulinas de cerdo o vaca que se venían inyectando los diabéticos y que, al no ser idénticas a la humana, podían causar algunos problemas relacionados con reacciones inmunológicas adversas (► Figura 5.2).

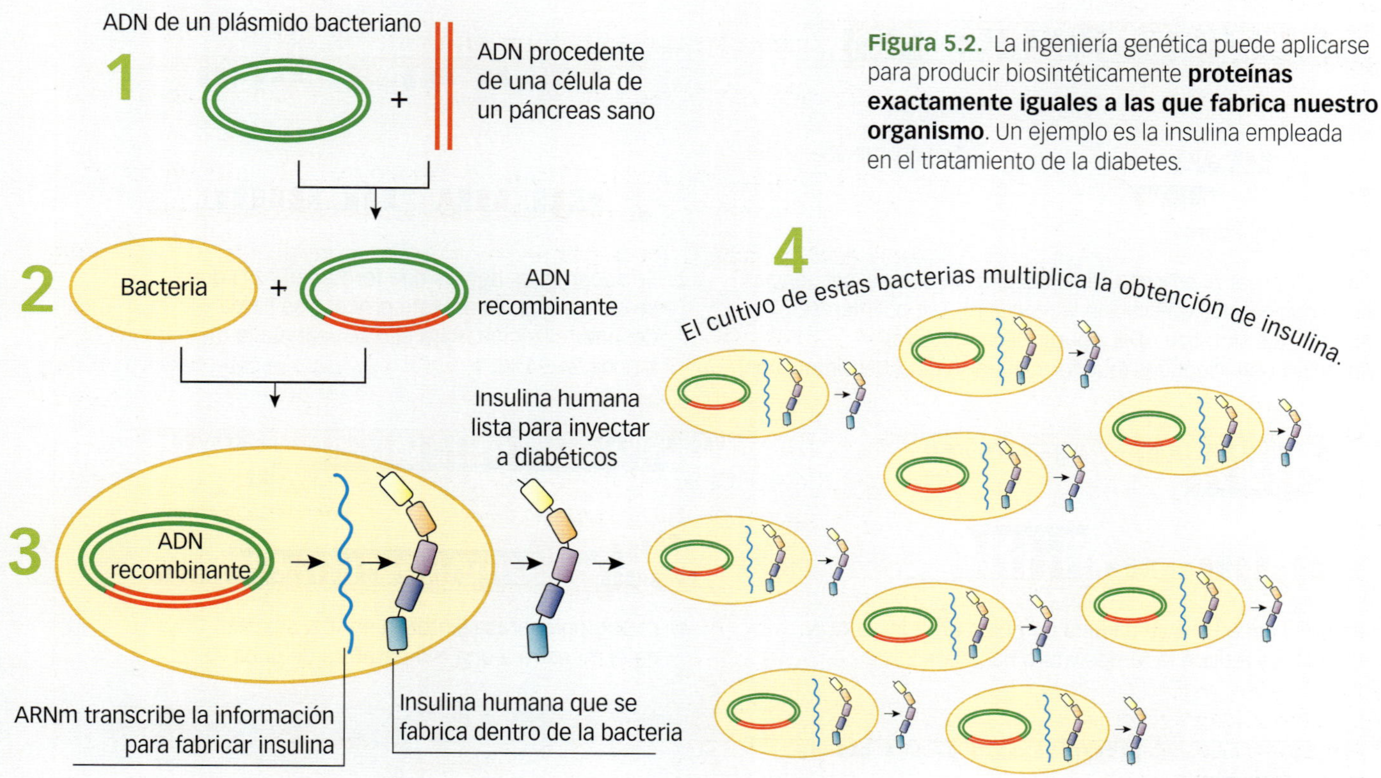

Figura 5.2. La ingeniería genética puede aplicarse para producir biosintéticamente **proteínas exactamente iguales a las que fabrica nuestro organismo**. Un ejemplo es la insulina empleada en el tratamiento de la diabetes.

Más proteínas recombinantes comercializadas por la industria farmacéutica:

- El **interferón humano**: para el tratamiento de la esclerosis múltiple.
- La **hormona de crecimiento**: para tratar el enanismo hipofisiario, que antes se trataba con hormona extraída de cerebros de cadáveres. Este procedimiento era costoso y provocaba infecciones en algunos casos.
- La **ADN polimerasa I**: para el tratamiento de la fibrosis quística.
- **Vacunas:** como la de la hepatitis B.
- En la industria alimentaria podemos citar:
  - La **quimosina** (para la elaboración de quesos duros).
  - La **somatotropina bovina** y la **hormona de crecimiento bovina** (para estimular la producción de leche en vacas).
- En la industria de detergentes cabe destacar:
  - La **Lipolasa**®: una lipasa (enzima) muy eficiente con la suciedad.
  - La **subtilisina**: una proteasa (enzima) resistente a la lejía y a las altas temperaturas.

ACTIVIDADES

1. Explica con tus propias palabras cómo se fabrica insulina humana.
2. ¿A qué llamamos ADN recombinante?

SABER MÁS

Taq polimerasa

Es una enzima termoestable aislada de una bacteria termófila (Taq) que vive en manantiales de agua caliente. Se utiliza para replicar el ADN en la PCR. Durante este proceso se llega a calentar la muestra de ADN a unos 95 °C y se inactivan las ADN polimerasas normales.

3 La reacción en cadena de la polimerasa (PCR)

La reacción en cadena de la polimerasa (PCR, del inglés *Polymerase Chain Reaction*) es una técnica que ha desempeñado un papel esencial en el avance de la genética. Fue desarrollada de 1983 a 1986 por **Kary B. Mullis** (n. 1944).

La técnica permite amplificar rápidamente muestras de ADN, es decir, obtener una cantidad apreciable de ADN a partir de una muestra muy pequeña; por ejemplo, una sola secuencia (▸ Figura 5.3).

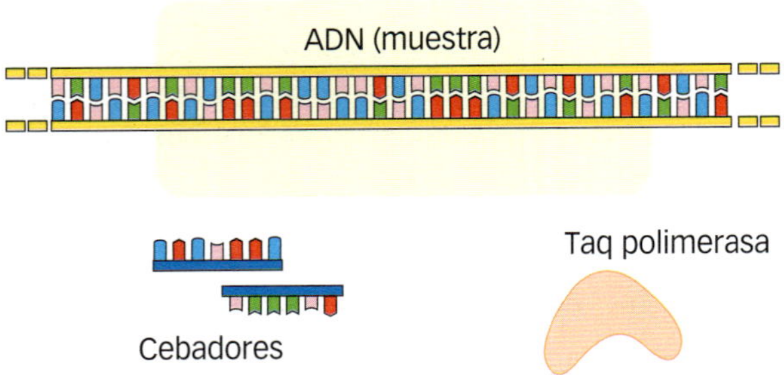

1. Para comenzar el proceso se necesitan: cebadores (secuencias de 20 nucleótidos que inician la reacción), Taq polimerasa (enzima que sintetiza ADN a partir de la muestra) y desoxirribonucleótidos (que forman parte del ADN sintetizado).

2. Se separan las hebras que forman el ADN que se quiere amplificar. Este proceso se llama desnaturalización. Para ello se calienta la muestra a unos 94-95 °C.

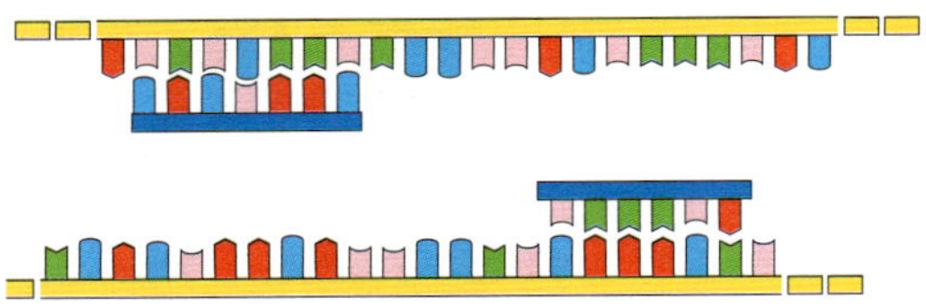

3. Se une el cebador a su cadena complementaria de ADN. Para ello se reduce la temperatura hasta los 55 °C.

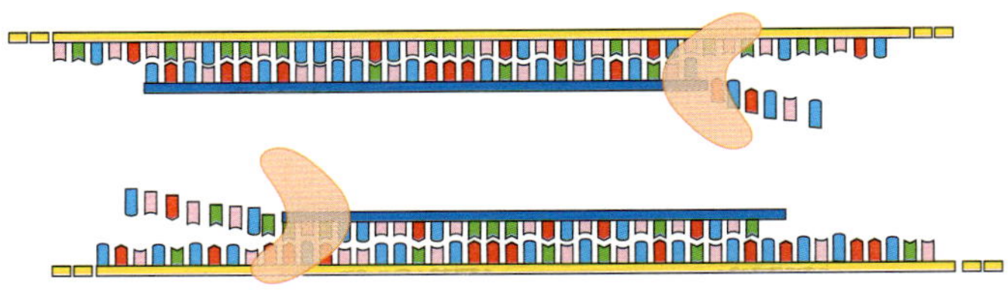

4. La Taq polimerasa sintetiza el ADN a partir de la muestra a una temperatura de unos 72 °C.

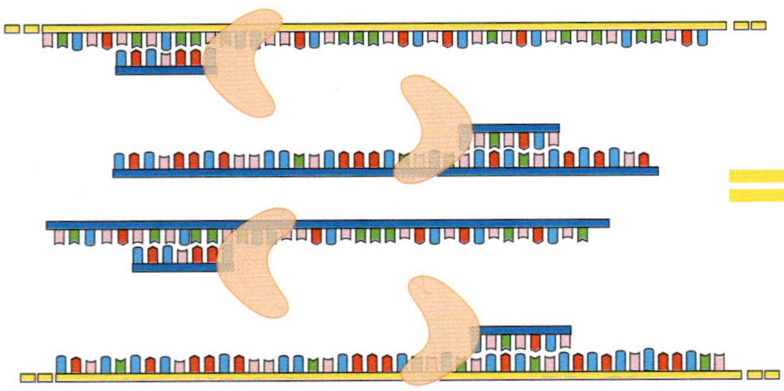

5. Las cadenas se separan y el proceso se repite de nuevo: unión de los cebadores, intervención de la Taq polimerasa, etc.

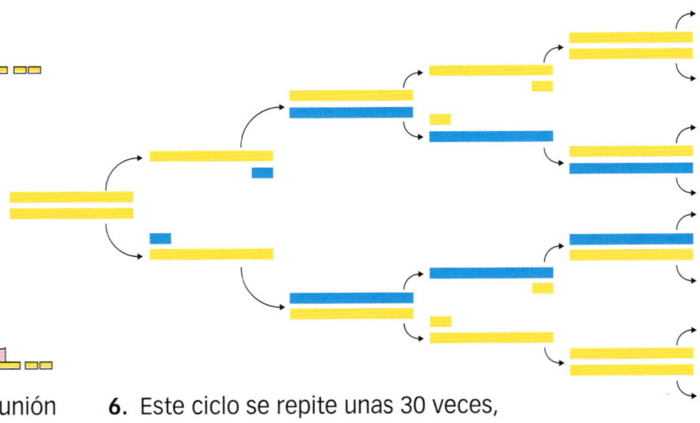

6. Este ciclo se repite unas 30 veces, tras lo cual tenemos una muestra de ADN exactamente igual al ADN inicial, pero en mayor cantidad. Para conservar la muestra se reduce la temperatura a unos 4 °C.

Algunas de las aplicaciones de la PCR son:

- Diagnóstico de enfermedades infecciosas y hereditarias.
- Identificación y análisis mediante ADN.
- Secuenciación de ADN.
- Estudios relacionados con la evolución.

Figura 5.3. Esquema de la PCR.

4 Los transgénicos

Desde hace miles de años el ser humano ha realizado cruces selectivos de plantas y animales para conseguir mejores variedades vegetales o mejores animales domesticados. Este proceso se denomina **selección artificial** (▶ Figura 5.4).

Sin embargo, ahora la biotecnología nos permite generar variantes de interés utilizando ADN recombinante. Estas técnicas consisten en introducir en una especie genes de otra especie diferente que le confieren nuevas características.

Se denominan **organismos transgénicos** los organismos modificados genéticamente (OMG) que portan algún gen de otra especie (**transgén**).

De esta forma, por ejemplo, se han obtenido:

ej.: arroz dorado
bacterias que comen petróleo

- **Bacterias superdegradadoras** de petróleo.
- **Bacterias productoras de plásticos biodegradables.**
- **Plantas con resistencia a insectos** productores de plagas (lo que evita el uso de plaguicidas y su toxicidad asociada), como el maíz tóxico para las orugas.

La biotecnología permite introducir material genético gen a gen en una especie de manera precisa; es como disponer de unas «pinzas genéticas». Sin duda, son muchos los campos en los que la biotecnología empieza a dar soluciones a problemas pendientes, al permitir conseguir alimentos más baratos y nutritivos.

La producción de organismos transgénicos está sometida a controles muy estrictos, siguiendo las recomendaciones de la Organización Mundial de la Salud, para evitar que se produzcan riesgos sanitarios o ambientales cuando se desarrollen a nivel agropecuario. Así, el maíz transgénico, resistente al ataque de las orugas, produce una proteína que revienta el tubo digestivo de estos insectos, pero es inocua para los mamíferos.

La polémica en la producción de transgénicos se debe, además de a su potencial riesgo biológico, al hecho de que son organismos sujetos a patentes, cuyos propietarios ejercen sus derechos económicos sobre los mismos (▶ Figura 5.5).

Además, como los insectos son los seres vivos que evolucionan más rápidamente, ya se están dando casos de cultivos transgénicos que son atacados por algunos insectos.

Superficie de cultivos transgénicos (millones de hectáreas plantadas)

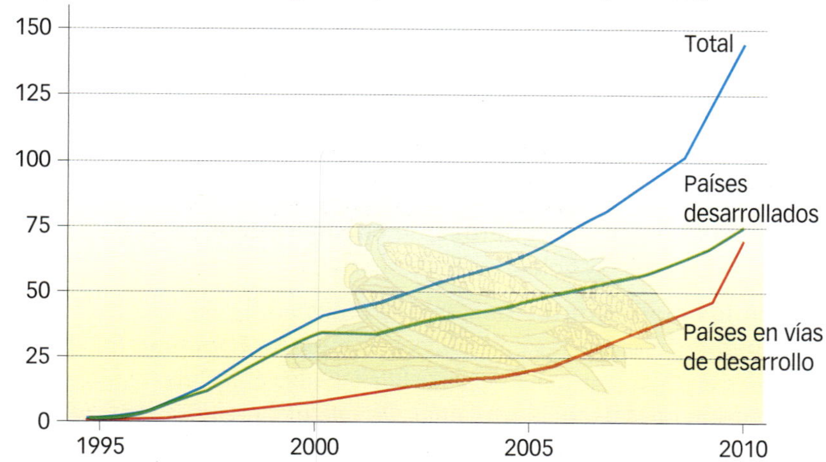

Figura 5.4. Fragmento del cuadro *La cosecha*, de Pieter Brueghel (1565). Los agricultores, a lo largo de la historia, han seleccionado las semillas más adecuadas para el cultivo: aquellos organismos cuyos genes son más aptos de cara a aumentar el rendimiento de las cosechas.

SABER MÁS

La mala prensa de los transgénicos

Los alimentos transgénicos no gozan de muy buena fama. La principal objeción que se plantea es que todavía no conocemos sus efectos sobre la salud, pero aún no hay datos que indiquen que suponen un riesgo.

Por otro lado, aunque el coste de la semilla es elevado, los cultivos transgénicos son rentables económicamente hablando.

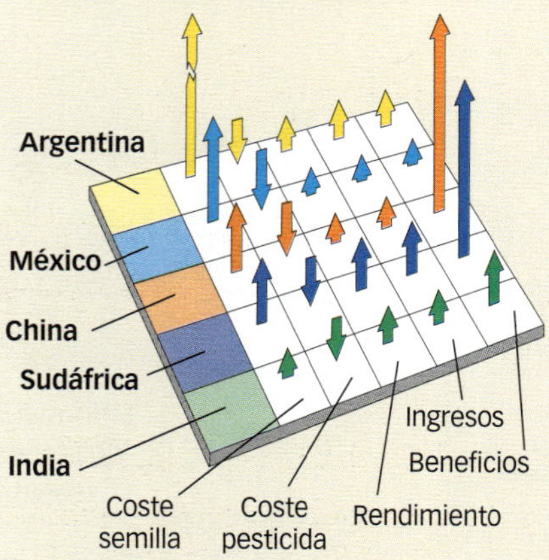

Figura 5.5. Los transgénicos en el mundo. Uno de los inconvenientes que puede tener el uso de semillas transgénicas para los pequeños agricultores es el elevado precio. Fuente: Clive James (2010).

5 Células madre y clonación

Las **células madre** son células con capacidad de dividirse y diferenciarse dando lugar a distintos tipos celulares: células de la piel, células óseas, células musculares, etc. (▶ Figura 5.6).

Las células madre se llaman así porque de ellas es posible obtener las diferentes células del cuerpo humano, como ocurre con las células madre embrionarias, de las cuales se originan todas las demás células de nuestro cuerpo.

La importancia de las células madre radica en la posibilidad de fabricar, a partir de una sola célula, tejidos y órganos que tendrán su misma información genética. Estos órganos podrían ser utilizados en autotrasplantes, evitando así problemas de rechazo.

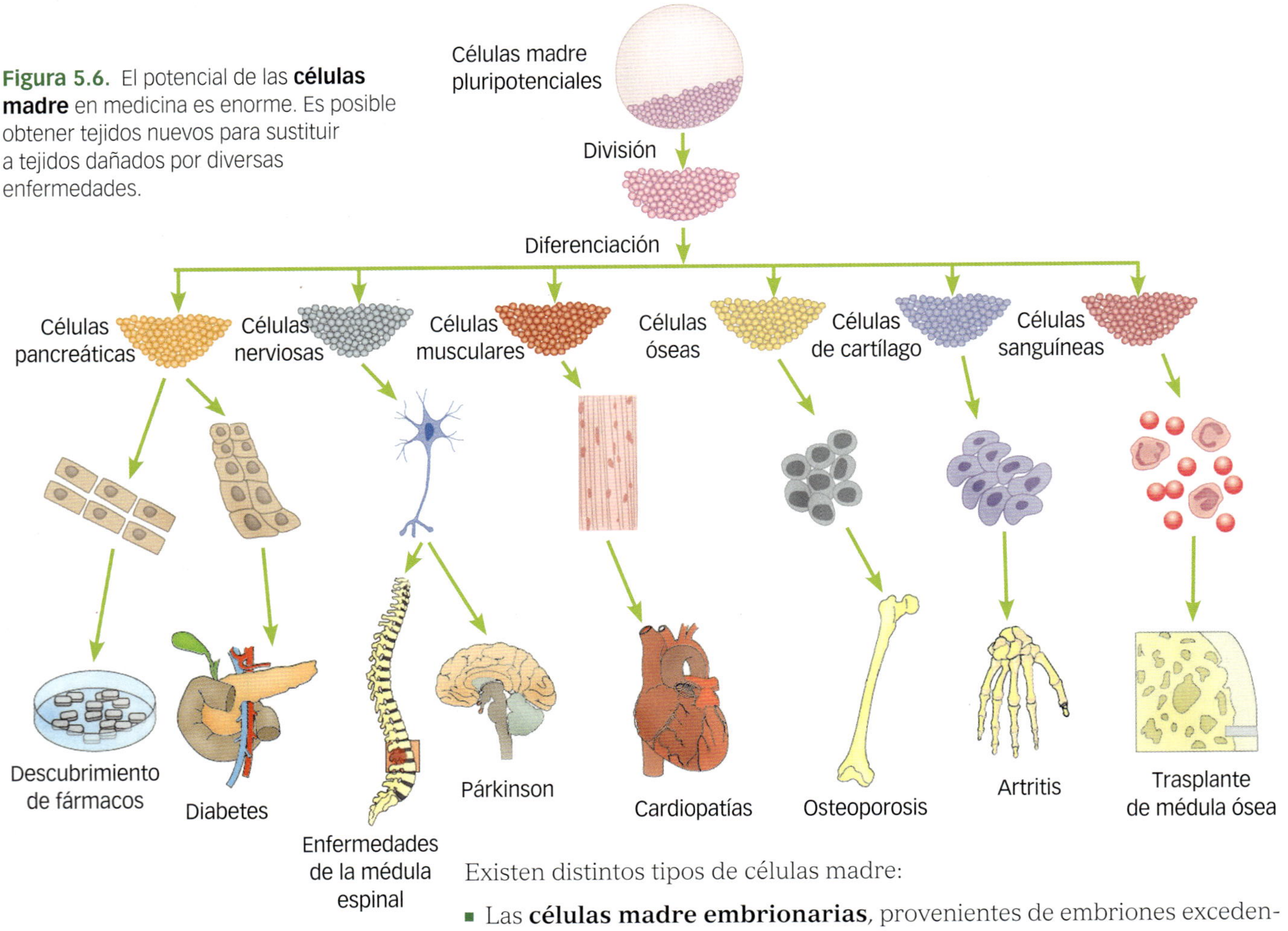

Figura 5.6. El potencial de las **células madre** en medicina es enorme. Es posible obtener tejidos nuevos para sustituir a tejidos dañados por diversas enfermedades.

Existen distintos tipos de células madre:

- Las **células madre embrionarias**, provenientes de embriones excedentes de **fertilización *in vitro***. Su uso presenta problemas éticos.
- Las **células madre procedentes de cordón umbilical o de adultos**. Su uso no presenta problemas éticos.
- Las **células madre inducidas**, que se obtienen de células adultas de la piel. Fueron descubiertas en 2007 por **James A. Thomson** (n. 1958). El objetivo es convertir estas nuevas células madre en células diferenciadas (neuronas, células pancreáticas, etc.). De esta manera desaparecen las objeciones éticas del trabajo con células madre embrionarias (▶ Figura 5.7).

ACTIVIDADES

3. ¿Por qué se invierte tanto dinero en la investigación con células madre?

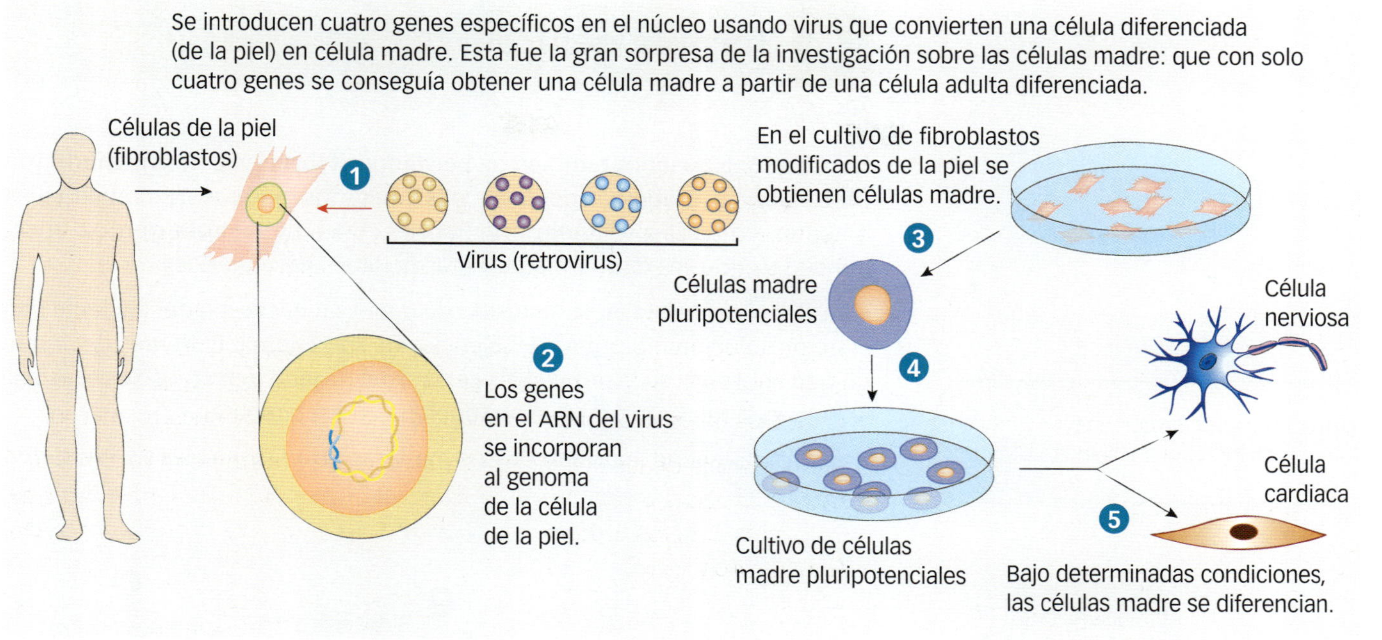

Figura 5.7. Procedimiento de obtención de células madre inducidas (reprogramación celular). En 2007 se anunció la obtención de células madre a partir de células adultas de la piel porque estas tienen una reproducción más fácil y rápida. Además, son células de mayor tamaño, lo que facilita su manipulación. Esto evita la utilización de embriones, que presenta problemas éticos.

¿Por qué se usan los virus?

Los virus tienen una enorme capacidad de infectar a las células al introducir en ellas su material genético. Si sustituimos el material genético propio del virus por el que necesita la célula, estamos convirtiendo el virus en un estupendo mensajero. El virus sería como el caballo de Troya: en su interior lleva la información genética que se incorporará al genoma de la célula.

INFORMACIÓN CLAVE

Clonación de animales

La clonación de animales se puede realizar mediante dos métodos diferentes:

- Por **partición de embriones tempranos**. Este proceso es similar a la formación de gemelos naturales.
- Mediante **transferencia del núcleo de una célula adulta** a un óvulo enucleado (sin núcleo); así se clonó la oveja Dolly en 1997 (▸ Figura 5.8).

El genoma de los clones es idéntico al de su progenitor (como el de los gemelos idénticos), mientras que el de los individuos que provienen de reproducción sexual es mezcla de los genomas de los dos progenitores.

En la actualidad, la clonación de animales es una técnica compleja que produce individuos que suelen vivir menos y son más propensos a ciertas enfermedades, por lo que se sigue investigando en este campo.

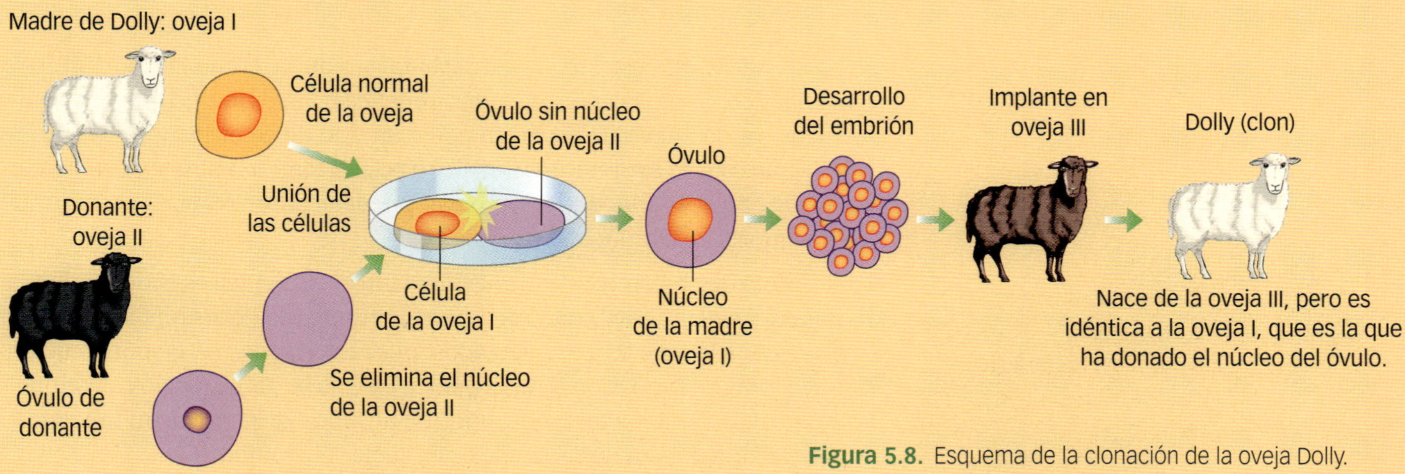

Figura 5.8. Esquema de la clonación de la oveja Dolly.

6 Terapia génica

La ingeniería genética también ha permitido el despegue de una **medicina molecular** que, además de desarrollar métodos diagnósticos mucho más potentes, empieza a vislumbrar lo que se denomina **terapia génica**, encaminada a curar las denominadas enfermedades hereditarias.

Esta terapia consiste en la inclusión de genes en el cuerpo del paciente con el fin de solucionar alguna «deficiencia» de su genoma. Podemos decir que un gen «normal» se inserta en las células del órgano defectuoso del paciente para sustituir a un gen que no funciona correctamente.

Liposoma: vesícula con una membrana formada por lípidos.

Esta terapia puede aplicarse de dos maneras: ***in vivo*** (► Figura 5.9) o ***ex vivo*** (► Figura 5.10).

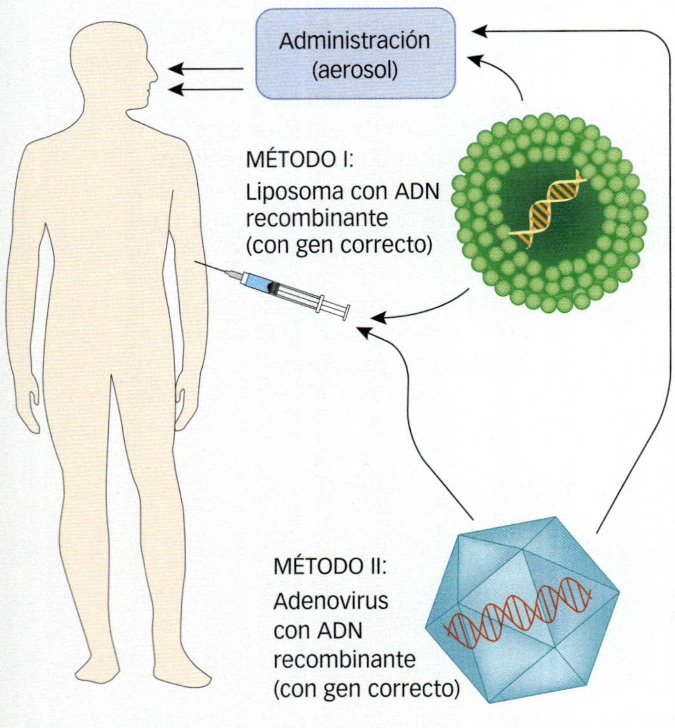

Figura 5.9. En la técnica ***in vivo*** se introduce en el paciente el ADN recombinante mediante un liposoma o mediante un virus. En los dos casos, liposoma y virus llevan el gen correcto.

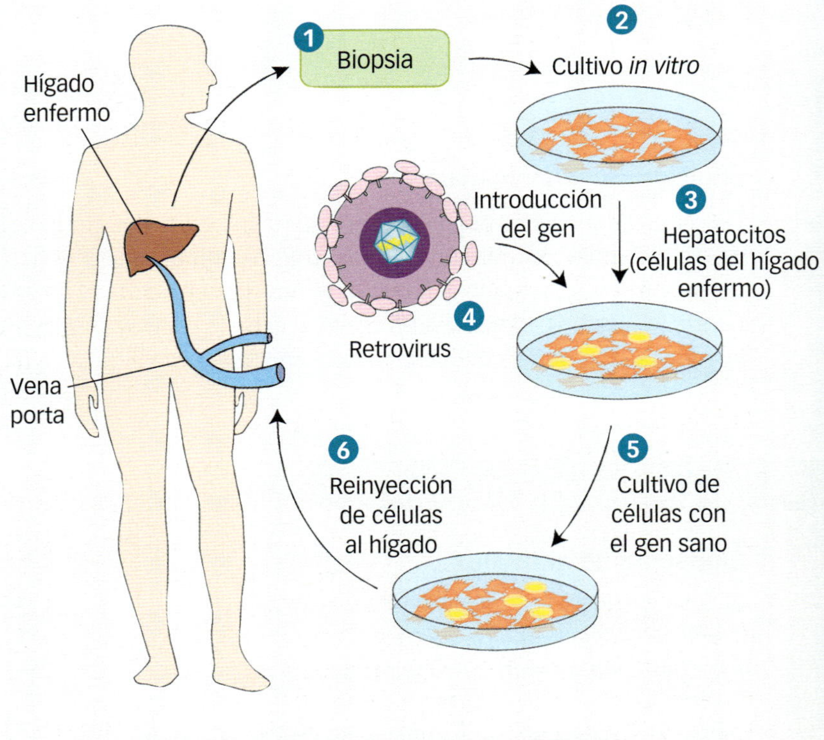

Figura 5.10. En la técnica ***ex vivo*** se extraen células del paciente, se cultivan con el ADN recombinante deseado y luego las células modificadas se vuelven a introducir en el paciente.

Sobre el papel esta estrategia se presenta, sin duda, como la solución perfecta para corregir las enfermedades genéticas. Sin embargo, plantea retos técnicos, ya que hay que llevar un gen a un tipo de célula específico y conseguir que este se exprese de forma correcta. Y también plantea problemas de seguridad: los virus que se emplean pueden causar respuestas inmunológicas mortales o inducir cáncer.

Un ejemplo de enfermedad curable mediante esta técnica es la denominada inmunodeficiencia combinada severa o «enfermedad de los niños burbuja», que ocasiona la muerte a los afectados, pues estos niños no disponen de un sistema inmune sano. Con terapia génica *ex vivo* se han logrado salvar nueve de cada diez niños tratados, aunque algunos desarrollaron leucemia. Afortunadamente, en niños la leucemia suele ser tratable.

ACTIVIDADES

4. Explica las diferencias entre los dos tipos de terapia génica que acabas de estudiar.

7 Identificación genética

Las aplicaciones de la ingeniería genética se extienden también a la **medicina forense**. Se han desarrollado técnicas que permiten identificar al culpable de un crimen, comparando su ADN con el encontrado en el lugar del delito. La técnica se basa en la comparación de regiones de nuestro genoma que son con frecuencia altamente repetitivas, y cuya secuencia es muy improbable que coincida en dos individuos, salvo que sean gemelos idénticos.

Esta identificación también se emplea en pruebas de paternidad o en identificación de víctimas de accidentes, catástrofes naturales, etc. Además, ha permitido determinar la compatibilidad en la donación de órganos y el seguimiento de las migraciones de los humanos durante la prehistoria.

SABER HACER

Identificar las huellas genéticas

El ADN de distintas personas tiene mucho en común. Sin embargo, también existen diferencias. Precisamente estas diferencias son las que se usan para identificar personas a partir de rastros de ADN.

El fundamento del proceso es que existen repeticiones de unos pocos nucleótidos (de 2 a 5 normalmente) en determinados cromosomas.

Estas repeticiones se llaman **repeticiones en tándem cortas** (STR, del inglés *Short Tandem Repeats*) (▸ Figura 5.11). Por ejemplo, en el cromosoma 7 la secuencia G-A-T-A se repite entre 6 y 15 veces.

En principio, el que exista una coincidencia en el número de repeticiones del ADN tomado en el lugar del delito y el ADN del sospechoso no implica necesariamente que se trate de la misma persona. La clave reside en contar estas repeticiones en diferentes regiones de distintos cromosomas y llevar a cabo una comparación entre el ADN procedente del lugar del delito y el ADN de las personas sospechosas.

Cuando se producen coincidencias en múltiples regiones, entonces tenemos indicios de que ambas muestras de ADN pertenecen a la misma persona. En el caso que hemos representado a la derecha, las repeticiones del ADN encontrado en el lugar del crimen coinciden con las repeticiones del ADN del sospechoso 2, que es el criminal.

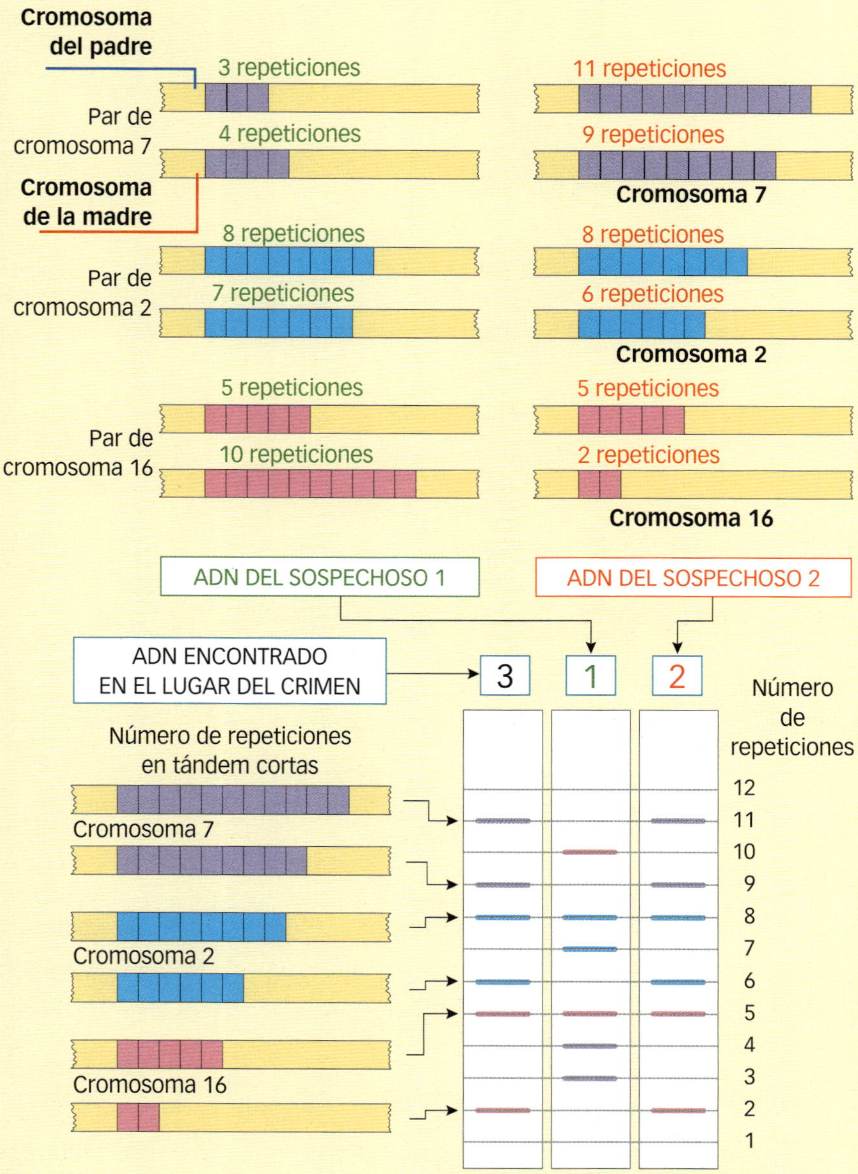

Figura 5.11. Método para la identificación de secuencias de ADN.

Cada línea de la secuencia repetida se representa en el diagrama.

RESUMEN

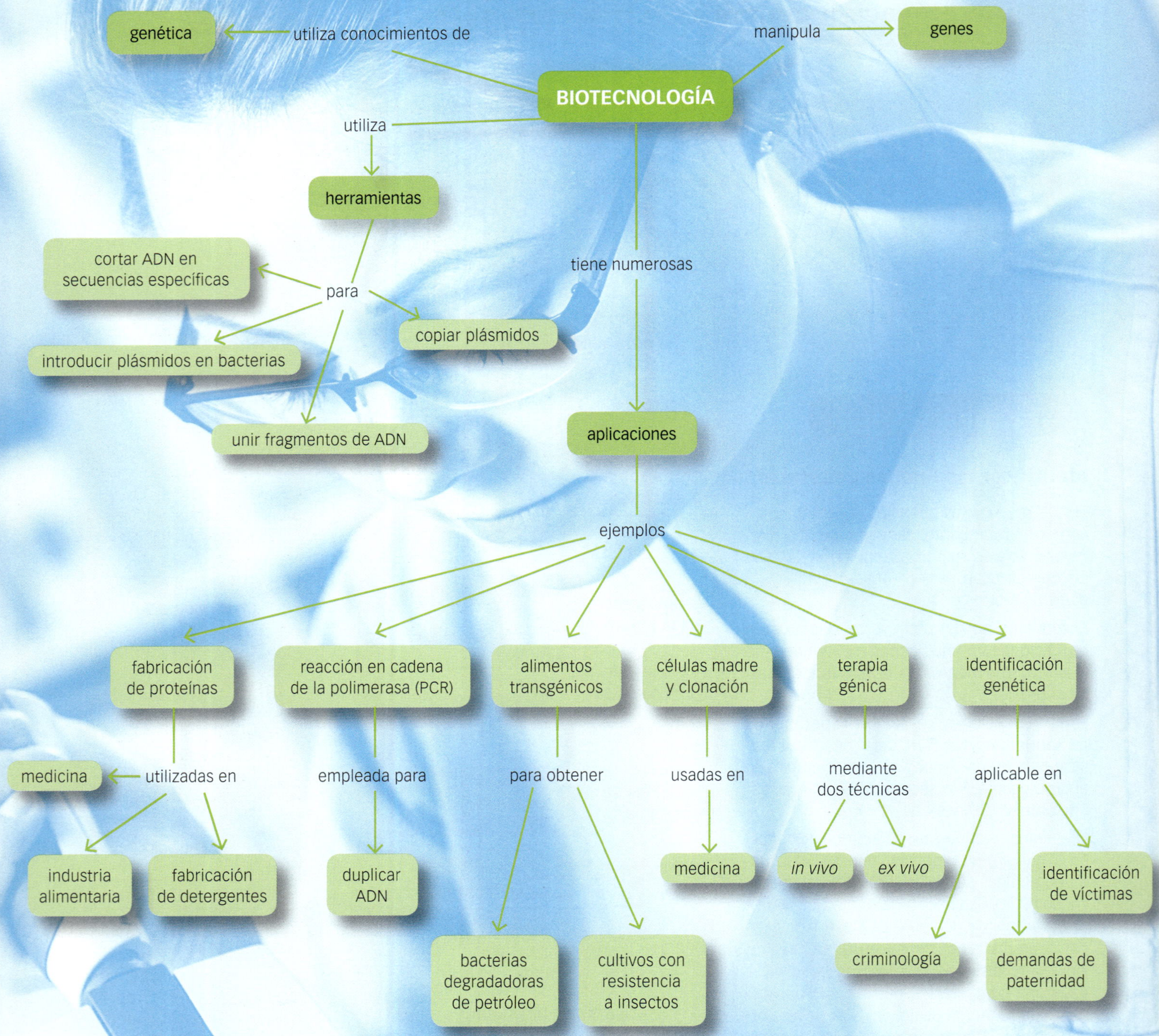

ACTIVIDADES

5. ¿Qué relación existe entre la biotecnología y la genética?

6. ¿Por qué decimos que la biotecnología no interesa ya únicamente a los biólogos?

7. ¿Qué se consigue mediante la técnica de la PCR?

8. ¿Qué relación existe entre la selección artificial de cultivos y los cultivos transgénicos?

9. Contesta las siguientes preguntas:

a) ¿Qué son las células madre?

b) ¿Por qué son tan importantes las células madre?

10. ¿En qué se diferencia la terapia génica de la medicina convencional?

11. ¿En qué se basa la técnica de identificación de personas mediante ADN?

Debatir sobre el uso de células madre para curar enfermedades

Todos hemos oído hablar de las enormes expectativas que la investigación en células madre ofrece para el tratamiento de un amplio tipo de enfermedades y condiciones. Sin embargo, todavía se necesita un enorme trabajo para conseguir que esta investigación sea útil en tratamientos seguros y eficaces.

La Sociedad Internacional para la Investigación con Células Madre (*International Society for Stem Cell Research,* ISSCR) es consciente de que terapias con células madre están siendo usadas y vendidas en todo el mundo antes de que hayan sido probadas como seguras y efectivas.

Prácticamente todas las terapias con células madre son nuevas y experimentales. En estas primeras fases puede que no funcionen, y podrían incluso mostrar efectos negativos. Por tanto, debemos estar seguros de que entendemos lo que estamos buscando antes de considerar la aplicación terapéutica con células madre.

Recuerde que la mayoría de los descubrimientos médicos se basan en años de investigación desarrollados en universidades y empresas. Hay un largo proceso que comienza con un trabajo de laboratorio y luego con una investigación clínica para demostrar que el proceso es seguro y funciona. [...]

¿Qué significado tiene esto para usted como paciente, médico, amigo o familiar? A continuación le ofrecemos una serie de respuestas para algunas de las preguntas más frecuentes sobre células madre y terapias con células madre, con el fin de aportar las claves que usted y su médico necesitan para tomar la mejor decisión a la hora de afrontar un posible tratamiento.

1. ¿Qué son las células madre?

Las células madre se definen a través de dos de sus propiedades. La primera es que son capaces de autorrenovarse, es decir, que pueden dividirse y generar más células madre del mismo tipo. La segunda es que pueden madurar o diferenciarse en células especializadas capaces de llevar a cabo funciones específicas, como la piel, el músculo o la sangre.

Hay muchos tipos diferentes de células madre. Estas incluyen las células madre embrionarias, que existen solo en los primeros estadios del desarrollo, y varios tipos de células madre tejido específicas (también denominadas células madre adultas o somáticas) que se encuentran en distintos tejidos del cuerpo humano. Recientemente se han generado por ingeniería genética células con propiedades similares a las células madre embrionarias, pero derivadas de células ya especializadas, como las células de la piel, y que se denominan células pluripotentes inducidas (o células iPS). [...]

2. ¿Qué es una terapia con células madre?

Una terapia con células madre es un tratamiento que usa células madre o células que derivan de células madre para reemplazar o reparar células dañadas de pacientes. Las células madre podrían ser puestas en la sangre, trasplantadas directamente en el tejido dañado o reclutadas de los tejidos del propio paciente para su autorreparación.

3. ¿Para qué tipo de enfermedades o condiciones se están utilizando tratamientos con células madre?

El rango de enfermedades para las cuales hay tratamientos establecidos basados en células madre es aún muy pequeño. Algunos problemas hematológicos y del sistema inmune, y en caso de trasplante de células de médula ósea, pueden, en algunos casos, ser tratados eficazmente con células madre del sistema hematopoyético.

Los médicos han estado transfiriendo células progenitoras hematopoyéticas mediante trasplantes de células madre sanguíneas desde hace más de 50 años, y se ha avanzado mucho en las técnicas de recolección de células madre sanguíneas que se usan clínicamente en la actualidad. El cordón umbilical, al igual que las células de la médula ósea, se usa actualmente como fuente de células madre sanguíneas y está siendo utilizado experimentalmente como una alternativa a los trasplantes realizados con células de la médula ósea.

Otras células madre tejido específicas podrían jugar también un papel en el trasplante de tejidos que han sido llevados a cabo en los últimos años. En tejidos y órganos, como la piel o la córnea, las células madre presentes en estos tejidos contribuyen a su regeneración a largo plazo.

Otros tratamientos con células madre siguen siendo experimentales, lo que significa que todavía no ha sido demostrado que sean seguros y/o funcionales. [...]

Fuente: *Manual del Paciente sobre Terapias con Células Madre* (ISSCR*).

(*) El ISSCR es una organización profesional sin ánimo de lucro en investigación sobre células madre implicada en asegurar que la investigación con células madre se realiza con las mejores garantías de seguridad, efectividad y buenas prácticas.

ACTIVIDADES

12. Explica con tus propias palabras qué son las células madre. Señala en qué se diferencian unos tipos de células madre de otras.

13. ¿Qué medidas deben tomarse antes de comenzar un tratamiento a un enfermo mediante células madre?

14. Explica la última frase del documento.

15. Dividid la clase en dos grupos y realizad un debate.

- Uno debe apoyar el tratamiento de enfermedades con células madre, aunque se siga investigando.
- El otro grupo debe oponerse al tratamiento de enfermedades con células madre.

16. Busca en la prensa alguna noticia relacionada con el uso terapéutico de células madre. Resume los puntos principales y preséntala a tus compañeros.

ACTIVIDADES FINALES

17. Contesta las siguientes cuestiones:

a) ¿Qué es la ingeniería genética? Cita algunas de sus aplicaciones.

b) Explica la utilidad del ADN recombinante en la fabricación industrial de proteínas.

18. ¿Es lo mismo ADN recombinante que plásmido? Razona tu respuesta.

19. Algunas bacterias fueron las primeras herramientas de ingeniería genética, pero ¿por qué es más fácil la manipulación genética de las bacterias que la de las células de otros organismos? Copia en tu cuaderno la respuesta o las respuestas correctas.

a) Por su gran tamaño.

b) Porque carecen de membrana nuclear.

c) Por su rápida replicación.

d) Porque no tienen genes.

20. ¿Cómo puede aplicarse la ingeniería genética para producir moléculas que sean exactamente iguales a las que fabrica nuestro propio organismo? Explica tu respuesta mediante un esquema sencillo.

21. La siguiente fotografía corresponde a una cría de mamut (animal extinguido) de unos 10 000 años de antigüedad que se ha encontrado congelada en Siberia (Rusia). Supón que de alguna de sus células pudiese extraerse material genético en buen estado y este fuese incorporado al óvulo de una elefanta (una vez extraído el material genético del mismo).

a) ¿Qué ocurriría con la cría? Copia en tu cuaderno la respuesta correcta.

- Saldría un elefante.
- Saldría un híbrido entre mamut y elefante.
- Saldría un mamut.

b) ¿Y si lo que se consiguiese fuese esperma viable y con él se fecundase el óvulo del elefante hembra? Escribe en tu cuaderno la respuesta correcta.

- Saldría un elefante.
- Saldría un híbrido entre mamut y elefante.
- Saldría un mamut.

22. Relaciona ingeniería genética y alimentos transgénicos. ¿En qué se diferencian los cultivos transgénicos de los cultivos obtenidos por selección artificial?

23. Contesta las siguientes cuestiones:

a) ¿Qué quiere decir que un animal es un clon de otro?

b) ¿De qué modos pueden obtenerse clones?

24. Explica en pocas palabras: ¿qué utilidades tiene la técnica conocida como PCR?

25. Busca en Internet argumentos a favor y en contra de los alimentos transgénicos.

26. Une cada palabra con la frase adecuada en tu cuaderno:

PCR ▪	▪ Técnica para multiplicar ADN.
Células madre ▪	▪ Organismo genéticamente modificado.
Clonación ▪	▪ Obtención de individuos con igual dotación genética.
Transgénico ▪	▪ Sirven para obtener por diferenciación células de todos los tejidos.

27. Explica el siguiente esquema sobre una de las aplicaciones del ADN recombinante: fabricación de la hormona del crecimiento. ¿Qué etapa falta para completar el proceso?

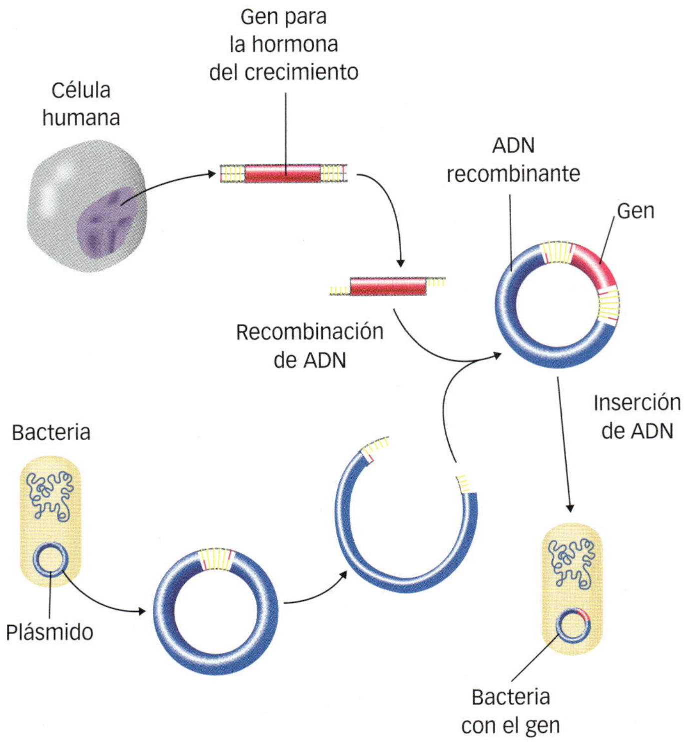

28. La PCR es una técnica que revolucionó la investigación genética pues facilita la amplificación de ADN. Para llevarla a cabo se emplea un aparato llamado termociclador. Esta gráfica muestra cómo varía la temperatura.

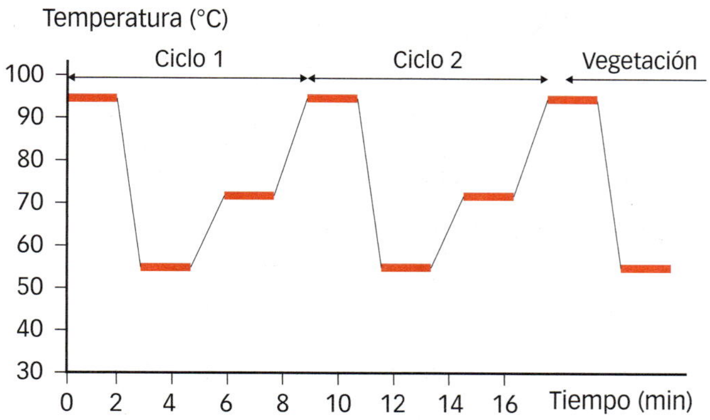

a) Explica por qué se llama al aparato termociclador.

Observa ahora cómo se multiplica el ADN en el termociclador.

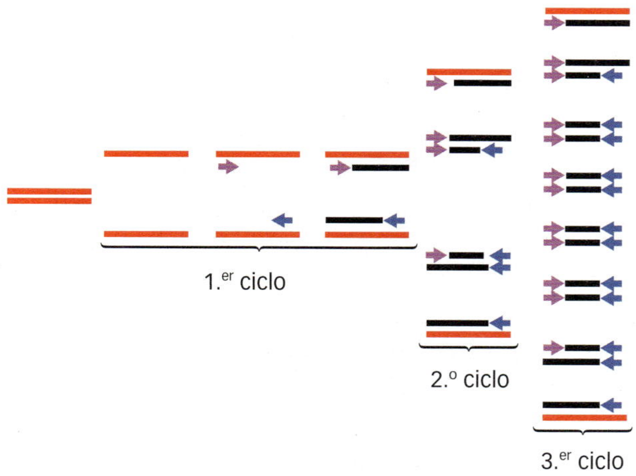

b) Relaciona el esquema con la gráfica anterior.

c) ¿Cuál será la amplificación del ADN obtenida al cabo de 5 ciclos?

d) ¿Y al cabo de 20 ciclos?

29. Crea una entrada para el blog de la asignatura dedicado a la investigación, el uso de células madre y sus implicaciones éticas. (Puedes emplear, por ejemplo, herramientas como Blogger o WordPress).

Investiga sobre la legislación actual en España y menciona las principales líneas de investigación en la actualidad.

Recoge en tu artículo:

- Cuáles son los principales centros de investigación.
- Quiénes son los principales investigadores.
- Qué dificultades se encuentran durante la investigación.

30. El individuo del dibujo es diabético. Las células de su páncreas, por una anomalía genética, no producen insulina.

¿Qué técnica representa el siguiente esquema para solucionar su problema?

Ordena los textos en tu cuaderno asociando cada uno de ellos a un número.

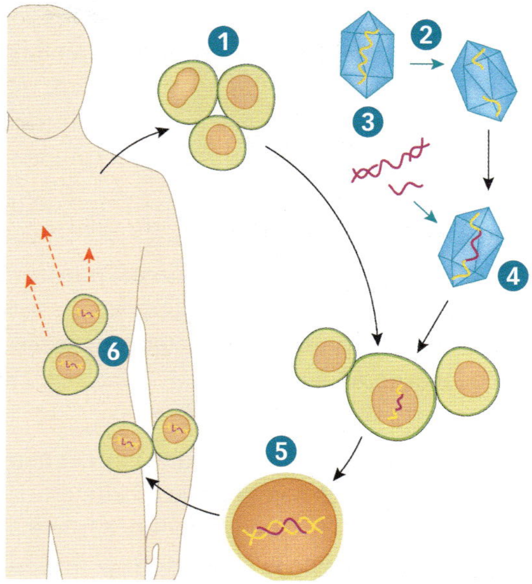

- Se obtienen células del enfermo.
- Se inyectan en el páncreas del paciente y estas ya producen insulina.
- Las células quedan modificadas genéticamente.
- Se inserta un gen que produce correctamente la insulina.
- En el laboratorio se elimina la información genética que permite la replicación del virus.
- El virus modificado se introduce en las células extraídas del paciente.

31. Explica el esquema siguiente, que muestra cuáles son los procesos que se llevan a cabo en terapias en las que intervienen células madre.

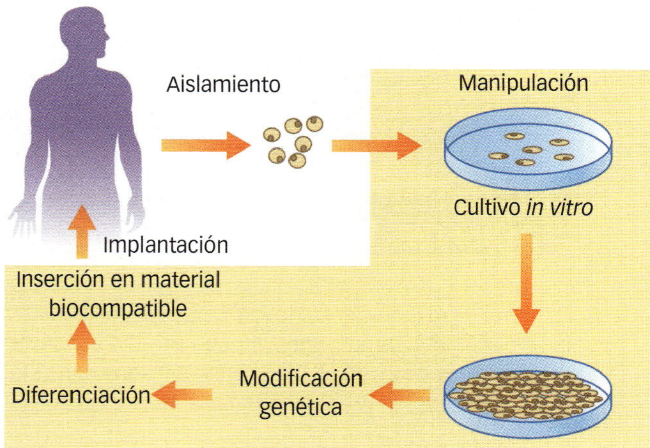

- ¿Qué ventajas terapéuticas tiene el uso de células madre con origen en el propio paciente?

32. ¿Cómo se emplea el ADN para identificar personas?

33. El uso de células madre de origen embrionario, los alimentos transgénicos o la clonación han despertado debate en la sociedad. Busca más información sobre estos temas u otros estudiados en esta unidad y elabora una presentación multimedia para exponer en el aula.

CIENCIA EN TU VIDA

Terapia génica aplicada al cáncer

Los científicos tienen depositadas muchas esperanzas en la terapia génica para tratar numerosas enfermedades, entre ellas el cáncer. Esta técnica introduce material genético en un organismo, bien ARN o ADN, con el objetivo de corregir el funcionamiento de algún gen para curar así la enfermedad.

Pero introducir ADN en el organismo de manera directa no es posible habitualmente. Por ello se emplean elementos portadores o **vectores**, que normalmente son **virus**. Estos virus, que deberían ser inocuos para el paciente, transportan el material genético necesario y lo incorporan a las células del paciente. De esta manera se pueden lograr dos objetivos:

- **Al actuar sobre las células cancerosas** (A) pueden destruirlas o impedir el crecimiento del tumor. Por ejemplo, el material genético introducido puede conseguir que la quimioterapia o la radioterapia sean más eficaces en su lucha contra los tumores.

  O se pueden emplear genes «suicidas» que destruyen la célula cancerosa. Esto se consigue mediante un fármaco tóxico que afecta únicamente a las células enfermas que han adoptado el gen suicida.

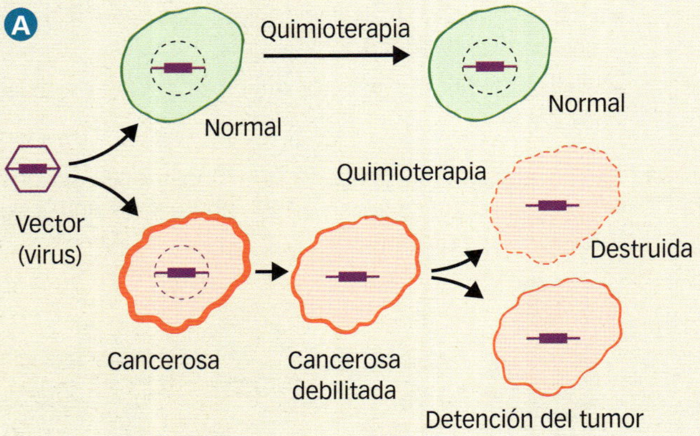

- **Al actuar sobre las células sanas** (B) permiten combatir el cáncer más eficazmente. Por ejemplo, con estos vectores se puede conseguir que las células sanas formadas en el organismo sean más resistentes a ciertos fármacos agresivos empleados en la lucha contra los tumores.

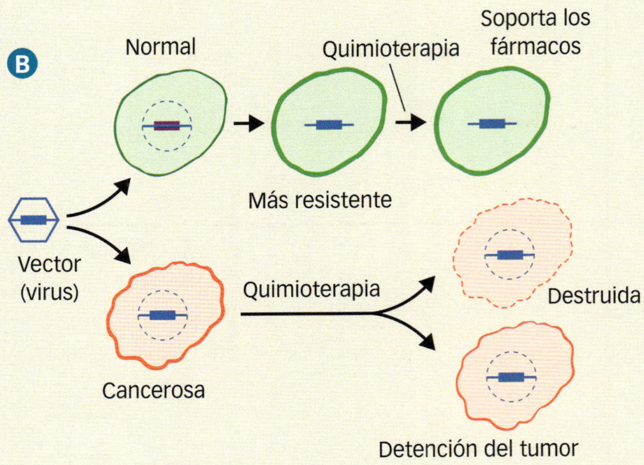

El método puede desarrollarse tanto en el interior del paciente, inyectándole el vector correspondiente, o externamente, extrayendo las células a tratar, contaminándolas con el virus adecuado y volviendo a inyectarlas en el paciente.

Los científicos están probando distintos tipos de virus como vectores con el objetivo de minimizar los daños sobre el paciente. Y evitar, por ejemplo, que este responda destruyendo tejidos u órganos en los que se han introducido los vectores con el gen modificado.

La terapia génica se ha aplicado también con éxito en el tratamiento de ciertos tipos de ceguera o en pacientes con hemofilia.

¿Qué nos falta por descubrir?

La genética es una ciencia joven, y sus aplicaciones lo son aún más. Queda, pues, mucho camino por recorrer y, aunque los avances en las últimas décadas han sido espectaculares, se presentan todavía numerosos desafíos:

- Ampliar y mejorar la producción de proteínas y otras moléculas orgánicas complejas.
- Anticipar en lo posible el diagnóstico de enfermedades y tomar las precauciones necesarias para evitar la transmisión de enfermedades de padres a hijos, incluyendo las enfermedades consideradas «raras».
- Desarrollar tratamientos de enfermedades basados en células madre. En el futuro se pueden lograr órganos completos de esta manera. Esto conseguiría minimizar la necesidad de un trasplante y reducir los efectos de rechazo.
- Generar cultivos transgénicos más eficientes y resistentes con garantías para la salud de las personas.
- Personalizar las terapias para adaptarlas a las características del enfermo. No todas las técnicas de terapia génica, por ejemplo, pueden aplicarse de la misma manera y con la misma intensidad en todos los pacientes.
- Desarrollar terapias génicas adaptadas a diferentes enfermedades, minimizando los daños sobre el enfermo.
- Mejorar la eficacia de las técnicas de identificación a partir de material genético.

6 Un mundo digital

CONTENIDOS

Microfotografía de un circuito integrado.

Vivimos en un mundo digital. Ya no tenemos cámaras fotográficas analógicas, con carretes de película, sino cámaras digitales con tarjetas de memoria; no revelamos fotos, sino que compartimos imágenes; no escuchamos discos de vinilo o casetes de audio, sino archivos mp3 o CD; casi no enviamos cartas escritas, sino correos electrónicos o mensajes… Todo ello usando microprocesadores complejos como el de la fotografía superior.

Hemos vivido (estamos viviendo) una auténtica revolución digital que, unida a la revolución de las telecomunicaciones que ha supuesto Internet, está transformando el mundo.

PARA COMENZAR

- ¿Cómo ha sido posible esta revolución digital?
- ¿Cómo puedes participar en la revolución?
- ¿Cuáles son los últimos dispositivos que han irrumpido en el mercado? ¿Los usas? ¿Para qué?

1 La informática y los ordenadores

Pocas tecnologías han influido más en la sociedad que la informática. La llegada de los ordenadores cambió el modo de trabajar de casi todos los habitantes del planeta.

La **informática** es la rama de la tecnología que estudia el tratamiento automático de la información usando ordenadores y otros dispositivos.

El desarrollo de la informática ha sido rapidísimo. En pocos años los ordenadores y los dispositivos que se conectan a ellos han evolucionado mejorando sus prestaciones y, en muchos casos, reduciéndose el precio.

Toda la revolución digital que hemos vivido en los últimos años no habría sido posible sin el desarrollo de los ordenadores.

1.1. Los ordenadores

Un **ordenador** es una máquina capaz de procesar información, es decir, de recibirla y realizar cálculos con ella, y presentar los resultados obtenidos; todo esto a una gran velocidad.

? INTERPRETA LA IMAGEN

- ¿Qué diferencias aprecias entre estos dos ordenadores? Piensa en el monitor y en la caja o CPU.
- ¿Cuál es más moderno?
- ¿Existen otras diferencias que no se aprecian en las imágenes? ¿Cuáles?

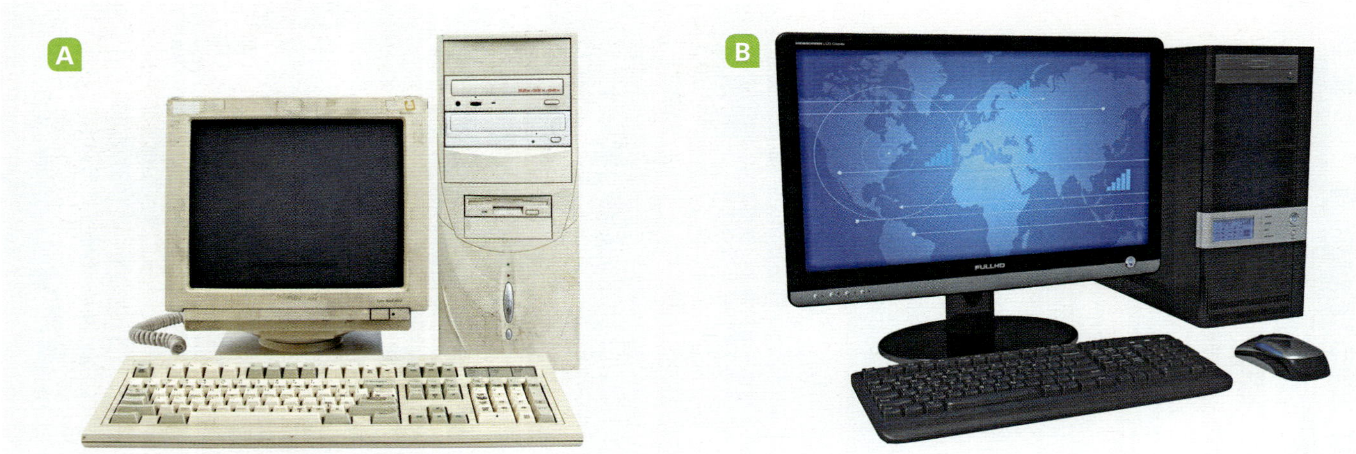

Figura 6.1. Los **ordenadores de sobremesa** se usan sobre todo en las empresas y en las viviendas o centros escolares. No son fáciles de transportar de un lugar a otro, pero son relativamente baratos y potentes.

Figura 6.2. Los **ordenadores portátiles** suelen ser menos potentes que los ordenadores de sobremesa, pero tienen una ventaja: pueden llevarse cómodamente de un sitio a otro. Y conectarse a Internet sin cables.

Figura 6.3. Los **servidores** son ordenadores que almacenan grandes cantidades de datos. Otros ordenadores acceden a esos datos. En servidores se alojan, por ejemplo, las páginas web.

1.2. Cómo trabaja un ordenador

Un ordenador funciona gracias a **circuitos electrónicos** que llevan una señal eléctrica desde un componente a otro. Bajo el teclado, por ejemplo, existe un entramado de circuitos que conectan cada tecla con el cable que llega a la placa base. Así, cuando pulsamos sobre una letra llega hasta el microprocesador información sobre qué letra se ha pulsado.

En un ordenador la información se representa usando un código, llamado **código binario**, formado únicamente por dos valores: el 1 y el 0. Cada uno de estos valores es un **bit**.

- El **1** corresponde al estado encendido: existencia de corriente eléctrica.
- El **0** corresponde al estado apagado: ausencia de corriente eléctrica.

Para poder trabajar el ordenador necesita convertir la información introducida en estos bits de información.

Esquema básico de funcionamiento de un ordenador:

Entrada → **Proceso** → **Salida**

Entenderás mejor el funcionamiento del ordenador con un ejemplo. Imagina que queremos realizar la operación (1 + 2 + 7).

Unidad	Equivalencia	Ejemplo
Byte (B)	8 bits (b)	Un número
Kilobyte (KB)	1000 B	10 líneas de texto
Megabyte (MB)	1000 KB	50 páginas
Gigabyte (GB)	1000 MB	Enciclopedia con 40 000 páginas
Terabyte (TB)	1000 GB	Biblioteca con decenas de miles de volúmenes

Unidades empleadas para medir la cantidad de información almacenada en equipos informáticos.

1. Se introduce la información. Por ejemplo, tecleando los números que quieres sumar.
2. El ordenador convierte la información en bits.
3. El microprocesador tomará el código binario que representa el 1 y le añadirá el 2. El resultado será 3. Ese valor se almacenará en la memoria temporalmente.
4. Tomará ahora el 3 y el 7; sumándolos se obtiene el 10.
5. El microprocesador envía la orden de mostrar el 10 en la pantalla.
6. El monitor convierte el código binario recibido en información útil para nuestros ojos.

La **memoria RAM** (*Random Access Memory*) es la memoria interna de trabajo del ordenador. Es donde se almacenan los datos empleados en los cálculos. El acceso a la memoria RAM es mucho más rápido que el acceso a los datos almacenados en el disco duro.

ACTIVIDADES

1. Revisa la tabla de esta página y calcula:

a) Cuántos bits almacena una canción en formato mp3 que ocupa 4 MB.

b) Cuántos bits son necesarios para almacenar la información contenida en una película en Blu-ray (40 GB).

2. ¿Cuál es la misión desempeñada por la memoria RAM en un ordenador? Pon un ejemplo.

Figura 6.4. En un ordenador portátil todos los componentes están integrados en un espacio reducido. Los **ultraportátiles** reúnen todos los elementos en poco más de un kilogramo de peso.

2 Componentes de un ordenador

- El **monitor** o **pantalla** muestra el resultado de los cálculos efectuados por la máquina o las imágenes generadas.
- El **teclado** permite introducir texto o ejecutar órdenes.
- El **ratón** facilita la tarea de marcar sobre la pantalla. En un portátil podemos usar el ***touchpad***: un área situada por delante del teclado y que permite mover el cursor deslizando los dedos sobre ella.
- La **caja** o **CPU** es la parte encargada de almacenar la información o realizar los cálculos. En un portátil esta parte está integrada bajo el teclado.

  Incluye la **fuente de alimentación**, que proporciona la energía necesaria. Se conecta a la red eléctrica. En un ordenador portátil existe una **batería** que se recarga conectando el ordenador a la red eléctrica.

Figura 6.5. Caja o CPU de un ordenador de sobremesa. Contiene un circuito electrónico, la **placa base** o **placa madre**, donde se conectan los demás componentes, como el disco duro. En el exterior dispone de numerosas conexiones donde acoplar el teclado, el ratón, el monitor…

SABER HACER

Identificar las partes externas de un ordenador

Identifica las conexiones de las imágenes en los ordenadores que usas habitualmente.

¿Tienen estas mismas conexiones otros ordenadores de sobremesa? ¿Y los ordenadores portátiles?

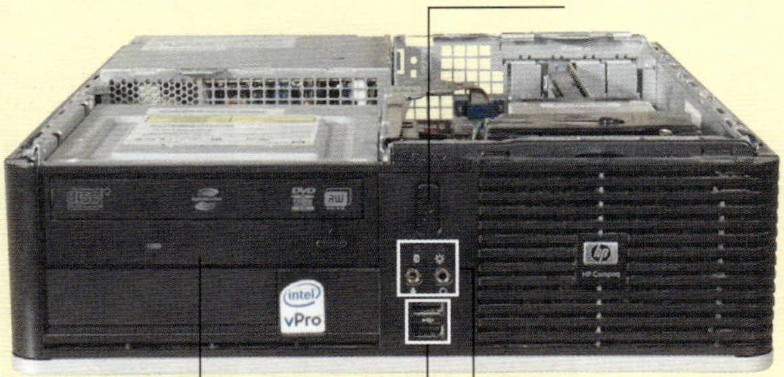

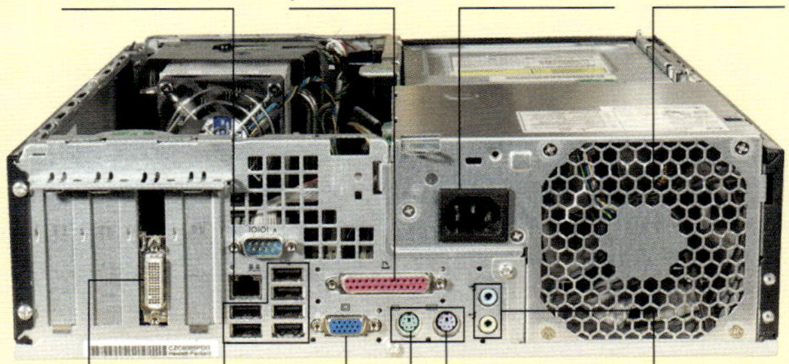

2.1. Hardware: la parte «física» del ordenador

El **hardware** está constituido por los cables y demás componentes electrónicos de un ordenador.

La parte principal de un ordenador de sobremesa, la llamada caja, carcasa o CPU, tiene diversos componentes. Los principales son los siguientes:

- El **microprocesador**. Es el elemento que realiza los cálculos y del que depende la potencia del equipo.
- La **placa base**. Es el elemento principal, y contiene el microprocesador y la memoria RAM, y conexiones para el resto de dispositivos.
- Los **dispositivos de almacenamiento**. Son lectores/grabadores de DVD, Blu-ray y discos duros.
- La **memoria**. Almacena temporalmente los datos necesarios para realizar los cálculos.
- El **sistema de alimentación**, que suministra energía (fuente de alimentación o batería).
- Uno o varios **ventiladores**, que garantizan la refrigeración del equipo.

Los **periféricos** son dispositivos que se conectan al ordenador. Por ejemplo, el monitor, el teclado, el ratón, la impresora, el escáner, etc.

2.2. Software: la parte «lógica» del ordenador

El **software** son las aplicaciones y el sistema operativo que permiten a un ordenador, una tableta, etc., desarrollar tareas.

Si analizamos el software instalado en un ordenador cualquiera, podemos encontrar varios tipos. Los más importantes son tres:

- El **sistema operativo**. Es el componente principal del software instalado. Realiza continuamente operaciones de control de la máquina y los dispositivos periféricos, se ocupa de la comunicación entre ellos y, en general, de supervisar la ejecución del resto de los programas (▶ Figura 6.6). Ejemplos: Windows, Linux o Mac OS para ordenadores y Android e iOS para teléfonos y tabletas.
- Los ***drivers*** o **controladores**. Son pequeños archivos que permiten al sistema operativo interactuar con los dispositivos conectados al ordenador. Todos los dispositivos requieren controladores. Además, cada dispositivo tiene un controlador que solo funciona con un sistema operativo concreto.
- Los **programas** o **aplicaciones**. Realizan funciones específicas y forman un grupo enormemente variado: paquetes de ofimática, navegadores, editores de sonido, programas de diseño gráfico, editores de audio o vídeo, herramientas de correo electrónico, juegos, etc. Algunas **aplicaciones** apoyan al sistema operativo en determinadas tareas rutinarias: por ejemplo, el mantenimiento de los discos duros, la seguridad (antivirus), la eliminación de archivos temporales, etc.

ACTIVIDADES

3. Investiga en tu propio ordenador, tableta o teléfono: ¿cuántas aplicaciones tienes instaladas, aparte del sistema operativo? Haz una estimación.

CONOCIMIENTO CLAVE

Las siglas de la informática

- **OS** (*Operative System*). Sistema operativo (SO).
- **BIOS** (*Basic Input-Output System*). Software instalado permanentemente en la placa base del ordenador que se ocupa de cargar el sistema operativo, es decir, de «arrancar» el ordenador.
- **RAM** (*Random Access Memory*). Memoria volátil (pierde su contenido cuando se interrumpe el suministro eléctrico) que utiliza el ordenador para almacenar los datos que está utilizando en cada momento.
- **SATA** (*Serial Advanced Technology Attachment*). Interfaz de comunicación entre la placa base del ordenador y dispositivos de almacenamiento, como el disco duro. Permite el funcionamiento simultáneo de varios dispositivos de este tipo.
- **USB** (*Universal Serial Bus*). Puerto de comunicaciones entre el ordenador y los periféricos que permite un rápido intercambio de datos.

Figura 6.6. Los dispositivos electrónicos que utilizamos habitualmente, como las tabletas o los teléfonos móviles, tienen sus propios sistemas operativos. Los más usados en móviles y tabletas son iOS y Android. Los programas o aplicaciones se llaman también «apps».

RECUERDA

Llamamos **periféricos** a los componentes externos que se conectan al ordenador.

Por ejemplo, el ratón, el teclado, el monitor o una impresora son periféricos.

2.3. Conexiones de la placa base

En un ordenador existen muchos componentes que realizan diferentes tareas. Recuerda que al usar el ordenador:

- Algunos componentes **proporcionan la energía** necesaria. Ejemplo: la fuente de alimentación, la batería (portátiles) o una pila.
- Hay componentes necesarios para **introducir información**. Por ejemplo, un teclado.
- Otros elementos pueden **procesar y almacenar la información**: realizan cálculos y guardan la información. Ejemplo: el disco duro.
- Otros sirven para **mostrar la información** obtenida en algo visible o audible para nosotros. Ejemplo: una impresora o unos altavoces.

La **placa base** es un complejo circuito electrónico alojado dentro de la carcasa donde se conectan los demás componentes.

La caja del ordenador tiene una abertura en la parte trasera para mostrar algunos conectores de la placa base. Observa en la ilustración 6.7 dónde se conectan los componentes a la placa base.

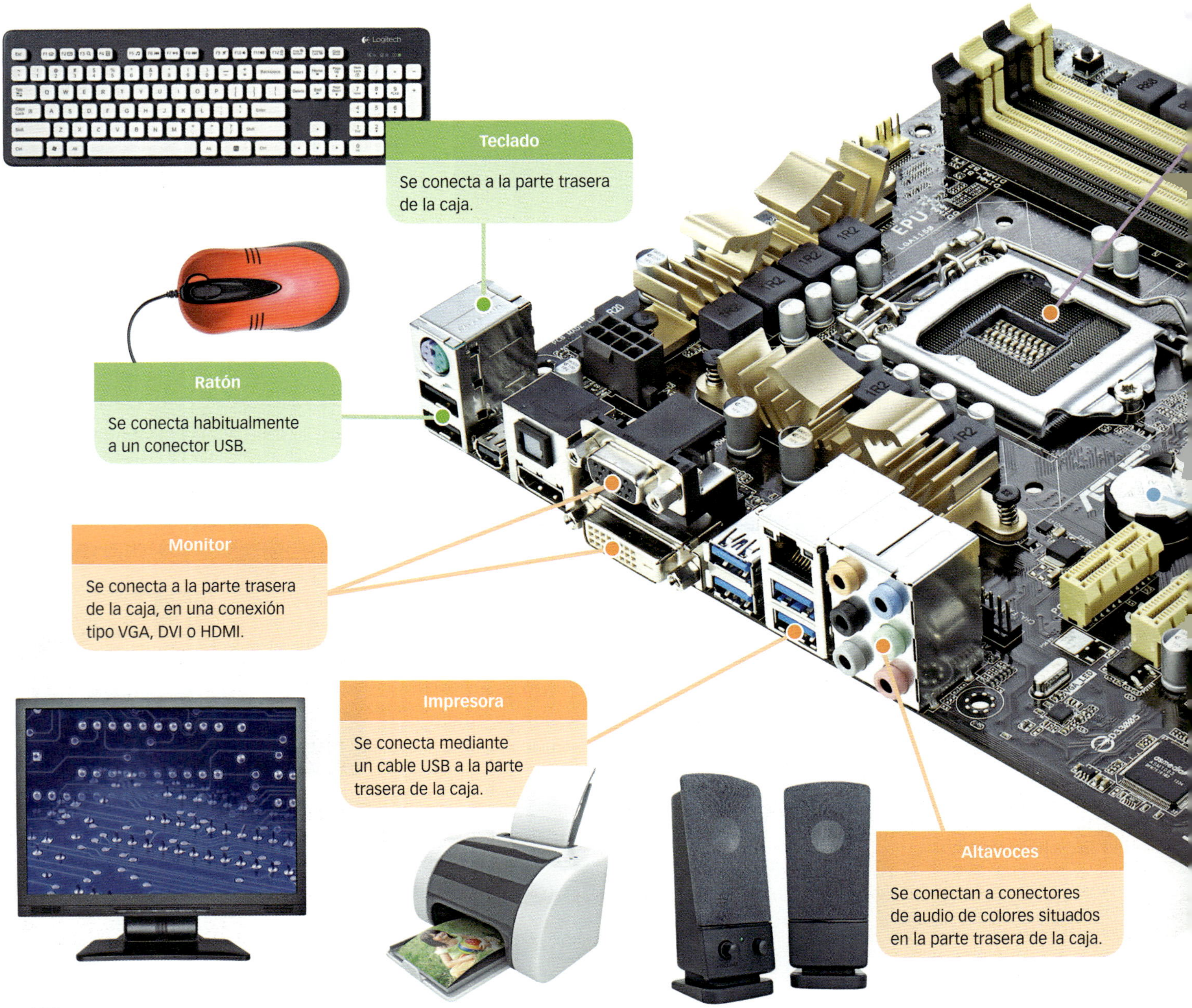

PRESTA ATENCIÓN

Ten mucho cuidado a la hora de conectar o desconectar el equipo de la fuente de alimentación para evitar una descarga eléctrica.

Microprocesador

Es el elemento que realiza los cálculos. De él depende la potencia del ordenador. Al funcionar se calienta mucho, por lo que se coloca un **ventilador** sobre él.

Fuente de alimentación

Se conecta a la placa base y a otros componentes del equipo, como discos duros o lectores de DVD. En su parte exterior tiene una clavija para conectarla a la red eléctrica.

Memoria RAM

Almacena temporalmente los datos que maneja el ordenador. Se borra cuando se apaga el equipo.

INTERPRETA LA IMAGEN

- ¿Cuántas placas de memoria RAM se pueden conectar en esta placa base? ¿Y cuántos microprocesadores?
- ¿Dónde habrá que conectar una memoria USB?

Pila

Proporciona la energía necesaria al ordenador cuando este se desconecta de la red eléctrica. Así guarda información sobre la fecha y la hora, por ejemplo.

Disco duro

Es el componente que almacena de manera permanente los documentos, las fotografías o los vídeos que guardamos en el ordenador.

Figura 6.7. Placa base.

3 La comunicación entre el ordenador y los periféricos

3.1. Los puertos

Para que el microprocesador y la memoria puedan comunicarse con los periféricos se precisan una serie de «caminos intermedios», por los que circulan los datos, es decir, los bits.

Un **puerto** es un canal de comunicación por el que circulan los datos que intercambian la placa base y los periféricos.

Puertos externos

Son los conectores que se pueden ver desde fuera en la caja del ordenador. Por ejemplo, los conectores de audio, los USB o la toma de red. Algunos puertos externos son específicos para un tipo de periférico, como el VGA o HDMI para un monitor. Otros, en cambio, como los USB, sirven para conectar periféricos diversos: cámaras, impresoras, etc.

Puertos internos

Son los que están alojados en el interior de la placa base y no son visibles desde el exterior. A ellos se conectan, por ejemplo, el disco duro interno o las placas de memoria RAM.

SABER MÁS

Instalación de periféricos: los controladores o *drivers*

Un **controlador** o ***driver*** es un archivo que indica al sistema operativo cómo se deben intercambiar los datos entre el periférico y el ordenador.

Si el controlador no está correctamente instalado, el periférico no podrá ser utilizado aunque esté conectado al ordenador. Los controladores son específicos de cada periférico y de cada sistema operativo. Por ejemplo, un controlador de un escáner válido para Windows no servirá para Linux.

A la hora de instalar los controladores de un periférico podemos encontrar dos casos:

- **Los sistemas operativos llevan incorporados los controladores de los periféricos más comunes.** Así, cuando instalamos un periférico nuevo, el sistema operativo busca el controlador en su propia base de datos. Si el periférico está incluido en su propia lista, utiliza el controlador que incorpora y el periférico funciona inmediatamente.
- **Si el periférico es más moderno que el sistema operativo, debemos incorporar los controladores.** Los fabricantes, cuando venden un periférico, incluyen un CD, una memoria USB o una página web para acceder a los controladores. Si el sistema operativo no encuentra el controlador, se abre un asistente con el que se puede buscar el ***driver*** en las unidades de almacenamiento.

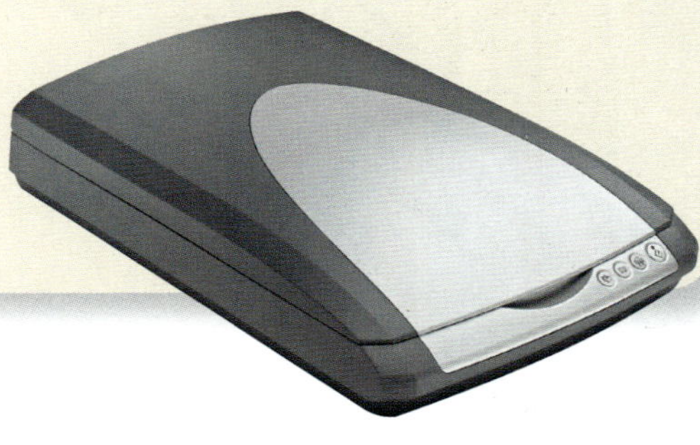

4 El fin del mundo analógico

En mayo de 2005 la Comisión Europea señaló 2012 como fecha tope para el «**apagón analógico**». Desde esa fecha los operadores de radio y televisión de toda Europa estaban obligados a cesar sus emisiones en formato analógico y divulgar sus contenidos únicamente en formato digital, a través de las tecnologías **TDT** (Televisión Digital Terrestre) y **DAB** (*Digital Audio Broadcasting*). Esta norma no afectaba a los operadores de televisión por satélite, que emitían ya en formato digital desde hacía unos años.

Las emisiones digitales comenzaron oficialmente en España en 2006, y la fecha del «apagón» se adelantó a 2010. Se previó la coexistencia de las emisiones analógicas y digitales para dar tiempo a los usuarios a renovar sus aparatos receptores de radio y televisión.

El apagón analógico es un auténtico hito. Se trata del momento de la extinción de una tecnología cuya andadura comenzó hace más de un siglo, con las primeras emisiones de radio. Pero solo es un paso más en un proceso global de abandono de los sistemas analógicos. Hace unas décadas los CD acabaron con las cintas de casete, y los DVD, con las cintas de vídeo. La fotografía convencional se extingue, mientras que la fotografía digital se ha adueñado de los mercados profesional y aficionado. Es el fin del mundo analógico en el campo de la información y la comunicación (▸ Figura 6.8).

Figura 6.8. En 2015, más de 2500 millones de personas en el mundo utilizaban habitualmente Internet (en nuestro país hay más de 33 millones de internautas), cada mes se visitaban 20 000 millones de páginas, cada minuto se subían más de 100 horas de vídeo a YouTube y manteníamos actualizados millones y millones de blogs. Además, los acontecimientos políticos de nuestro siglo no pueden entenderse sin Internet: el escándalo de los documentos secretos de Wikileaks, el triunfo de Barack Obama en EE. UU. en las elecciones en 2008 o las revoluciones de la primavera árabe (2010-2013) son ejemplos de cómo ha cambiado el panorama político.

4.1. Analógico *versus* digital. Las razones del cambio

Para entender las diferencias entre el formato analógico y el digital vamos a centrarnos en un ejemplo: una grabación de sonido. Podemos encontrar cuatro importantes diferencias, que se resumen en el cuadro inferior.

Es evidente que el formato digital ofrece numerosas ventajas que justifican su imparable entrada en la vida cotidiana. Quizá la más relevante sea la de popularizar la manipulación de los contenidos: hoy cualquiera puede retocar fotografías o editar vídeos caseros, tareas que hace apenas 15 años estaban reservadas a profesionales del mundo audiovisual.

Diferencias entre una grabación analógica y una digital.

Analógico	Digital
La grabadora **registra el sonido** exactamente como se produce; la única limitación es la calidad del equipo y del soporte (cinta magnética).	La grabadora no registra el sonido exacto, sino que lo «interpreta» y guarda solo la información relevante; en el lenguaje de los ordenadores: **unos y ceros**.
La grabación **está ligada al soporte**. Si el soporte original se destruye, la grabación, tal y como fue realizada, se pierde.	La grabación **es independiente del soporte**. Es información codificada que se puede transportar muy fácilmente.
Se pueden realizar copias de la grabación, pero con **pérdida de calidad**. Las copias se realizan en tiempo real.	Se pueden realizar **copias sin pérdida de calidad** (e incluso copias de copias). Las copias se realizan en pocos segundos.
Para manipular la grabación (por ejemplo, para mezclar sonidos) hace falta un equipo **complejo y caro**. 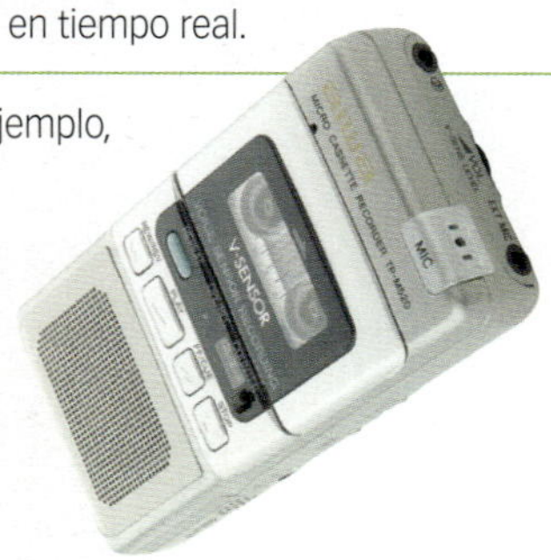	Manipular la información resulta **sencillo y barato**, usando simplemente un ordenador. 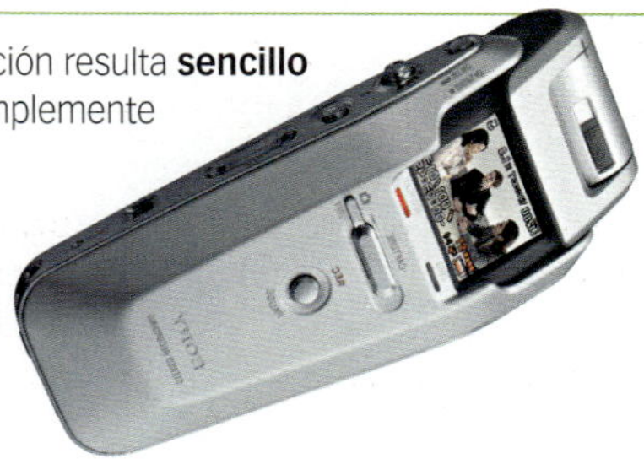

5 Procesamiento, almacenamiento e intercambio de la información

RECUERDA

Bits, bytes, kilobytes

Los **bits** son las unidades de información básica que utilizan los ordenadores. Solo pueden tener dos valores: 0 o bien 1.

Un **byte** es un conjunto de ocho bits. Esta unidad está formada por una combinación de ceros y unos: por ejemplo, el número 10010110 es un byte.

Un **kilobyte** (KB) es un número formado por 1000 bytes (en unidades del SI; en unidades del sistema binario la unidad se llama **kibibyte**, y equivale a 1024 bytes).

Un tono de móvil puede ocupar unos 8 KB: eso quiere decir que la información almacenada consta de 8000 bytes, es decir, 64 000 bits.

Cualquier archivo almacenado en un ordenador no es más que una secuencia muy larga de solo dos valores: unos y ceros. Por eso al lenguaje numérico de los ordenadores se le llama **código binario**.

La información digital es **numérica**. Cualquier imagen, sonido, vídeo, etc., codificado digitalmente no es más que un conjunto enorme de números, de unos y ceros. Este es el lenguaje que entienden los ordenadores, y es muy distinto del lenguaje analógico que utilizan nuestros sentidos. Para un ordenador es indiferente que una información corresponda a una imagen, a un sonido o a un texto.

Por ello, para que un ordenador pueda procesar la información es preciso convertirla primero al lenguaje informático. Este proceso se llama **digitalización** o **conversión analógico-digital**.

De la misma forma, para que podamos entender la información almacenada en un ordenador es necesario el proceso inverso: la **conversión digital-analógica**.

Para transformar una señal analógica de cualquier tipo en información digital, comprensible por los ordenadores, se necesita un conversor analógico-digital. Hoy en día estos dispositivos son de uso corriente: de hecho, una cámara digital es un conversor de imagen analógica (la que percibimos) a digital (la que se almacena en el ordenador). Un teléfono móvil convierte un sonido analógico (nuestra voz) en digital y lo envía mediante ondas de radio a una antena.

Para comprender cómo se produce una conversión analógico-digital vamos a ver varios ejemplos: digitalización de imágenes, sonidos y caracteres.

5.1. La conversión analógico-digital de imágenes

Vamos a estudiar esta conversión analógico-digital a través del ejemplo de cómo se digitaliza una imagen en una cámara fotográfica (▶ Figura 6.9).

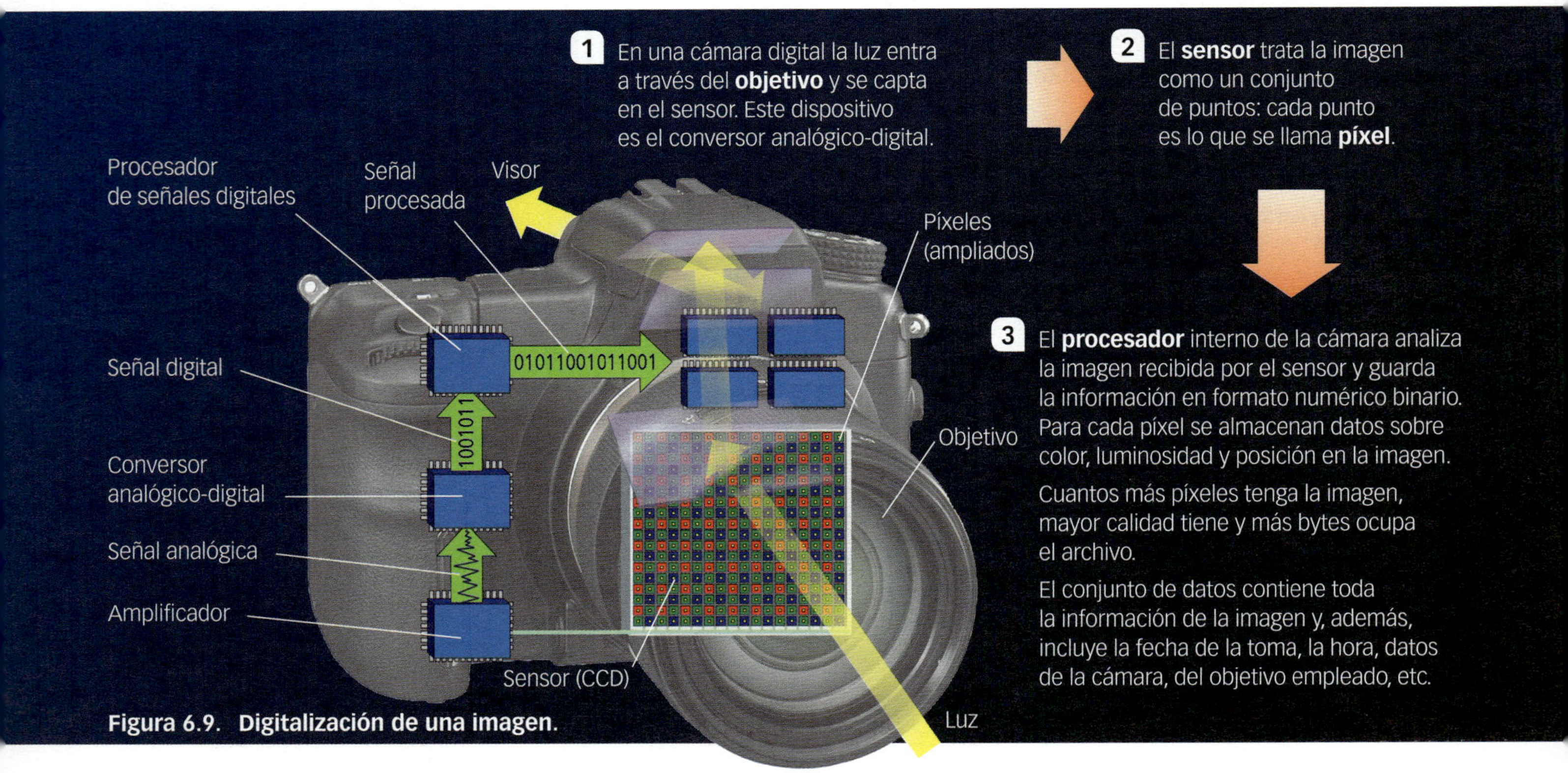

Figura 6.9. Digitalización de una imagen.

Resumiendo: una cámara convierte una imagen en muchos cuadros diminutos llamados píxeles. Un **megapíxel** (unidad de medida que se utiliza en fotografía digital) contiene un millón de píxeles. Entonces, una cámara de 10 megapíxeles produce imágenes digitales formadas por diez millones de píxeles.

Aunque hay matices (debidos a la calidad de la óptica de la cámara, por ejemplo), cuanto mayor sea una imagen, es decir, cuantos más megapíxeles tenga, mayor calidad presentará.

Para cada píxel, el archivo informático contiene datos de luminosidad, color y posición en la imagen. De esa forma, cuando la visualizamos en un monitor, este sabe cómo reconstruirla.

5.2. La conversión analógico-digital de sonidos

Trabajar con sonidos requiere también un sistema de conversión de analógico a digital. Existen muchos sistemas que realizan esta conversión: por ejemplo, los teléfonos móviles, las tarjetas de sonido de los ordenadores, las grabadoras digitales o aparatos mp4 capaces de grabar sonido. El formato de sonido digital más empleado es el mp3.

Para convertir el sonido analógico a digital se usa el proceso denominado **muestreo** o *sampling*. Básicamente, el muestreo es el análisis de un sonido y su división en unidades de información más pequeñas, denominadas muestras (*samples*). Para comprender este proceso vamos a analizar cómo se digitaliza un sonido (▶ Figura 6.10).

SABER MÁS

Samplear

En música electrónica se emplea muchas veces el término *samplear*.

En este caso se refiere al proceso de realización de copia de trozos de canciones con el fin de emplearlos después en composiciones propias, bien intactos o con algún pequeño cambio.

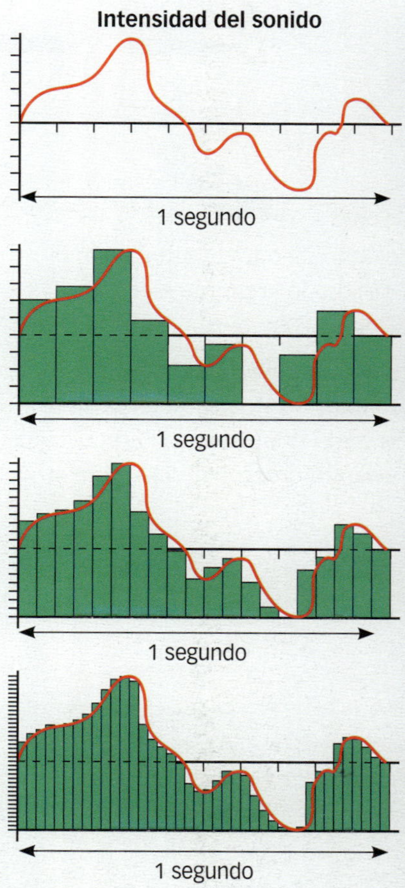

Figura 6.10. Digitalización del sonido.

1 Esta es la gráfica de una grabación analógica de un sonido que dura un segundo. Observa que la línea roja es una curva más o menos suave que indica la amplitud o intensidad del sonido en cada momento. En esta grabación puedes apreciar que la amplitud o intensidad puede tener cualquier valor en ese rango de la escala.

2 Al digitalizar el sonido, el ordenador maneja dos variables: el número de muestras por segundo y el rango de valores de las muestras. Aquí vemos que se toman diez muestras por segundo y que cada muestra puede tener un valor exacto (de 0 a 9).

3 En este caso se duplica el número de muestras por segundo (ahora son 20) y la precisión de la muestra: 20 valores diferentes. Pero, a pesar de duplicar los datos, observa que hay muchos «huecos» entre las barras digitales verdes y la curva analógica roja. Son **errores de muestreo** que hacen que el sonido digital suene, en este caso, mucho peor que el analógico.

4 Duplicando las muestras y su precisión conseguimos que el conjunto de barras verdes se parezca cada vez más a la línea roja. Ahora el sonido digital tiene mucha más calidad y es cada vez más parecido al analógico. Pero para obtener un sonido de calidad, como el de un CD, hacen falta muchas más muestras y mayor precisión. Un archivo de sonido en formato CD tiene 44 100 muestras por segundo, con un rango (en amplitud) de 65 536 valores.

5.3. La conversión analógico-digital de caracteres escritos

Muchos teléfonos, videoconsolas o tabletas tienen una pantalla táctil. Algunos de estos dispositivos son capaces de **reconocer los caracteres** (OCR, *Optical Character Recognizer*, Reconocimiento Óptico de Caracteres) que escribimos a mano, con trazos, sobre la pantalla, y traducirlos a lenguaje digital, es decir, a ceros y unos. En el caso de las tabletas gráficas, empleadas en diseño gráfico, el dispositivo es sensible a la presión, lo que facilita, además, la labor del dibujante, ya que si aprieta más obtiene trazos más gruesos.

Un procedimiento parecido tiene lugar cuando se digitaliza una hoja con texto escrito con un escáner: el texto se convierte en caracteres manipulables después, por ejemplo, con un procesador de textos.

Observa cómo se lleva a cabo este proceso (▶ Figura 6.11).

Figura 6.11. Digitalización del texto escrito.

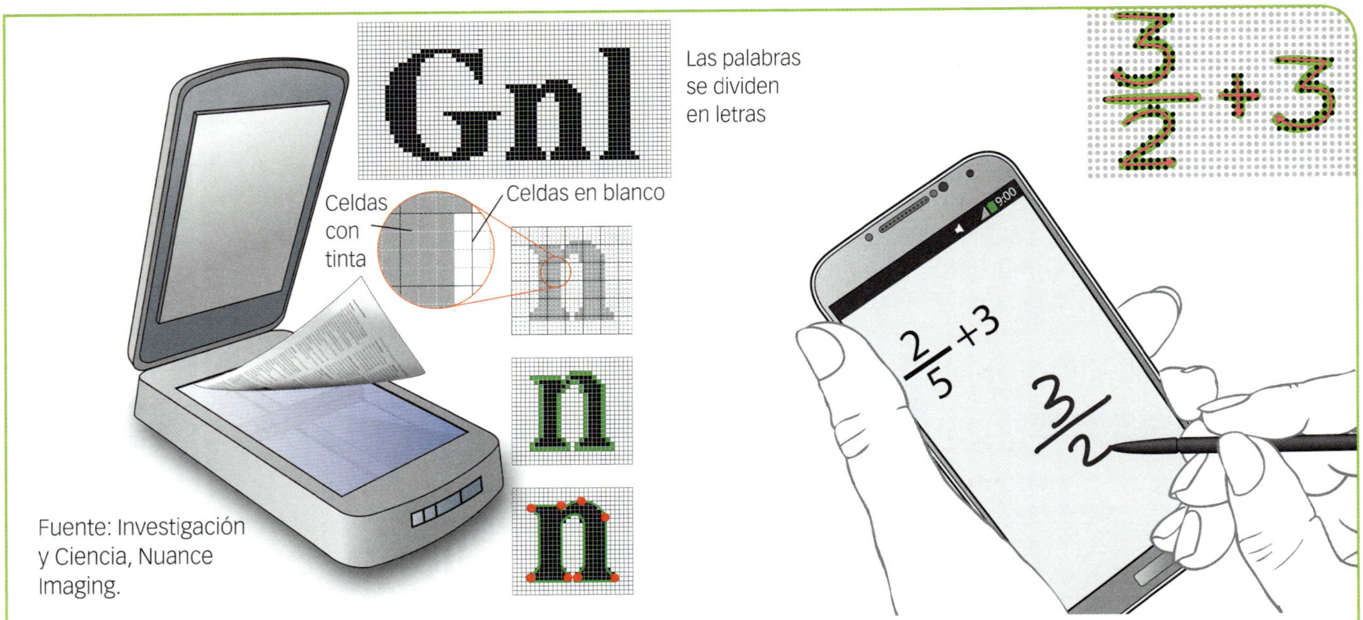

A En un escáner las palabras se «trocean» en letras. Luego se sigue un método que tiene distintas etapas:

1. Se adjudica un fondo cuadriculado y se comprueba qué celdas aparecen con tinta y cuáles en blanco.
2. Después se evalúan el número de curvas y la longitud de las mismas.
3. Finalmente se evalúa el sentido de las curvas.

B Para reconocer las letras en una pantalla táctil se registra el recorrido de la pluma o estilete sobre la pantalla.

En todo caso, una comparación con datos de referencia para los distintos caracteres sirve para lograr el resultado final: el texto digitalizado y manipulable en el teléfono móvil o la tableta.

ACTIVIDADES

4. Explica: ¿qué significa que el lenguaje de los ordenadores utiliza un código binario?
5. Indica la diferencia entre un bit y un byte.
6. Resume algunas de las características de la información digital que la hacen diferente de la analógica.
7. Escribe una lista con dispositivos capaces de convertir:
   a) Imágenes analógicas en imágenes digitales.
   b) Sonido analógico en sonido digital.
   c) Caracteres escritos en texto digitalizado.

5.4. El almacenamiento de la información

CONOCIMIENTO CLAVE

Megas, gigas..., y más

Para indicar la extensión de archivos grandes, o, como se dice vulgarmente, su «peso», se utilizan unidades como el **megabyte** y el **gigabyte**.

$$1 \text{ MB} = 1000 \text{ kilobytes} = 10^6 \text{ bytes}$$

El MB es una unidad muy utilizada, ya que la mayoría de los archivos informáticos que utilizamos tienen un «peso» de varios (o muchos) megas (► Figura 6.12). 1 MB equivale a 1000 KB.

Para archivos más grandes se utiliza el gigabyte (GB). Un «giga» equivale a 1000 MB.

Y para designar capacidades aún mayores existe la unidad llamada **terabyte** (TB). Un «tera» equivale a 1000 GB. 1 GB equivale a 1000 MB.

Actualmente, discos duros de 400, 500 GB o más son habituales en los equipos domésticos.

1 TB = 1000 GB

1 GB = 1000 MB

1 MB = 1000 KB

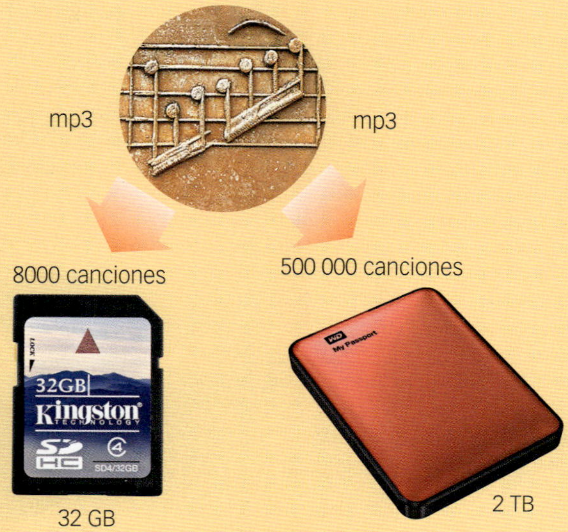

Figura 6.12. Una canción en formato CD puede ocupar unos 60 MB (en formato mp3, solo ocupa 4 MB).

Básicamente existen tres tipos de soportes de almacenamiento, en función de cómo se registra la información (unos y ceros) en ellos.

- Los **soportes magnéticos**, como los discos duros o las cintas de vídeo en formato DV.
- Los **soportes ópticos**, como los DVD o Blu-ray.
- Los soportes basados en **memoria no volátil (flash)**, como las memorias USB, las unidades SSD o las tarjetas de memoria empleadas en cámaras fotográficas digitales o teléfonos móviles.

El almacenamiento en soporte magnético

Hoy por hoy, los soportes con mayor capacidad de almacenamiento son los **discos duros**. Ofrecen una muy buena relación entre coste y capacidad y son bastante seguros para guardar datos durante largos periodos de tiempo (► Figura 6.13).

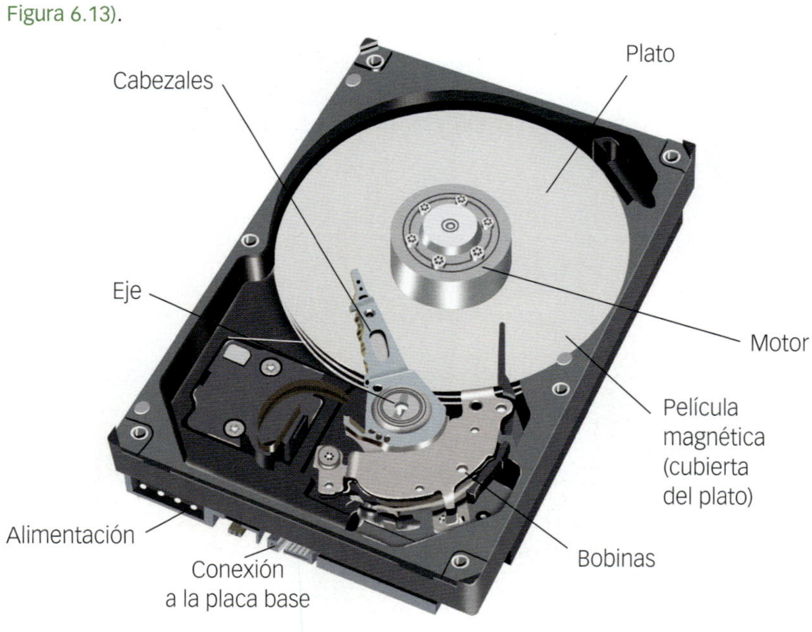

Figura 6.13. Un disco duro está formado por un conjunto de discos de aluminio, denominados **platos**, que giran accionados por un **motor**. Los platos giran a muy alta velocidad: unas 7200 vueltas por minuto (7200 rpm). Los datos se graban en estos platos mediante magnetismo por la acción de varias cabezas grabadoras-lectoras. Un disco duro convencional suele tener cuatro platos y ocho cabezas, una para cada cara de un plato. Cada plato se divide en diversos círculos concéntricos imaginarios donde se graban los datos. Los números que componen los archivos informáticos se graban en forma de impulsos magnéticos.

El almacenamiento en soportes ópticos

Los **sistemas de almacenamiento óptico** utilizan un rayo láser y un conjunto de lentes (un sistema óptico) para escribir y leer los datos sobre la superficie de un disco (▸ Figuras 6.14 y 6.15). Los datos, en este caso, se graban como «hendiduras» y «llanuras» en un disco de plástico que contiene una capa de aluminio. Los discos pueden ser de muchos tipos:

- **CD** (*Compact Disc*). Es el formato más antiguo, con 700 MB de capacidad.
- **DVD** (*Digital Versatile Disc*). Pueden tener una capacidad de hasta 17,1 GB (versiones de doble cara y doble capa), aunque los más utilizados en los ordenadores son los de 4,7 GB. Y pueden ser regrabables.
- **BD** (*Blu-ray Disc*). Tienen hasta 50 GB de capacidad.

Para leer y escribir todos estos discos se utiliza un sistema óptico con láser.

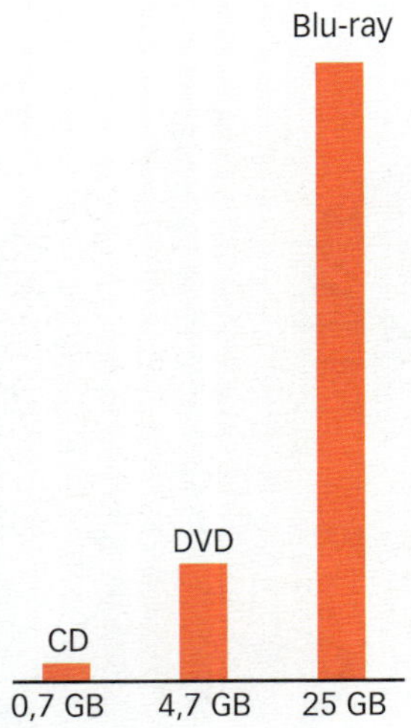

Figura 6.14. Capacidad de un disco de una sola capa.

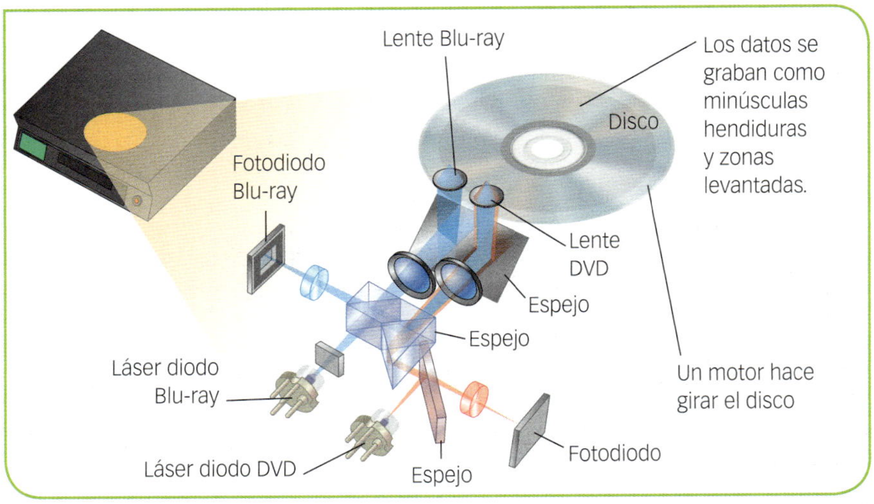

Figura 6.15. Cuando el rayo láser incide sobre el disco, cambia la forma en la que se refleja, según incida sobre una hendidura o sobre una zona elevada. Así, el rayo reflejado llega a un sensor o no, determinando si el dato grabado es un «cero» o un «uno».

¿Cómo es posible almacenar más información en un soporte del mismo tamaño? Básicamente hay dos métodos (▸ Figuras 6.16 y 6.17).

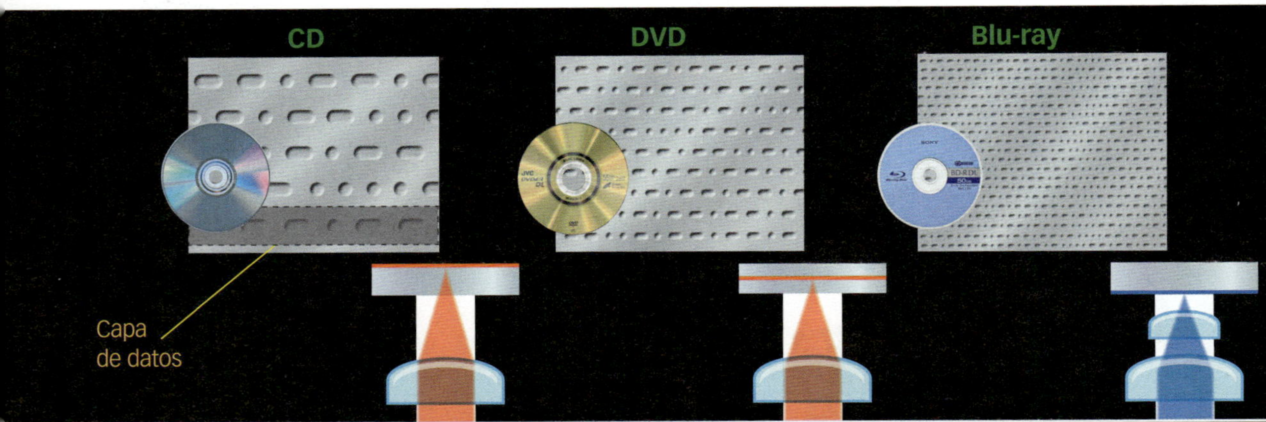

Figura 6.16. Una posibilidad es aumentar **la densidad de los datos**. Es decir, en un disco compacto, reducir la distancia entre las marcas que contienen la información. Pero esto tiene un límite físico: la longitud de onda del láser empleado.

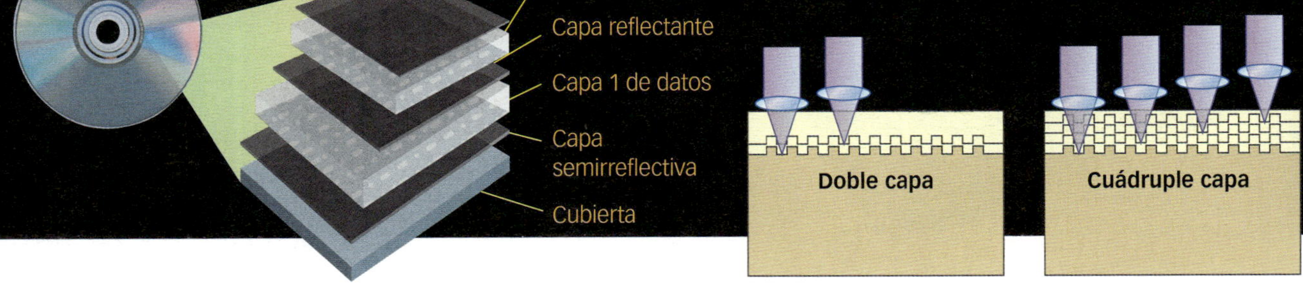

Figura 6.17. Otra posibilidad es **aumentar el número de capas** que contienen información. En un DVD de doble capa caben 8,5 GB. Y si la información se graba por ambas caras del disco, la capacidad aumenta hasta los 17 GB.

El almacenamiento en memorias flash

Por último, las **memorias flash** (▸ Figura 6.18) se basan en «atrapar» cargas eléctricas en las celdas de un chip de memoria (▸ Figura 6.19). Un chip de memoria tiene millones de estas celdas, de forma que puede almacenar cientos de GB.

La ventaja de las memorias flash frente a los discos duros es que, como no existen partes móviles, el consumo de energía es menor, por lo que son adecuadas para dispositivos autónomos que incluyen una batería (teléfonos, por ejemplo). Además, pueden tener un tamaño muy reducido, por lo que resultan útiles en dispositivos portátiles.

La desventaja: el precio. Las memorias flash son más caras que los discos duros (precio/GB).

Actualmente las mejoras en las memorias flash se llevan a cabo en dos frentes: la capacidad (existen memorias de 8, 16, 32, 128 GB…) y la velocidad de transferencia de datos (aprovechable en los disparos en ráfaga en las cámaras digitales, por ejemplo). Las memorias USB 3.0 ofrecen una velocidad de transferencia de datos muy superior a sus antecesoras 2.0, siempre y cuando se conecten a un ordenador con puerto USB 3.0, claro.

Figura 6.18. En la actualidad existen «demasiados» formatos de memorias flash. Para el consumidor sería más interesante que todos los dispositivos emplearan un mismo tipo de memoria.

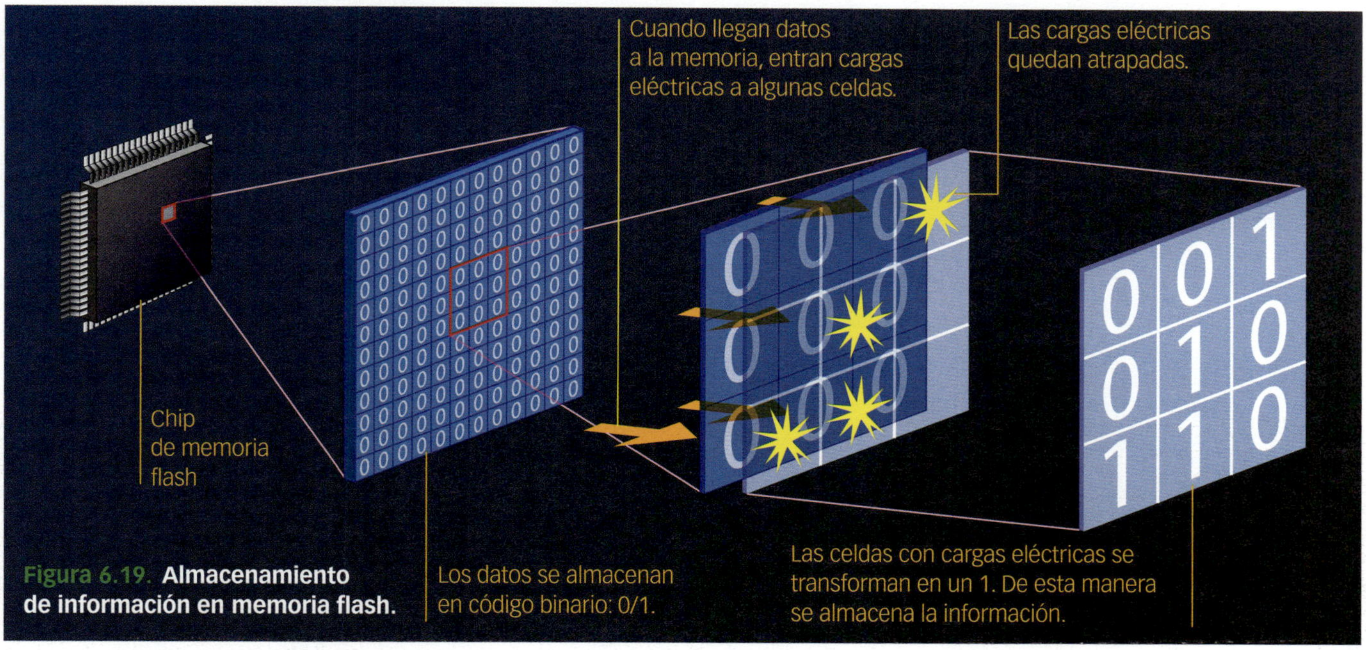

Figura 6.19. Almacenamiento de información en memoria flash.

ACTIVIDADES

8. Elabora una lista con dispositivos que incluyan:

a) Discos duros.

b) Soportes ópticos.

c) Memorias de tipo flash. ¿Qué formato de memoria utilizan?

9. Busca información sobre las memorias USB 3.0. ¿Qué ventajas tienen? ¿Para qué son útiles?

10. Observa los siguientes dispositivos con memoria flash incorporada. ¿Por qué crees que se usa esta memoria, si hay otros métodos de almacenamiento más baratos?

A

B

C

5.5. La manipulación de los datos digitales

La información digital es muy fácil de manipular utilizando ordenadores, programas informáticos o herramientas web 2.0. Los ejemplos más importantes de manipulación de la información digital son los siguientes:

La **mejora de la calidad**: por ejemplo, podemos aumentar el contraste (► Figura 6.20) de una imagen o retocar su color, o bien eliminar el ruido de fondo de una grabación de sonido.

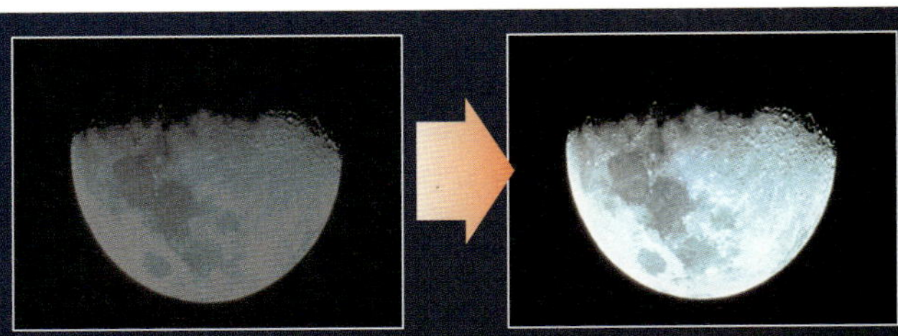

Figura 6.20.

La **compresión**, es decir, la reducción de tamaño de los archivos. Es posible comprimir la información sin perder calidad. Por ejemplo, una canción que ocupa 60 MB en formato CD puede comprimirse hasta ocupar solo 4 MB en formato mp3. Y una fotografía de 10 MB puede comprimirse hasta ocupar 2 MB sin perder demasiado detalle (► Figura 6.21).

Figura 6.21.

La **edición**, es decir, la alteración de los datos para conseguir un resultado diferente. Estamos realizando un proceso de edición cuando damos formato a un archivo de texto, retocamos una fotografía (► Figura 6.22), mezclamos sonidos o producimos un archivo de vídeo a partir de varias grabaciones caseras.

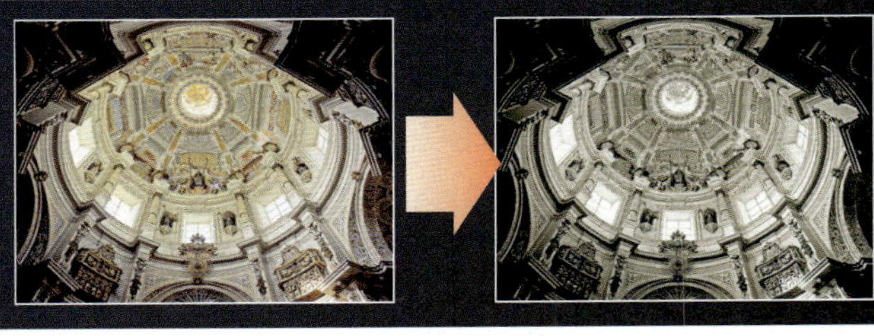

Figura 6.22.

5.6. La conversión digital-analógica

Para nuestros sentidos la información digital carece de significado. Es preciso transformarla en señales analógicas para interpretarla. Esta transformación se lleva a cabo mediante **conversores de digital a analógico**.

Existen muchos tipos de conversores: a pesar de que la información digital siempre está en un mismo formato (numérico), en función del contenido es necesario utilizar un conversor determinado. Por ejemplo, la tarjeta de sonido de un ordenador convierte datos numéricos en sonido que se reproduce a través de unos altavoces. El monitor de un ordenador convierte la señal digital en puntos de luz y color que interpretamos como una imagen completa.

La calidad de la información analógica que obtenemos depende de todos los procesos que ha seguido:

- De la forma de registrar la información.
- De su conversión a digital.
- De su manipulación.
- De la conversión a analógico (► Figura 6.23).

Figura 6.23. La información digital contenida en un CD de audio es muy completa, tanto que para nuestros oídos es prácticamente perfecta, idéntica al original.

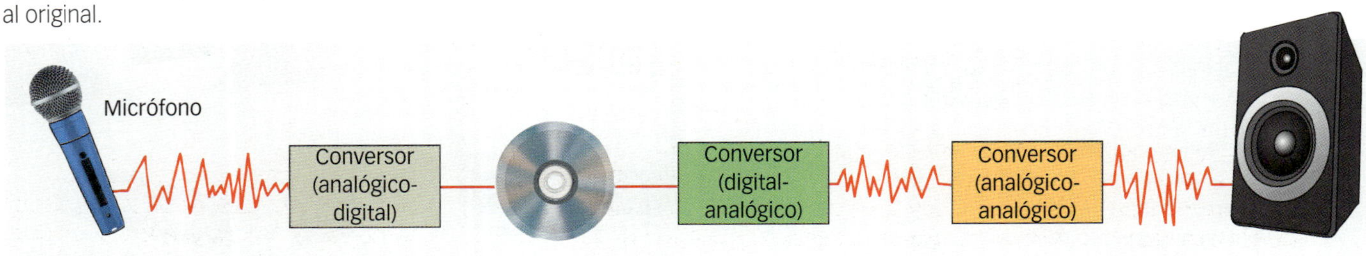

6 Multimedia. Tratamiento numérico de la señal

El término **multimedia** proviene del inglés y significa «muchos medios»: hace referencia a los medios audiovisuales, a la imagen y el sonido, y a su integración en teléfonos, tabletas u ordenadores.

Hace mucho tiempo que los ordenadores personales tienen importantes capacidades multimedia. Pero cada generación de procesadores y de tarjetas de expansión mejora notablemente dichas posibilidades.

6.1. Manipulación y compresión del sonido

Es imposible resumir en unas líneas todo lo que puede hacer un ordenador equipado con una tarjeta de sonido, por simple que esta sea. Pero, básicamente, se trata de los siguientes procesos.

- La **digitalización**, es decir, la captura de sonido a través del micrófono. Normalmente, la captura se realiza con calidad CD: 44 100 muestras por segundo, con 65 536 valores posibles para cada muestra. Este formato «bruto» de captura de sonido se llama formato de onda (*wave*), porque trata de igualar la onda del sonido analógico original. La extensión que utiliza el archivo obtenido es **wav**, y ocupa aproximadamente 15 MB por minuto de audio.
- La **manipulación**. Un sonido digitalizado en forma de onda se puede procesar de una manera sencilla con programas editores de sonido. Algunas manipulaciones habituales aparecen en el cuadro de la derecha.
- La **compresión**. Para poder almacenar muchos sonidos, llevarlos a dispositivos portátiles o enviarlos por correo electrónico es posible comprimir los archivos de audio para que ocupen menos espacio. El sistema de compresión más conocido es el **MPEG-1 Audio Layer 3**, archivos de extensión mp3. Un minuto de audio ocupa más o menos 1 MB.

La compresión del sonido implica una pequeña pérdida: es posible comprimir mucho los archivos; pero a mayor compresión, menor calidad (▸ Figura 6.24).

Proceso	Efecto
Normalización	Elevación del volumen global, disminución de la diferencia entre picos y silencios.
Ecualización	Alteración de la proporción y presencia de sonidos graves, medios y agudos.
Distorsión	Diversas alteraciones del sonido: tono metálico, robótico, cristalino…
Delay	Tratamiento que permite añadir eco al sonido.
DSP (*Digital Signal Processing*)	Diversas transformaciones para simular ambientes: auditorio, teatro, concierto de rock…

Manipulación de sonidos.

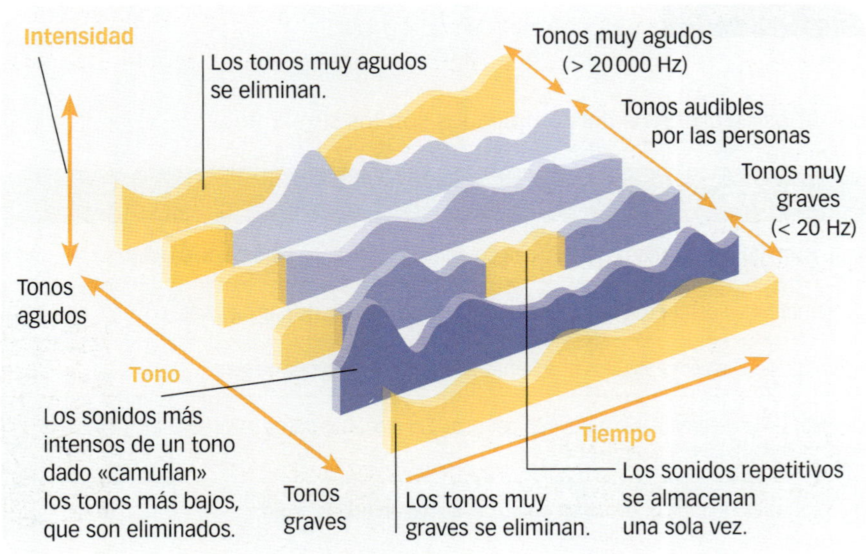

Figura 6.24. Compresión mp3.
Los archivos mp3 tienen un tamaño mucho menor que los archivos grabados en un CD de audio y casi la misma calidad.

? INTERPRETA LA IMAGEN

- ¿Qué sonidos se eliminan en un archivo mp3?
- ¿Por qué se reduce el espacio ocupado por la canción sin reducir apreciablemente la calidad?

6.2. Trabajo con imágenes fijas

En el tratamiento de imágenes también se pueden distinguir los mismos tres pasos: digitalización, manipulación y compresión.

- La **digitalización**, es decir, la captura de imágenes, se realiza mediante las cámaras fotográficas digitales, teléfonos, tabletas o bien a través de un escáner. Este periférico permite copiar documentos, fotografías, transparencias, etc. También es posible realizar dibujos directamente «en pantalla» utilizando herramientas como la tableta gráfica, el ratón o la pizarra digital.

  En cualquier caso, interesa que la imagen digitalizada tenga la mayor calidad posible. Cuando se habla de imagen, la calidad se puede definir en términos de megapíxeles y de píxeles por milímetro (número de píxeles por milímetro cuadrado de la imagen).

- La **manipulación** de imágenes implica normalmente procesos de mejora. El retoque fotográfico, que antes requería un costoso equipo y dotes artísticas, ahora puede realizarse de forma muy sencilla utilizando programas de edición gráfica, ya sea en un ordenador, en el teléfono o en la tableta, o usando servicios web como PicMonkey (▸ Figuras 6.25 y 6.26).

Figura 6.25. Los teléfonos permiten manipular las imágenes tomadas en el instante en que las capturamos.

Figura 6.26. La manipulación de imágenes nos permite recuperar fotografías tomadas en condiciones de luz muy difíciles. En este aspecto, el formato raw es el más versátil, pues nos permite aclarar la imagen, oscurecerla, aumentar el contraste, la saturación de los colores, ajustar la gama de color de la imagen, etc., sin introducir demasiado ruido.

Los tipos de archivos más empleados son los siguientes:

Extensión	Características
jpg	JPEG (*Joint Photographic Experts Group*). Formato que permite una muy alta compresión, pero con pérdida de calidad.
gif	GIF (*Graphics Interchange Format*). Un formato muy comprimido, pensado para las ilustraciones de páginas web.
png	Formato que admite compresión sin pérdida, que solventa algunos problemas asociados a los archivos gif.
raw	Archivo obtenido directamente en el sensor de una cámara, sin modificar por esta. Contiene los datos «brutos» de la imagen.
tif	TIFF (*Tagged Image File Format*). Archivo comprimido o no que incluye datos de la imagen que facilitan su tratamiento posterior.

- La **compresión**, en el caso de las imágenes, permite ahorrar mucho espacio de almacenamiento. El sistema de compresión más habitual es el JPEG (*Joint Photographic Experts Group*), y se basa en comparar cada píxel con los que tiene alrededor y eliminar de la imagen la información redundante. Como otras técnicas de compresión, implica pérdida si se aplica en exceso. Una imagen JPEG con mucha compresión suele aparecer «pixelada», con zonas poco definidas y bordes aserrados en los contornos (▶ Figura 6.27).

La compresión de imágenes tiene múltiples aplicaciones. Por ejemplo, facilita la transmisión de contenidos en la Red o el almacenamiento de imágenes en tarjetas de memoria (▶ Figura 6.28).

Figura 6.27. La compresión de una imagen en formato JPEG se realiza por comparación de píxeles. El ordenador elimina la información de píxeles repetidos o parecidos entre sí. Cuanto mayor sea la compresión, más píxeles se eliminan. Por eso, si comprimimos en exceso la imagen, obtendremos algo poco natural. Observa que la imagen soporta bien una compresión leve (que permite ahorrar un 20 % de espacio de almacenamiento), pero pierde mucha calidad cuando la compresión aumenta.

Efecto de la compresión JPEG.

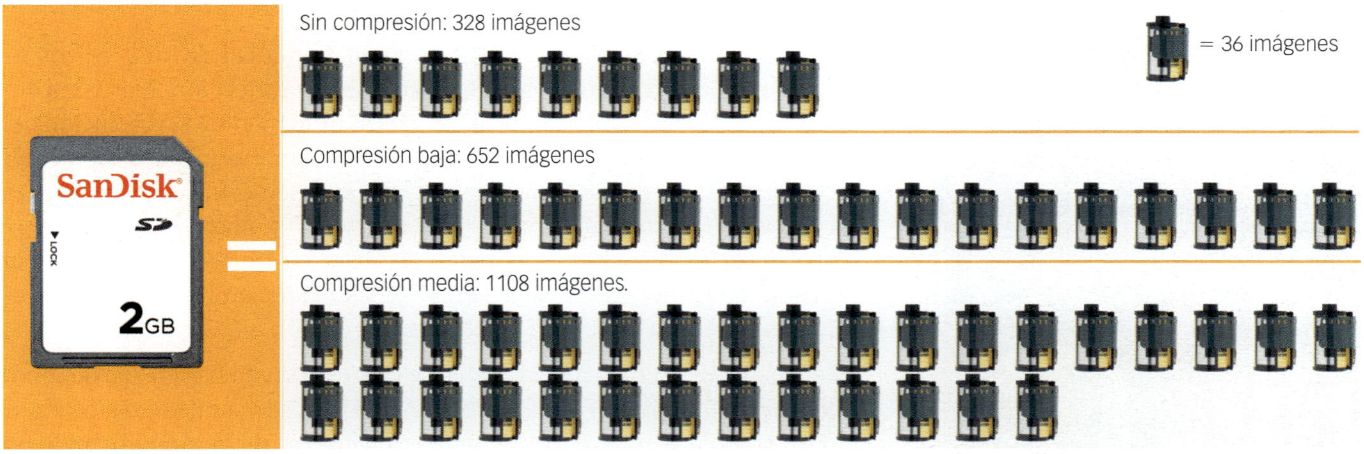

Figura 6.28. Ventajas de la compresión de imágenes al usar una cámara de 6 megapíxeles. En una tarjeta de memoria de unos pocos GB podemos almacenar muchas fotografías.

ACTIVIDADES

11. Busca y descarga la aplicación Picasa. Elige unas cuantas imágenes y publícalas en la web. Para ello debes estar registrado en Google.

12. Muchas aplicaciones permiten convertir imágenes de un formato a otro. Elige una fotografía y conviértela a diferentes formatos. Luego completa una tabla como esta en tu cuaderno:

Formato	Extensión	Tamaño del archivo

SABER MÁS

Software gratuito para manipular imágenes

- **Gimp.** Es muy potente.
- **Picasa.** Permite editar las imágenes sin perder la información original.
- **FatStone.** Permite trabajar con lotes de imágenes para redimensionarlas, añadir marcos, etc.

Para el teléfono:

- Retrica.
- PicsArt.

Ambas ofrecen numerosos filtros y herramientas de ajuste de la imagen.

6.3. Los archivos de vídeo: elementos de calidad

Trabajar con vídeo requiere una importante potencia de proceso del ordenador, además de una alta capacidad de almacenamiento. Ello se debe a que los archivos de vídeo son extraordinariamente grandes: un minuto de vídeo puede ocupar 1 GB.

Para resolver este problema en la captura y la reproducción de vídeo se utilizan los llamados códecs.

> Un **códec** (*co*mpresor-*dec*ompresor) es un pequeño programa que utiliza complejos cálculos matemáticos para comprimir el archivo de vídeo durante su grabación y para descomprimirlo durante su reproducción.

Obviamente, si utilizamos una cámara de vídeo o un teléfono que graba utilizando un códec determinado, necesitaremos disponer del mismo códec instalado en el ordenador para reproducir los archivos grabados.

Nombre y códec	Características	Tamaño y aplicaciones
Formato AVI. Diversos códecs (Cinepak, DV...)	Contiene información de todos los fotogramas del vídeo (25 fotogramas/s).	El tamaño del archivo depende del códec, pero suele ser grande.
Formato MPEG-2. Códec mpeg-2	Almacena la información de un fotograma de cada diez, por ejemplo, y solo de lo que cambia (lo que se mueve) en los siguientes fotogramas.	La compresión es variable. Con buena calidad, una hora de vídeo ocupa 4,5 GB. Es el formato de los DVD.
Formato MPEG-4. Códec divx, xvid y otros	Es un formato de alta compresión. Se desarrolló para la televisión en alta definición.	Una película de dos horas se puede almacenar en 700 MB. Existen muchos reproductores de DVD que leen estos archivos.
Formato HD (alta definición). Códecs mpeg-4 AVC o h.264	Alta compresión, pero con calidad. Estándares desarrollados para la industria del vídeo en alta definición.	Entre 15 y 30 GB cada hora de vídeo. Se utiliza en los reproductores Blu-ray.
Formato MKV. Diversos códecs	Vídeo en alta definición con compresión.	8-12 GB para almacenar una película de unas dos horas.

Códecs y formatos de vídeo más utilizados

Como en los casos de la imagen y del sonido, la calidad de los archivos de vídeo depende de la compresión (con un mismo códec, a mayor compresión, menor calidad), pero también influye en gran medida la resolución del vídeo, es decir, el tamaño de la imagen. Obviamente, a mayor resolución, mayor cantidad de detalles y mejor calidad. Las resoluciones más habituales son las de DVD (720 × 576 píxeles) y las de full HD o alta definición (1920 × 1080 píxeles) (▸ Figura 6.29). Y ya existen dispositivos 4K (3840 × 2160). Por el contrario, en teléfonos móviles o en vídeos alojados en Internet son habituales resoluciones de 720 × 576 píxeles.

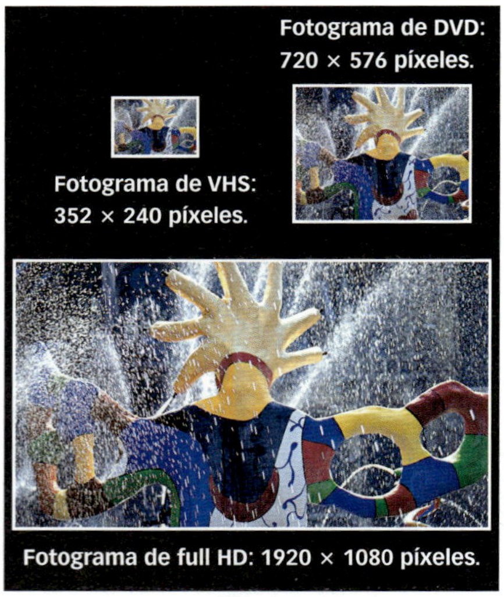

Figura 6.29. Diferencia de resolución entre el antiguo vídeo analógico, VHS, el DVD y el vídeo de alta definición.

La calidad final de un archivo de vídeo se expresa con un parámetro denominado ***bitrate*** (o flujo de bits). Este parámetro indica la cantidad de información que contiene un archivo de vídeo por unidad de tiempo. Se mide en megabits por segundo (Mbps o Mb/s). 1 Mbps equivale a una transferencia de un millón de bits (no bytes) por segundo.

Formato	Resolución (píxeles)	*Bitrate* medio (Mbps)
MPEG-4 para dispositivos portátiles	352 × 240	0,8
MPEG-4 para reproductores de DVD o teléfonos móviles	720 × 576	4,0
MPEG-4 en alta definición, códec h.264	1920 × 1080	4,0
DVD, códec MPEG-2	720 × 576	10-11
Vídeo de cámara miniDV	720 × 576	25
Blu-ray	1920 × 1080	36-54

Bitrate de los archivos de vídeo más comunes.

Edición y distribución de vídeo

La edición de vídeo se realiza mediante el uso de programas que funcionan simplemente como una línea del tiempo. Sobre esta línea se ordenan las secuencias de vídeo, se añade un sonido de fondo (una pieza musical, por ejemplo) y efectos de transición entre los distintos «clips».

Todos estos programas permiten modificar algunos parámetros de los vídeos (▸ Figura 6.30). Por ejemplo, el color, el contraste, la definición, el ritmo al que se suceden los fotogramas... Y además, con ellos podemos añadir efectos especiales (objetos voladores, textos en distintos formatos, etc.).

Figura 6.30. Edición de vídeo en un ordenador.

¿Qué hacer con el vídeo ya editado?

Una vez editado el vídeo hay que generar un archivo que sirva para distribuirlo. Hay varias formas de distribuir un archivo de vídeo:

- Grabarlo en un **soporte óptico**, normalmente DVD. Para ello es necesario producir un archivo de vídeo compatible con el estándar DVD.
- Almacenarlo en un **dispositivo portátil**, una **memoria USB**, etc., usando cualquier formato compatible con el dispositivo donde los visualizaremos.
- Enviarlo por **correo electrónico** o alojarlo en una **página web**. En este caso es necesario que el archivo sea «ligero», por lo que el vídeo necesariamente deberá tener alta compresión o baja resolución.

RESUMEN

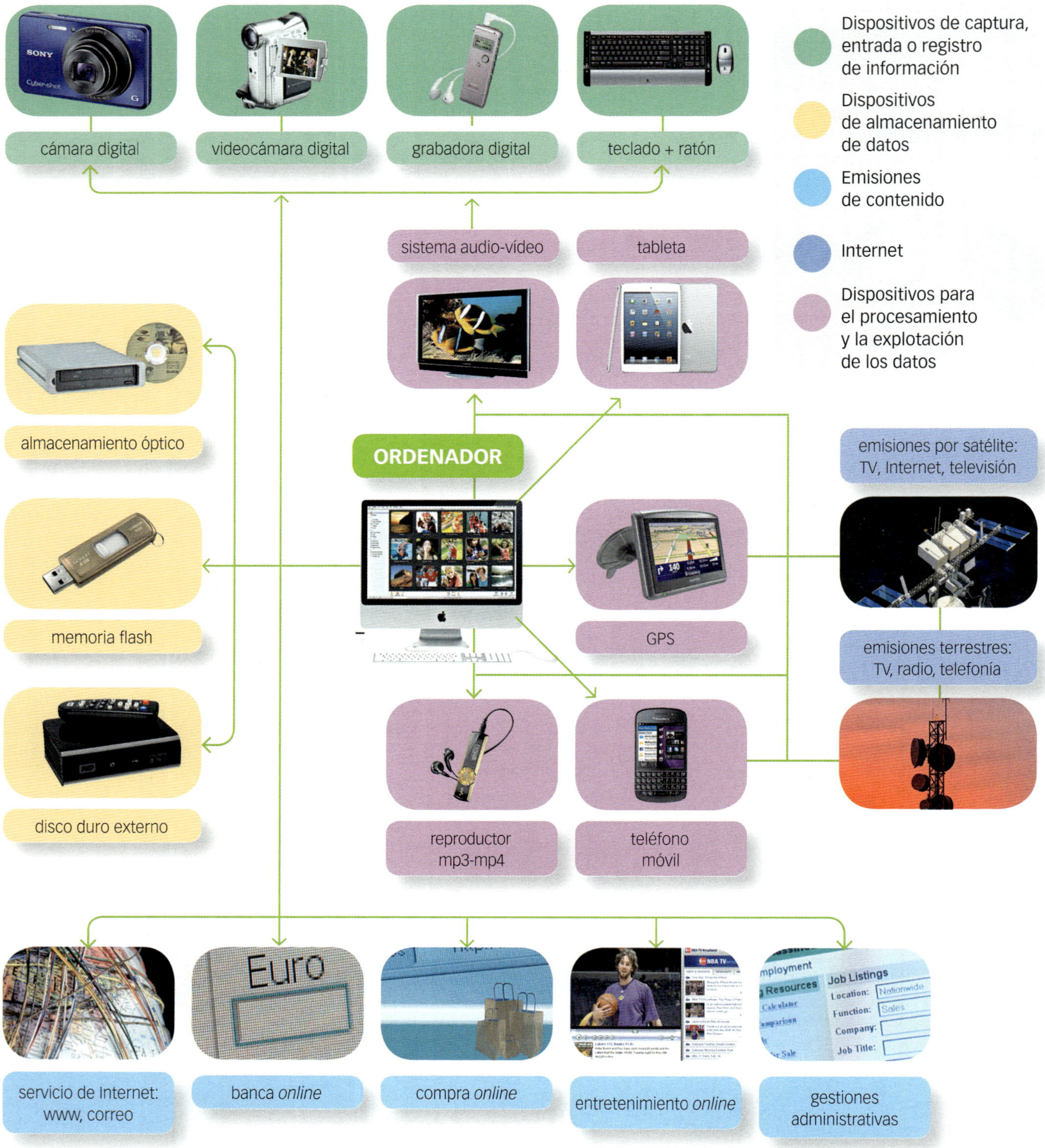

ACTIVIDADES

13. Explica qué es un conversor analógico-digital y para qué sirve. Pon algún ejemplo.

14. Explica las diferencias entre los distintos sistemas de almacenamiento de la información empleados en ordenadores, tabletas y teléfonos móviles.

15. Explica qué es la compresión de archivos y su utilidad para:

a) Almacenar fotografías.

b) Almacenar y transmitir audio y vídeo.

c) Intercambiar archivos a través de Internet.

SABER HACER

Analizar documentos

Consumismo tecnológico

Nos encontramos en una crisis de dimensiones insondables y siguen apareciendo noticias de grandes colas de consumidores que esperan fuera de un establecimiento para comprar la nueva versión de un producto tecnológico. Si el objetivo es el ahorro, debemos también reflexionar sobre nuestro comportamiento en el ámbito del consumo.

La tecnología forma parte de nuestra vida diaria. Nos ayuda en el trabajo, en el hogar y en nuestra vida cotidiana. Nos permite comunicarnos, ampliar nuestro conocimiento y nuestra creatividad. Pero ¿es necesario estar siempre a la última? ¿Tener el último *gadget* antes que nadie?

No cabe duda que las firmas del sector se hallan en lucha constante por innovar y marcar tendencia. Estas innovaciones tienen una repercusión indudable en los ciudadanos, pero el impacto real de la tecnología en el bienestar de los ciudadanos depende de quienes controlan su desarrollo y aplicación.

Como empresas, buscan legítimamente su beneficio económico y superar a la competencia. Nos hacen creer que su objetivo final es «hacernos la vida más fácil». Pero, obviamente, no es así. No debemos pensar que las firmas asociadas a las nuevas tecnologías son nuestros enemigos, pero tampoco fiarnos ciegamente de su amistad.

La invasión de actualizaciones, nuevas versiones y avances de determinados productos tecnológicos es imparable. Sin embargo, cada nueva versión aparece con menos mejoras. Mejoras, a las que, en muchos casos, ni siquiera vamos a sacar partido. La mayor parte de los usuarios no explotan adecuadamente sus aparatos.

El caso de los *smartphones* puede servir de ejemplo. La mayor parte de sus funciones y aplicaciones no son usadas por el cliente. Sin embargo, la media de vida de un teléfono inteligente es de seis meses. ¿Por qué desechamos nuestro «viejo» *smartphone* por uno nuevo si son casi idénticos y no sabemos utilizar bien ninguno de los dos?

Lo mismo cabría decir de otras líneas de productos, como las nuevas tabletas, los ordenadores, etc. Puede que tengamos algún amigo o nosotros mismos seamos fanáticos de las nuevas tecnologías. «¿Quién no querría probar un *gadget* nuevo antes que nadie?», se preguntan algunos.

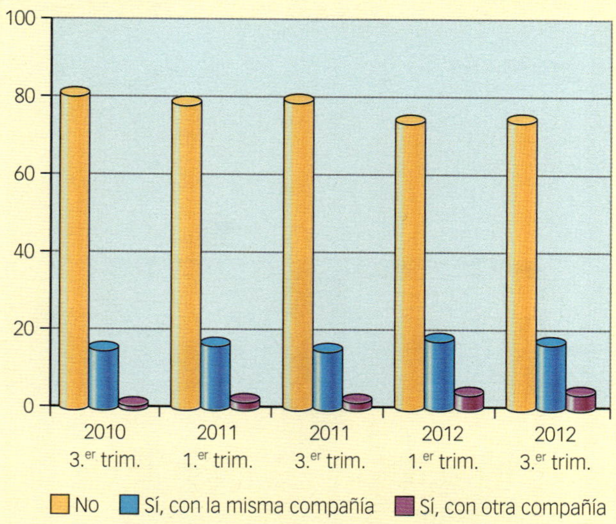

Porcentaje de usuarios que han cambiado de teléfono móvil en los últimos 6 meses. Fuente: Red.es (2013).

En el sector de la tecnología existe una considerable irresponsabilidad en el consumo. El número de aparatos desechados es cada día mayor. La vida útil de un producto de este ámbito se reduce. En los años previos a la crisis el consumo en tecnología avanzaba sin freno. Desde 2008 la situación ha cambiado, pero nuestro comportamiento sigue manifestando importantes tendencias consumistas. El ahorro pasa también por la reflexión y la evaluación de nuestro propio comportamiento.

Fuente: http://consejos.ahorro.net/2012/10/24/consumismo-tecnologico

ACTIVIDADES

16. Explica las frases:

a) La mayor parte de los usuarios no explotan adecuadamente sus aparatos.

b) En el sector de la tecnología existe una considerable irresponsabilidad en el consumo.

17. ¿Por qué aparece entrecomillada la palabra «viejo» en el texto?

18. Resume el texto en tres o cuatro líneas. Añade a continuación una línea o dos explicando tu postura respecto al tema tratado.

19. Contesta:

a) ¿Te parece un comportamiento ecológico cambiar de teléfono móvil cada pocos meses? ¿Por qué?

b) ¿Cómo se puede minimizar el impacto ambiental derivado de los continuos cambios en el teléfono móvil por parte de los usuarios?

20. En total, ¿qué porcentaje de usuarios cambió de teléfono tras 6 meses, según el gráfico? ¿Qué opinión te merece esto? ¿Qué aspectos positivos tiene? ¿Y negativos?

21. Copia un esquema de la imagen inferior en tu cuaderno y coloca cada cartel donde corresponda.

Disco duro	Placa base
Memoria RAM	Microprocesador
Fuente de alimentación	Regrabadora de DVD

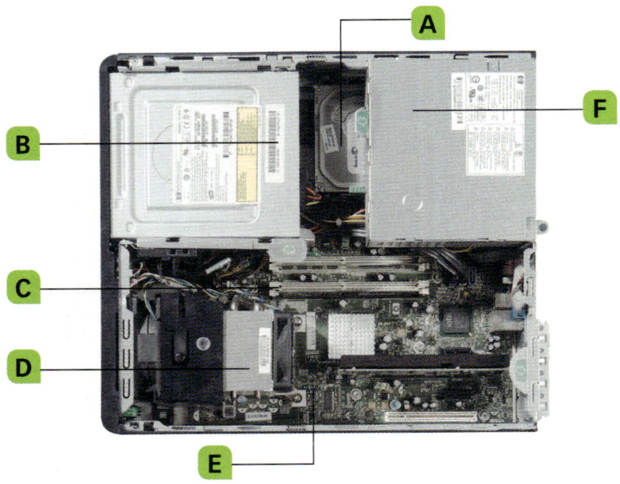

22. Representa en tu cuaderno un esquema de la siguiente imagen y rotula las conexiones indicadas.

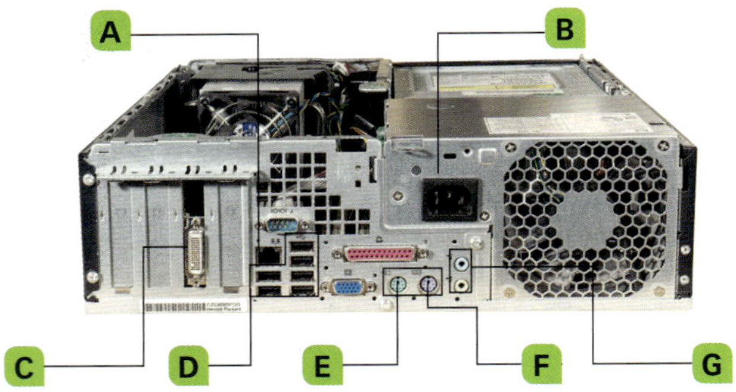

a) ¿Dónde se conectan el ratón y el teclado?

b) ¿Dónde se conectan la impresora o una cámara digital?

c) ¿Dónde se conecta el monitor?

d) ¿Dónde se conecta el *router* si queremos usar una conexión cableada?

23. Haz los cálculos correspondientes y contesta. (Consulta la tabla que aparece en esta misma unidad).

a) ¿Cuántos kilobytes caben en un CD-ROM (700 MB)?

b) ¿Cuántos megabytes son 2 TB?

c) ¿Cuántos kilobytes son 4,7 GB?

24. En los ordenadores se usa habitualmente una parte del disco duro como almacén para guardar temporalmente datos con los que está trabajando la máquina. Es decir, una parte del disco duro desempeña el papel de la memoria RAM. ¿Por qué crees que se emplea?

25. USA LAS TIC. Busca en diferentes diarios, revistas o páginas web anuncios sobre venta de ordenadores de sobremesa y ordenadores portátiles. Elige un presupuesto y elabora una tabla comparando sus características. Por ejemplo, presta atención a:

	Sobremesa	Portátil
Características del microprocesador		
Cantidad de memoria RAM		
Capacidad del disco duro		
Otros sistemas de almacenamiento		
Tamaño del monitor o pantalla		
Periféricos incluidos: teclado, ratón…		

26. De los siguientes periféricos, ¿cuáles sirven para introducir información, cuáles para extraerla y cuáles son simultáneamente de entrada y salida?

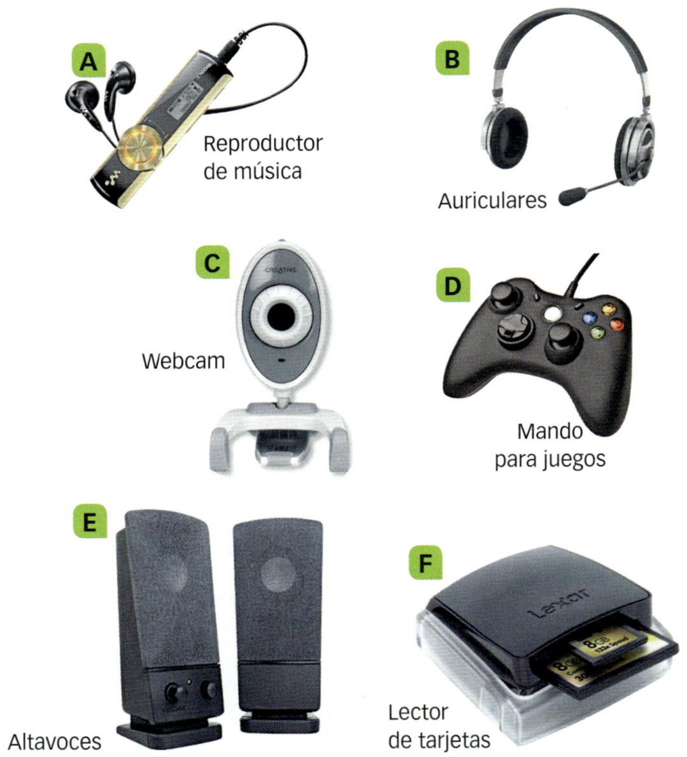

27. Contesta las siguientes cuestiones:

a) ¿Qué significan las siglas TDT?

b) ¿Qué tienen que ver con el famoso «apagón analógico»?

28. Completa en tu cuaderno el cuadro relacionado con las ventajas e inconvenientes de los sistemas de registro de información analógico y digital.

a) Hay pérdida de calidad al hacer copias.

b) Se puede transmitir fácilmente la información.

c) Es fácil manipular la información.

Analógico	Digital

29. Completa el cuadro en tu cuaderno:

Dispositivos de captura de información	Ratón			
Dispositivos de almacenamiento de datos				
Dispositivos de procesamiento y explotación de datos				

30. ¿Qué información es la que se guarda de cada píxel en una imagen tomada con una cámara digital?

31. Escribir un número decimal en código binario es muy sencillo.

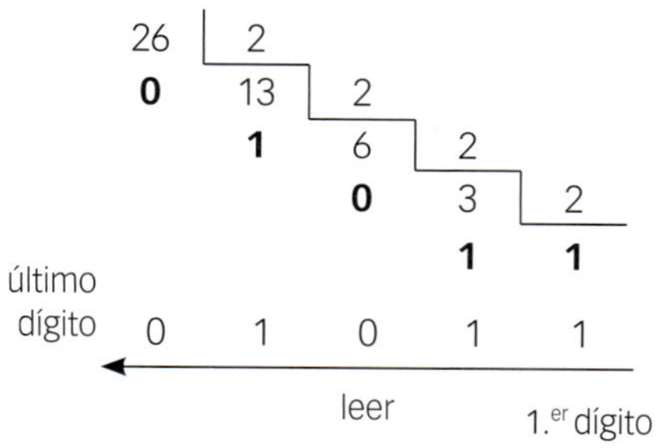

26 en decimal es 11010 en binario: $26_{10} = 11010_2$.

a) Escribe tu edad en números binarios.

b) ¿Por qué se usan si, al tener más cifras, parece más complicado?

32. ¿Qué es un conversor analógico-digital?

33. ¿Qué significa *sampling*? ¿En qué se emplea el *sampling*?

34. ¿Cómo se llama el dispositivo que convierte los caracteres analógicos (por ejemplo, tu escritura) en digitales?

35. Completa en tu cuaderno la siguiente tabla sobre el tamaño de la información digital. Recuerda que, aunque se parezcan, un bit y un byte no son lo mismo.

	1 byte
	1 KB
	1 MB
	1 GB
	1 TB

• 8 bits • 1000 MB • 1000 KB • 1000 GB • 1000 bytes

36. Estos dos dibujos corresponden a las marcas dejadas por el láser en un CD y en DVD. ¿A cuál corresponde cada una? Justifica tu respuesta.

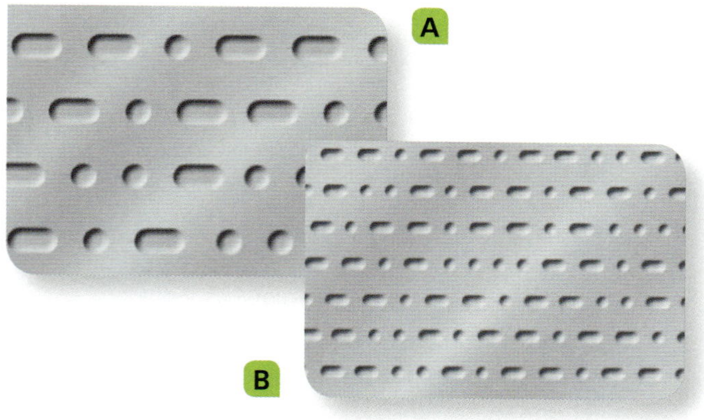

37. Contesta las siguientes cuestiones:

a) ¿En qué se diferencia una memoria flash de un disco duro?

b) ¿Qué ventaja tiene en términos de consumo de energía?

38. Imagina que has estado dibujando en tu ordenador usando varias capas de dibujo, además de filtros y otros trucos, y quieres conservar tu dibujo. El ordenador te ofrece varios formatos a elegir cuando haces clic en *Guardar como*. ¿Cuál elegirías en cada uno de los casos siguientes? Relaciona las columnas en tu cuaderno.

tiff	☐ Aunque pierdes parte de la información, como, por ejemplo, las capas en las que has estado trabajando, la imagen «pesa» menos (ocupa menos) que si la guardas en formato tiff.
jpg	☐ Si la quieres guardar ocupando muy poco; por ejemplo, si la quieres publicar en una página web.
gif	☐ Si vas a conservar todos los datos de cómo has conseguido hacer tu dibujo.

39. Contesta las siguientes cuestiones:

a) ¿Qué son los códecs?

b) ¿Cuál es su utilidad?

40. Comenta la interdependencia de las siguientes magnitudes relacionadas con la edición de vídeo:

a) Resolución.

b) Bitrate.

c) Calidad.

d) Rapidez en la edición.

41. ¿Cuántos gigas tienes en casa? Haz un repaso de todos los dispositivos digitales capaces de almacenar información. Ten en cuenta:

- Teléfonos móviles.
- Tabletas.
- Tarjetas de memoria (fotografía digital).
- Discos duros, memorias flash, USB…

a) ¿En cuál necesitarías más espacio para almacenar información?

b) ¿Cómo se podría ampliar la capacidad de almacenamiento?

CIENCIA EN TU VIDA

Unidades de almacenamiento SSD

La evolución de la capacidad de almacenamiento ha sido espectacular en los últimos años. Pero, además de la capacidad, en un dispositivo de almacenamiento se valoran otras cualidades.

En este sentido los dispositivos de tipo sólido, SSD (*Solid State Drive*), aportan ventajas frente a los discos duros magnéticos convencionales:

- Las unidades SSD permiten **un acceso mucho más rápido a los datos**. Con ellos los equipos arrancan en unos segundos, las aplicaciones arrancan más rápido y chequear el disco en busca de virus lleva también mucho menos tiempo. Asimismo, es mucho más rápido copiar archivos o escribir datos.
- Su **reducido tamaño** hace que sean adecuados para incorporarlos a equipos ultraportátiles, donde el tamaño y el peso son importantes.
- En una unidad SSD no hay partes móviles, por lo que **el consumo energético es más reducido**. Se calientan menos. El almacenamiento se lleva a cabo como en las tarjetas de memoria de tipo flash.
- **Soportan mejor los golpes**. Así, la caída de un equipo no implica la destrucción de los datos.
- Generan **menos ruido** que los discos duros magnéticos.
- **El rendimiento de la unidad se mantiene** a medida que esta se llena, algo que no ocurre en los discos duros magnéticos.

La desventaja: el precio. Las unidades SSD son bastante más caras que los discos duros magnéticos tradicionales. Por eso los más empleados tienen «solo» unos cientos de gigabytes de capacidad.

Otra solución proporcionada por algunos fabricantes es la elaboración de discos duros híbridos (HHD): una pequeña unidad SSD almacena el sistema operativo, lo que permite un arranque mucho más rápido, mientras que un disco duro magnético de mayor capacidad permite almacenar gigabytes y gigabytes de información a un precio razonable.

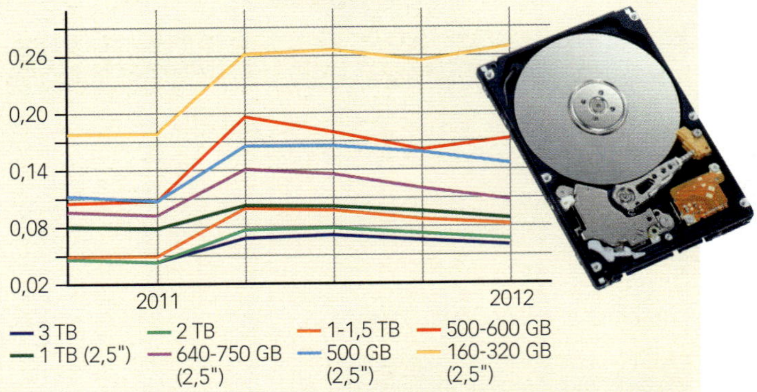

Evolución del precio de **discos duros magnéticos** de diferente capacidad y tamaño. Busca información y actualiza el gráfico. ¿A qué se debió la subida observada en el otoño de 2011?

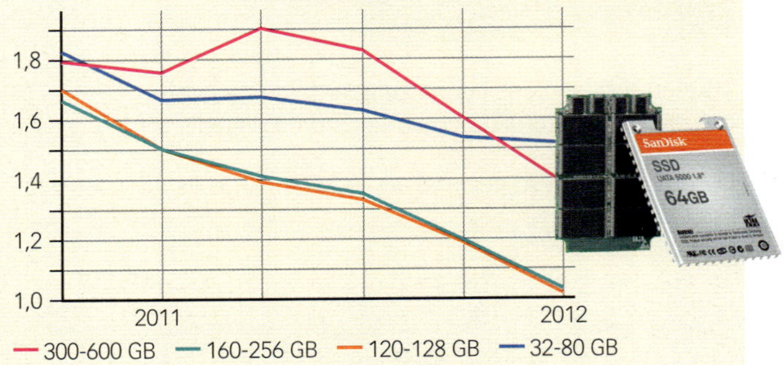

Evolución del precio de unidades **SSD** de distinta capacidad. Busca información y actualiza el gráfico. ¿Coincide el precio actual con la tendencia esperable del gráfico? ¿Qué capacidad es la más económica en precio/GB?

¿Qué nos falta por descubrir?

Cómo manejar la información digital

- Reducir el tiempo de arranque de los ordenadores, incluso aunque no partan de un estado de hibernación.
- Mejorar los procedimientos de fabricación de unidades SSD con el fin de reducir los precios, incluso de unidades de varios terabytes de capacidad.
- Optimizar la eficiencia energética de microprocesadores, pantallas, etc., con el objetivo de prolongar la autonomía de los aparatos, como en una tableta, por ejemplo.
- Mejorar la velocidad de acceso a redes con el fin de que el almacenamiento de datos en la nube sea más eficiente.
- Abaratar el precio del almacenamiento flash con el fin de aumentar la capacidad de almacenamiento interna de dispositivos móviles, como teléfonos o tabletas.
- Perfeccionar los sistemas de compresión de vídeo para satisfacer la capacidad de las pantallas de alta definición.
- Aumentar la velocidad de transmisión de datos entre periféricos y ordenadores.
- Aumentar la fiabilidad y el tiempo de vida de los dispositivos de almacenamiento con el fin de no perder datos debidos a un mal funcionamiento.

7 Funcionamiento de Internet

CONTENIDOS

El mundo en la palma de la mano. Eso es lo que nos permiten en la actualidad Internet y las tecnologías móviles. Desde nuestro teléfono móvil accedemos en pocos segundos a información alojada en ordenadores situados en otros países y continentes, jugamos *online* con jugadores de cualquier región del planeta, almacenamos nuestras fotos en la nube, escuchamos música vía *streaming* o compramos en tiendas que nos envían sus productos desde otro continente.

Pero ¿son todo virtudes cuando hablamos de Internet y de los servicios asociados: páginas web, correo electrónico, mensajería instantánea, intercambio de archivos…? Evidentemente, no. Esta misma facilidad para la comunicación tiene su vertiente negativa: los bulos se extienden con una rapidez increíble, el comercio electrónico está sujeto a riesgos, el ciberacoso puede ocasionar serios problemas a muchos adolescentes… Conocer cómo funciona Internet ayudará a evitar estos riesgos.

PARA COMENZAR

- ¿Qué harías un día sin conexión a Internet? ¿Qué hábitos cambiarías relacionados con el estudio o la comunicación con tus amigos?
- Elabora una lista de dispositivos que uses habitualmente o hayas visto usar y que puedan conectarse a Internet. ¿Qué les aporta la conexión a Internet?
- ¿Qué servicios echas en falta en Internet? ¿Cómo podría mejorar esta gran red mundial?

1 Internet: el mundo interconectado

Ningún fenómeno tecnológico ha transformado tanto nuestra sociedad como **Internet** (▶ Figura 7.1). No solo ha posibilitado nuevas formas de comunicarse y compartir información: también ha eliminado fronteras en el comercio y ha creado nuevos estilos de relaciones personales mediante el correo electrónico o la mensajería instantánea.

Se puede decir que Internet es el único avance técnico que ha tenido un impacto global, mundial. Y ha sido y seguirá siendo un impacto contundente.

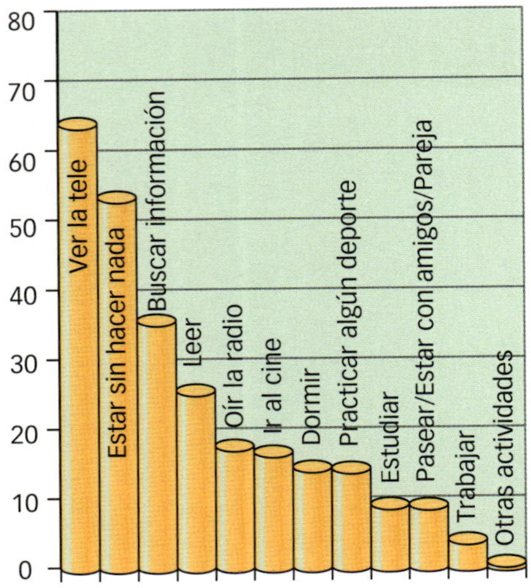

Figura 7.1. Disminución del tiempo dedicado a realizar algunas tareas tras la llegada de Internet.
Fuente: http://www.aimc.es.

1.1. Qué es Internet hoy

Desde el punto de vista técnico **Internet** es una agrupación de redes informáticas distribuidas por todo el mundo.

En sus comienzos, el acceso a Internet significaba para un usuario fundamentalmente tener la posibilidad de disponer de una creciente biblioteca virtual y comunicarse con sus contactos a través del correo electrónico. Hoy Internet va mucho más allá de esas primeras posibilidades (▶ Figura 7.2).

? INTERPRETA LA IMAGEN

- Busca datos actualizados y compara las actividades realizadas con los que muestra el gráfico de la derecha. ¿Qué actividades han crecido más en los últimos años?

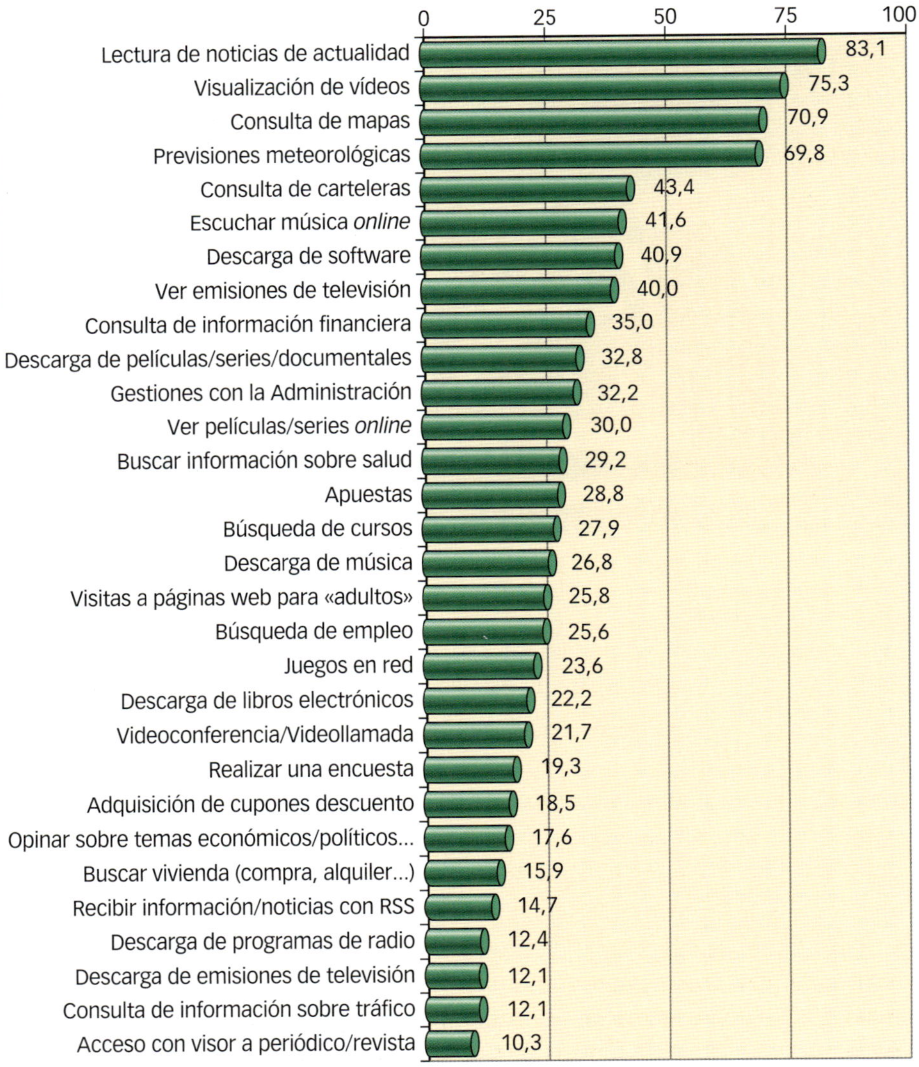

Figura 7.2. Actividades realizadas en Internet (datos de 2013). Internet es ya una herramienta imprescindible para la mayoría de la población, tanto en el trabajo como para el ocio o para mantenerse en contacto con familiares y amigos. La penetración de Internet en nuestros hogares y en la vida cotidiana es cada vez más intensa. Cada día 19 millones de personas usan Internet en España.
Fuente: http://www.aimc.es

CONOCIMIENTO CLAVE

Cómo funciona una red informática

Como los ordenadores manejan información numérica, es bastante fácil enviar esta información a otros ordenadores a través de un cable. Conectar dos ordenadores entre sí fue el primer paso para crear las redes de ordenadores.

Una red local o LAN (*Local Area Network*) es un conjunto de ordenadores y otros equipos conectados entre sí y que comparten información y algunos servicios. La conexión entre todas estas máquinas se realiza mediante cables o bien a través de sistemas inalámbricos, mediante ondas (WLAN o Wireless LAN).

Una LAN típica está formada por varios equipos conectados a un dispositivo encargado de dirigir la comunicación entre ellos. Este dispositivo puede ser un concentrador, un conmutador (*switch*) o, si queremos comunicar dos redes entre sí (por ejemplo, para tener salida a Internet), un enrutador o *router* (▸ Figura 7.3).

En una LAN, cada elemento (ordenadores, enrutador, periféricos...) está identificado por un nombre y un número, que se denomina **dirección IP** (*Internet Protocol Address*). Una dirección IP típica, por ejemplo, es 172.25.72.144. Esta dirección es como un número de teléfono que utiliza el conmutador o enrutador para enviar datos a un ordenador o periférico concreto, o bien para saber de dónde procede una determinada información. Más adelante lo estudiaremos con más detalle.

Figura 7.3. En una LAN no es necesario que los ordenadores estén conectados entre sí; solo que todos estén conectados al conmutador, concentrador o enrutador.

1.2. Cómo funciona Internet

Internet es en relidad una enorme red informática. Y en redes informáticas grandes pueden existir dos tipos de ordenadores:

- Los **servidores**, que están especializados en almacenar grandes cantidades de información.
- Los **clientes**, que son los que manejan los usuarios.

Un servidor puede disponer de varios discos duros donde se almacena la mayoría de los datos. De esta forma los ordenadores clientes pueden compartir la información y no necesitan tener gran capacidad de almacenamiento (▸ Figura 7.4).

El flujo de datos en Internet también se basa en la relación cliente-servidor. De hecho, cuando nos conectamos a Internet, nos conectamos a una red local a través de un servidor llamado **Proveedor de Servicios de Internet** (**ISP** o *Internet Service Provider*). La conexión al ISP se realiza en la mayoría de los casos a través del servicio ADSL o mediante cable coaxial.

A su vez, el ISP se conecta a muchas otras redes a través de cables de banda ancha. La información de todas estas redes se controla a través de enrutadores que dirigen el tráfico de datos de uno a otro ordenador, y entre servidores y clientes.

De esta forma, cuando escribimos en nuestro navegador de Internet la dirección de una página web o seleccionamos un enlace de otra página, muchos enrutadores actúan para poner en contacto nuestro ordenador con el servidor de Internet que aloja los contenidos que deseamos. Este servidor puede estar en otro continente (▸ Figura 7.5).

Todo este proceso se lleva a cabo a una velocidad increíble gracias, entre otras cosas, a la existencia de redes de fibra óptica capaces de hacernos llegar, por ejemplo, secuencias de vídeo sin paradas.

Figura 7.4. Estructura **cliente-servidor** en una red.

Figura 7.5. Realmente es asombroso realizar una petición a un servidor ubicado en Australia y recibir la información en la pantalla tras unos pocos segundos.

➔ SABER HACER

Usar bien el correo electrónico

- Utiliza una contraseña segura. Debería contener mayúsculas, minúsculas, números y símbolos. No lo anotes en ningún sitio ni se la digas a nadie.
- Cuando envíes un correo a varias personas, utiliza el campo CCO (con copia oculta) para ocultar a los destinatarios entre ellos.
- Si envías archivos adjuntos, comprueba que no contengan virus.
- Sincroniza periódicamente tu agenda de contactos con tu teléfono móvil. Así, nunca perderás información valiosa.

1.3. La regulación de la comunicación en la Red

La comunicación entre ordenadores requiere una serie de **protocolos**, conjunto de normas y procedimientos que regulan el intercambio de datos.

- **TCP** (*Transmission Control Protocol*). Regula las conexiones entre equipos y la transferencia de paquetes de información. Fue desarrollado por **Vinton Cerf** (n. 1943) y **Robert Kahn** (n. 1938) en 1973-1974.
- **HTTP** (*HyperText Transfer Protocol*). Regula el intercambio de datos en la *world wide web*: controla cómo se piden y se reciben los datos al navegar por la web. Fue desarrollado por **Tim Berners-Lee** (n. 1955) en 1989.
- **FTP** (*File Transfer Protocol*). Regula la transferencia de ficheros entre equipos. Fue creado por científicos del MIT (Instituto de Tecnología de Massachusetts, EE. UU.) hacia 1969 y mejorado después.

El más importante es el TCP, pues regula el funcionamiento de los demás. Contiene las normas del lenguaje entre los ordenadores, necesarias para que «se entiendan» entre ellos e intercambien la información (▶ Figura 7.6).

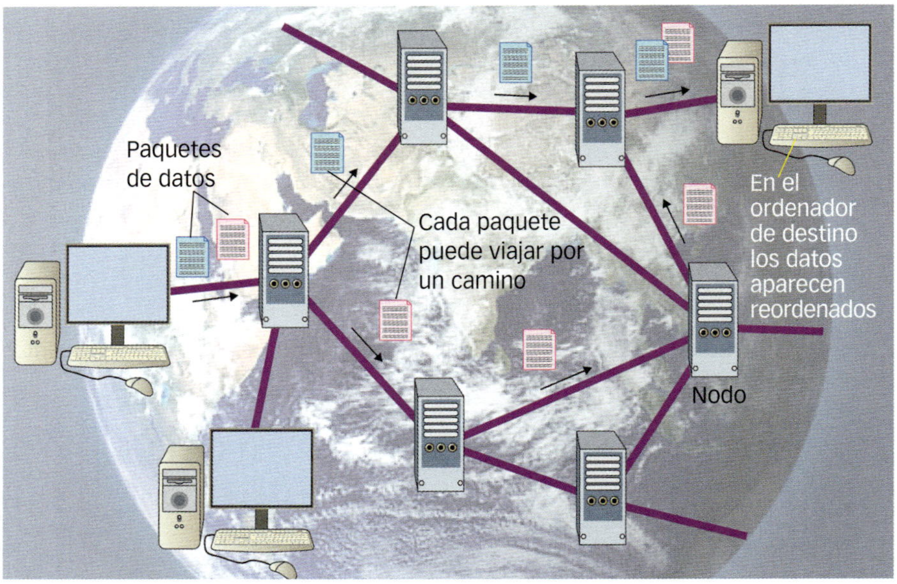

Figura 7.6. Flujo de datos en Internet. La información que circula por Internet se «trocea» en el lugar de partida. Los paquetes de datos pueden viajar hasta el destinatario por caminos diferentes. En el destino, los paquetes se reordenan.

1.4. El correo electrónico

Se trata de contactar con un servidor capaz de transferir rápidamente archivos desde el ordenador de un usuario hasta el de otro usuario. En el correo POP3 intervienen dos tipos de servidores (▶ Figura 7.7).

- El **servidor SMTP** (*Simple Mail Transfer Protocol*) recoge los mensajes procedentes de nuestra máquina y los envía al servidor SMTP de los destinatarios. Por ejemplo, si enviamos un correo electrónico a la dirección abc@server.es y otro a la dirección def@server.es, ambos mensajes llegan al servidor SMTP del proveedor *server.es*.
- El **servidor POP3** (*Post Office Protocol*) se encarga de distribuir los mensajes a los diferentes usuarios asociados a ese proveedor. Siguiendo el ejemplo de los dos mensajes anteriores, el servidor POP3 del proveedor server.es enviará un mensaje al usuario *abc* y otro al usuario *def*.

En el **correo web** basta con acceder a una página web desde un navegador para gestionar nuestros mensajes.

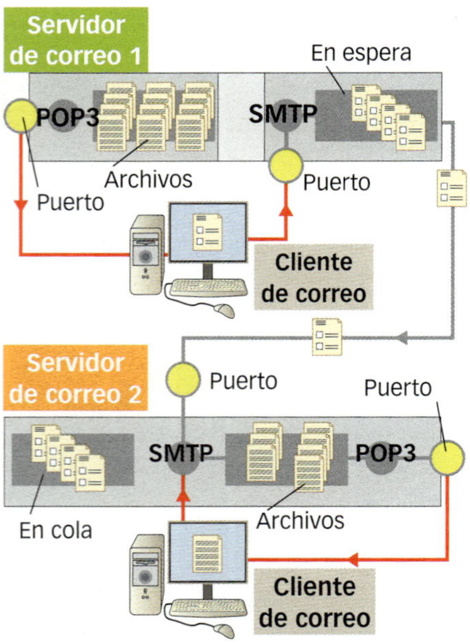

Figura 7.7. Cada vez que arrancamos el programa de correo electrónico el ordenador se conecta al servidor POP3 y retira los mensajes allí almacenados. Los recibimos entonces en nuestra máquina. Para que el servidor dé permiso es necesario identificarse con un **nombre de usuario** y una **contraseña**.

2 HTML: el lenguaje de Internet

Las páginas web que conforman la *world wide web*, el servicio más usado de Internet, están escritas en un lenguaje denominado **HTML** (*HyperText Markup Language*, lenguaje de marcas de hipertexto). Fue creado por Tim Berners-Lee en 1989 en el Laboratorio Europeo de Física de Partículas (CERN) ubicado en Ginebra (Suiza) con el objetivo de facilitar el intercambio de información entre científicos. No podía imaginar que su iniciativa iba a cambiar el mundo.

El lenguaje HTML se basa en la inclusión de **marcas** para dar formato al texto, incluir enlaces, imágenes, tablas, etc (▶ Figura 7.8). Luego, un navegador, la aplicación que usamos para visualizar las páginas web, interpreta estas marcas para mostrar los textos, los colores o las imágenes referenciadas en el archivo, que tiene extensión HTML o HTM (▶ Figuras 7.9 y 7.10).

```
<html>
<head>
<title>Título de la página</title>
</head>
<body>
<p>Ejemplo de la elaboración de un
archivo HTML. </p>
<p>Tiene una imagen obtenida de una
página web.</p>
<img src="http://upload.wikimedia.org/
wikipedia/commons/f/ff/Wikipedia_
logo_593.jpg">
</body>
</html>
```

Figura 7.8. Ejemplo de código HTML que incluye una imagen alojada en otra página web. En rojo aparecen destacadas las **marcas** típicas del lenguaje HTML.

Figura 7.9. Ejemplo de **página web**.

Figura 7.10. El **código HTML** correspondiente a dicha página web.

El código HTML puede ser generado de distinta forma:

- Con cualquier **editor de textos** básico, escribiendo las marcas correspondientes, llamadas *tags*.
- Muchas **aplicaciones**, como procesadores de textos, hojas de cálculo o aplicaciones de presentaciones, permiten exportar el archivo en formato HTML, de modo que se convierte fácilmente en una página web.
- Muchas **herramientas *online*** permiten generar directamente páginas web tecleando el texto, insertando una imagen, un vídeo, etc. Ejemplos: Wix, Weebly o Blogger (para blogs). Con ellas trabajamos de una manera parecida a cuando usamos un procesador de textos.
- En algunos **portales web** también podemos copiar el código HTML necesario para incluir un vídeo, una presentación, etc., en un archivo HTML. En YouTube, por ejemplo, accedemos al código HTML necesario para incrustar el vídeo eligiendo la opción Compartir ▶ Insertar.

```
<iframe width="420" height="315"
src="//www.youtube.com/embed/Tz2D1aahd5A" frameborder="0"
allowfullscreen></iframe>
```

En los últimos años el lenguaje ha evolucionado hasta lo que se denomina **HTML5**, un código más versátil que es capaz de generar páginas compatibles con diferentes dispositivos móviles, como teléfonos y tabletas.

OBSERVA

En Google Chrome puedes visualizar el código HTML correspondiente a la página representada en la pestaña activa pulsando la combinación de teclas:

Ctrl. + U

ACTIVIDADES

1. Utiliza un editor de textos (por ejemplo, el Bloc de notas de Windows, accesible a través del menú Inicio ▶ Accesorios) para generar un archivo con extensión HTML sencillo. Debe incluir un título, una frase de introducción y una imagen insertada con la etiqueta <img src="*ruta*">. Abre el archivo generado desde un navegador.

Figura 7.11. Cada página web está identificada por una **URL**.

3 Direcciones URL y direcciones IP

3.1. Direcciones URL

Imagina que buscas en Google la palabra NASA. Entras en la página de este organismo y haces clic en el apartado *Multimedia*. Verás que en la barra del navegador aparece una expresión denominada **dirección URL** (*Uniform Resource Locator*) (► Figura 7.11).

La **dirección URL** es una secuencia de caracteres empleada para localizar un recurso en Internet; por ejemplo, una página web.

Una dirección URL tiene este formato:

Dominio
Identifica al ordenador (servidor) que aloja la página mostrada.

Archivo
Es el nombre del archivo HTML visualizado en el navegador.

http://www.nasa.gov/multimedia/index.html

Protocolo
En este caso, al ser una página web aparece http (algunos navegadores no lo muestran).

Ruta
Muestra la ubicación del archivo visualizado dentro del ordenador que lo aloja.

3.2. Direcciones IP

Pero en realidad este no es el método que emplean los ordenadores para identificarse en una red como Internet. No usan letras y palabras, sino un conjunto de números denominado **dirección IP**.

La **dirección IP** de un equipo está formada por un conjunto de cuatro números comprendidos entre 0 y 256 y separados por un punto. Esta dirección identifica al equipo en la red.

Por ejemplo, la dirección IP correspondiente a la URL http://www.google.es es:

173.194.34.248

O, si la escribimos en código binario:

10101100.11000010.00100010.11111000

En las redes informáticas empleadas habitualmente en hogares todos los equipos de la misma red tienen los tres primeros números de sus IP iguales, y se diferencian en el último, que identifica a cada equipo en la red. No obstante, la dirección IP de un equipo no es un número invariable. Así, una red puede estar configurada de manera que el *router* o dispositivo que gestiona la red asocie direcciones IP de manera correlativa a los equipos a medida que se conecten a la red. Y puede ocurrir que la IP asociada a un equipo no sea la misma que la que se le adjudicó el día anterior.

Las direcciones IP resultan útiles para acceder de forma remota a un equipo o para filtrar qué páginas pueden ver determinados equipos de una red.

SABER MÁS

Servidores DNS, nombres de dominio

Los servidores DNS (*Domain Name System*) son equipos que almacenan una gran base de datos y que traducen las direcciones URL de una página web en las IP correspondientes.

Esto permite usar direcciones URL para encontrar la IP equivalente.

ACTIVIDADES

2. Imagina que la dirección IP de un *router* que gestiona una red doméstica es 192.168.1.1. Escribe tres posibles direcciones IP para un ordenador portátil y dos ordenadores de sobremesa que se conectan a dicha red.
3. ¿Cuántos equipos pueden conectarse directamente a una red doméstica como las mencionadas en esta página? Justifica tu respuesta.

CONOCIMIENTO CLAVE

Compresión de archivos sin pérdida de información

A veces necesitamos descargar de Internet archivos que son bastante extensos. En estos casos son útiles las técnicas de compresión de archivos, que reducen bastante su extensión (sin perder información), haciendo que la transferencia sea más rápida. Lo mismo sucede cuando enviamos por correo electrónico documentos que tienen gran cantidad de información.

Los programas compresores se encargan de analizar la información contenida en uno o varios archivos y comprimirla, haciendo que ocupen menos espacio. Para comprender cómo funcionan estos, observa el siguiente ejemplo.

Fíjate en la siguiente secuencia de cuadrados de colores:

La información de esta secuencia se podría describir así:

«cuadrado naranja – cuadrado amarillo – cuadrado azul – cuadrado naranja – cuadrado azul – cuadrado amarillo – cuadrado amarillo – cuadrado verde – cuadrado verde – cuadrado verde»

Pero un programa compresor analizaría esta información y escribiría:

«diez cuadrados; naranja, 1 y 4; amarillo, 2, 6 y 7; azul, 3 y 5; verde, 8, 9 y 10»

Evidentemente, cuanto mayor sea el archivo y más información redundante tenga, mayor será la posibilidad de compresión. Piensa que en una página de texto escrito, por ejemplo, aparecen muchas palabras escritas varias veces.

Las extensiones típicas de los archivos comprimidos son zip, rar, ace, tar (Linux), sit (Mac OS), arj, cab…

4 Los problemas de Internet

Aunque al hablar de Internet cualquier experto o usuario mencionaría, sobre todo, los aspectos positivos, por desgracia también hay problemas asociados a Internet.

- Cada día, muchos usuarios de correo electrónico reciben decenas de mensajes no deseados: publicidad, virus… Este fenómeno se llama ***spam***. Aunque las aplicaciones clientes de correo electrónico disponen de filtros, estos no siempre resultan eficientes.
- Internet ha fomentado la difusión o el nacimiento de **virus** que pueden dañar un ordenador o inhabilitar su uso. En pocas horas un virus puede infectar millones y millones de ordenadores en todo el mundo.
- Ha propiciado la aparición de ***spyware***, ***adware***, ***phishing***…, que intentan obtener información del internauta, mostrar publicidad no deseada, etc. La información que se intenta obtener está relacionada en muchas ocasiones con datos de tarjetas de crédito o cuentas bancarias.
- **Nadie controla lo que se publica en la www**. Por eso contenidos falsos pueden llegar a todo el mundo en pocas horas.
- Para muchas personas sin conocimientos de **inglés** la navegación por muchos sitios web interesantes es difícil.
- Favorece la extensión de **delitos informáticos**. Por ejemplo, suplantación de identidad o ciberacoso.

ACTIVIDADES

4. Busca información y elabora un pequeño diccionario con términos relacionados con la seguridad en Internet.
5. ¿Cuáles son para ti los mayores problemas que presenta Internet? ¿Cómo intentas solucionarlos?

5 Las redes sociales

Desde hace unos cuantos años muchos usuarios de Internet emplean un sistema de comunicación muy eficiente para mantener en contacto casi permanente a un grupo de amigos: las redes sociales.

Una **red social** es un medio de comunicación que pone en contacto a personas con algunos intereses comunes: un grupo de amigos, familiares o personas que comparten alguna afición.

En los últimos años la influencia de las redes sociales ha traspasado el mero contacto entre amigos. Las empresas las emplean como un elemento más publicitario y de marketing. Además, el uso de las redes sociales ha sido clave en acontecimientos de gran trascendencia política y social, como en algunas campañas electorales o en levantamientos sociales acaecidos en países del norte de África entre los años 2010 y 2014.

Algunas de las redes sociales más empleadas en España son estas:

Facebook

Es la red más utilizada en todo el mundo. Nació con el objetivo de facilitar el contacto entre estudiantes universitarios de Harvard (Estados Unidos), pero luego permitió el acceso a cualquier persona con un único requisito: tener una cuenta de correo electrónico. Miles de equipos distribuidos por todo el mundo gestionan el servicio de cientos de millones de usuarios.

Twitter

Se trata de una red que permite enviar mensajes cortos de menos de 140 caracteres. Es muy empleada por personajes públicos para mostrar opiniones justo tras la aparición de una noticia. Twitter permite suscribirse para recibir de manera inmediata los comentarios de las personas que seguimos. Se generan decenas de millones de mensajes o tuits (tweets) cada día.

Google+

Google Plus ha utilizado como punto de partida los millones de usuarios en todo el mundo que disponen de una cuenta de correo de Gmail, el servicio proporcionado por la empresa Google.

Tuenti

Es una red social española. Para crear una cuenta es necesario introducir una dirección de correo electrónico y un número de teléfono.

LinkedIn

Es una red de carácter profesional, empleada por personas que introducen en su perfil su formación o su currículo profesional.

Instagram

Es una red social especializada en la compartición de imágenes, algo fácil de llevar a cabo usando un teléfono con cámara y conectado a Internet.

5.1. Riesgos derivados del uso de las redes sociales

Las redes sociales ofrecen muchas ventajas a sus usuarios (▸ Figura 7.12), pero deben usarse con precaución para evitar algunos problemas.

- **Pérdida de la privacidad.** La información compartida por un usuario puede ser fácilmente distribuida por otros usuarios de la misma red, a veces sin que estos sean conscientes de ello. Por ello hay que vigilar con rigor qué es lo que queremos compartir en la red social.
- **Acceso a contenidos poco adecuados** para niños o adolescentes. No hay censura y nadie controla lo que otros usuarios publican en una red social, por lo que deben vigilarse las personas que aparecen como amigos, sobre todo en las redes sociales frecuentadas por niños.
- **Pérdida de contacto directo.** Algunas personas pueden sustituir muchas de sus relaciones personales directas por relaciones virtuales.
- **Acoso.** Las redes sociales facilitan el contacto con muchas personas, por lo que pueden ser empleadas para insultar o difundir amenazas a otros miembros, chantajeándolos; por ejemplo, con el uso de imágenes que otra persona no desea ver publicadas.
- **Adicción.** Verdaderamente hay personas que están enganchadas a una o varias redes sociales y publican en ellas todo cuanto hacen a cualquier hora: fotografías, ubicación...

5.2. Incumplimiento de la ley al usar redes sociales

Casi siempre de manera inconsciente, muchos usuarios de redes sociales cometen infracciones de distinto tipo.

- **Violación de la intimidad** de otras personas. Si se publica una fotografía o un vídeo de un menor, debe ser con el consentimiento de sus padres o tutores legales. Hay que prestar especial atención a las imágenes de acceso abierto; es decir, aquellas a las que puede acceder cualquier internauta.
- **Delito contra los derechos de autor.** No podemos publicar imágenes, vídeos, etc., sin permiso del autor.
- **Acoso** a otras personas a través de mensajes, imágenes o vídeos difundidos en una red social.
- **Suplantación de la identidad.** Algunas personas acceden a una cuenta ajena usando una contraseña «robada». De esta manera pueden incluir comentarios ofensivos, por ejemplo, haciéndose pasar por nosotros.

La mejor manera de evitar que alguien se haga pasar por uno mismo es no difundir la contraseña. **Nadie debe conocer nuestra contraseña.**

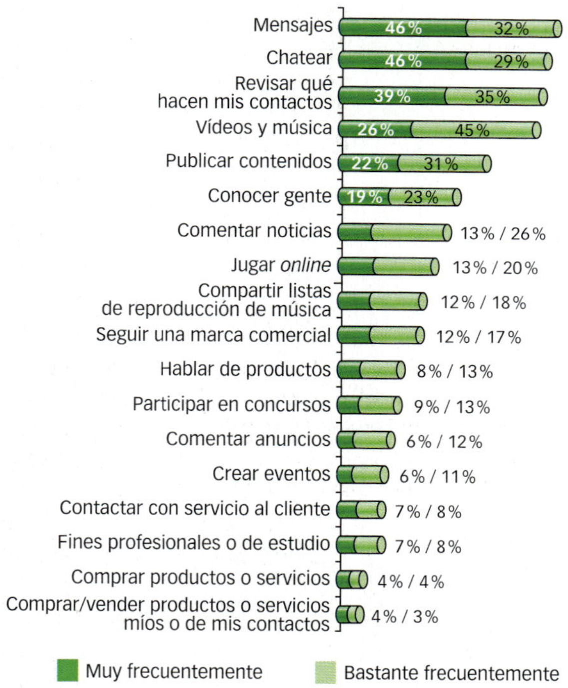

Figura 7.12. Actividades realizadas en las redes sociales.

ACTIVIDADES

6. Busca información y localiza otras redes sociales no mencionadas en estas páginas.
7. Elabora una lista de las ventajas más significativas que tienen las distintas redes sociales, a tu juicio.
8. En algunos países se han censurado determinadas redes sociales. ¿Qué te parece esta medida? Busca las causas que han llevado a esta prohibición y debate tu opinión con tus compañeros.
9. El uso incontrolado de las redes sociales puede ser peligroso para los menores. Elabora una lista de consejos que tú darías a un niño para evitar un empleo inadecuado de las redes sociales.

6 Privacidad y seguridad en la Red

Figura 7.13. En ocasiones para evitar accesos de máquinas a páginas seguras se insta al internauta a escribir una serie de caracteres que pueden leerse en una imagen llamada **captcha**.

Sin duda, uno de los mayores problemas de Internet es la sensación de inseguridad, especialmente cuando se trata de transacciones comerciales. Para que el comercio electrónico tenga éxito, los clientes deben confiar en que las empresas les enviarán los productos comprados, y en que sus datos personales y bancarios están almacenados de manera segura.

En la actualidad este problema está resuelto gracias a diversas tecnologías de control de privacidad y transacciones seguras (▸ Figura 7.13). No obstante, aún conviene tener ciertas precauciones.

6.1. Encriptación de datos y servidores seguros

Para la transmisión de datos personales o para la realización de transacciones comerciales a través de Internet se suele utilizar un protocolo específico denominado **https**. La «s» añadida al final de las siglas http indica que la presentación de contenidos se realiza por un camino diferente al de la transferencia de información habitual en Internet. Este camino es más seguro porque implica la encriptación de la información que se transmite y el uso de unos protocolos específicos de conexión y transferencia denominados **TLS** (*Transport Layer Security*) o **SSL** (*Secure Sockets Layer*).

El funcionamiento de estos sistemas es realmente complejo. Se realiza a través de una serie de pasos (▸ Figura 7.14). Este sistema permite realizar compras y transacciones bancarias de un modo bastante seguro, sobre todo si se asocia a la petición de contraseña a los usuarios. Se garantiza así que no se pueda suplantar al usuario ni al receptor de la información, y que tampoco sea posible interceptar los datos durante la transferencia.

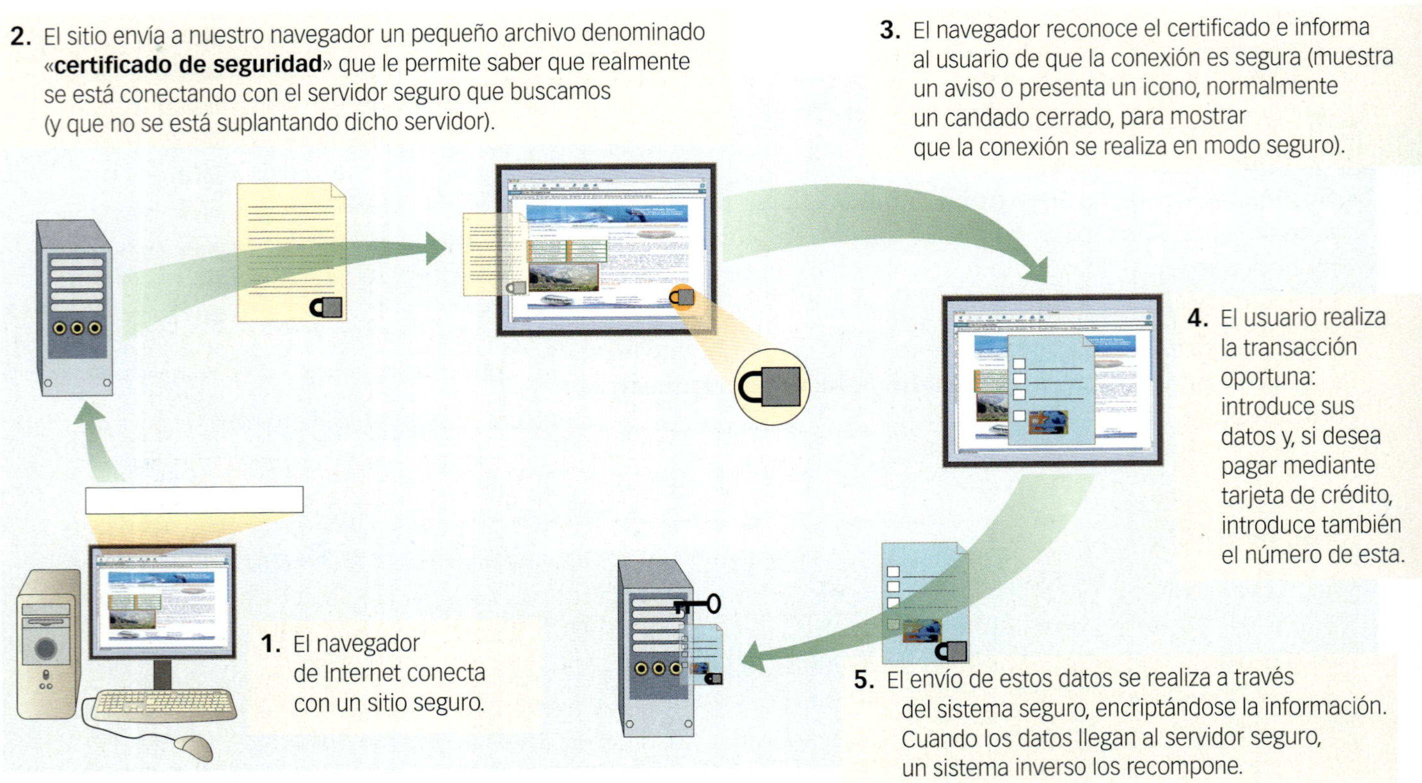

Figura 7.14. Transmisión de la información en sitios web «seguros».

6.2. Ataques contra la seguridad

Se suele decir que en Internet hay «miles de ojos» observando las transacciones comerciales y tratando de beneficiarse de las lagunas de seguridad. Algunas personas con grandes conocimientos de informática han desarrollado pequeños programas espía, o trampas realmente ingeniosas, para conseguir sacar provecho de estos problemas de seguridad. A continuación resumimos algunos de los sistemas de ataque más comunes.

Sistema	Procedimiento y objetivos
Troyanos	Se trata de pequeños programas que se alojan en un ordenador y pueden controlar su funcionamiento a distancia, o bien memorizar las pulsaciones de teclas cuando se introduce una contraseña. Llegan a través del correo electrónico o al descargar algunos archivos de páginas web.
Spyware (programas espía)	Aplicaciones que llegan a través del correo o de páginas web y se instalan en el ordenador. Se trata de auténticos espías: recopilan datos sobre el usuario, sobre sus hábitos de navegación, etc., y los envían a las personas interesadas.
Adware	Programas que se instalan inadvertidamente y muestran publicidad al navegar por Internet (ventanas emergentes, etc.). Algunos de ellos actúan también como espías.
Phishing	Técnica de suplantación de páginas web de bancos. Consiste en enviar un correo electrónico avisando de problemas técnicos o cambios en la web de un banco y pidiendo al usuario que introduzca sus claves.

La mayoría de estas amenazas se pueden evitar simplemente instalando un **antivirus** o bien un **cortafuegos** (*firewall*), un programa que evita las intrusiones al navegar por la www. Y, naturalmente, al realizar gestiones bancarias o compras, comprobar la seguridad de las páginas y, ante la menor duda, no seguir adelante con las operaciones.

Recuerda que los bancos nunca piden datos personales por correo electrónico, ni claves de acceso. Y desconfía de las páginas que ofrecen regalos.

SABER MÁS

La protección de datos

Las leyes españolas protegen la privacidad de las personas a través de una ley de protección de datos: la Ley Orgánica 15/1999, de 13 de diciembre, de Protección de Datos de Carácter Personal (LOPD).

Esta ley exige a las empresas que mantengan bases de datos de clientes el cumplimiento de una serie de normas tales como la privacidad de esos datos, la custodia de los mismos con ciertas normas de seguridad y la información al cliente de cómo se realiza su gestión. Las empresas se obligan a no transferir estas bases de datos a terceros sin informar previamente a los clientes, y estos tienen el derecho de modificar o borrar sus datos en cualquier momento.

Para garantizar el cumplimiento de estas normas se creó la AEPD, Agencia Española de Protección de Datos.

ACTIVIDADES

10. Observa la gráfica sobre el grado de seguridad que merecen cada una de estas transacciones a los internautas en España (2013) (▸ Figura 7.15) y contesta:

a) ¿Qué opinas tú? ¿Qué te merecería más confianza, dejar la tarjeta de crédito a un dependiente o escribir los datos en una página web «segura»?

b) ¿Has comprado algo por Internet? En caso afirmativo, describe el proceso seguido en varios pasos.

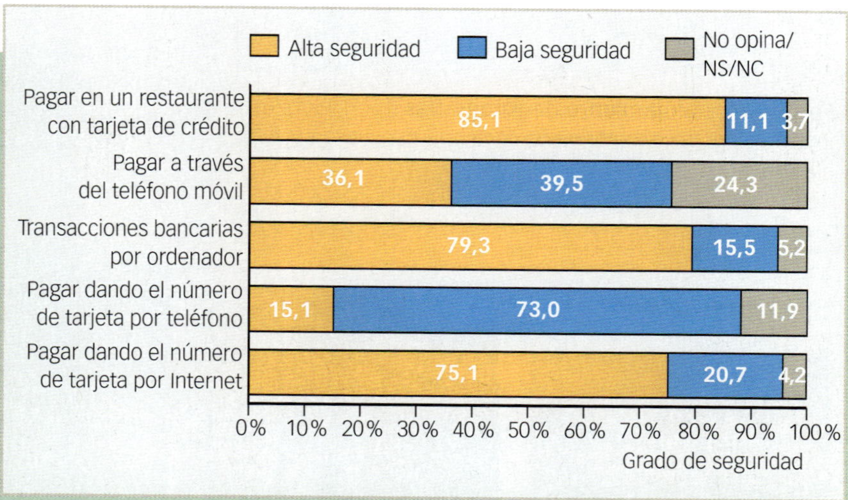

Figura 7.15. Fuente: http://www.aimc.es

INFORMACIÓN CLAVE

La evolución de la Red: la web 2.0

Durante unos cuantos años, la www tenía un carácter unidireccional: el usuario era un mero receptor de la información alojada en páginas web. Esa www es la que se ha llamado posteriormente web 1.0.

Desde hace unos años, sin embargo, el usuario es el protagonista. En diciembre de 2006, para identificar al personaje del año, la revista *Time* colocó espejos en sus portadas. Así indicó que el personaje del año era el usuario de la Red.

- Los **blogs** han convertido en periodistas a muchos internautas.

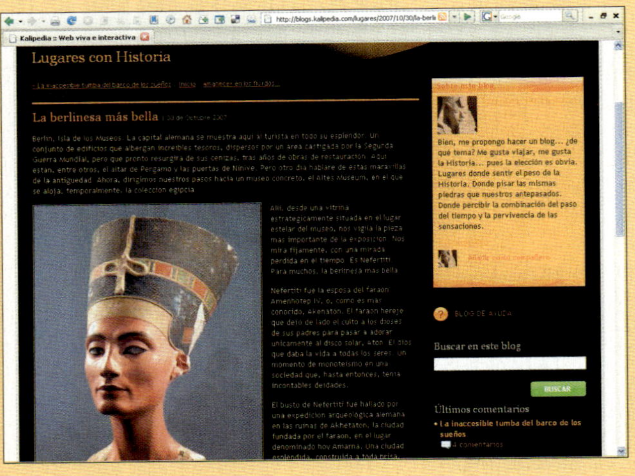

- Las **enciclopedias *online*** como Wikipedia nos permiten contribuir al saber general.

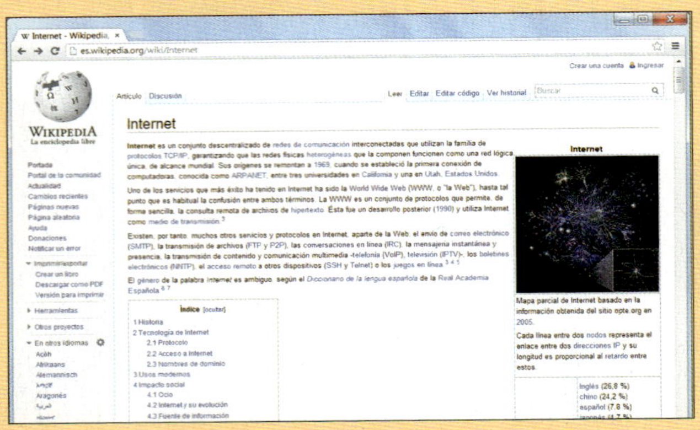

- Los sistemas de **alojamiento de fotografías** (Flickr, Pinterest, Picasa o Instagram) han permitido compartir nuestras imágenes con todo el mundo.

- Los servidores que alojan **vídeos** (YouTube, Vimeo) han propiciado una nueva manera de compartir información con familiares, amigos, colegas, o de difundir una noticia.

- Los **foros** permiten compartir conocimientos entre internautas que tienen una afición común. Muchas veces la participación en un foro nos resuelve dudas o nos ayuda a resolverlas.

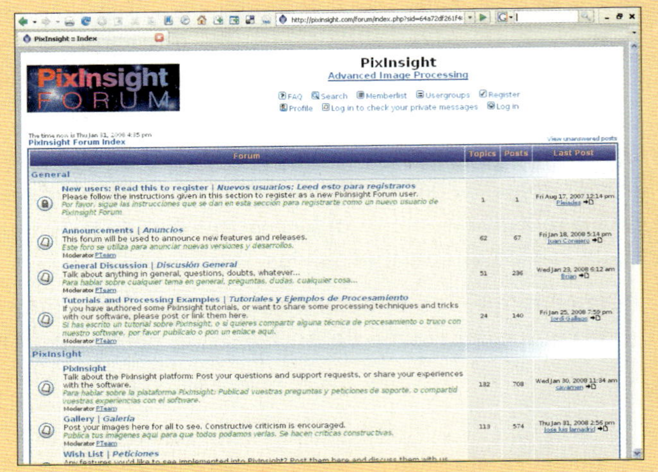

En definitiva, la Red está alimentada por los internautas; no solo por empresas o instituciones.

En la nueva web, la **web 2.0**, el usuario no se limita a observar, sino que participa, colabora o comparte.

ACTIVIDADES

11. Busca información y anota los requisitos necesarios para publicar fotografías en Flickr, publicar vídeos en YouTube o crear un blog en alguna página que ofrezca este servicio.

12. ¿Has visitado algún foro? ¿Para qué?

13. ¿Has subido contenidos a la Red? ¿De qué tipo?

RESUMEN

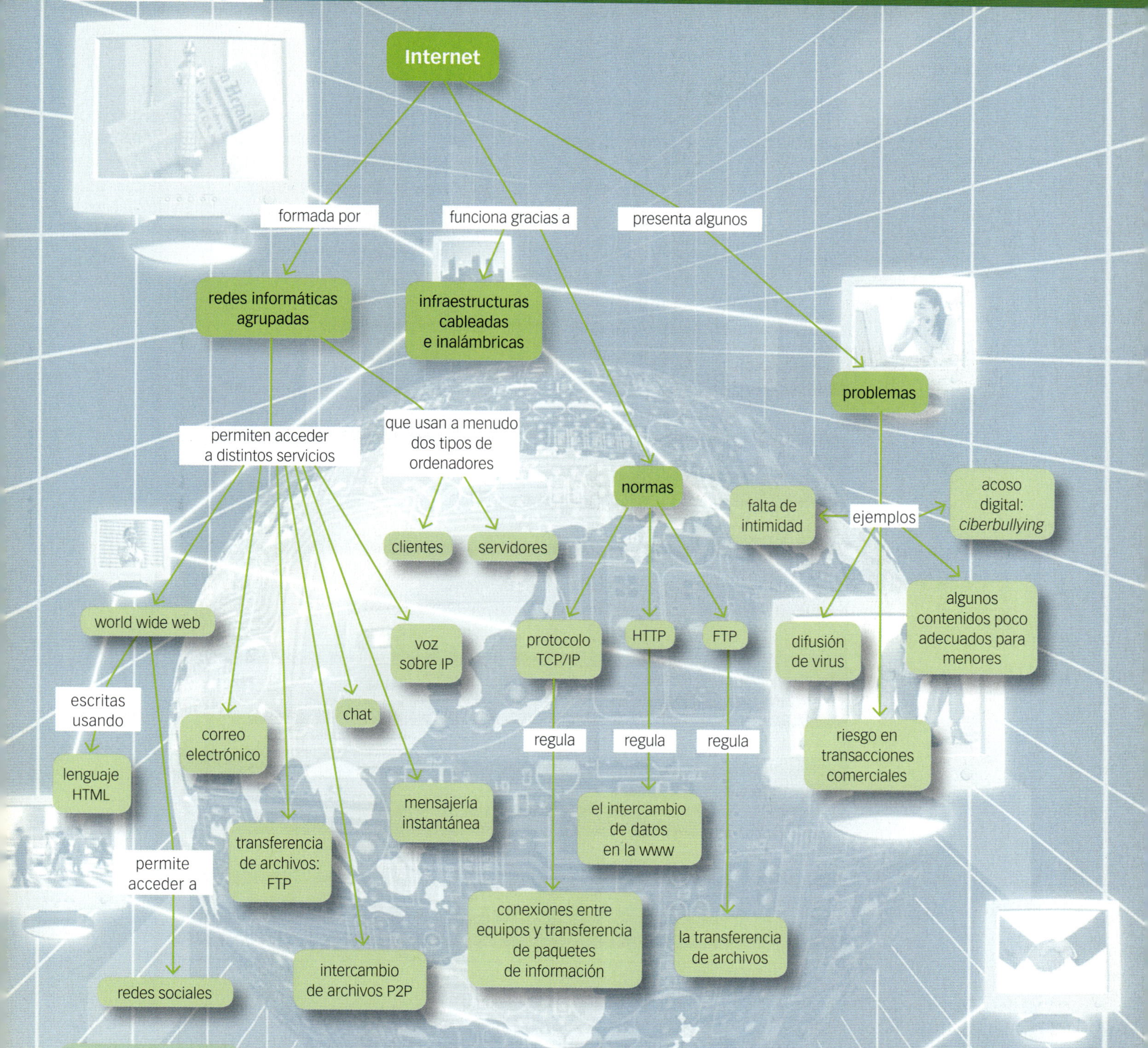

ACTIVIDADES

14. Señala qué servicio de Internet emplearías en cada caso para:

a) Enviar un mensaje a un amigo a través de WhatsApp u otra aplicación similar.

b) Visitar la página web de un museo.

c) Compartir un tuit con tus amigos usando un navegador.

d) Enviar un archivo PDF con unos apuntes escaneados.

e) Descargar un navegador gratuito para instalarlo en tu ordenador.

15. Contesta:

a) ¿En qué se diferencia un ordenador cliente de un ordenador servidor en una red informática?

b) Busca información: ¿en el intercambio de archivos P2P existen ordenadores clientes y servidores?

16. Revisa algunos de los problemas de Internet.

a) ¿Cuáles afectan más directamente a las redes sociales?

b) ¿Crees que os afectan a ti y a tus amigos? ¿Por qué?

SABER HACER

Analizar gráficos

Nuevas tecnologías para todos

Usar Internet más y más. Internet ha revolucionado la sociedad. Pero para unos más que para otros. Incluso en los países desarrollados existen bastantes diferencias relacionadas con la edad de los internautas.

Sin embargo, las diferencias se irán reduciendo seguramente en los próximos años.

- Por una parte, cada vez serán más las personas que han manejado Internet desde su juventud.
- Por otra parte, cada vez más personas jubiladas se atreven con Internet. Muchas de ellas han encontrado en chats, foros, blogs, etc., un medio para huir de la soledad o para encontrar personas con gustos y problemas afines.

El siguiente gráfico muestra los resultados de una encuesta realizada en España en 2012 para conocer cuáles son los hábitos de personas de todas las edades relacionados con el uso de las nuevas tecnologías e Internet.

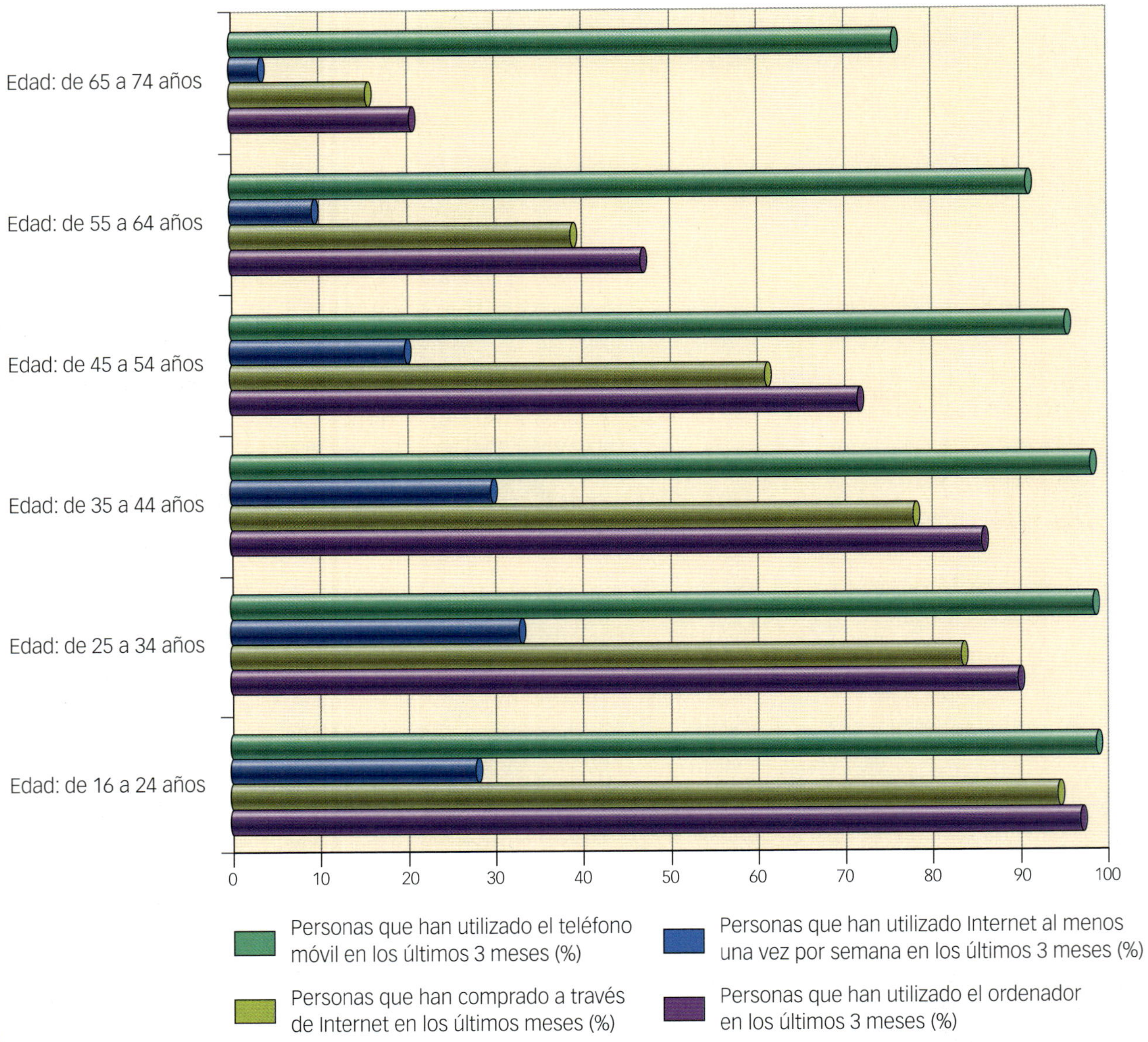

ACTIVIDADES

17. A la vista de los datos, ¿crees que la telefonía móvil se ha implantado en todos los grupos de edad?

18. ¿Todas las personas usan por igual el ordenador? ¿Es ahora imprescindible usar el navegador para acceder a Internet?

19. ¿Qué grupos de edad tienen menos interés en comprar por Internet? ¿A qué crees que se debe este hecho?

20. ¿Qué grupo de edad es más propenso a comprar por Internet? ¿Qué porcentaje de personas de este grupo de edad realiza compras en la Red?

SABER HACER

Gestionar un blog

En Internet existen diversas herramientas *online* que nos permiten publicar un blog de una manera sencilla. Blogger es una de las herramientas más empleadas por millones de usuarios de todo el mundo. Para crear el blog basta con disponer de una cuenta de Google. Puede usarse desde un ordenador, pero también desde dispositivos móviles con iOS o Android instalado.

Un blog se nutre tanto de los artículos publicados o posts como de los comentarios de los internautas.

1. Para comenzar crea una cuenta de Google si no la tienes.
2. Visita la página de Blogger. Si no estás identificado en tu cuenta te pedirá la identificación: **usuario** (dirección de correo de Gmail) y **contraseña**.
3. Aparecerán otros blogs dados de alta. Si no tienes ningún blog, puedes seleccionar la opción Crear nuevo blog. Aparecerá una pantalla como esta:

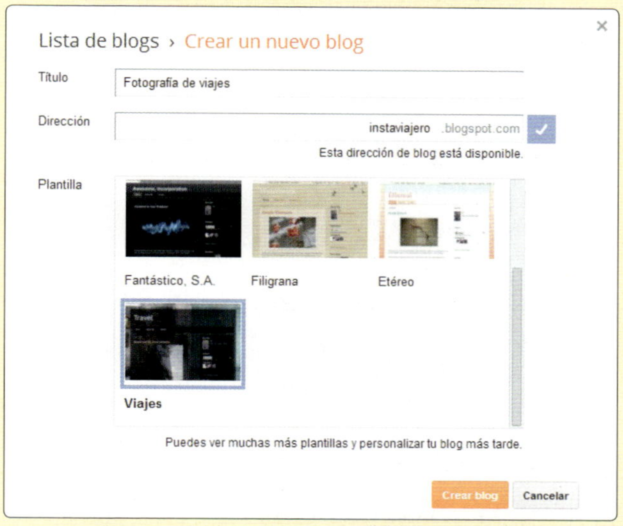

4. Completa la información que te piden sobre el título del blog, la URL que lo identificará y la plantilla empleada como diseño inicial. Al pulsar en Crear blog tendrás el nuevo blog, pero vacío aún.
5. Pulsa sobre la opción Empezar a publicar para comenzar a añadir contenidos: texto, fotografías, etc. Ve guardando tu trabajo y finalmente pulsa primero en Vista previa y, si te satisface el resultado, en Publicar. En la ventana del navegador podrás ver el aspecto del artículo incluido.

6. Así puedes ir añadiendo más artículos al blog.
7. Cuando seleccionas un blog al entrar en Blog verás una serie de opciones a la izquierda de la pantalla.

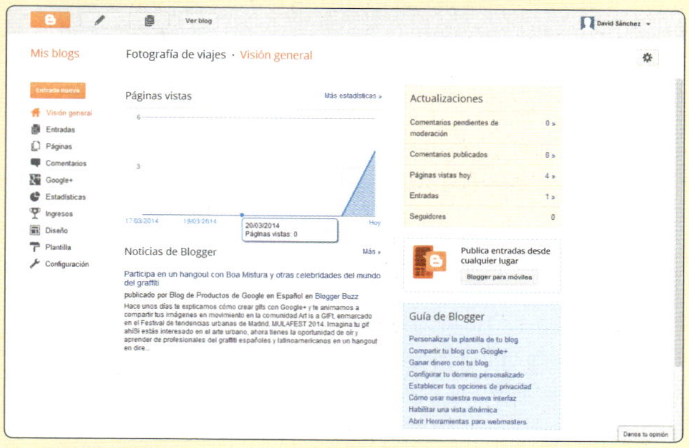

- En el apartado Entradas podrás ver un listado de todos los artículos publicados. Y modificarlos o eliminarlos si quieres.
- En Páginas podrás añadir otras páginas a las que acceder desde el blog.
- Desde Comentarios accedes a los comentarios de otros internautas. Si algunos no cumplen las normas básicas de cortesía o incluyen contenidos no apropiados para el blog, puedes eliminarlos.
- La conexión con la red social Google+ ayuda a difundir tus artículos.
- En Estadísticas podrás comprobar cuántas visitas recibe el blog y su procedencia.

- En los apartados Diseño y Plantilla podrás variar el aspecto del blog y la disposición de los elementos que incorpora.
- En Configuración podrás cambiar el nombre del blog, los permisos de publicación, el uso de dispositivos móviles para crear entradas, el idioma o el formato de fecha y hora, y otras opciones.

ACTIVIDADES

21. Elige un tema de interés relacionado con esta materia y da de alta un blog en el que recojas algunas noticias interesantes.

22. Cambia la configuración del blog para revisar los comentarios de otros internautas antes de que se publiquen.

23. Revisa el uso que tú y personas cercanas de tu entorno, familiares y amigos, hacéis cada día de Internet.

a) Recoge en una tabla las actividades realizadas que usan algún servicio de Internet.

b) ¿Qué dispositivos se emplean para usar dichos servicios?

c) ¿Dónde se utilizan estos servicios?

d) ¿Cuáles son las últimas tendencias en cuanto a los servicios empleados de Internet se refiere?

24. Contesta las siguientes preguntas.

a) ¿Qué es la dirección IP de un equipo?

b) ¿Qué relación tienen las direcciones IP de equipos que pertenecen a la misma red?

25. El siguiente gráfico muestra cuáles son los problemas de Internet según la percepción que tienen los internautas españoles.

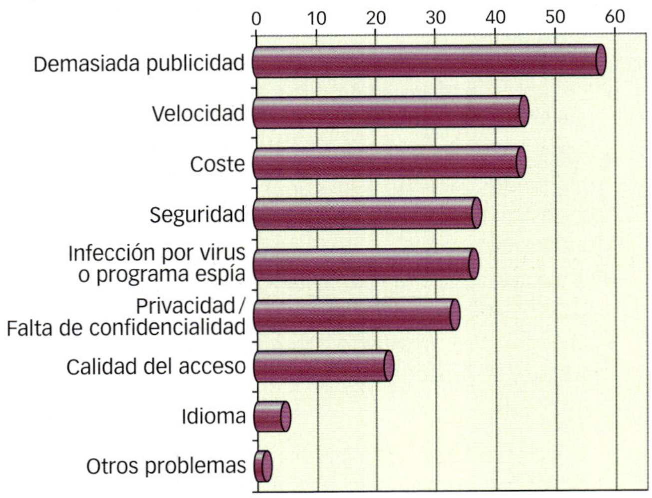

Fuente: Navegantes en la Red. AIMC, 2014.

a) ¿Qué habrías contestado tú a la encuesta? Cita tres opciones de las mencionadas en el gráfico u otras diferentes.

b) ¿Qué soluciones se te ocurren para solventar estos problemas? Por ejemplo, una solución para evitar la publicidad excesiva en una página es hacer que sea de pago para los internautas.

26. Realiza una encuesta entre tus familiares y amigos sobre el uso de las redes sociales.

a) Recoge datos sobre:

- Qué redes sociales emplean.
- El grupo de personas con quienes comparten información en la red social: amigos, familiares, compañeros de colegio o trabajo...
- Cuántas horas a la semana dedican a esta red social. ¿Sienten que están ««enganchados» a la red?
- Qué actividades realizan habitualmente en la red: leer noticias, publicar comentarios o fotografías, ver imágenes o vídeos...
- Qué tipo de contenidos suben habitualmente a la red: textos, imágenes, vídeos...
- Cómo controlan el acceso de los niños y adolescentes a las redes sociales.

b) Con los datos obtenidos genera un informe que muestre de manera gráfica los resultados. Puedes elaborar una presentación o un documento de texto.

27. Se conoce como *trending topic* o tendencia una palabra o expresión que está de moda en Twitter. Esto quiere decir que una gran cantidad de mensajes o tuits incorporan esta palabra o expresión en un momento dado. Además, otro requisito es la novedad.

a) Busca información sobre algunas expresiones que han sido *trending topic* (TT) en las últimas semanas.

b) ¿Se modifican mucho estas tendencias al cambiar la ubicación?

c) ¿Te parece que las expresiones que han sido *trendig topic* coinciden con las noticias más comentadas por personas de tu entorno?

28. Indica los protocolos de comunicación en cada uno de los pasos de la comunicación entre tu ordenador e Internet.

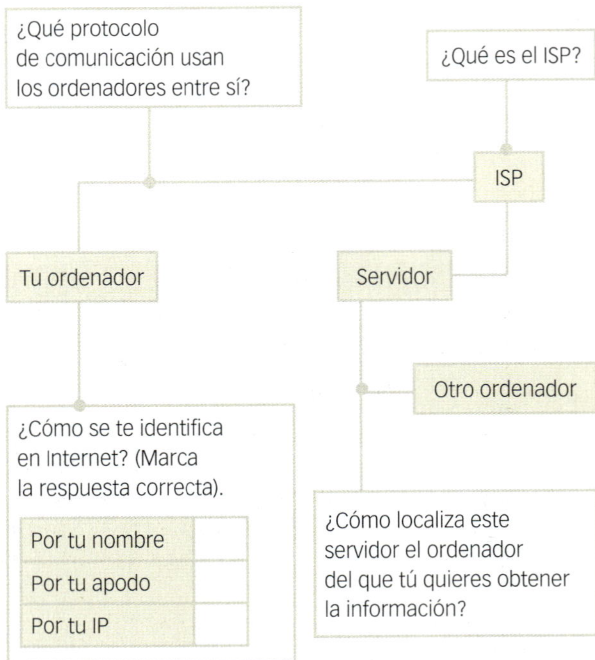

29. Busca en Internet el significado de las siguientes palabras y relaciónalas en tu cuaderno con su definición.

- Troyanos.
- *Adware*.
- *Spam*.
- *Spyware*.
- *Phishing*.

Término	Definición	Traducción al castellano
	Intentan obtener información del internauta.	
	Intentan «colar» publicidad.	
	Intentan suplantar la personalidad en Internet.	
	Llenan el servidor de correo de mensajes no deseados.	
	Intentan convertir el ordenador en su esclavo.	

30. Algunas páginas, como YouTube, Google Maps o la Agencia Estatal de Meteorología, AEMET, proporcionan directamente el código HTML en sus páginas para poder insertarlo en un archivo propio. Así, por ejemplo, es posible incluir fácilmente el pronóstico meteorológico en una página web.

a) Elabora una página web sencilla con un editor de texto e inserta el código HTML correspondiente al pronóstico del tiempo en tu ciudad o en una ciudad cercana. Para ello visita la página http://www.aemet.es. ¿Qué extensión debe tener el archivo generado?

b) Ahora modifica el texto que aparece en el documento y personalízalo a tu gusto.

31. ¿Cómo lograría un programa de compresión reducir la descripción de la siguiente imagen?

X		X		
O	X	O		O
O			X	

32. Antes de enviar datos privados por Internet deberías tener certeza de estar conectado a través de una conexión segura.

a) ¿Cómo sabe tu navegador que la conexión establecida es segura?

b) ¿Cómo te lo muestra a ti?

33. Utilizando Blogger o un servicio similar, da de alta un blog con el objetivo de debatir cuestiones relacionadas con las nuevas tecnologías. Algunas sugerencias para el tema elegido:

- Los peligros de Internet.
- El almacenamiento en la nube y la falta de intimidad en la Red.
- La adicción al uso de las nuevas tecnologías en general y al uso de las redes sociales en particular.
- Ciberacoso. Modos de combatirlo en un centro escolar.

34. En Internet existen sitios que nos permiten crear páginas web de manera gratuita sin necesidad de programar en HTML. Uno de estos sitios es Wix:

http://es.wix.com

a) Regístrate en Wix o en un servicio similar para poder utilizarlo. Recuerda: no des más información de la imprescindible para poder darte de alta.

b) Elige un tema que te resulte interesante y diseña una página web. Añade texto e imágenes.

c) Publica la página web que acabas de crear

d) Copia la URL de la página y envíasela por correo electrónico a algunos amigos.

CIENCIA EN TU VIDA

Un mundo sin hilos

Cuando se desarrollan sistemas de comunicación inalámbrica deben tenerse en cuenta varios factores:

- La **velocidad** de la transmisión de los datos. Cuando manejamos un mando a distancia, el mando envía un solo pulso de información al televisor. Pero en el caso del acceso inalámbrico a Internet se necesita un flujo de datos más rápido.
- La **seguridad**. Al viajar por el aire, las señales inalámbricas pueden ser interceptadas por «extraños». Por eso se encripta la información.
- La **compatibilidad** entre dispositivos. Para que un estándar se implante es interesante la cooperación entre diferentes empresas con el objetivo de garantizar la comunicación entre, por ejemplo, un *router* de un fabricante y un teléfono de otro fabricante.
- El **alcance** en la transmisión de la información. La radiación infrarroja se usa en redes de corto alcance porque tiene la ventaja de que no interfiere con las ondas de radio o de televisión.

La **tecnología wifi** se creó en 2000. El protocolo IEEE 802.11b permitía transmitir información a una velocidad elevada: 11 Mbits/s. La información se podía encriptar, se aseguraba la compatibilidad entre distintos dispositivos y tenía un alcance de unos 100 m en exteriores. Luego se desarrolló el protocolo **IEEE 802.11g**, en el que la velocidad de transmisión máxima permitida era ya de 54 Mbits/s. Y el protocolo **IEEE 802.11n** soporta una velocidad de transmisión de 600 Mbits/s. La tecnología wifi se emplea en videoconsolas, teléfonos móviles, tabletas, y, por supuesto, en *routers* y ordenadores portátiles.

Sistema	Velocidad	Alcance	Características	Innovación técnica
Infrarrojo (IrDA)	Hasta 4 Mbits/s	Hasta varios metros	Requiere alineación de los dispositivos	Mandos a distancia
Bluetooth	Hasta 24 Mbits/s	Hasta 100 m	Bajo consumo	Teléfonos móviles y otros dispositivos portátiles
Wifi	Hasta 600 Mbits/s	30 m en interiores y 100 m en exteriores	Incluido «de serie» en ordenadores portátiles	Redes locales, acceso a Internet, teléfonos móviles, tabletas, videoconsolas…
Wimax	Hasta 70 Mbits/s	Hasta 50 km (más alcance implica menor velocidad)	Optimizada para exteriores	Distribución de información en grandes áreas

¿Qué nos falta por descubrir?

Un mundo sin fronteras

- Eliminar las barreras que algunos gobiernos siguen poniendo al uso de Internet.
- Mejorar el acceso a Internet en el teléfono móvil y en las tabletas con tarifas razonables, ya sea en el propio país o en el extranjero.
- Facilitar la tarea de proteger los ordenadores y otros dispositivos ante ataques de virus informáticos y otras amenazas.
- Extender la cobertura de redes wifi con acceso a Internet en lugares públicos.
- Mejorar la seguridad a la hora de acceder a cuentas personales; por ejemplo, para almacenar información confidencial en la nube.
- Mejorar el servicio *online* ofrecido por la Administración ampliando las tareas que pueden realizarse sin necesidad de personarse físicamente en ciertas oficinas.
- Depurar el acceso de los menores a ciertas redes sociales con el fin de que no puedan acceder a determinados contenidos.
- Mejorar la seguridad de los jóvenes internautas.

8 Nuevas tecnologías

CONTENIDOS

1. La fibra óptica
2. La tecnología LED
3. Sistemas de posicionamiento por satélite
4. Telefonía móvil
5. Teléfonos inteligentes o *smartphones*
6. Televisores inteligentes
7. Mañana es el futuro

SABER HACER Uso de los teléfonos móviles.

Las nuevas tecnologías han llegado para quedarse. En todas partes, a todas horas. Las llevamos encima continuamente; basta con ver las posibilidades de un teléfono móvil moderno.

Las tendencias son la miniaturización, una mayor capacidad de almacenamiento o la convergencia de diferentes servicios en un mismo dispositivo. Pasamos de llevar lo último en tecnología en un maletín a llevarlo en un bolsillo. Y ahora ya podemos disponer de GPS, conexión a Internet o llamadas telefónicas en la muñeca con la llegada de los relojes inteligentes o *smartwatches*.

PARA COMENZAR

- ¿Cómo utilizas tú los dispositivos portátiles día a día?
- ¿Qué servicios echas en falta? ¿Crees que estarán disponibles en poco tiempo?
- Ahora, ¿un televisor cumple únicamente su función principal? ¿Y un teléfono? ¿Y un coche? Explica tus respuestas.

1 La fibra óptica

Internet se ha convertido en una red mundial por la que se transmiten gigabytes y gigabytes de información cada segundo. En 2012 el tráfico mundial de datos fue de 44 000 millones de gigabytes al mes. Y en muchas ocasiones el emisor y el receptor de la información se encuentran en diferentes continentes. Esto ha sido posible gracias al despliegue de una infraestructura basada en cables de fibra óptica (▶ Figura 8.1).

> La **fibra óptica** es un material compuesto por vidrio por el que circula la información en forma de impulsos de luz que se transmiten a grandes distancias prácticamente sin pérdidas.

La fibra óptica se basa en el principio de la **reflexión total** de la luz (▶ Figura 8.2). Este fenómeno se produce cuando la luz se propaga desde un medio a otro con un índice de refracción menor. Entonces, en lugar de refractarse, para ángulos grandes la luz se refleja y los impulsos luminosos se propagan por los cables de fibra óptica incluso en el caso de que estos estén curvados.

Figura 8.1. Los hilos de fibra óptica se agrupan en haces y se protegen con un material plástico. Además, se incluyen otras cubiertas externas para proteger los cables del ataque de los roedores, por ejemplo.

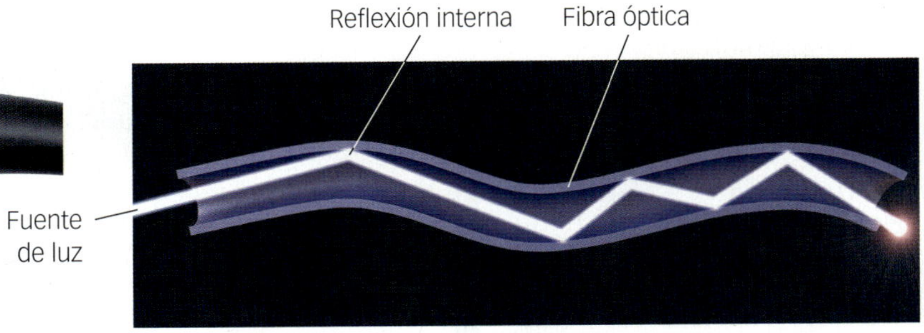

Figura 8.2. La fibra está formada por un tubo de vidrio rodeado con vidrio de un índice de refracción menor. Cuando la luz se transmite por el interior del tubo, se refleja en las paredes externas en lugar de refractarse, y por eso la información viaja muchos kilómetros sin apenas sufrir pérdidas.

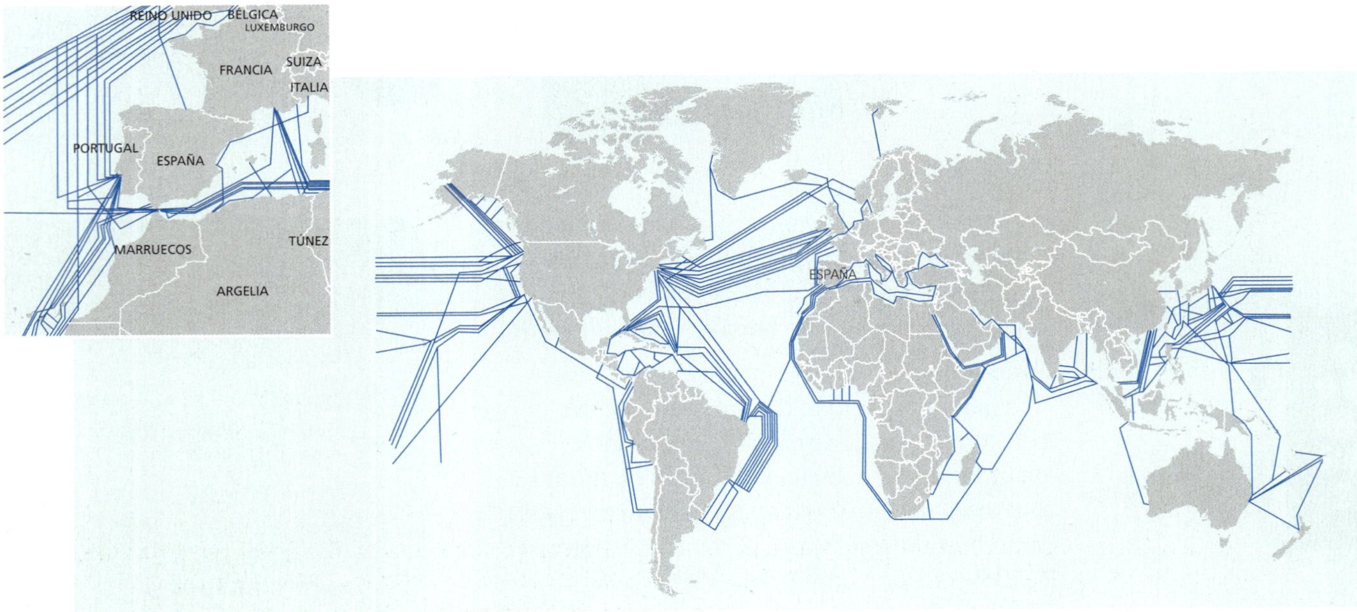

Figura 8.3. Los cables submarinos de fibra óptica conectan unos continentes con otros.

En las **redes FTTH** (*Fiber To The Home*, fibras hasta el hogar) (▶ Figura 8.4) los cables de fibra óptica se despliegan desde la estación gestionada por el operador hasta las viviendas u oficinas. No como en otros casos, donde solamente los tramos que llegan hasta la centralita son de fibra óptica.

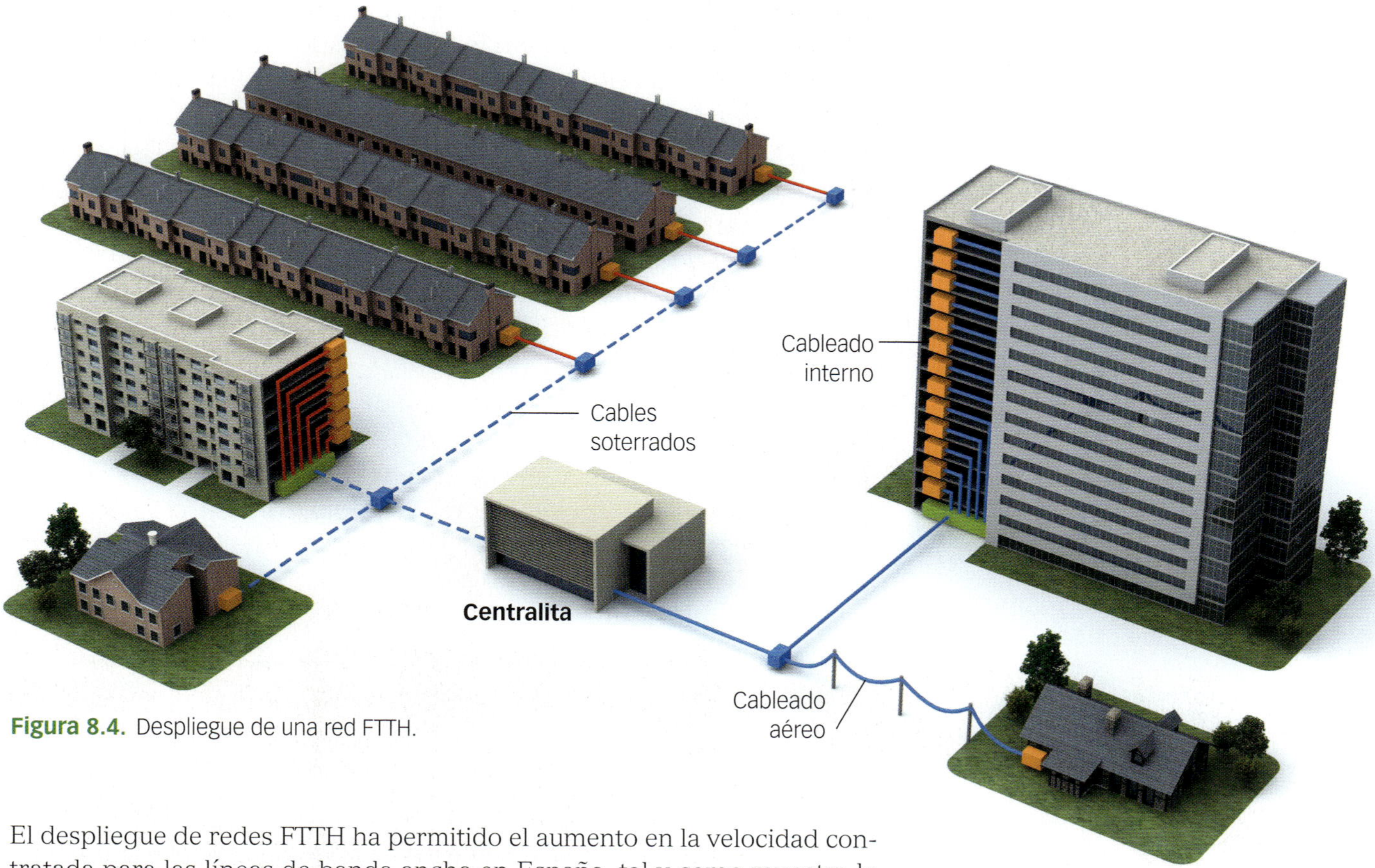

Figura 8.4. Despliegue de una red FTTH.

El despliegue de redes FTTH ha permitido el aumento en la velocidad contratada para las líneas de banda ancha en España, tal y como muestra la figura 8.5.

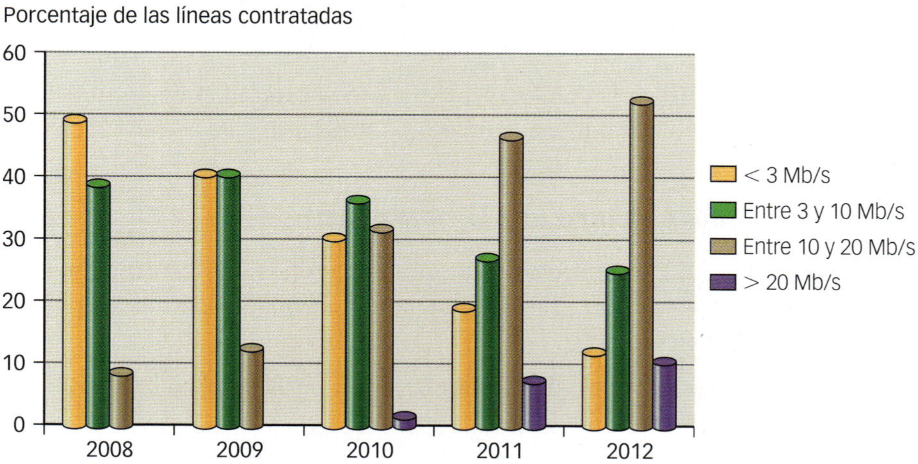

Figura 8.5. Evolución de la velocidad de acceso a Internet en España.

? INTERPRETA LA IMAGEN

- ¿Cómo han evolucionado las líneas con una velocidad menor de 3 Mb/s en los últimos años, respecto al número total de líneas de banda ancha contratadas? ¿Y las líneas de entre 10 Mb/s y 20 Mb/s?
- Busca información y actualiza el gráfico en tu cuaderno.

ACTIVIDADES

1. ¿Cuál es la ventaja que aporta la fibra óptica a la hora de transmitir vídeo por Internet?

2. Relaciona el despliegue de redes FTTH con la expansión de los servicios de distribución de vídeo *online* presentes en algunos televisores inteligentes.

2 La tecnología LED

Lumen: unidad del SI empleada para determinar la potencia luminosa de una fuente. Una lámpara incandescente de unos 100 W (vatios) o una lámpara LED de 10 W emiten unos 1000 lúmenes.

Sorprende comprobar cómo en la actualidad aún se usan lámparas de incandescencia que utilizan prácticamente la misma tecnología que hace un siglo. Una tecnología muy poco ecológica, pues estas lámparas disipan mucha energía en forma de calor, energía que no se emplea para producir luz.

Por suerte esta tecnología está en desuso. Primero con la llegada de las lámparas fluorescentes de bajo consumo y después con la de las lámparas LED, más eficientes aún desde el punto de vista energético, se empezó a sustituir poco a poco esta tecnología obsoleta. Como se aprecia en la figura 8.6, una lámpara LED es el doble de eficiente que una fluorescente y diez veces más eficiente que una lámpara de incandescencia tradicional.

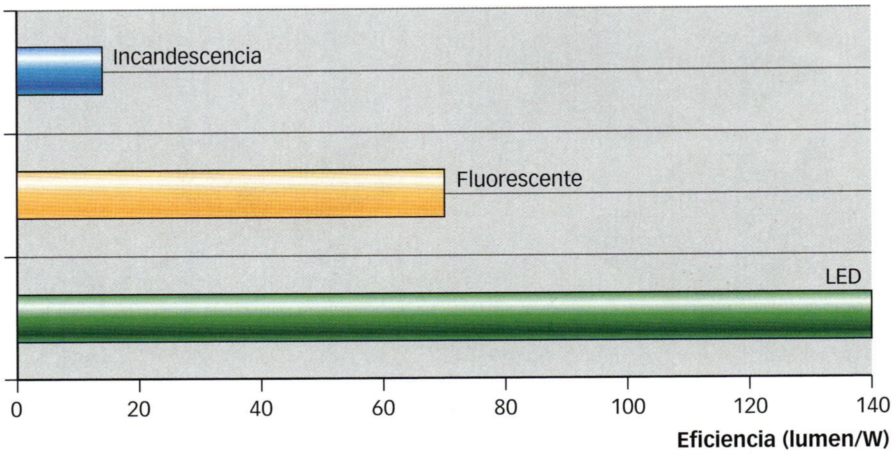

Figura 8.6. Las lámparas LED son mucho más eficientes que otros tipos de lámparas.

Una **lámpara LED** proporciona luz por la acción combinada de diodos LED.

Las lámparas LED son también más duraderas y proporcionan luz prácticamente de manera instantánea, aunque son más caras que las fluorescentes.

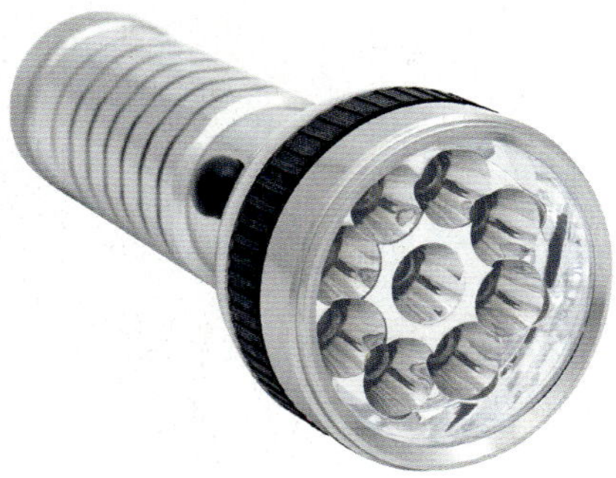

Figura 8.7. Una lámpara LED está formada por múltiples **diodos LED**.

2.1. ¿Cómo funciona una lámpara LED?

Las lámparas LED están formadas por diodos emisores de luz, llamados **diodos LED** (▸ Figura 8.7). En ellos existen dos zonas constituidas por un material semiconductor.

- En una de las zonas existen impurezas que portan cargas negativas en exceso (electrones). Tipo N.
- En la otra zona las impurezas portan cargas positivas (huecos). Tipo P.

Cuando se conecta a un generador, como una pila, la corriente eléctrica circula en el sentido N → P, pero no al contrario. En la unión entre ambos materiales es donde se producen los «saltos» de los electrones en el interior de los átomos que provocan la emisión de luz (▸ Figura 8.8). El generador proporciona los electrones necesarios al material N para que el proceso continúe.

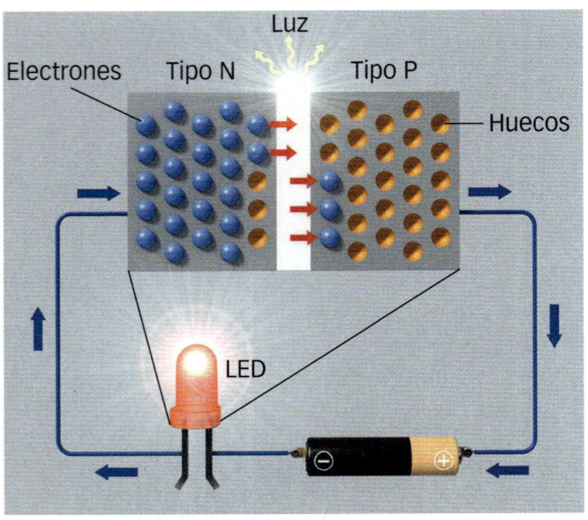

Figura 8.8. Generación de luz en un diodo LED.

La corriente necesaria para que se emita la luz es reducida; por eso los diodos LED pueden emitir luz a partir de muy poca energía. No existe ningún filamento que se caliente, como ocurre en las lámparas de incandescencia.

2.2. Aplicaciones de la tecnología LED

Las aplicaciones de la tecnología LED están relacionadas con la generación de luz en diferentes dispositivos: lámparas empleadas en iluminación, linternas, semáforos, paneles informativos, luces de freno de vehículos, proyectores, monitores, televisores, teléfonos móviles y otros dispositivos electrónicos.

En una **pantalla plana de tipo LED** existen lámparas LED que proporcionan la luz necesaria. La ventaja es que todos los componentes pueden acoplarse en unos pocos centímetros de espesor, lo que ha permitido la construcción de pantallas muy delgadas.

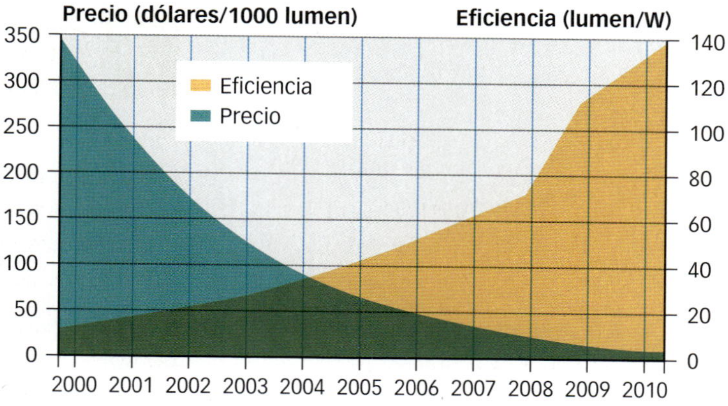

Figura 8.9. Evolución de la **eficiencia** y el **precio** de las lámparas LED.

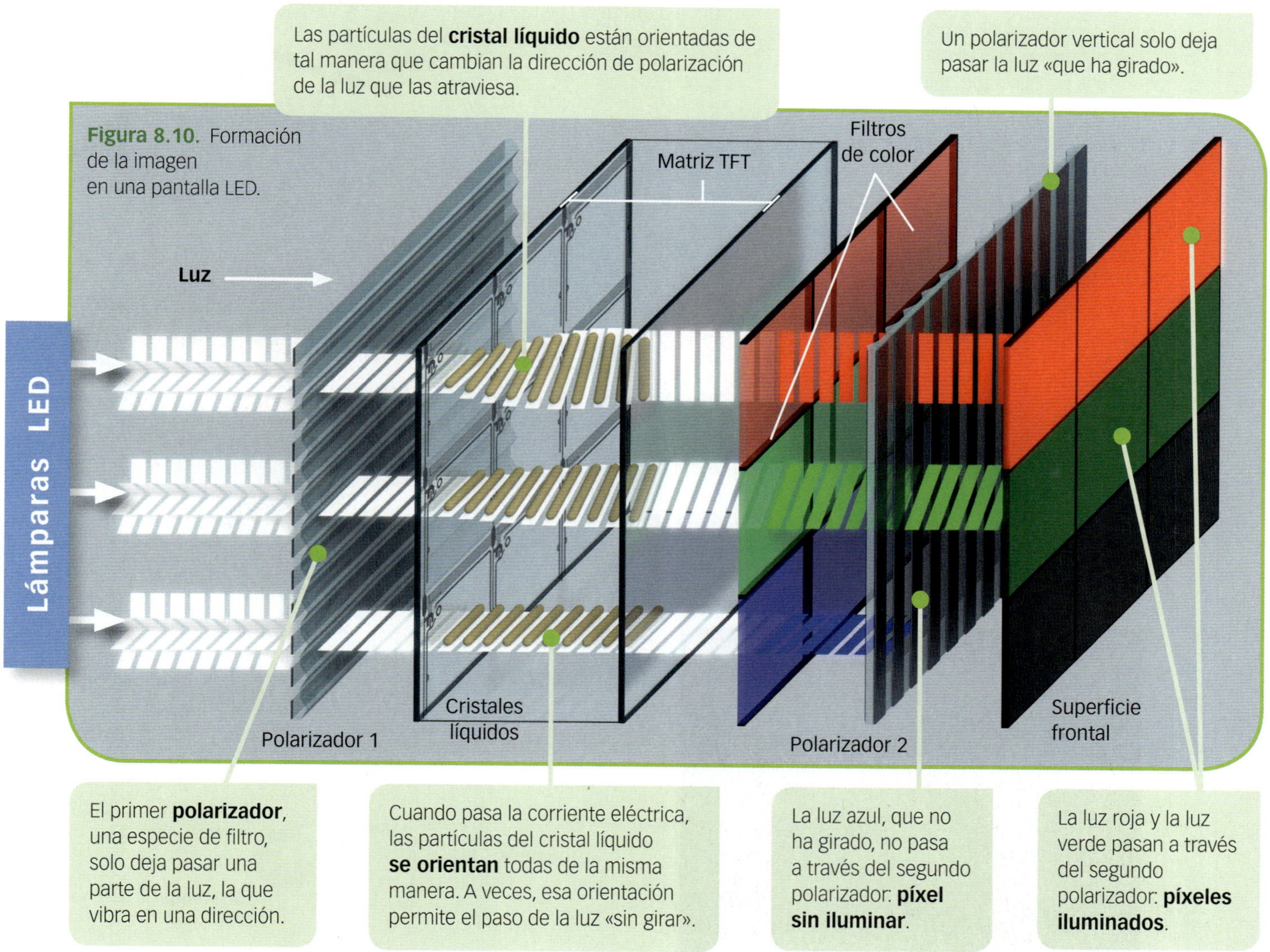

Figura 8.10. Formación de la imagen en una pantalla LED.

Los televisores con tecnología LED consumen menos energía que los televisores con tecnología LCD que usan lámparas fluorescentes, y ofrecen una imagen de mayor calidad, más contrastada y con colores más vivos.

Una variante de las pantallas LED son las **AMOLED**, usadas en dispositivos portátiles, donde solamente se iluminan aquellos píxeles que lo requieren, no como en el caso de las pantallas LED de los televisores, por ejemplo, donde la iluminación de uno u otro píxel se logra filtrando la luz. La ventaja es que se reduce aún más el consumo energético.

ACTIVIDADES

3. Explica con tus propias palabras cómo funciona una lámpara LED y en qué se diferencia de la tradicional lámpara de incandescencia.

3 Sistemas de posicionamiento por satélite

Uno de los avances técnicos que usamos ya y que hace pocos años parecía propio de novelas de ciencia ficción es el sistema de posicionamiento mediante satélites artificiales. Uno de estos sistemas, el GPS, desarrollado por EE. UU., es usado a diario por millones de personas.

Este sistema, como el sistema GLONASS ruso o el sistema Galileo impulsado por la Unión Europea y la Agencia Espacial Europea, utilizan una flota de satélites para determinar la ubicación de un receptor sobre el planeta (▶ Figuras 8.11 y 8.12). La ventaja del sistema Galileo (operativo a partir de 2015) es que es civil. No es militar, como el GPS o los demás sistemas de navegación desarrollados hasta el momento, por lo que no será desactivado ni alterado si surgen conflictos bélicos.

Figura 8.11. Los sistemas de navegación se basan en que en cualquier momento y desde cualquier punto de la Tierra son visibles varios satélites de la flota (otros estarán bajo el horizonte). Esto permite fijar la posición con una precisión de un metro en el caso del sistema Galileo.

1. Cada satélite emite una señal que indica qué satélite la está emitiendo y a qué hora.
2. El receptor detecta las señales e identifica cada satélite.
3. Mediante la intersección de las cuatro señales y con una base de datos que indica la posición de los satélites, el receptor calcula, en latitud y longitud, su ubicación exacta.

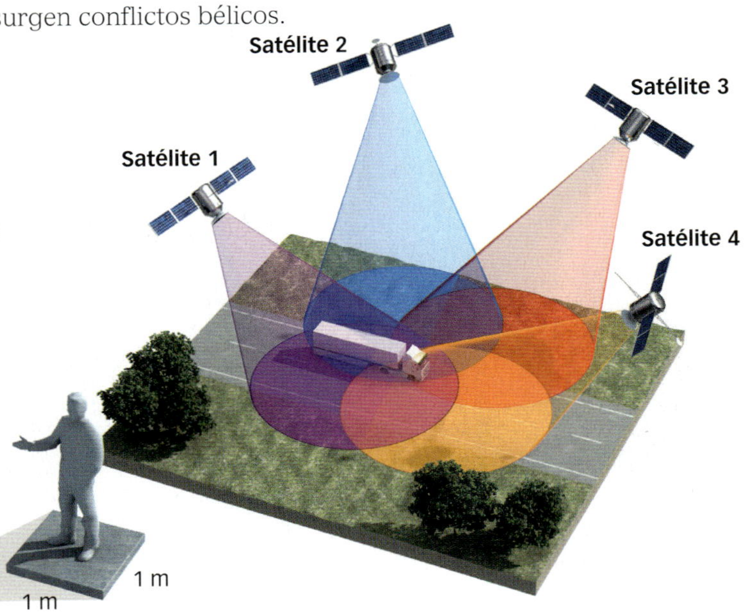

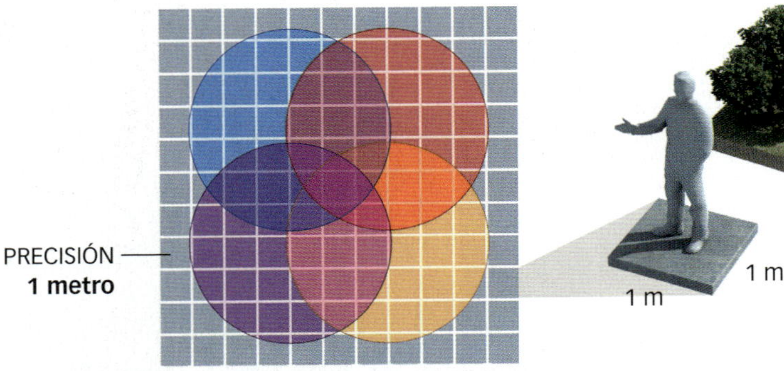

Fuente: EUROPEAN SPACE AGENCY.

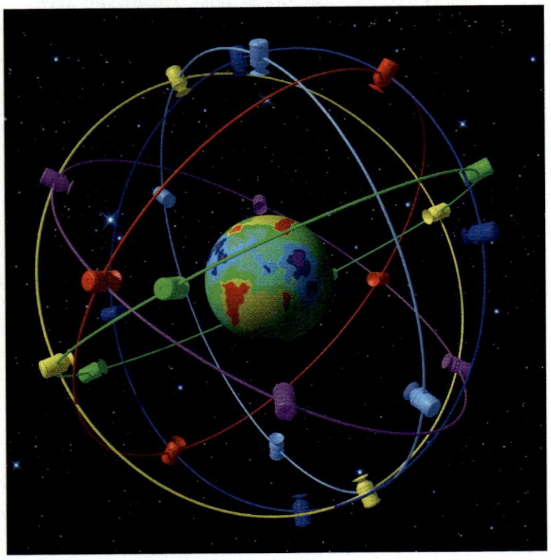

Figura 8.12. Representación de las órbitas de los satélites de un sistema de navegación. El color de la superficie de la Tierra indica cuántos satélites son visibles en cada punto. El número varía entre 4 (violeta) y 10 (verde). Con 4 satélites ya es posible determinar la posición del receptor en el suelo.

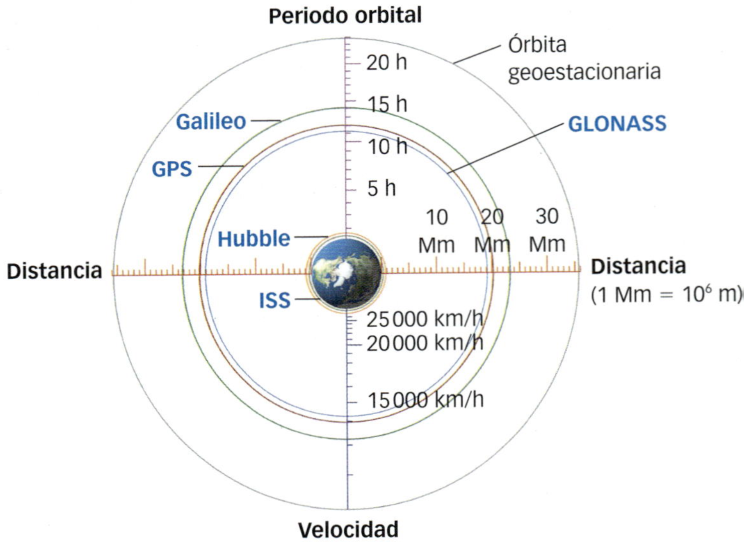

Figura 8.13. Los diferentes sistemas de navegación por satélite usan flotas de satélites situados a miles de kilómetros sobre el suelo. Los satélites del sistema Galileo se encuentran a mayor distancia de la Tierra que los del sistema GPS. Por tanto, giran a menor velocidad y su periodo es mayor.

3.1. Aplicaciones de los sistemas de posicionamiento mediante satélite

El abaratamiento de los receptores GPS y su inclusión en teléfonos móviles o cámaras fotográficas ha ampliado las posibilidades de uso de este sistema.

Transporte por carretera

Permite planificar rutas o evitar atascos, por ejemplo. Y también proporciona información sobre el tiempo de espera a usuarios de transporte público.

Aviación

El uso del GPS incrementa la seguridad y la eficacia de los vuelos. Tanto en condiciones normales como en condiciones climatológicas adversas.

Ferrocarril

El GPS reduce los accidentes e incrementa la eficacia en cuanto al uso de las vías. Permite, por ejemplo, que varios trenes circulen por una misma vía con un intervalo de pocos minutos.

Navegación marítima

El GPS permite una navegación más rápida y segura o localizar bancos de pesca de manera más eficaz.

Espacio

En el espacio el GPS permite fijar la posición con precisión de manera automática sin invertir en costosos equipos.

Ocio

Senderistas, alpinistas o ciclistas usan el GPS como ayuda en la orientación y como herramienta de trabajo para recoger datos de su entrenamiento.

Ayuda en accidentes

Gracias al GPS podemos conocer con exactitud la ubicación de personas afectadas por desastres naturales o accidentes.

Medio ambiente

El GPS permite seguir a animales o ayudar en caso de desastre medioambiental (vertidos en el mar, incendios).

Topografía

Con el GPS se aumenta la productividad y la precisión de estudios topográficos.

ACTIVIDADES

4. Explica con un esquema cómo usar el GPS para localizar atascos si disponemos de un receptor GPS con conexión a Internet.

5. ¿Para qué has usado tú el GPS? ¿Te parece que ayuda a los conductores o que los distrae?

6. En determinados ámbitos es útil emplear un sistema de localización por satélite apoyado por estaciones terrestres. Pon algunos ejemplos donde creas que este sistema es interesante para mejorar la precisión a la hora de fijar la ubicación.

4 Telefonía móvil

Pocas tecnologías se han implantado tan rápidamente entre una sociedad como lo ha hecho la tecnología móvil en Europa occidental. En apenas dos décadas el panorama de la comunicación ha cambiado radicalmente: se ha pasado de un número despreciable de líneas de telefonía móvil a disponer (en nuestro país) de más líneas de telefonía móvil que habitantes… (▶ Figura 8.14).

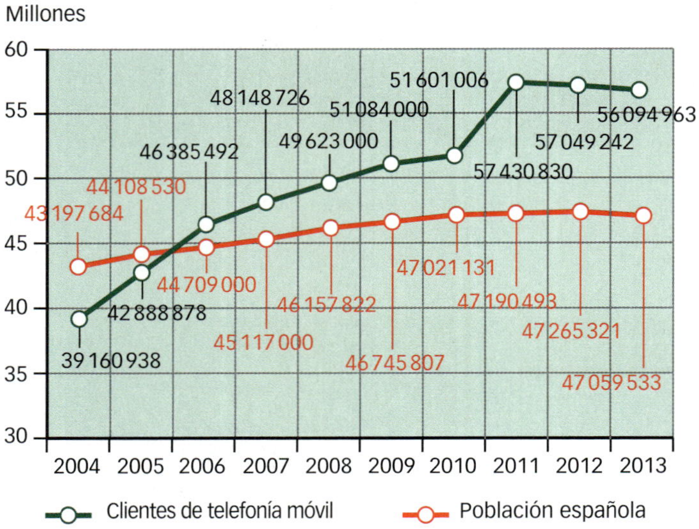

Figura 8.14. Evolución de la telefonía móvil en España. Desde 2005 hay más líneas de teléfono móvil que habitantes.

Además, tras los primeros terminales que únicamente eran capaces de realizar y recibir llamadas, ahora son habituales aparatos que reúnen múltiples funcionalidades: envío de mensajes de texto, fotografías o vídeo, navegación por Internet, correo electrónico, agenda, gestión de redes sociales, radio, cámara fotográfica o de vídeo, GPS…

El principio básico de la telefonía móvil es parecido al de la transmisión de radio, pero la telefonía permite una comunicación bidireccional. Se emplean ondas electromagnéticas para la transmisión de la información. Como enlaces se usan antenas repetidoras y centrales telefónicas que conectan el teléfono móvil de un usuario con el teléfono fijo o el teléfono móvil de otro usuario (▶ Figura 8.15).

Los problemas de cobertura están solucionados casi al completo en España, aunque aún existen zonas poco pobladas con cobertura limitada y donde no es posible, por ejemplo, recibir datos con una fluidez que permita la navegación por Internet.

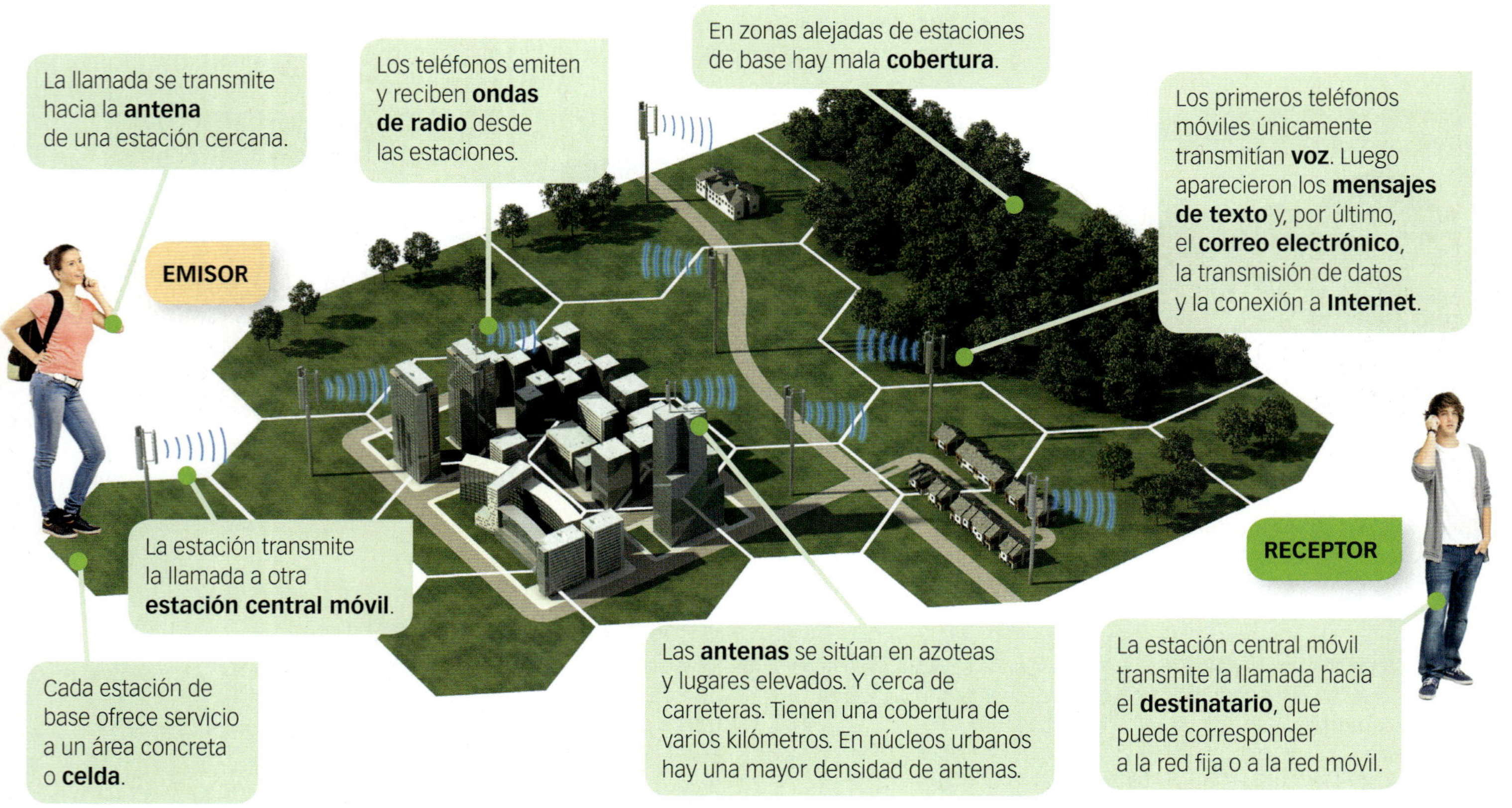

Figura 8.15. Funcionamiento de la telefonía móvil. Cada antena presta servicio a una determinada zona o célula.

4.1. Evolución de la tecnología empleada en España

La siguiente tabla muestra la evolución de la telefonía móvil en España a través de las diferentes tecnologías empleadas.

Tecnología	Año	Características
Analógica	1976	Solo voz.
Digital GSM	1995	Voz + SMS. 9,6 Kb/s en subida y bajada.
GPRS (2G)	2001	Hasta 80 Kb/s en bajada y 20 Kb/s en subida.
EDGE (EGPRS)	2001	236 Kb/s en bajada y 59 Kb/s en subida.
3G (UMTS)	2002	Hasta 2 Mb/s.
3G+, HSPA	2006	14,4 Mb/s en bajada y 5,76 Mb/s en subida.
HSPA+	2009	84 Mb/s en bajada y 122 Mb/s en subida.
4G	2013	100 Mb/s en bajada (1 Gb/s en entorno estático) y 50 Mb/s en subida.

Desde 2013 está implantada en España la tecnología 4G. En un primer momento se dio cobertura únicamente a las grandes ciudades, y después se fue ampliando dicha cobertura a núcleos urbanos menos poblados. Pero aún queda bastante territorio sin cobertura 4G.

DOCUMENTO

Las antenas de la discordia

Hay equipamientos que nadie discute que son necesarios para una comunidad, pero que muy pocos ciudadanos quieren tener cerca. El fenómeno se conoce como efecto *nimby* (por la expresión inglesa *not in my backyard*, es decir, «no en mi patio trasero») y tiene uno de sus episodios en el barrio de Nova Lloreda, en Badalona [...]. Su asociación de vecinos lleva seis meses en guerra contra dos antenas de telefonía móvil instaladas desde hace años en la azotea del número 101 de la rambla de Sant Joan. [...]

Los vecinos temen que las antenas sean perjudiciales para su salud, aunque no existen suficientes estudios que prueben la relación entre las radiaciones y determinadas patologías. Por otro lado, las mediciones hechas [...] están por debajo de los límites fijados en la norma. Aun así, la asociación reclama que se evite la concentración de antenas en un mismo punto. [...]

Las empresas [...] reiteran que «los niveles de emisión de las antenas cumplen de forma estricta con la normativa». «Esas antenas, al igual que todas las de Badalona, son imprescindibles para que la cobertura sea adecuada a las necesidades de los usuarios», destacan las empresas.

Fermín Robles, *El País*, 27/01/2008.

Nota: Las antenas fueron retiradas en 2010.

RECUERDA

Megabytes y megabits

La velocidad de acceso a Internet se mide habitualmente en kilobits y megabits. Ojo: no es lo mismo megabit (Mb) que megabyte (MB).

1 megabyte equivale a 8 megabits:

1 MB = 8 Mb

Por tanto, cuando decimos que la velocidad de una línea de banda ancha es de 8 Mb/s para la bajada de datos, esto equivale a la descarga de 1 MB cada segundo.

SABER MÁS

La itinerancia o *roaming*

Cuando una persona contrata un servicio de telefonía con una compañía de su país y viaja al extranjero, necesita utilizar los servicios de una compañía residente en el país de destino. La itinerancia o *roaming* es un servicio que permite a los clientes de telefonía móvil utilizar su teléfono empleando la red de otra compañía, sin necesidad de marcar prefijos especiales, por ejemplo, para enviar o recibir llamadas. Esto es posible gracias a un acuerdo entre las diversas compañías involucradas.

Sin embargo, el coste de las llamadas o del tráfico de datos es mayor.

No obstante, en 2014 en Europa se eliminó el incremento de tarifa asociado al *roaming*. Esto quiere decir que el coste de una llamada desde España a otro país de la Unión Europea es casi el mismo que el coste a un teléfono ubicado en España.

ACTIVIDADES

7. Explica qué quiere decir que cada operador de telefonía móvil tiene asignadas una serie de frecuencias de ondas electromagnéticas con las que operar.

8. Lee el texto sobre las antenas de la discordia y contesta.

a) ¿Quién crees que lleva razón en este caso, las empresas o los vecinos?

b) ¿Estarías dispuesto a renunciar a la cobertura de telefonía móvil a cambio de alejar las antenas repetidoras todo lo posible de tu vivienda?

5 Teléfonos inteligentes o *smartphones*

¿Hace falta un ordenador conectado a la línea telefónica para navegar por Internet? En la actualidad no. Puede hacerse de muchas otras maneras. Y además es posible conectarse desde fuera de casa, en cualquier lugar. Para ello hay que usar los puntos de acceso inalámbrico (wifi) a Internet o bien utilizar la red telefónica (3G, 4G), y tener un ordenador portátil, un teléfono móvil o una tableta.

El desarrollo de los teléfonos inteligentes ha posibilitado la portabilidad de muchas tecnologías. Ahora existen dispositivos que casi no sabemos cómo clasificar, pues un teléfono es a la vez agenda electrónica, navegador para visualizar páginas web, reproductor de mp3, receptor GPS, grabadora, cámara fotográfica o de vídeo, dispositivo para jugar… (▸ Figura 8.16).

Figura 8.16. Características de un teléfono inteligente.

5.1. Evolución de los teléfonos móviles

El avance técnico durante los últimos años ha hecho que las prestaciones de los terminales móviles se modificaran cada pocos meses, aumentando la velocidad de proceso, la capacidad interna de almacenamiento, mejorando las características de la cámara incluida o añadiendo conexión GPS, infrarroja, *bluetooth*, etc. (▸ Figura 8.17). Atrás quedaron los terminales que únicamente permitían hablar o escribir mensajes cortos de texto.

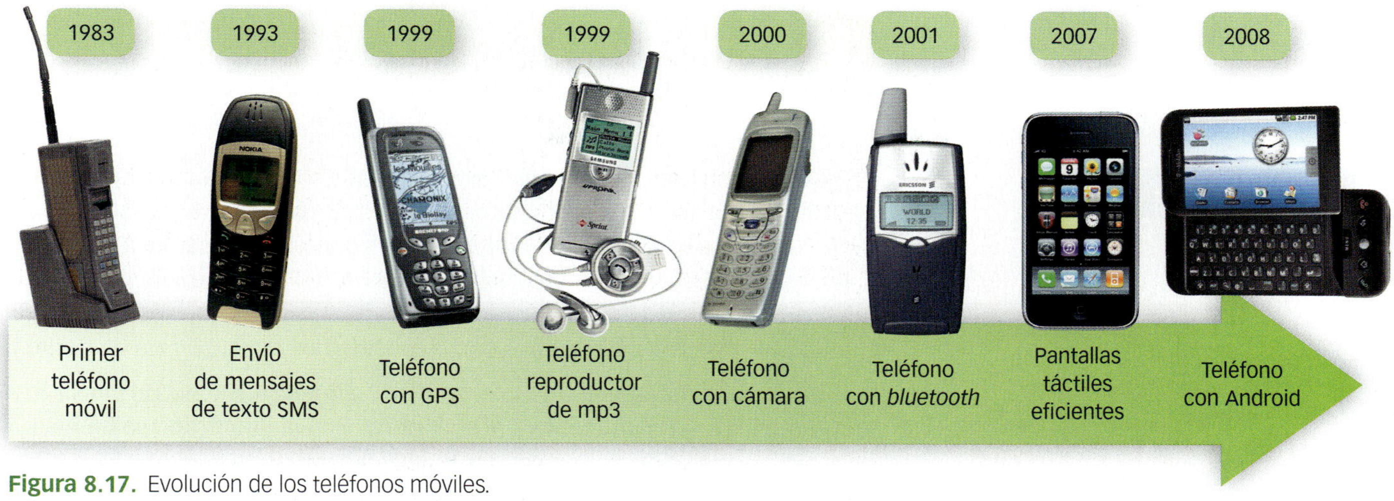

Figura 8.17. Evolución de los teléfonos móviles.

5.2. La tarjeta SIM

La tarjeta SIM (*subscriber identity module*, módulo de identificación del abonado) es una tarjeta asociada al operador de telefonía que incluye un pequeño chip. Un teléfono liberado puede usarse con varios operadores solo cambiando la SIM.

En la tarjeta SIM se almacena información del número de teléfono o de los contactos para el acceso a Internet móvil. Pero su capacidad de almacenamiento es bastante limitada: unos cuantos KB de memoria.

Existen varios tipos de tarjetas SIM (▸ Figura 8.18):

- La tarjeta **SIM estándar** es la primera que se implantó. Tiene un tamaño similar al de una tarjeta de crédito y, obviamente, no se usa en teléfonos móviles.
- La **mini SIM** es la que habitualmente llamamos tarjeta SIM. Es la que usan numerosos terminales. Mide 25 mm de largo, 15 mm de ancho y 0,76 mm de espesor.
- La **micro SIM** es la opción elegida por terminales más modernos, de gama media-alta. Mide 15 mm de largo por 12 mm de ancho.
- La **nano SIM** es una tarjeta aún de menor tamaño que la micro SIM: 12,30 mm × 8,80 mm.

Estas tarjetas se usan también en tabletas que tienen contratado un plan de datos. Permiten conectarse a Internet aunque no haya una red wifi disponible.

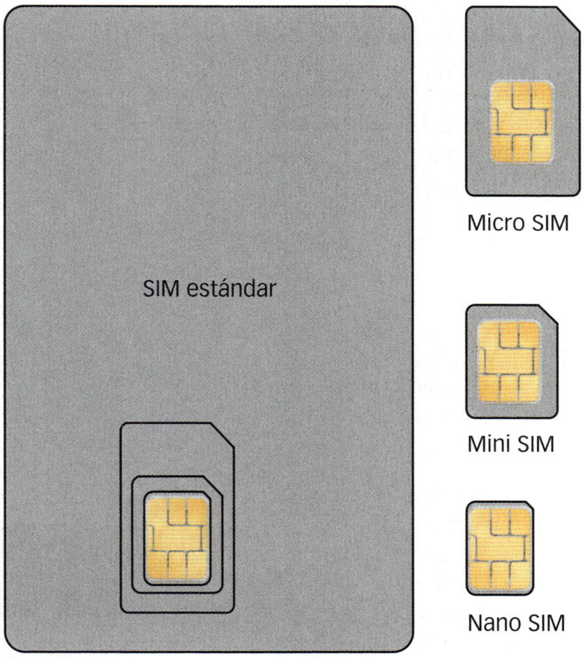

Figura 8.18. Tarjeta mini SIM. Muchas tarjetas de tamaño mini SIM vienen troqueladas. Esto permite obtener fácilmente una tarjeta micro SIM a partir de la tarjeta mini SIM, sin tener que cortarla, para usarla en algunos terminales modernos.

ACTIVIDADES

9. Enumera las ventajas y los inconvenientes de aunar muchas funcionalidades en un solo dispositivo. Diferencia el uso particular del uso laboral.

10. Elige dos modelos de teléfonos móviles de distintos fabricantes y señala las diferencias entre sus funciones.

11. Echa un vistazo a algunos de los terminales de gama media-alta que acaban de salir al mercado.
    a) ¿Qué prestaciones los diferencian de sus antecesores? ¿Qué tipo de tarjeta SIM utilizan?
    b) ¿Te parecen relevantes las nuevas características? Entonces, ¿por qué crees que muchas personas cambian de terminal móvil cada poco tiempo?

12. Investiga. ¿Qué quiere decir que el sistema operativo de un teléfono es actualizable? ¿Qué cambia en el teléfono al actualizar el sistema operativo?

6 Televisores inteligentes

> **SABER MÁS**
>
> ***Streaming***
>
> El *streaming* (sin interrupción) consiste en la distribución de audio o vídeo por Internet. Nos permite escuchar la radio por Internet sin interrupciones, ver nuestras series preferidas o recibir en directo programas de televisión en una tableta o un teléfono móvil sin esperar a que se descargue el archivo completo. Esto es posible gracias al uso de códecs que permiten comprimir la información y al incremento del ancho de banda para la descarga de contenidos.
>
> El usuario recibe el audio o el vídeo en «paquetes», poco a poco. Una vez recibido puede volver a reproducirlo, pero generalmente no puede guardarlo.

Al igual que los teléfonos, los televisores también se han apuntado a la revolución digital. La llegada a los hogares de redes de banda ancha de alta velocidad ha permitido la recepción de vídeo por una vía alternativa a la antena convencional. Estas posibilidades han transformado la cultura del entretenimiento doméstico. Mientras hace solo un cuarto de siglo las opciones en cuanto a televisión se limitaban a unos pocos canales, hoy día hablamos de cientos.

Y ahora no hay por qué limitarse al televisor. Podemos recibir las emisiones en un teléfono o en una tableta (▸ Figura 8.19). En esta vorágine se ha hecho necesaria la creación de nuevos productos y servicios asociados a esta importante oferta multimedia. Uno de estos servicios es la **EPG** (*Electronic Programs Guide*) o **guía electrónica de programación**, que se emite por diversas cadenas de TDT y que ofrece la lista semanal de programas de diversos canales.

Y un dispositivo asociado a toda esta avalancha de contenidos es el **PVR** (*Personal Video Recorder*), un aparato decodificador dotado de un disco duro que permite grabar programas. Basta seleccionarlos en la EPG para que el dispositivo los registre y los almacene íntegros, incluso aunque ya hayan comenzado a emitirse.

Otro fenómeno asociado al entretenimiento es la convergencia de proveedores y de servicios. Es habitual que un proveedor de telefonía e Internet también nos ofrezca canales de televisión de pago. Y, de la misma forma, los operadores de televisión por cable ofrecen acceso a Internet.

Muchos televisores modernos ya incorporan esta conectividad. Pero existen alternativas de la mano de **videoconsolas**, **discos duros multimedia**, **decodificadores** o los llamados ***set-top-box*** o ***dongles***, que añaden conectividad a cualquier televisor (▸ Figura 8.19).

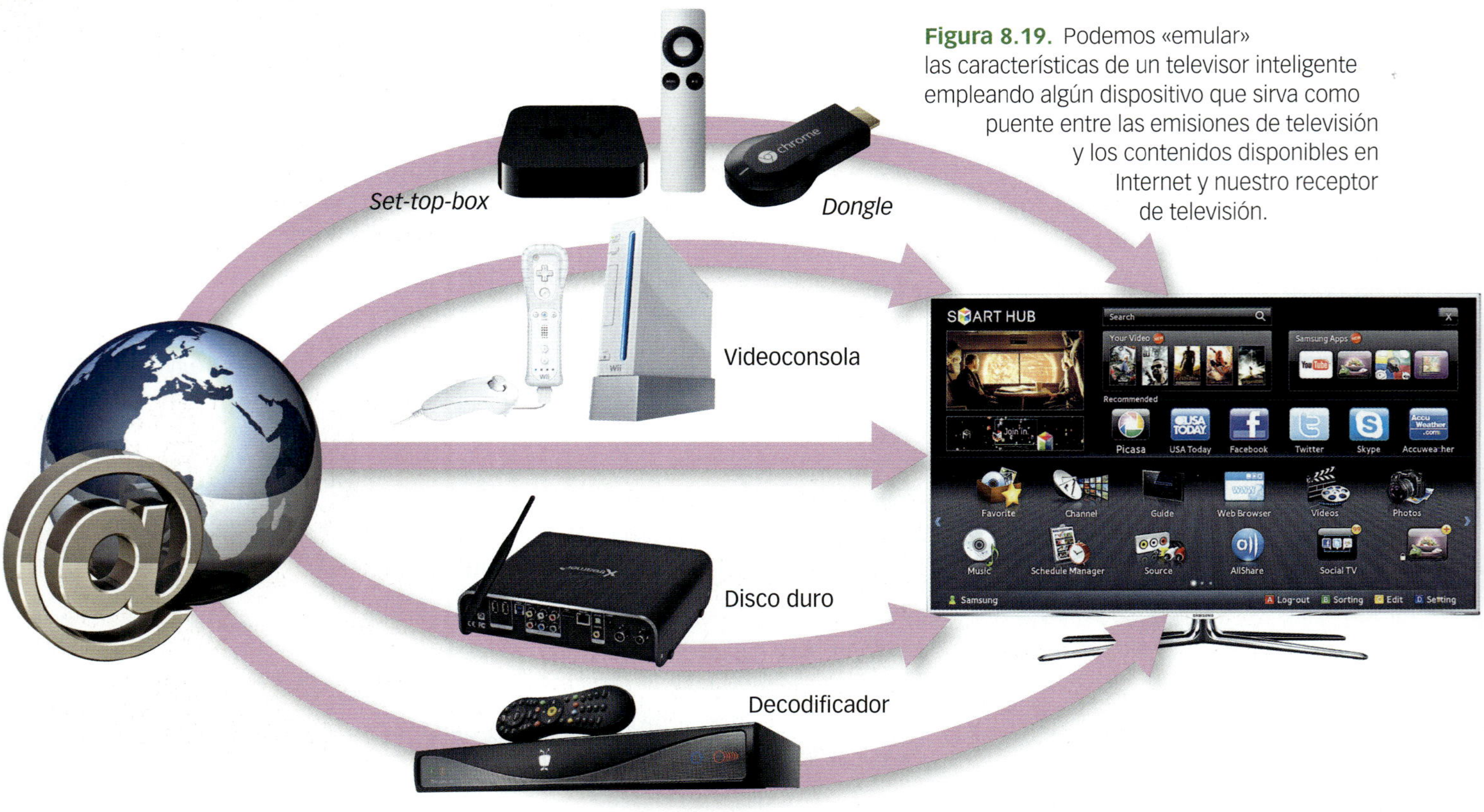

Figura 8.19. Podemos «emular» las características de un televisor inteligente empleando algún dispositivo que sirva como puente entre las emisiones de televisión y los contenidos disponibles en Internet y nuestro receptor de televisión.

Además, los servicios accesibles no se limitan a la recepción de vídeo, sino que los televisores inteligentes permiten instalar aplicaciones diversas con las que navegar, jugar, comprar o realizar videollamadas (▸ Figura 8.20).

Figura 8.20. Televisor inteligente.

6.1. La televisión a la carta

Las plataformas de **televisión a la carta** son una realidad en muchos hogares desde hace unos años, pero las tecnologías de emisión digital por satélite o cable han revolucionado este sector. En la actualidad es posible recibir decenas de canales en nuestras casas o decidir qué contenidos queremos ver.

Así podemos ver programas o capítulos de nuestras series favoritas que ya han sido emitidos, películas que acaban de estrenarse o noticiarios emitidos por canales internacionales. La oferta es amplísima. Muchos canales de televisión ofrecen una aplicación que puede instalarse en los televisores inteligentes para acceder a estos servicios vía *streaming*: el contenido no se descarga completo en el televisor o en un disco duro, sino que se emite a la vez que se recibe. De esta manera el acceso a una emisión es más rápido: no hace falta descargarse un capítulo completo para comenzar a visualizarlo.

Además, la televisión a la carta no se limita a los televisores, sino que podemos acceder a estos contenidos desde un ordenador, una tableta o un teléfono (▸ Figura 8.21).

Figura 8.21. La televisión a la carta está disponible para múltiples dispositivos: ordenadores, televisores, tabletas, teléfonos…

ACTIVIDADES

13. Explica la diferencia entre la guía electrónica de programación, el PVR y la televisión a la carta.

14. Busca más información sobre la manera de conectar un aparato de tipo *set-top-box* o un *dongle* a un televisor.

15. Busca información sobre los llamados videoclubs *online* disponibles en España.

a) ¿Qué servicios ofrecen? ¿Cuáles son las tarifas asociadas a estos servicios?

b) ¿Cómo se accede a estos servicios?

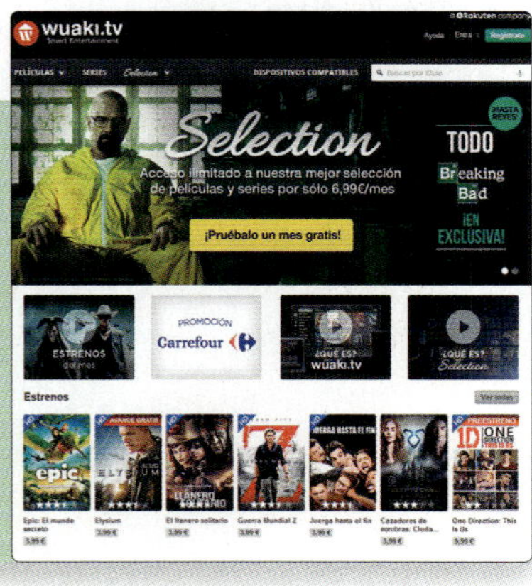

INFORMACIÓN CLAVE

Compartir contenidos: DLNA

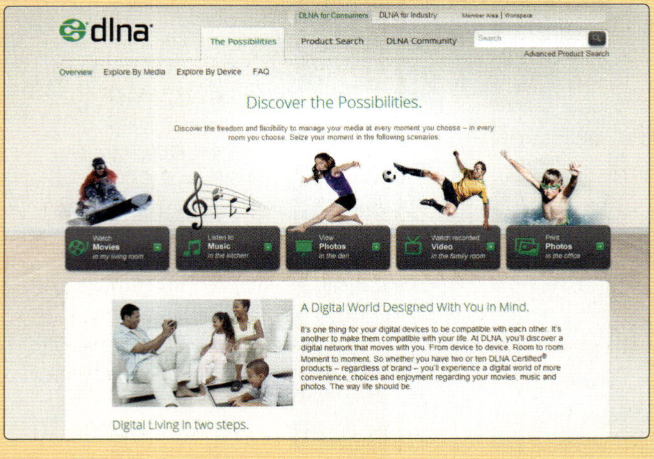

Figura 8.22. DLNA (*Digital Living Network Alliance*, o Alianza para el modo de vida digital en red) es una asociación integrada por empresas de electrónica e informática fundada en 2003 con el objetivo de dotar a sus dispositivos de compatibilidad entre ellos para poder enviar archivos de un dispositivo a otro vía *streaming*.

Un mundo digital diseñado pensando en ti

Una cosa es disponer de dispositivos digitales compatibles uno con otro. Y otra diferente hacerlos compatibles con tu vida. Mediante DLNA descubrirás una red digital que se mueve contigo.

Desde un dispositivo a otro. De una habitación a otra. Momento a momento. Así tengas dos o diez productos con certificación DLNA –sin importar la marca– experimentarás un mundo digital de una mayor comodidad, más posibilidades y el disfrute con respecto a sus películas, música y fotos.

Una vida digital en varios pasos sencillos

1. Necesitarás una **red** doméstica cableada o inalámbrica, y ya estarás listo para empezar. Esto se debe a que los dispositivos con certificación DLNA actuales se conectan, descubren y se comunican entre sí a través de una red doméstica, como la que tienes en la actualidad para compartir tu conexión a Internet de banda ancha.
2. Adquiere nuevos **productos con certificación DLNA** disponibles en el mercado, y muchos otros que pronto estarán disponibles. Una vez que estos dispositivos se conectan a la red doméstica, prácticamente no hay límite a lo que puedes hacer.
3. En tu teléfono, tableta, ordenador, disco duro, etc., con certificación DLNA **selecciona el contenido** que quieres reproducir en un televisor DLNA.
4. Elige la opción de **enviar** mediante DLNA.
5. Selecciona el **dispositivo en el que quieres reproducir el contenido** y ya está. La pantalla del televisor mostrará el vídeo reproducido, siempre y cuando el televisor sea capaz de reproducir el archivo enviado, lo cual es habitual en los televisores modernos, capaces de reproducir archivos avi, mp4, mkv…

   La reproducción comienza al instante, puesto que se lleva a cabo mediante *streaming*; es decir, el archivo enviado no se copia en el televisor, sino que se reproduce sin almacenarlo.

Fuente: http://www.dlna.org

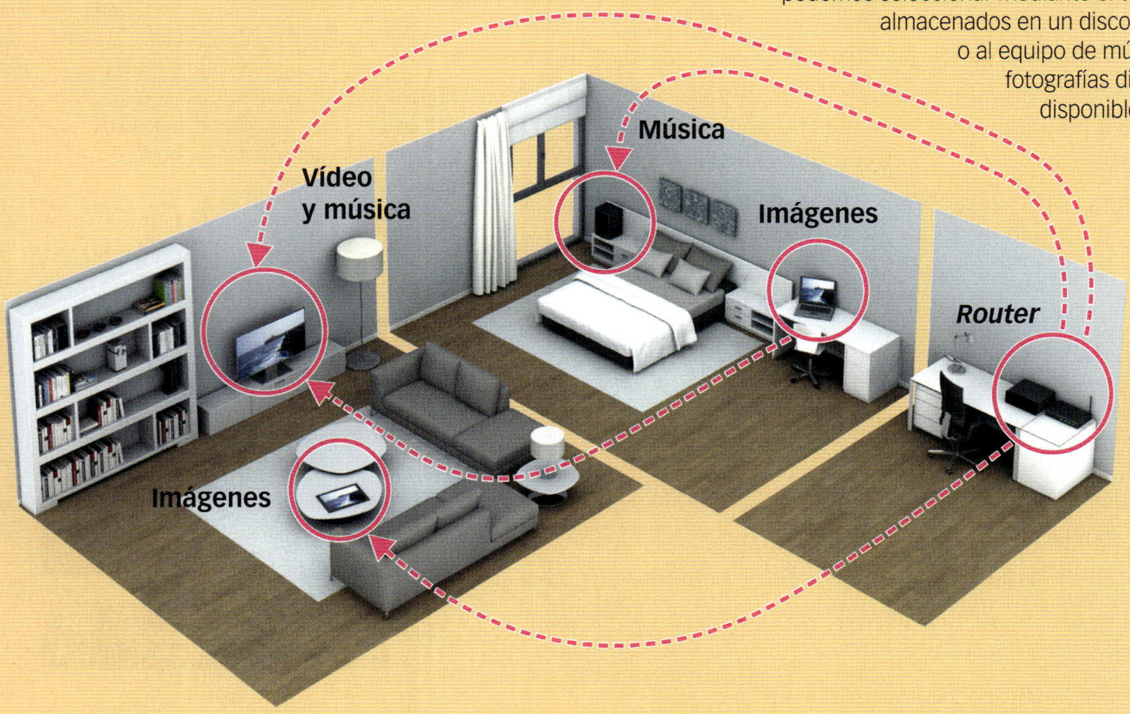

Figura 8.23. La extensión de las redes domésticas inalámbricas amplía enormemente las posibilidades de los dispositivos DLNA. Sin necesidad de configuración adicional a la de la propia red podemos seleccionar mediante el teléfono móvil contenidos almacenados en un disco duro y enviarlos al televisor o al equipo de música… Todas nuestras fotografías digitales o nuestra discoteca disponibles al instante.

7 Mañana es el futuro

¿Qué nos deparará el futuro? Los avances en el campo de la electrónica y la informática son notablemente rápidos. Tanto que es imposible predecir qué sucederá en los próximos años.

7.1. Qué sucederá... mañana mismo

Diversos hechos que ocurren a nuestro alrededor nos dan una pista de tres tendencias importantes en lo relativo a las tecnologías de la información y la comunicación.

- En los últimos años se aprecia la **convergencia de tecnologías**, con dispositivos cada vez más multifuncionales. Hoy es posible comprar teléfonos que capturan fotografías y vídeos, almacenan archivos mp3 y permiten escuchar la radio y ver programas de televisión. Y cada vez tienen mayor presencia las tabletas, dispositivos con múltiples posibilidades de entretenimiento y conectividad.
- Se desarrollan **nuevas tecnologías** que hace unos años parecían imposibles. Por ejemplo, el incremento de potencia de los ordenadores ha hecho que ya sea posible el reconocimiento facial y de los gestos por parte de equipos informáticos o televisores, lo que ha cambiado la forma de interactuar con ellos. El reconocimiento del habla ya es una realidad hoy.
- Se producirá la **extinción** de numerosas tecnologías. Actualmente muchas están a punto de desaparecer, pero muchas más quedarán obsoletas en los próximos años.

7.2. La vida en la aldea global

El término **aldea global** fue acuñado en la década de 1960 por el sociólogo **Marshall McLuhan** (1911-1980). En ese momento McLuhan pensaba en el efecto de la televisión y otros importantes agentes de divulgación: creía que la globalización de estos medios de comunicación haría que las noticias se transmitieran tan rápido como en una pequeña aldea.

Hoy en día, cuando pensamos en una aldea global nos referimos a Internet, la enorme «telaraña» mundial a la que todos estamos conectados, donde una noticia puede llegar hasta otro continente prácticamente en el mismo momento en que se está produciendo y donde la divulgación y la publicación de contenidos se ha democratizado tanto que cualquiera de nosotros puede tener su propia estación de radio (*podcast*) o su propia columna de periódico (blog).

La vida en la aldea global es muy diferente de la vida anterior de las personas. Ahora hacemos cosas que hasta hace pocos años no sabíamos que podían hacerse.

- Reservamos viajes a través de Internet buscando las mejores tarifas. Compramos en tiendas de otros países.
- Localizamos fácilmente información sobre los temas más extraños y complejos.
- Encontramos personas de otras ciudades o de otros países que comparten nuestros intereses.
- Investigamos, aprendemos, enseñamos, compartimos...

Tecnologías y dispositivos extinguidos o al borde de la extinción	
Lámpara de incandescencia	Las lámparas fluorescentes de bajo consumo y las lámparas LED son las sustitutas.
Fax	El correo electrónico y los escáneres han convertido en obsoleto este sistema de envío de documentos.
Soportes magnéticos	Aún quedan vídeos que leen VHS, pero las cintas de casete están prácticamente abandonadas. Los disquetes tampoco se usan. Las cintas de vídeo en formato miniDV todavía se pueden encontrar.
CD	En los ordenadores ya no se montan grabadores de CD, sino multigrabadores de DVD o Blu-ray.
Televisión analógica	Se produjo el «apagón» por ley en 2010.
Telefonía fija	Estancada, mientras que la telefonía móvil se ha universalizado.
Pantallas CRT (tubo)	Ni los ordenadores ni los televisores utilizan ya esta tecnología. La tecnología LED es la sustituta.
Fotografía analógica	La fotografía digital ha desterrado esta tecnología incómoda y cara.
Los cables para conectar equipos	En muchos casos ya no necesitamos un cable para enviar datos a periféricos, gracias a las tecnologías wifi, *bluetooth*, etc.
Radio de onda corta	En el pasado servía para escuchar emisoras de otros países. Ahora basta con conectarse a su página web.

RESUMEN

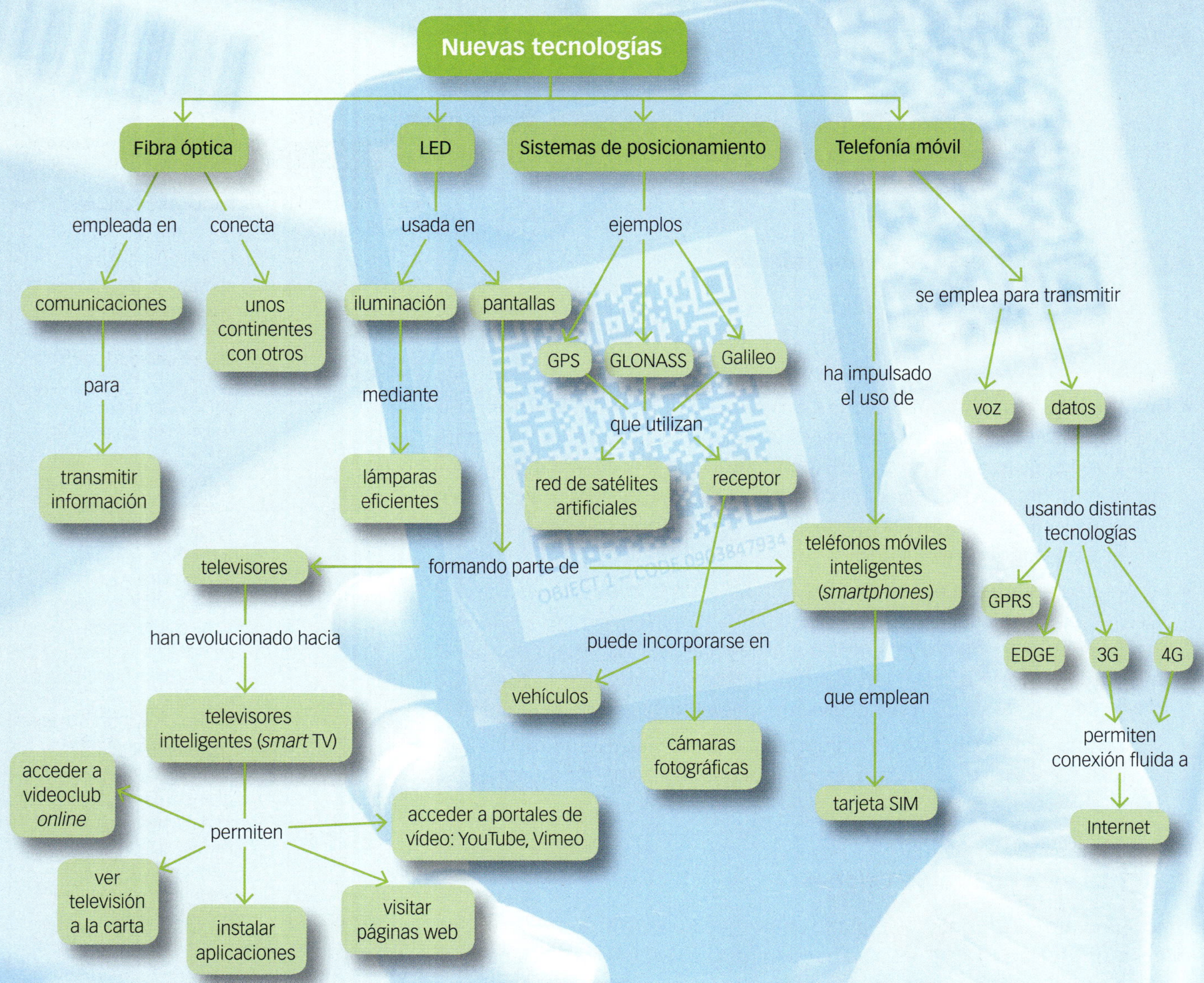

ACTIVIDADES

16. ¿Cuáles son las ventajas de las lámparas LED?

17. Elabora una lista con posibles aplicaciones de los sistemas de posicionamiento, como el GPS.

18. Contesta las siguientes cuestiones.

a) ¿Cómo han evolucionado las tecnologías empleadas en las redes de telefonía móvil?

b) ¿En qué se diferencian las nuevas tecnologías, como la 4G, de las tecnologías más antiguas?

19. Explica el significado de la expresión «televisión a la carta».

20. ¿Qué infraestructura es necesaria para poder usar servicios de videoclub *online*? Relaciónalo con lo que ya conoces sobre otra tecnología estudiada en esta unidad: la fibra óptica.

21. ¿Qué ventajas le aporta a un receptor GPS el disponer de conexión a Internet?

22. ¿La televisión a la carta es exclusiva de los televisores? Explica tu respuesta.

23. Relaciona el desarrollo de Internet con las tecnologías estudiadas en esta unidad.

a) ¿Qué importancia ha tenido para el desarrollo de los *smartphones*?

b) ¿Qué hábitos relacionados con el ocio de las personas en los hogares ha modificado?

c) Busca información sobre el sistema A-GPS y di en pocas palabras en qué consiste.

24. Relaciona el aumento del tamaño de la pantalla de los teléfonos móviles modernos con la convergencia de servicios en estos dispositivos.

SABER HACER

Interpretar gráficos

Uso de los teléfonos móviles

A menudo oímos decir a la gente que dispone de prestaciones en diversos aparatos electrónicos que no utiliza. En el caso de la telefonía móvil la variedad es enorme.

Aún hoy hay muchas personas que usan el teléfono casi exclusivamente para hablar, bien porque el terminal es antiguo o bien porque no necesitan otras prestaciones.

Sin embargo, a la hora de comprar un teléfono u otro aparato nos fijamos bastante en aquello que es capaz de hacer y las mejoras que conseguiremos si cambiamos nuestro viejo aparato por uno más moderno.

El siguiente gráfico muestra los resultados de una encuesta realizada a usuarios de teléfonos móviles en relación con las prestaciones de su terminal y sus deseos para terminales futuros.

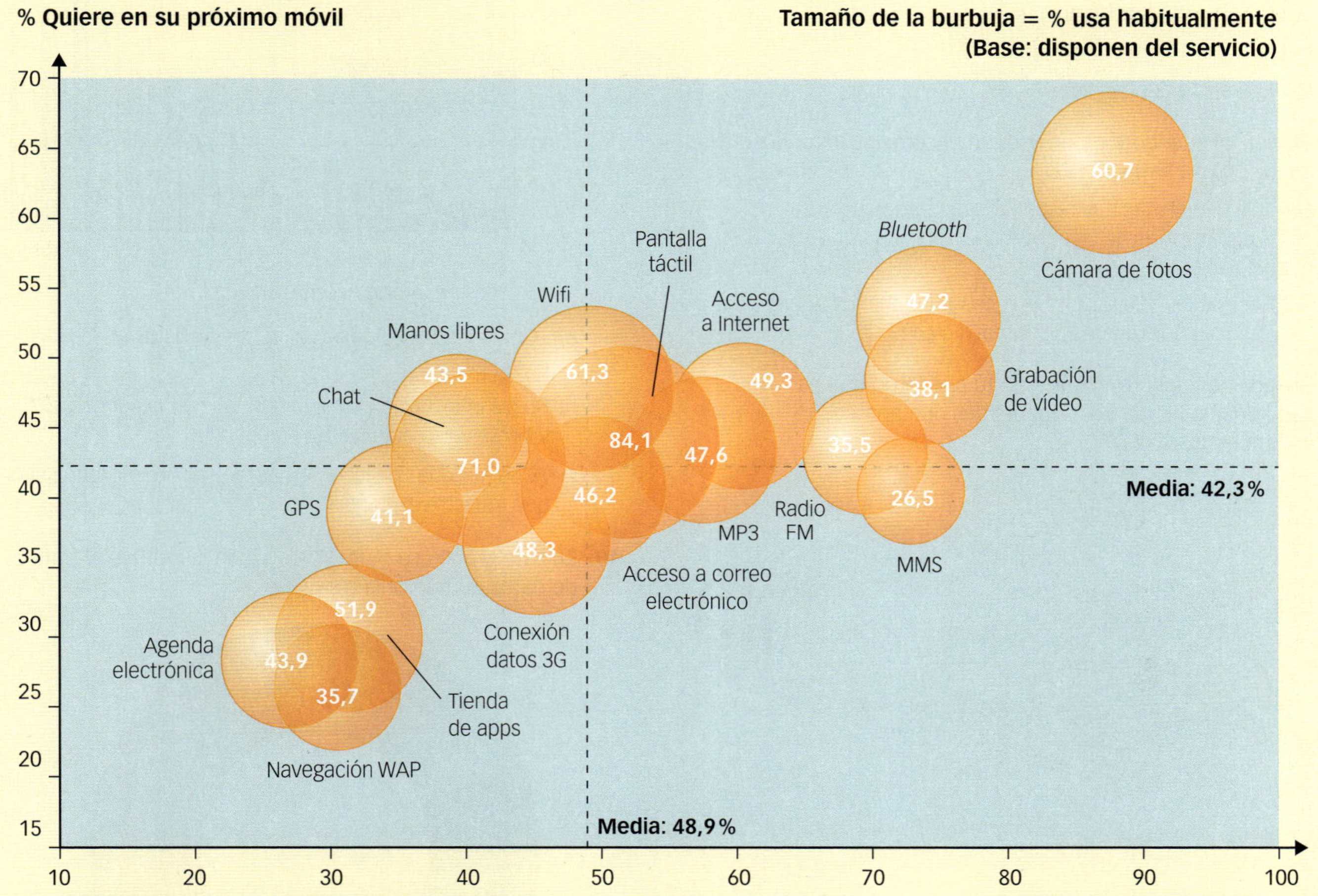

Fuente: Red.es (noviembre 2013). Base: Individuos de 15 años o más usuarios de teléfono móvil.
En el servicio de chat se incluye la mensajería instantánea.

ACTIVIDADES

25. ¿Aparecen representados en el gráfico todos los usuarios de teléfono móvil?

26. ¿Qué característica es la más común, de las representadas en el gráfico? ¿Qué porcentaje de usuarios disponen de wifi en su móvil? ¿Cuántos disponen de acceso a Internet?

27. ¿Qué servicio es el más empleado por los usuarios encuestados?

28. ¿Qué servicio es el más deseado por los usuarios encuestados?

29. Explica con detalle la burbuja que aparece con el rótulo «Cámara de fotos».

30. Contesta.

a) ¿Qué servicios presentes en los teléfonos son los menos empleados, según la encuesta?

b) ¿Qué servicios son los más usados?

c) ¿Coincide con tus preferencias de uso?

d) ¿A qué se debe esto, a que el servicio no está disponible en muchos terminales móviles o a otros motivos?

ACTIVIDADES FINALES

31. Explica las ventajas de la fibra óptica a la hora de transmitir información.

32. Explica ayudándote de un dibujo en qué consiste el fenómeno de la reflexión total empleado para transmitir la información en las fibras ópticas

33. Busca información sobre las lámparas LED y enumera sus ventajas sobre otros dispositivos empleados en iluminación en relación con:

a) La eficiencia energética.

b) La duración de las lámparas.

c) Los costes de mantenimiento.

d) El tiempo de encendido.

34. Explica, ayudándote de un esquema, cómo se logra la emisión de luz en una lámpara LED.

a) ¿Qué diferencias hay respecto a la emisión de luz en las lámparas de incandescencia, donde un filamento se calienta?

b) ¿Por qué los televisores LED consumen menos energía que sus predecesores de pantalla plana?

35. Observa la imagen y explica en tu cuaderno qué es cada una de las zonas redondeadas que aparecen en una lámpara LED.

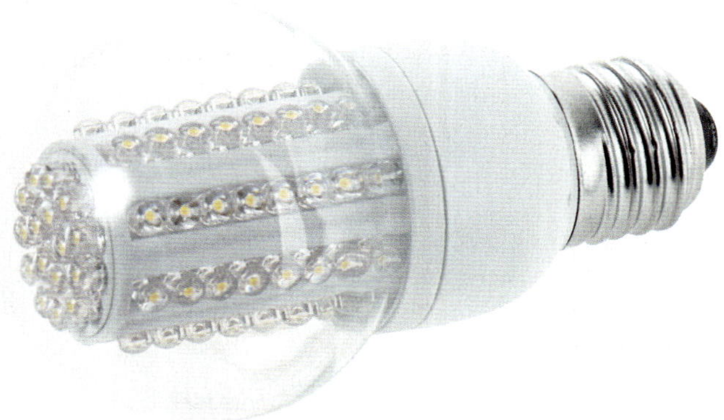

36. ¿Qué diferencia las modernas pantallas LED de las pantallas planas anteriores, muy usadas en monitores de ordenadores, por ejemplo?

37. Contesta las siguientes cuestiones.

a) ¿Por qué los sistemas de navegación por satélite utilizan una flota con varias decenas de satélites, si bastan cuatro satélites para fijar la posición de un receptor GPS sobre el planeta?

b) ¿Cuáles son las ventajas de disponer de un sistema de navegación civil, como el sistema europeo Galileo, frente a sistemas militares, como el GPS estadounidense? ¿Se te ocurre alguna ventaja de los sistemas militares frente a los sistemas civiles?

38. Pon varios ejemplos del uso de sistemas de navegación por satélite en diferentes ámbitos.

a) ¿Qué utilidad puede tener para los geólogos?

b) ¿Y para los atletas?

39. Observa el siguiente gráfico que muestra la evolución del tráfico mundial mensual en petabytes de telefonía móvil.
Recuerda: 1 petabyte = 10^{15} bytes = 1 millón de GB.

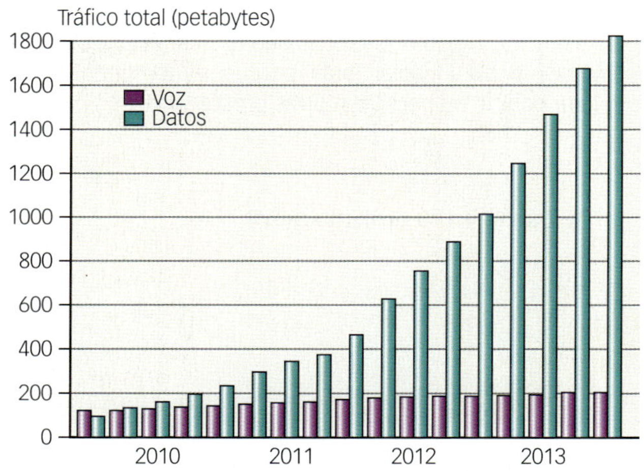

Fuente: Ericsson Mobility Report (2013).

a) ¿Cómo ha evolucionado el tráfico de datos en los últimos años?

b) Busca información en algún portal web especializado y contesta: ¿continúa esta tendencia?

c) ¿Qué acciones de los internautas han provocado la evolución que muestra el gráfico?

40. En este gráfico se muestra cómo se distribuye el tráfico de datos de telefonía móvil.

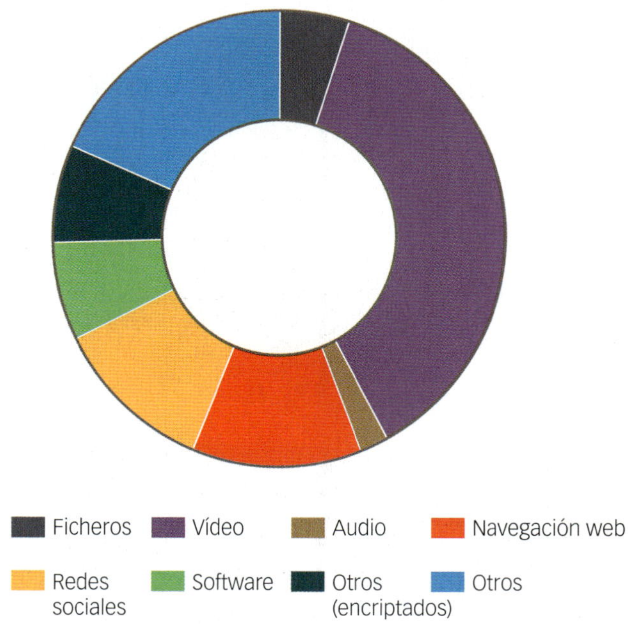

Fuente: Ericsson Mobility Report (2013).

a) Piensa en los datos que tú descargas y subes a Internet usando tu teléfono móvil. ¿Coinciden los resultados con los del gráfico?

b) ¿Cómo crees que evolucionará en el futuro este gráfico? ¿Qué tipo de datos crees que prevalecerá? ¿Qué aparatos los manipularán?

41. Observa las ilustraciones y describe las diferencias en cuanto al funcionamiento en ambos casos. ¿Todo es mejor en el teléfono más moderno?

A

B

42. Busca información sobre métodos de pago mediante el teléfono móvil existentes en la actualidad.

a) ¿Te parecen más ventajosos que el pago mediante tarjeta de crédito? ¿Por qué?

b) ¿Qué problemas de seguridad reconoces en estos sistemas de pago?

43. Observa ahora las ilustraciones y describe las diferencias en cuanto al funcionamiento de ambos televisores.

A

B

44. Explica la diferencia entre:

a) Vídeo *online* y televisión a la carta.

b) *Streaming* y televisión a la carta.

c) Guía electrónica de programación y televisión a la carta.

45. Desde hace años Internet no es algo exclusivo de los ordenadores. Muchos televisores modernos ofrecen la posibilidad de conectarse a Internet. El gráfico de abajo muestra qué dispositivos usan las personas que disponen de conexión a Internet en el televisor.

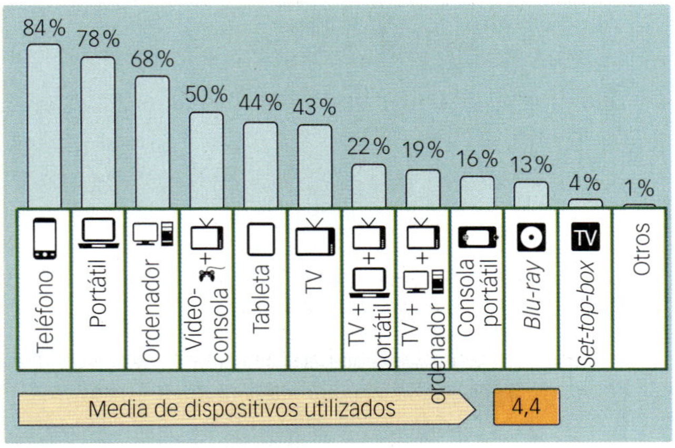

Fuente: I Estudio Anual IAB Spain TV Conectada y Vídeo Online (2013).

a) Identifica en el gráfico aquellos que emplean el televisor para conectarse a Internet.

b) ¿Qué quiere decir la expresión *Media de dispositivos utilizados*?

46. Busca información y elabora un informe usando las TIC (documento escrito en un procesador de textos o una presentación multimedia) sobre el uso de la televisión conectada a Internet.

a) ¿Para qué se usa principalmente?

b) ¿Qué tipo de contenidos de vídeo son los más demandados por los usuarios?

c) ¿Cuál es el porcentaje de hogares que disponen de estos dispositivos?

d) ¿Cómo ha evolucionado este porcentaje en los últimos años? ¿Qué factores han influido en este hecho?

e) ¿Qué interacciones con otros dispositivos conectados a Internet se emplean más a menudo?

47. Elabora una lista con dispositivos que puedan conectarse a Internet.

a) ¿Qué servicios añade Internet?

b) ¿Qué se echaría más en falta en caso de que fallase la conexión?

c) ¿Necesita una conexión rápida? ¿Por qué?

48. Revisa alguna de las tecnologías que han quedado obsoletas en los últimos años y anota las ventajas de la tecnología sustituta en cada caso.

CIENCIA EN TU VIDA

Pantallas táctiles

Una de las innovaciones clave que más ha contribuido al uso de teléfonos y tabletas ha sido la pantalla táctil. Usar nuestro dedo a modo de ratón simplifica muchas tareas a la hora de seleccionar elementos o arrastrarlos en la pantalla.

Las pantallas, sean de tipo LED o LCD, utilizan una tecnología basada en la diferencia de potencial o voltaje medido en cada esquina de la pantalla, algo que varía en función del punto de la pantalla sobre el que se ejerce presión con el dedo.

¿CÓMO FUNCIONA UNA PANTALLA TÁCTIL?

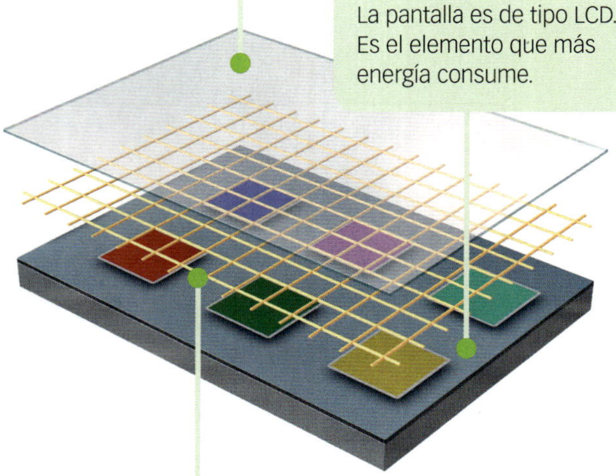

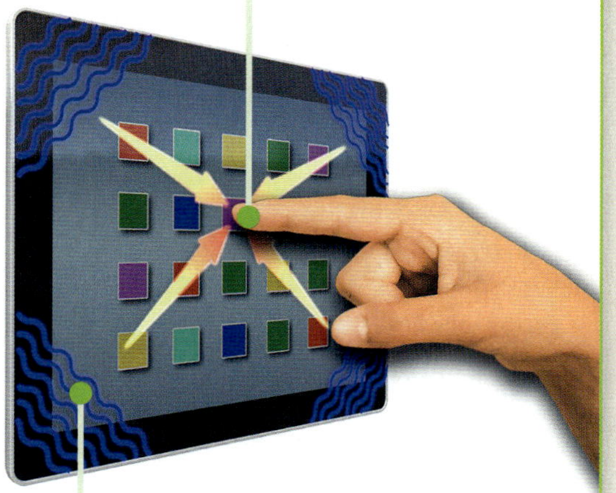

¿Qué nos falta por descubrir?

Nuevas tecnologías al alcance de todos

- Conseguir fabricar lámparas LED más baratas.
- Mejorar la calidad de las emisiones de televisión en alta definición.
- Aumentar la velocidad de las redes de datos móviles.
- Reducir el tiempo de puesta en marcha de receptores GPS.
- Mejorar la precisión de los sistemas de navegación por satélite con independencia de las condiciones meteorológicas.
- Alargar la vida de las baterías empleadas en teléfonos móviles y otros dispositivos portátiles.
- Acortar el tiempo de carga de la batería de dispositivos portátiles.
- Extender la cobertura de Internet en el teléfono móvil a zonas poco pobladas.
- Optimizar la eficiencia energética de microprocesadores, antenas, pantallas, etc., con el objetivo de prolongar la autonomía de los aparatos, como en una tableta, por ejemplo.
- Mejorar la interactividad entre usuario y emisor en las transmisiones de televisión.
- Extender la televisión *online*.
- Perfeccionar los sistemas de compresión de vídeo para satisfacer la capacidad de las pantallas de alta definición.

Dirección de arte: José Crespo.

Proyecto gráfico: Estudio Pep Carrió.
Fotografía de portada: Leila Méndez.

Jefa de proyecto: Rosa Marín.
Coordinación de ilustración: Carlos Aguilera.
Jefe de desarrollo de proyecto: Javier Tejeda.
Desarrollo gráfico: Raúl de Andrés, Rosa Barriga, Olga de Dios, Jorge Gómez y Julia Ortega.

Dirección técnica: Jorge Mira.
Subdirección técnica: José Luis Verdasco.

Coordinación técnica: Francisco Moral
Confección y montaje: Luis González y Marisa Valbuena.
Corrección: Susana del Olmo y Beatriz Ruiz.
Documentación y selección fotográfica: Nieves Marinas.

Fotografía: C. Jiménez/photoAlquimia; D. Sánchez; Ian McMurray; J. C. Muñoz; J. Escandell.com; J. Jaime; J. Lucas; J. M.ª Escudero; J. V. Resino; KAIBIDE DE CARLOS FOTÓGRAFOS; Michele di Piccione; O. Torres; S. Padura; TERRANOVA INTERPRETACIÓN Y GESTION AMBIENTAL; A. G. E. FOTOSTOCK/SCIENCE PHOTO LIBRARY, Zephyr/Science Photo, Biophoto Associates, Ken Eward/BioGrafx, Sinclair Stammers, Science Source, EYE OF SCIENCE, Andrew Syred, CNRI, Nick Veasey, Dennis Kunkel, John Reader, Seth Resnick, BSIP, SPL, Dr. Linda Stannard, UC, Jordi Sans, David Parker; ALBUM/UNIVERSAL PICTURES, DEA/G.Dagli Orti, Oronoz; CONTIFOTO/ CORBIS SYGMA/Dung Vo Trung; COVER/CORBIS/Francis G. Mayer, James L. Amos; EFE/ Franz-Peter Tschauner, Marcel Mettelsiefen, EPA/Edward Parsons, Dennis M. Sabangan, Manuel H. de León, Domenech Castelló, Onome Oghene, J. L. Pino, Luis Álvarez, EPA PHOTO, EPA PHOTO POOL REUTERS/Juda Ngwenya, SIPA SANTÉ/F. Durand; EFE/SIPA-PRESS/Dickinson, Goyhenex, Martha Rial, Thomas Haley; GARCÍA-PELAYO/JUANCHO; GETTY IMAGES SALES SPAIN/Visuals Unlimited/Thomas Deerinck, AFP/Daniel Mordzinski, NBAE/Jerry Wachter, Photos. com Plus, Thinkstock, Visuals Unlimited/Dr. Dennis Kunkel, Science and Society Picture Library; HIGHRES PRESS STOCK/AbleStock.com; I. PREYSLER; INDEX/ The Bridgeman Art Library; ISTOCKPHOTO/Getty Images Sales Spain; LOBO PRODUCCIONES / C. SANZ; MELBA AGENCY; NASA/Provided by the SeaWiFS Project, NASA/Goddard Space Flight Center, and ORBIMAGE, Credit Jacques Descloitres, MODIS Land Rapid Response Team, NASA/GSFC, F. Espenak, NASA's GSFC; PHOTODISC; Prof. Carlos Bustamante, Universidad de California en Berkeley/ 'Laura Lancaster and Courtney Hodges'; Western Digital Corporation; Museo Geominero; Fco Anguita; Kingston; Ericsson; Samsung; Benefon; Sharp; Antonio José Hidalgo; TiVo; SONY; NGDC; Biblioteca Digital del Real Jardín Botánico de Madrid/CSIS; BIBLIOTECA NACIONAL DE ESPAÑA/ Laboratorio Biblioteca Nacional; BlackBerry; BNF; Canon; Cortesía de Apple; cortesía IBM; CREATIVE LABS; D-LINK IBERICA; Doctor Subirana y colaboradores; EPSON IBÉRICA, S.A.; European Community/EC/ECHO/Sebastien Carliez; FUJITSU TECHNOLOGY SOLUTIONS; INSTITUTO PASTEUR; INTEL Corporation; JVC; LACIE; LEXAR; LOGITECH; MATTON-BILD; Nintendo; Samsung; SanDisk; SERIDEC PHOTOIMAGENES CD; Sony Computer Entertainment Inc.; T. Grence; TOMTOM; MUSEO GEOMINERO/IES SAN FERNANDO/Silvia Menéndez Carrasco, Eleuterio Baeza Chico, Concepción de Frutos Sanz e Isabel Rábano Gutiérrez del Arroyo (Museo) y Antonio J. Hidalgo Moreno, Isabel García Arranz y María Méndez García (IES San Fernando); Antonio José Hidalgo; ARCHIVO SANTILLANA.

Avenida de los Artesanos, 6
28760 Tres Cantos, Madrid
Printed in Spain

ISBN: 978-84-680-1186-8
CP: 412524
Depósito legal: M-11654-2015